宝马神枪

民国武侠小说典藏文库·徐春羽卷

徐春羽 ◎ 著

中国文史出版社

"京味武侠" 徐春羽（代序）

徐春羽，民国北派武侠作家，活跃在上个世纪三四十年代，作品常见诸京津两地的报纸杂志，尤其受到北京本地读者的喜爱。

1941 年出版的第 161 期《立言画刊》上有一则广告，内容是："武侠小说家徐春羽君著《铁观音》、还珠楼主著《边塞英雄谱》、白羽著《大泽龙蛇传》，三君均为第一流武侠小说家……"文中徐春羽排第一位，以次是还珠楼主和白羽。或许排名并非有意，但徐春羽的名气可见一斑。

六年后，北京有家叫《游艺报》的杂志刊登了一篇名为《本报作家介绍：徐春羽》的文章，里面有这样一段话："提起武侠小说家来，在十几年前，有'南有不肖生（向恺然），北有赵焕亭'之谚。曾几何时，向、赵二位的作品，我们已读不到了，而华北的武侠作家，却又分成了三派：一派是还珠楼主的'剑侠神仙派'，一派是郑证因先生、白羽先生的'江湖异闻派'，另一派就是徐春羽先生的'技击评话派'。现在还珠楼主在上海，白羽在天津，北平就仅有郑、徐两位了！于是这两位的文债，也就忙得不可开交。"

此时的徐春羽，不仅名气不减，而且居然自成一派，与还珠楼主、白羽和郑证因分庭抗礼，其小说显然相当受欢迎。笔者翻查民国旧报纸时曾经粗略统计了一下，1946—1948 两年时间里，徐春羽在四家北京本地小报上先后连载过八部武侠小说，在其他

1

如《游艺报》《艺威画报》等杂志或画报这类刊物上也连载过武侠小说，前文提到的《游艺报》上那篇文章还写着这样一句话："打开报纸，若没有他（郑证因、徐春羽）两位的小说，真有'那个'之感。"

老北京的百姓看不到徐春羽的小说会觉得"那个"，武侠小说研究人员看到徐春羽的生平时却也有"那个"之感，因为名声如此响亮的徐春羽，竟仅在1991年出版的《民国通俗小说论稿》（作者张赣生）中有一点少得可怜的介绍：

"徐春羽（约1905—?），北京人。据说是旗人。他通医术，曾开业以中医应诊；四十年代至天津，自办《天津新小报》；五十年代初，曾在北京西直门一家百货商店当售货员。其余不详。"连标点符号在内不过八十余字。

除了台湾武侠研究专家叶洪生先生曾在《武侠小说谈艺录》（1994年出版）一书中对徐春羽略提两句外，再无关于其人其作的只言片语，更谈不上研究了。

近年，随着武侠小说逐渐为更多研究者所重视，关于民国武侠小说的研究也获得不少新进展，天津学者王振良撰写了《徐春羽家世生平初探》一文，内容系采访徐家后人与亲友，获得颇多第一手新资料。尽管因为年代久远，受访人年纪偏大，记忆减退，以及这样或那样的原因，徐春羽生平中仍留下不少空白，但较之以往已有很大改观，而张赣生先生留下的徐春羽简介也由此得到了修正和补充。

现在可以确定的是，徐春羽是江苏武进（即今江苏常州）人，并非北京人，也不在旗。他的出生时间是清光绪三十一年乙巳十月二十一日（1905年11月17日），属蛇。

关于徐春羽的生平，青少年时期是空白，据其妹徐帼英女士说，抗战前徐春羽在天津教育局工作，按时间推算差不多三十岁。在津期间，徐春羽还应邀主持周孝怀创办的《天津新小报》，并经常撰写评论。笔者据此推测，1935年6月有一位署名"春羽"的人在北京的《新北平报》副刊上开了一个评论专栏，写下了诸如《抽烟卷儿》《扯淡·说媒》《扯淡·牛皮税》等一批"豆腐块"大小的杂评，嬉笑调侃，京腔京味十足，此人或许就是徐春羽。同在 1935 年，北平《益世报》上刊登了一篇署名"春羽"的武侠小说连载，篇名是《英雄本色》，遗憾的是仅连载了几十期就不见了踪迹。目前没有发现更早的关于徐春羽写作武侠小说的资料，此"春羽"若是徐本人，或许这篇无疾而终的连载可以视为他的武侠小说处女作。

抗战开始，华北沦陷长达八年，徐春羽在这一时期应该就居住在北京或天津，是否有正当职业尚不清楚，所能够知道的就是他写了几部武侠小说在北平的落水报纸上连载，并以此知名。另在《新民半月刊》杂志上发表过一部十一幕的历史旧剧剧本《林则徐》。

抗战胜利后，徐春羽似乎显得相当活跃，频频在京津各报刊上发表武侠小说，数量远超抗战期间，但半途而废者较多，也许是文债太多之故，也许本是玩票心态，终有为德不卒之憾，这一点后面还要谈到。

1949 年后，他似乎与过去的生活做了彻底的切割，小说和文章不写了，大半时间在家行医。他也曾经短暂地打过零工，一次是在西直门一家商店做售货员，结果被一位通俗作家耿小的（本名郁溪）偶然发现，然后就没了人影；另一次是在新成立的中国科学院待过一段时间，1952 年因故离开。

徐春羽的父亲做过伪满洲国"御医"。从能够找到的信息来看，做父亲的比做儿子的要多得多，也清楚得多。

徐父名思允，字裕斋（又作豫斋、愈斋），号茗雪，又号裕家，生于 1876 年 2 月 13 日。青少年时期情况不详，1906 年（三十岁）入张之洞幕府，任两湖师范学堂文学教员。次年初，调充学部书记并在编译局任职。1911 年，徐思允被京师大学堂聘为法政科教员，主讲《大清会典》。据徐春羽之妹徐帼英所述，其父于 1912 年任北京政府铨叙局勋章科科长，后又外放任安徽省宿县县长等职。

1919 年，徐思允拜杨氏太极传人杨澄甫为师，习练太极拳，后又拜师李景林，学习武当剑法。徐思允的武功练得如何不得而知，以四十几岁的年纪学武，该是以健身、养生为目的。不过他所拜的均是当时的名家，与武术圈中人定有不少往来，其人文化水平在武术圈里大约也无人能比，杨澄甫门下陈微明曾撰《太极拳术》一书，就是请同门徐思允作的序。徐春羽小说中有不少武术功夫和江湖切口的描写与介绍，或许与其父的这段经历不无关系。

大约在二十世纪二十年代中后期，经周孝怀介绍，徐思允成为溥仪的随身医生。1931 年溥仪出逃东北，徐思允也追随前往"新京"（今长春市），任伪满宫廷"御医"，并教授皇族子弟国文。

1945 年苏军进入东北，徐思允随伪满皇后婉容等流亡至临江县大栗子沟（今吉林省临江市大栗子街道），婉容临终前，他就在其身边。他后来被苏军俘虏，送至伯力（今俄罗斯哈巴罗夫斯克），1949 年获释回到长春，同年 5 月被接回北京，次年 12 月病逝。

徐思允国学功底很好，工诗，与陈衍、陈曾寿、郑孝胥、许宝蘅等人有长期的交游，彼此间屡有唱和。陈衍眼界很高，一般瞧不上什么人，而其《石遗室诗话》中收有徐诗数首，评价是"有古意无俗艳"，可谓相当不低。徐去世后，其儿女亲家许宝蘅（前清进士，曾任袁世凯秘书处秘书，解放后任中央文史馆馆员）整理其遗稿，编有《茗雪诗》二卷。

写诗之外，徐思允还会下围棋，水平应该不低。1935 年，吴清源访问长春，与当时的日本名手木谷实在溥仪"御前"对局，连下三天，吴清源胜。对局结束的那天下午，溥仪要求吴让徐思允五子，再下一盘。他给吴的要求是使劲吃子，越多越好，结果徐思允死命求活，吴未能完成任务。徐可谓虽败犹荣，他的这段经历肯定让今天的围棋迷们羡慕得要死。

根据徐思允的经历再看他儿子徐春羽，其中隐有脉络可循。做父亲的偏重与社会上层人士——清末官宦和民国遗老往来，做儿子的则更钟情于市民阶层。从已知资料看，徐春羽确实颇为混得开，没有几把刷子肯定不行。

1947 年，北京的《一四七画报》上刊登了一篇文章，报道徐春羽受聘于北洋大学北平部讲授国文，说一周要上十几个钟点的课，标题中称他为"教授"。虽然看起来像玩笑话，但徐春羽的旧学根底已可见一斑，这一点在他的武侠小说里也能看得出来。这一方面应得力于家学渊源，正应"有其父必有其子"那句俗话，另一方面则是徐春羽确有天赋。其表舅父巢章甫在《海天楼艺话》中说他"少即聪颖好弄，未尝力学，而自然通顺"。由此看来他可能上过私塾，也许进过西式学堂，但不是一个肯吃苦念书的老实学生。

徐春羽显然赋性聪慧跳脱，某消闲画刊上曾有文章介绍其人绝顶聪明，多才多艺，"刻骨治印、唱戏说书，无不能之，且尤擅'岐黄之术'"，据说他还精通随园食谱，喜欢邀人到家里，亲自下厨。

"岐黄之术"是徐春羽世代家传的本事。前文已言及其父给溥仪当"御医"十多年，水平可想而知。他自己在这方面也肯定下过功夫，所以造诣不浅。据当时的报纸报道，徐氏经常主动为人诊病，且不取分文，还联合北京的药铺搞过义诊。

唱戏是徐春羽的一大爱好，自二十世纪三十年代在天津期间就喜欢票戏。据说他工丑角，常请艺人到家中交流，也多次粉墨登台。天津报人沙大风、北京名报人景孤血与编剧家翁偶虹等人曾在北京长安戏院合演《群英会》，分派给徐春羽的角色是扮后部的蒋干。

评书则是他的又一大爱好。1947 年 3 月 1 日，他开始在北平广播电台播讲其小说《琥珀连环》，播出时间是每天下午二时至三时。目前尚不清楚他是否拜过师正式进入评书界，但他的说书水平已见诸当时的报刊。《戏世界》杂志曾刊出专文，称其"口才便给，笔下生花，舌底翻莲，寓庄于谐，寄警于讽，当非一般低级趣味所能比拟也"。

应当说，唱戏和评书这两大爱好对于徐春羽的武侠小说创作，显然有着非常直接的影响。

张赣生先生在《民国通俗小说论稿》中，以徐春羽《铁观音》第一回中一个小兵官出场的一段描写为例，指出："这个人物的衣着、神态，以及出场后那几句话的口气，活生生是戏曲舞台上的一个丑角，尤其是最后一段，小兵官冲红船里头喊：'哥儿们，先别斗了，出来瞧瞧吧！'随后四个兵上场，更活像戏台上的景象。徐氏无论是直接将自戏曲还是经评书间接将自戏曲，总之是戏曲味很浓。"

民国武侠作家中精通戏曲、喜欢戏曲的人很多，但这样直接把戏台场面搬入小说里的，倒也少见。评书特色的化用也是如此。北派作家如赵焕亭、朱贞木等人，有时也用一下"说书口吻"或者流露出一些"说书意识"，而没有人像徐春羽那样，大部分小说的叙事风格如同演说评书一般。他在很多小说开头，都爱用说书人的口吻讲一段引子，譬如《草泽群龙》的开篇：

> 写刀枪架子的小说，不杀不砍，看的主儿说太瘟，大杀大砍，又说太乱。嘴损的主儿，还得说两句俏皮话儿："他写着不累，也不管打的主儿受得了受不了？"稍涉神怪，就说提倡迷信；偶写男女，就说妨碍风化。其实神仙传、述异记又何尝不是满纸荒唐，但是并没列入禁书。《红楼梦》《金瓶梅》不但粉红而且近于猩红，反被称为才子选当课本，这又应做如何解释？据在下想，小说一道先不管在学术上有无地位，最低限度总要能够

帮助国家社会刑、政教法之不足，而使人人略有警惕去取。尽管文笔拙笨，立意总不应当离开本旨。不过看书同听戏一样，看马思远他就注意调情那一场，到了骑驴游街，他骂编戏的煞风景，那就是他生有劣根性，纵然每天您拿道德真经把他裹起来，他也要杀人放火抢男霸女，不挨刽子手那一刀他绝改不了。在下写的虽是武侠小说，宗旨仍在讽劝社会，敬忠教孝福善祸淫，连带着提倡一点儿尚武精神。至于有效无效，既属无法证明，更不敢乱下考语，只有抄袭药铺两句成语"修合无人见，存心有天知"，聊以解嘲吧。

再随便从《宝马神枪》中拎出一段报字号：

你这小子，也不用大话欺人，我要不告诉你名儿姓儿，你还觉乎谁怕了你。现在你把耳朵伸长着点儿，我告诉完了你，你死了也好明白，下辈子转世为人，也好找我报仇。你家小太爷姓黎，单名一个金字，江湖道儿上送你家小太爷外号叫插翅熊。至于我师父他老人家，早就嘱咐过我，不叫我在外头说出他老人家名姓，现在你既一定要问，我告诉你就告诉你，你可站稳了，省得吓破了你的苦胆。我师父他老人家住家在安徽凤阳府，双姓"闻人"，单名一个喜字，江湖人称神砂手就是他老人家。你问我的，我告诉你了，你要听着害怕，赶紧走道儿，我也不能跟你过不去，你要觉乎着非得找死不可，你也说个名儿姓儿，还是那句话，等我把你弄死之后，等你转世投生，也好找我报仇。

这样的内容，喜欢评书的读者当不陌生。类似这样的江湖声口，在徐春羽武侠小说中俯拾即是，其人物的外貌描写、语言也是演说江湖草莽类型评书中的常用套路和用语。值得一说的是，徐春羽使用的语言基本是轻快流利的京白，尤其带点老北京说话时常有那点"假招子"的劲头，这可算是他的独家特色。他虽然是江苏人，但对北京的热爱却是发自内心的，这从他的小说中经常可以体会到，其绝大部分武侠小说的开头，都要说上一段老北京的风土人情，内容也大多涉及北京，比如《屠沽英雄》的开头：

> 讲究吃喝，真得让北京。不怕住家在雍和宫，为吃两块臭豆腐，可以出趟顺治门，不是王致和的地道货，宁可不吃。住家在德胜门，为喝一包茶叶末，可以到赵大栅栏，不是东鸿记的好双熏，宁可不喝。再往细里一考究，什么字号鼻烟好？什么字号酱菜好？水葡萄得吃哪块地长的？旱香瓜得吃谁家园的？应时当令，年糕、月饼、粽子、花糕、腊八粥、关东糖、春饼烤肉煮饽饽，不怕从身上现往下扒，当二钱银子，也不能不应个景儿。因为"要谱儿"的爷们儿一多，做买卖的自然就得迎合主顾心理，除去将本图利之外，还得搭上一副脑子，没有特别另样的，干脆这买卖就不用打算长里做。所以，久住北京的主儿谁都知道，北京城里的买卖，没有一家没"绝活儿"的。

这是说的老北京人讲究吃喝的劲头。还有赞扬北京人性格的，比如《龙凤侠》开头说：

> "无风三尺土，有雨一街泥"，凡是久住这北京的哥们儿差不离都有这么一点印象。可是事实适得其反，不怕在屋里四六句骂着狂风，在街上三七成蹚着烂泥，破口骂着天地时利，恨不得当时脱离这块黄天黑地，只要

8

风一住，水一干，就算您给他买好了飞机票，请他到西湖去住洋楼儿，他准能跟您摇头表示不去。

其实并非出乎反乎说了不算，说真的，北京这个城圈里，除去这两样有点小包涵之外，其他好的地方太多，两下一比较，还是北京城强似他处。

第一中国是个礼教之邦，北京是建都之地，风俗淳朴，人情忠厚，虽说为了窝头有时候要切菜刀，但仍然没有离开"以直报怨"的美德。至于说到挖心思用脑子，上头说好话，底下使绊子，不能说是绝对一个没有，总在少数。

尤其讲究义气，路见不平，就能拍胸脯子加入战团，上刀山下油锅到死绝不含糊。轻财重脸，舍身任侠。"朋友谱"，"虚子论"，别瞧土地文章，那一腔子鲜血，满肚子热气，荆轲聂政不过如此。"为朋友两肋插刀"，的确可以夸一句是响当当硬绷绷好汉子！古称燕赵多慷慨悲歌之士，看来确是不假。

徐春羽概括的老北京人身上的特点，在其小说中的很多小人物如茶馆、酒肆的伙计、客人、公人、地痞、混混等身上，都能或多或少地有所发现。而市民社会中各色人等的言谈话语、举手投足，生活气息极为浓郁，非长期浸淫其间有亲身经历者不能道出。老北京逢年过节的庙会盛况与一些风俗习惯，都在徐春羽的武侠小说中有所展现。相比之下，赵焕亭、王度庐等人在小说中虽也都有对老北京风土人物的描写和追忆，但也仅限几部作品，不如徐书普遍，徐春羽的武侠小说或许可以称得上是真正的"京味武侠"。

近年来，对老北京文化感兴趣的人越来越多，徐氏武侠小说或许是座值得有心人深入挖掘的富矿亦未可知。

徐氏武侠小说的特点是非常鲜明的，缺点也是毋庸置疑的。

其一，小说评书味道浓郁是特色，但也多少是个缺点，因为评书属于口头文学，追求的是讲说加肢体动作带来的现场效果，一件小事经常会用大段的言语来铺叙、表白，有时还要穿插评论在其间，听者会觉得过瘾，可是一旦形诸文字，就难免有时显得啰唆和絮叨，如前面所举的《宝马神枪》中那段报字号。类似的段落如果看得太多，会令读者产生枯燥和乏味的感觉，影响到阅读效果。徐春羽的文字表现能力当然很强，但也无法克服这样的先天缺陷。

其二，前面已经提到，就是作品半途而废的不少，其中报纸连载最为突出。比如《红粉青莲》仅连载十余期就消失不见，《铁血千金》则连载到三十七期即告失踪，其他连载了百十期后又无影无踪的还有若干，这里面或许有报纸方面的原因，但徐春羽的创作态度也多少是有些问题的，甚至不排除存在读者提意见而告停刊的可能。无论如何，这些烂尾连载直接影响到作品的质量和读者的观感。单行本的情况略好，然而也存在类似问题。再加上解放前的兵荒马乱以及解放后的历次政治运动，尤其是五十年代初的禁止武侠小说出版与出租，都造成武侠小说的大量散佚和损毁。时至今日，包括徐春羽在内的不少武侠作家的作品，都很难证实小说的烂尾究竟是作者造成的，还是书的流散造成的，这自然也给后来的研究人员增加了很多困难。

本作品集的底本系由上海武侠小说收藏家卢军先生与著名还珠楼主专家周清霖先生提供，共计十二种，是目前能够见到的徐春羽武侠小说的全部民国版单行本了。这些作品绝大多数是解放后第一次出版，其中的《碧血鸳鸯》虽然曾由某出版社在1989年出版过一次，但版本问题很大。该书民国原刊本共有九集，是徐春羽武侠小说中最长的，但1989年版的内容仅大致相当于原刊本的第三至八集，第一、二、九集内容全部付之阙如，且原刊本第六集第三回《背城借一飞来异士，为国丧元气走豪雄》、第七集第四回《痛师占卜孙刚射雁，喜友偕行丁咸打虎》也均不见踪影。另外，该版的开头始自原刊本第三集第一回的三分之二处，前三分之一的三千多字内容全部消失，代之以似由什么人写的故事简介，最后一回则多了一千多字，作为全书的结束，其回目"救老侠火孤独显能，得国宝鸳鸯双殉情"也与原刊本完全两样。这些问题都已经通过这次整理得到全部解决，也算功德圆满，只是若干部徐氏小说因为前面提到的原因，明显没有结束，令人不无遗憾，但若换个角度想，这些书能够保留下来且再次公之于众，已属难得之至了。

　　今蒙本作品集出版者见重，嘱为序言，以方便读者，故撷拾近年搜集的资料与新的研究成果，勉力拉杂成篇，以不负出版方之雅爱。希识者一哂之余，有以教也！

中国武侠文学学会副秘书长　顾臻
2018 年 4 月 10 日写于琴雨箫风斋

目　　录

1

第 一 集

第一回

懦公子雪夜行程
莽男儿风天剪径

大荒有壮士，胯下凤头骢。
一身浑是胆，余气半成虹。
斩将千夫敌，骞旗万里功。
请缨梗捷径，破浪难长风。
抚膺生活叹，掬泪望苍穹。
世事无为用，鞭策走西东。
手挥梨花铁，臂挽竹枝弓。
枪起云阻白，弹落水流红。
奸蠹杀不尽，且自快寸衷。
酒酣耳忽热，长啸未英雄！

——《凤头骢》

　　"人生行乐耳，须富贵何时？"本来"浮生若梦，为欢几何"，凡想得开的主儿，谁不知道及时行乐是一桩美事儿？只看古往今来一般骚人墨客，每逢良辰假日，必须寻找名山胜水，畅畅快快玩儿个尽兴，绝不肯空空放过。高人雅士，志在山水，自不必说，就是那头脑稍微清醒一点儿，不甘心当老米虫子，没有做骑马做官的梦主儿，差不多也都知道要找个眼前欢乐儿。比方说，

3

春天到了，野地逛个青儿，瞧瞧芍药，看看牡丹，听听黄雀，遛遛滋滋黑儿（注，鸟名），受了一冬煤炭之气，全都散个干干净净，自然就能觉得神清气爽，耳目一新。一晃儿入了夏，戴上大草帽，扛上钓鱼竿，找河边大柳树阴凉儿底下一坐，小风儿一吹，一阵阵柳条儿送过来透鼻子清香，红花白藕绿荷叶，一摆一动，真能够看着就彻地生凉，热气全消。忽然一片黑云，凭空托起，两个霹雳一震，雨掉下来有铜钱大小，赶紧跑进茶馆儿，沏上一壶茶，往长板凳上一坐，一边喝着，一边往四外瞧。雨下得跟线穿的珠子一样，砸得干净地冒起白烟，河里波浪翻滚，八个人抱不过来的大松树，经这样一冲一涮，绿得仿佛刚刷了一层油，那么可爱。工夫不大，雨过天晴，火红的太阳，正挂在山脚儿上，衬着碧青的远山，有红，有紫，有黄，有绿，真好似一张金碧山水画儿相仿。卷起了衣裳，扛起鱼竿，提着鱼篓，慢慢往家里一溜达，真比得一个实缺知县，还觉着舒服痛快。眨眼之间，秋风儿下来了，脱了单的，换上软夹衫，买上十斤又肥又嫩的小牛肉，打上四五斤锅头提净的老白干儿，约上两三位知心对劲的朋友，到山圈子里头，大松树底下，席地一坐，捡些既干且脆带着松子儿的松柏枝儿，点起火来把牛肉一烤，吃到嘴里，又焦又嫩，又甜又香，酒也完了，肉也正够，四六步儿往家里一走，西边太阳还没全落，东边又送出了月亮牙儿，照着满山枫叶，红得活像一片火烧云，加上那点儿酒气，衬得脸上都那么红扑扑的，那才叫透心舒坦。篱菊飞黄，没大理会秋去冬来，刮了一宿哨子风，下了一夜鹅毛雪，开门一看，真是玉雕房屋，银扎花树，满天飞的珍珠粉，遍地铺的水晶碴儿，一层一层，又白又亮，赶紧披上羊皮袄，戴上红毡风帽，来到街门口儿，正赶上有头放脚的小黑驴儿，骗腿上驴，单手往山口里头一指，放脚的抬手一鞭子，叭的一声响，小驴放开蹄腕儿，就听一阵沙沙的声响，过木桥，上盘道，才一进山口，迎面一棵大红梅树，百蕊齐开，千枝怒放，一股子清香，直透心脾。勒住档口欠身撅下两三

4

枝半放的梅花，磕驴前进。只见十来个半大的男孩儿，在山坡儿底下打雪仗，堆雪人，扔过来一个白球，撇过去一个白蛋儿，两只小手冻得都成了红萝卜，却依然打成一团，乱成一片，玩儿得是兴高采烈。往前山再转，驴蹄子响声，惊起了一群寒鸦儿，呱呱一阵乱噪，噗噜噜破空飞去。不由诗兴大发，想起了古人几句好诗，高唱："一夜北风寒，万里彤云厚……"要照这个样儿说，无论是谁，一年四季，随时随地都可以寻欢找乐了，其实又不尽然，真要那样时候，圣人造字就又用不着有忧愁烦苦悲恐恶了。别尽听人说，人人都该及时行乐，不必一定要等到升了官发了财，准要衣裳混不上单的，饭食混不上干的，孩子哭，大人喊，春天就得伤春，夏天就得苦夏，秋天悲秋，到了冬天，不用踏雪寻梅，先得踏雪寻炭，不抹脖子上吊，就算看得开，往肚子里咽眼泪，连画行乐图都没法儿下笔，随他可从什么地方乐起？所以说寻欢找乐，还得是富贵人儿，一有钱，二有闲，不愁吃，不愁穿，坐着也乐，躺着也乐，睡着了都能乐醒了，是乐总得乐，那又为什么不乐哪？这话并不是强词夺理，睁着眼造旱谣言，实在是有些个小凭据，才敢这样嘴舌头根子。

这话有一年，直隶省属宣化府，八月里忽然下起大雪，整整下了一天一夜，方近百十里，没有一个地不见白。在宣化府东南，有个堡子叫鸡鸣堡，因为是个驿站又叫鸡鸣驿。这股驿道是从北往南必经之路，往来人不少，十分热闹。鸡鸣驿的下站，就是土木堡，土木堡跟鸡鸣驿的中间，有一道山湾子，从鸡鸣驿到土木堡，要是绕这个山湾子，要远出三十来里地，可都是官道，不绕这个山湾子，也有一股道，是盘着山道，天然一段长沟，能够从里边打穿儿。沟深七八丈，东西的深沟，南北的道，宽下里有六尺多点，不到七尺，走一辆单套车，有点儿富余，平着再过一个人，就得侧点身儿，长下里有二里多地，还不是直道，从南头到北头，得绕九个弯儿，当地人都管这沟叫九龙沟。来往的人因为走这股道近得多，就都抄近从这沟里走，不过有一样，这股道就准走人，不准走车，皆因沟道太窄，两头车要都进了沟，当间一会面，谁也过不去，也退不回来，因此在两头沟口外头，挂着两块木牌都写着"不准车辆入沟"。在北沟外头，有一个小酒铺，没有字号，掌柜的姓韩，有点儿耳聋，大家都跟他叫韩聋子，老伴儿孙氏。夫妻两个，已然都六十来岁，没儿没女，就在这九龙沟外开着这么一个小酒馆，所卖的东西，也无非花生豆儿、豆腐干儿、咸鸡蛋儿、炸排叉儿。酒倒真是原封老白干儿，也预备点儿油面卷儿、荞面条儿，并没有什么细腻的玩意儿。因为从这道沟走的人，虽说不少，可全都是些粗等卖力气的人，那些有钱骑马坐车的谁也走不到这里来，夫妻两个，做着了这个买卖，虽然是赚不了多少钱，好在人口轻，年月好，挑费不大，混得不但圆整，而且还很攒下几个儿。

这一天一夜大雪一下，从早晨到晚上连一个过路的都没有，韩聋子冲着火炉子直打哈欠。孙氏道："你照今天这雪这么一下，大概也没有什么过沟的了，依我说咱们拾掇拾掇干脆歇了吧，省得熬人费火的。"韩聋子没言语，又是一个哈欠。孙氏把嗓音提高又喊了一声道："嘿！跟你说话哪！人人说你聋子，你还是真聋，怎么我跟你说话，你会一点儿没听见？我说咱们歇了吧，人困马乏的别耗着了。"

韩聋子笑了一笑道："我倒不是没听见，我正盘算事哪。天还没有黑，你瞧你又性急了。咱们还是五月节喝了一回酒，有多少时候没喝酒了？今天也没人，也没事，咱们也喝会子，享受享受。你瞧瞧这四外一片银子似的，多么爽心亮眼？喝完了酒暖暖和和地一睡，够多大的造化！"

孙氏不等说完，便把眼一瞪道："得了得了，你不用又想灌黄汤子，你也不想想，咱们两个，都是什么年纪？连一个接替的人儿都没有，你还有心高乐哪。依我说留着那点儿酒换几个棺材本儿吧，趁早儿下火是正经。"

韩聋子一听老伴儿又犯了儿子迷，把自己一团高兴，全都化成冰冷，便笑了一笑道："不喝就不喝，咱们也没那么大的命，还是留给人家有造化的人喝吧。"

说着过去就要摘门口儿挂的灯笼，却听前面山湾子拐角儿地方，一片马蹄夹着环铃声，仿佛是奔自己酒铺而来。顾不得摘那灯笼，才往外一迈步，不想面前一个人影儿一晃，差点儿没撞在来人身上。急忙往后一退，借着灯光，抬头一看，来人身高在八尺还壮，粗眉阔目，通关鼻子，四字口，白脸没胡子，腰粗，膀圆，脯子厚，戴一顶枣红色毛毡风帽，穿一件枣红色卡拉长袍，腰系一根香色丝绦，下半截穿什么鞋，却没有看清，手提一根马鞭子，头上身下全都蒙了一层雪。满脸含笑道："老头儿咱们这里有好酒吗？给我烫一壶。"说话的声儿小了一点儿，韩聋子没有听出来，仍然站在那里不住上下打量。

孙氏在旁边早就听见了，怕把这位上等客人给得罪走了，便赶紧笑着应一声道："有，有，有，大爷你先坐下。"说着话过去撩起衣襟，把板凳擦一擦。那汉子一边挥着衣帽上的雪，一边含笑坐下。

韩聋子先没听出来人说些什么，还以为是打听道儿的，现在一看，人已坐下，这才明白，来的敢情是财神爷，便也跟着踱了过来，笑眼眯稀地道："大爷你这是从什么地方来？你一定是出来瞧雪景来了吧？这场雪可下得不小。"

还要往下说时，孙氏抢过来道："大爷你是就喝酒，还是再吃点儿什么？"

那汉子又一笑道："我饿倒不饿，就是想喝两壶酒，老太太请你给烫热着一点儿。"

孙氏答应自去筛酒，韩聋子也跟着赶紧摆小菜儿，擦小碟儿。酒也到了，菜也齐了，那汉子拿起酒壶，并不往杯子里倒，一抬手说了一个请字，不等人家还回客套，一翻腕子，一扬脖儿，咕咚咕咚两声，这一壶酒就干了。孙氏看他喝得爽快，不等他再要，便把烫好的第二壶，又送到了桌上。那人也不吃菜，也不再说客套话，提壶一扬脖，咕咚两声，又是一壶下去，啧啧两声道："好酒！好酒！"

韩聋子正要想两句话应酬一下子，忽地一眼看见那汉子腰带上插着那根马鞭子，不由哎呀一声道："大爷你是骑马来的吗？"

那汉子点了点头道："是骑马出来的。"

韩聋子道："你外头还有人给你看着马吗？"

那汉子一摇头道："没有。"

韩聋子又哎呀一声道："那可坏了。我的大爷，你大概是不常出门吧？你既然骑着马走这种地方，你无论如何，也得交代一声儿，回头你喝完酒，出去一看马没有了，你要叫我们赔马，我们可赔不起。你先喝着，我给你出去看看。"

说着转身就要往外走，那汉子一欠身一伸手就把韩聋子胳膊给揪住，笑着说道："你干吗这样着急？难道还真会丢了不成！"

韩聋子道："你还说呢，这九龙沟，一向平静，不用说是这匹马不敢有人偷，连个草刺儿也没人敢动。就从前不多月起，也摸不清是从什么地方来了这么一个小贼儿，不但偷，而且还敢抢，只要是单身人儿，不拘拿点儿什么，不管沟里沟外，准得让他劫走。因为这么一来，可把我给害苦了，除去不知道的生人，还有从这里走的，从前那些老主顾，都怕出麻烦，全都绕道走前山了。这个小贼儿，我是不认得他，如果我要逮着他，非把他活埋了不可。你先坐一坐，我还是给你瞧瞧马去吧。"刚刚说到这句，只听门外环铃又是一阵声响，韩聋子向那汉子一笑道："还好，还好，没被那个贼小子偷了去。"

那汉子却不顾韩聋子说话，猛地站起，才待往外走时，脚步一响，从外头又走进两个人来。前头一个，身高五尺，白净脸皮，眉清目秀，满脸文气，年纪也就在二十上下，穿一件深蓝色长袍，戴一顶白貂皮帽，手提一条长鞭。第二个也就在十六七岁，长得又瘦又小，两只小圆眼睛，小翻头鼻子，小薄片子嘴，细脖腔，大脑袋，脑袋上戴一顶皮檐秋帽，穿一件黑羊皮短袄，腰里围着一块黄包袱，鼓鼓囊囊，不知道里头装的是什么，在短氅开气地方，露出有一个小皮口袋，手里也提着一根鞭子，浑身上下都是雪包着。进门一阵掸，掸完了之后，没等韩聋子说什么，那个小孩子就向韩聋子道："老头儿你这里有什么好吃的没有？"

韩聋子这回还真听清了，赶紧笑着道："好吃的没有，都是些个糙吃食儿，什么油面卷儿、荞面条儿、猫耳朵、煮疙瘩儿、大馍蒸饼，可没有炒菜。"

那个小孩儿把眉毛一拧向那少年刚刚说了一个"少"，赶紧又改口说道，"大哥你听他说的，你愿意吃什么？"

那少年把头摇了一摇道："二弟，随便有什么吃点儿什么都行，再说我也不饿。"

那个孩子又向韩聋子道："你给我们先来一点儿蒸饼吧，真格的，你们这里有鸡蛋儿没有？给我们炒两个行不行？"

韩聋子道："那个现成，你二位可别忙，等我把锅先坐上。"说着韩聋子孙氏自去预备。

那汉子座位原在那少年对面，自从他们进来，便上下连看了他们几眼。那少年仿佛也有点儿觉得，便向那个小孩儿道："二弟你看这一来又麻烦了，还不如赶紧吃点儿什么就走呢。"

那个小孩儿轻轻把脚踢了那少年一下子道："大哥你不用忙，咱们一个出来逛雪景儿，又不是有什么急事，你忙什么？咱们消消停停吃点儿东西，可以多玩儿会子……"

刚刚说到这句，却听门外马环铃响，接着就听一阵踢叫声音，那个孩子哎呀一声，把手往衣襟底下一摸，嗖的一声，纵了出去。那汉子也是提身一纵，跟了出去。来到外头一看，除去方才那个大汉之外，却连个人影儿也没有，走过去摸了一摸马缰绳，两匹马依然拴得牢牢的，纹丝没动。正待趑转，陡见那汉子把大指二指往嘴唇边一递，袅的一声，便是一声哨儿响，心里不由猛地一惊，赶紧把手伸进腰里，两只眼睛直勾勾看着那个汉

9

子。哨儿还没响完，哗棱哗棱一阵铃铛声音已近，料着又添了来人，益发心慌。及至铃声切近，事情偏出意外，空马一匹，上头却一个人没有，不由诧异。再看那匹马到了那汉子身旁，长鸣了一声，把个头不住向那汉子身上偎蹭。那汉子一只手抚着马鬃，一只手伸进鞍旁挂着的一个皮袋，从里面掏出也不知是些什么东西，放在马嘴旁边，那马闻了一闻，便低下头去就着手咀嚼起来。留神再看那匹马，高下里足有八尺，长下里也有一丈二三，因为天已昏黑，虽有雪色照着，却看不清是皂青，还是枣红，屋里灯光，微然一闪，仿佛是乌光发亮，又壮又肥。心里不由暗自寻思，自己这两匹马，要在自己看起来，已然很够个样儿，可着一个城里，也找不出第三匹，如今跟人家这个一比，简直会一眼也瞧不上，实是好马。正在暗夸猛然心里一动，身上汗就下来了，顾不得看人看马，伸出手来赶紧一趔身退回屋里。

才待使眼神说话，那少年却迎头问道："你干什么去了？你看你这一身雪！"

那个孩子才觉出鼻子耳朵上却有些发凉，用手一摸，上头却薄薄地堆了一层雪，赶紧从脸上到身上一阵好掸，掸完之后，向那少年一挤眼一摇头道："我到外头为的是看看雪住了没有，这场雪下得太好，咱们不是为逛雪出来的吗，最好赶紧就走，趁着道儿上没人走，尽着量儿玩儿个痛快回去再睡觉也是舒服的。"

那少年点点头道："也好。不过我肚子有点儿饿了，咱们吃碗热面就走，你也可以吃一碗赶赶寒气。"

说话的时候，韩聋子已然端过热腾腾两碗面，那个小孩儿微然一皱眉，便也坐下，却把脚又踢了那少年一下子道："咱们可快点儿吃，要是等人家把雪踏过后，咱们再去，可就没有现在有意思了。"

说话的时候往那边一看，那个汉子不知什么时候也进来了，依然坐在那里，嘴对着壶喝个不住。那少年才吃了两口，那个孩子已经一碗入肚，韩聋子赶紧又给端过一碗。恰好那个汉子也正往这边桌上看，一看那个孩子吃面的神气，不由暗暗点头，却又微然一皱眉，跟着又是一笑，把酒壶往桌上一放道："老头儿，我一共喝了多少酒？多少钱？快给算了，我还有事过沟去等一个人。"韩聋子答应，算账还没有清楚，那汉子却一撩衣襟，抖手一扔，当的一声，一块银子，已然撂在桌子上，向韩聋子一笑道："老头儿，你也不用算了，我有要紧事等不了，多了全是你的，少了你给我记着，办事回头，咱们再细算，不够我再给你找补，回头见！"说着话一拱手说了一个请字，大踏步儿便走出去了。

韩聋子一掂那块银子，足有二两多重，乐得两只眼睛都成了缝儿，笑着向孙氏道："要依着你早歇了火，哪里来这笔财？还是多坐一会儿的好吧！"

刚刚说到这句，猛听那边桌上一声喊道："老头儿，你过来！"嗓子大了一点儿，又是出其不意，韩聋子真吓了一跳，手一颤，差点儿没把那块银子掉在地下。韩聋子耳聋心不聋，开了这么些年的买卖，也没遇见过几位这个样儿的主顾，吃喝不到一吊钱，一给银子一大块，本就怕有毛病，提心吊胆正在冲着银子发怔，小孩儿一嗓子，调门儿又高了点儿，出其不意，当然就得吓一跳。心说旁的都是老谣，唯独这块银子，已经到了手里，可不能再让它出去，一边答应，一边把那块银子就揣在怀里了。三步两步走过去赔着笑道："二位还要用些个什么？"

小孩儿一摇头道："什么也不要了。我问你一件事，你可要实话实说。"

韩聋子一听不要银子，心里先踏实了一半，连连点头道："什么事？你就说吧。"

小孩儿道："也不是什么要紧事，我就跟你打听刚才那个喝酒的，他是个干什么的？"

韩聋子一笑道："我的少爷，你可问着我了，刚才那位，自从我开张那一天，到现在拢共就是今天来了一回。还告诉你二位，你二位进来时候，他也刚进来，还不过一碗茶的工夫，我怎么能够知道他是干什么的。"

小孩儿一听一皱眉道："你是真不认识他？那么你也没听人说过他是个干什么的吗？"

韩聋子道："干脆一点儿都不知道，连他姓什么叫什么我都不知道，还绝不是冤你二位。"

小孩儿听完，向那少年一笑道："你想错了，绝不是那么回事。不过咱们可得早点儿走，还是那句话，等人家踩过的雪景儿，可就没有什么意思了。"

少年摇摇头道："不行，原来不错，我们为的是玩儿雪景出来的，不过你看现在雪是越下越大，咱们又没有带着油布衣裳，虽说是雪不要紧，见热一化，身上披着冰片儿，还有什么心思去逛？依我看，莫若今天在这里坐上一夜，等到第二天天晴雪住，好在雪绝不至于全化，咱们再逛去也不晚。"

韩聋子这回可听明白了，赶紧搭话道："那可别价，不瞒二位说，我们这里可就是卖点儿酒菜，所为是糊口，无论如何，我们也不敢留你二位在这里屈尊一夜，还告诉你说，我们现在就快上门了，你们还是早请的为是。"说着就地一揖。

小孩儿微然一皱眉道："掌柜的，你这个人未免也有点儿太死赘了，我们本来是为逛雪景儿出的门，不过因为现在天也黑了，雪又不住，怕是路上出些失闪，所以才想在你这里借坐一夜，吃饭给饭钱，住店给店钱，睡也不打算倾你，你干吗这么一点儿活动气儿都没有。噢！也许你怕我们白吃白喝，抹嘴一走，掌柜的那你未免也有点儿太看不起人，来，来，来，我们先把钱交给你拿着，你还有什么不放心的？"说着话一抬腿，一撩衣襟，韩聋子还真瞧见了，就在那衣襟里头，挂着一个大皮口袋，鼓鼓囊囊，可不知道里头都是什么。

小孩儿刚要往下揪那口袋，少年过去一把按住道："一个住店，用得了多少钱？我这里有零的。"说着从腰里一摸，摸出一个小锞子，当地往桌子上一扔，约莫着也足有四两多，有一样可怪，仿佛上头还缠着有红绿绒线，不知是干什么的。就见小孩儿用手一指那锞儿银子道："掌柜的，你这就放心了吧？银子你收下，我们就在这里坐一宵，天一亮我们就走。银子是多是少，全是你的，我们是概不找零儿。"

韩聋子简直摸不清怎么回事，看着银子，说不出什么来。旁边孙氏就搭了茬儿："这二位少爷，你可别错想，我们这里不留住客，可是为你二位好。你也看见了，我们这个地方，旷野荒郊，两头儿几十里地，找不着一个住家儿，你住在我们这里，一点儿事不出，自是两下都好，倘若有一点儿不实不尽，扔点儿钱是小事，倘若让你二位再受点儿什么委屈，我们这小铺，可就不用再打算开了！依我说，雪景看不看也没什么，你从什么地方来，干脆还回到什么地方去。我可不是吓唬你二位，这九龙沟可不是什么好地方，趁早儿不用往那儿溜达，真要是碰见点儿什么，旁的都不要紧，先得受一惊。"

韩聋子也接着道："这话一点儿都不错，前两天沟里还闹过一回事，还是四个人一块儿过的沟，丢钱丢东西不算，大小还都受点儿伤。实在你二位还是不逛的好，趁着时候，还不太晚，你二位还是早走的为是。"

少年一听，两只眼睛看着小孩儿，神气之间，非常透出着急的样儿，眼圈儿也仿佛一红。小孩儿也怔了一怔，一跺脚道："我就不信这些事，要逛咱们就逛去，管他有什么，反正咱们身上是什么没有。说句不好的话，真要遇见点儿什么，咱们马总比人快，咱们不会跑？走！"说着话过去又把那锭银子拿到手里，向韩聋子道："我们一共吃了多少钱，找！"

韩聋子一摇头道："我们这里一则没有戥子，不知道准分量，二则也没有那么些零星钱，你二位有零的，就给我们，没有也没什么，你二位走你的，什么时候从这里过，带着零钱再给我们，现在要叫我们找，可实在是找不开。"

少年一皱眉道："你还找什么？把那块银子给了他不就得了。"

小孩一撇嘴道："什么，都给他？咱们没那么大的交情，留着这锭银子，真遇见劫道的，还许买条命呢。你没零的我有。"说着把手往屁股后头一摸，摸出一个小包，从里头掏出一块一钱来重的碎银子，往桌上叭地一拍道："掌柜的够不够？"

韩聋子连连点头道："够了，够了。"

小孩儿道："有富余没有？"

韩聋子道："有点儿富余，找给你吧。"

小孩儿一摇头道："得了，不用找了。"韩聋子刚要说谢谢，小孩儿道，"存着下回从这里过的时候再算吧。"说完一整衣袖，向少年道："走！"少年满脸带愁地站起来一步挨一步地走了出去。韩聋子跟到门口一看，两个人已然攀鞍上马，小孩儿回头向韩聋子一乐道："掌柜的，咱们回头九龙沟里见！"说着叭的一鞭子，两匹马八只蹄子放开，霎时一阵沙沙的声音，便往九龙沟头去了。

韩聋子赶紧回过身来，摘了酒幌子，挑了灯笼，双手一合，梆的一声，门也关了。孙氏道："人都走了，你还忙什么？"

韩聋子道："我怕他再回来。"

孙氏摇头道："他们绝不回来，你没看出来，这两个必有事，外带着这两个人不是哥们儿，大概齐一个是主儿，一个是奴才。"

韩聋子笑道："没看出来，你什么时候又学会相面了？你从什么地方瞧出他们有急事？又从什么地方瞧出他们不是哥儿两个？"

孙氏也笑道："我倒不懂相法，不过我瞧出一点儿影子来。他们说他们是出来逛雪景的，你瞧见过什么年间有黑天半夜出来逛雪景的？再看他们进门的时候，身上穿的衣裳，上头带了挺厚的雪，他们可是骑马来的，道儿近了，哪里会落上那么多的雪？看那神气一定还是从远道而来，出门时候，大概还没下雪，雪已经整整下了一天，他们也一定跑了一天，你想道儿能够近得了吗？不是有急事谁能冒着大雪跑好几百地？再者看那个岁数大的，拿着蒸饼直发怔，也不像出门散逛的神儿。刚才你是没听见，我扫着了一耳朵，那个小孩儿也不是要叫什么，说出来一个字，就让那个岁数大的给拦住了，小孩儿才改口叫的哥哥，这可以看出来他们绝不是哥们儿。还告诉你，不但他们有急事，他身上带的钱，还很是不少。"

韩聋子道："这你又从什么地方看出来的？"

孙氏道："刚才那个小孩儿要掏那个口袋，岁数大一点儿赶紧给拦住了，可从他身上随便一摸就摸出一锭三四两重的锞子，你想那个口袋里，不是得比那个还多吗？两个年纪轻轻的孩子，带了这么些钱，走这么险的道儿，倒实在有点儿替他们担心。"

韩聋子哟了一声道："既是这么说，刚才咱们该留他在这里坐一夜，无论如何，白天总比黑夜强些个，真要中途出点舛错，倒怪对不过他们似的。"

孙氏把双手一摇道："那可别价，我也知道留他们在这里坐一宵没什么，不过你没瞧见那张桌上坐着那个大个儿吗？你是没留神，他一边喝着酒，一边往这两个人身上飞眼花儿，你再瞧他那个穿着打扮，连给咱们那块银子，都透着有点儿不实不尽。咱们留下人家，原是好意，回头救不了人家，再从咱们这里出点儿麻烦，你看我这个岁数，还是留着这把年纪多看几回雪景儿吧！"韩聋子叹了一口气，又要说什么，孙氏道："得了，咱们也不用看鼓儿词掉眼泪，替古人担忧，天可真不早了，火也要完上来了，趁早儿睡觉是正经。"当下这老二位灭火熄灯安睡享福。

门外那两个逛雪景的一辔头已然到了九龙沟口。小孩儿扯住缰绳长出了一口气道："哎哟，我的少爷，可憋死我了！"

那少年急往两旁一看，四外皆白，连一个人影儿都没有，这才向那小孩儿道："三多儿，你瞧，看你这孩子，在家里跟你说什么来着？刚才差一点儿你就嚷出来了，你知道咱们现在身上有

15

多大的事，要是一个走不到地头儿，咱们两个人两条命丢了不要紧，老爷岂不受了咱们牵累？一家子岂不全完？又告诉你出外不要惹气，你刚才又犯了毛病，你就不想你那口袋东西，关着多少条人命？倘或一个露出破绽，咱们就是到了地头儿，也不是白跑一趟。你没瞧见那个大汉，神情古怪，谁知道他是什么路子？怎好在那里口角生事？此去地头儿还很远很远，你必须谨守老太太告诉你的话，忍耐谨慎，千万不要惹出事来。"

三多儿道："少爷说得是，我也看着那个汉子神色不对，恐其他已经跑到前边去等着咱们。我倒有一个法子，我把我身上的口袋交给少爷，前边不出事最好，倘若有事，凭着我那一根鞭子一口袋石头子儿，我要跟他以死相拼，少爷你趁着那个工夫，就可以跑了。只要你能到了地头儿，救出老爷，三多儿这条命就是没了，也没有什么，少爷你看好不好？"

少年摇摇头道："三多儿你别说了，我听着怪难受的。咱们能够托老爷太太的福，赶到地头儿，这是再好不过，倘若半路出事，要死我们也死在一块儿，你把东西交给我，没了你，我一步儿也走不了。三多儿，话要少说，路要多赶。咱们进着吧！"

三多儿没法子，只好答应。刚往起一领缰绳，双腿一磕马肚子，就听后面哗棱哗棱一片铃铛声响，接着一阵沙沙的响声，一匹马一个人已从后头风驰电掣般向九龙沟口跑来。小孩儿把辔头一勒，挡住那少年，扭项回头的工夫，那匹马就到了。怕什么有什么，马上坐着精壮大汉，正是方才酒馆所见那个汉子。小孩儿把缰绳一领，意思打算让那汉子过去，自己再走。没想到那汉子简直是故意来开玩笑一样，眼看一领马就可以进沟，只见他腰陡地往后一挺，单手轻轻一抬，那匹马便缓了劲一步一步慢慢走起来。小孩儿一想，这事简直眼看要出毛病，不如撒开辔头，能够跑过沟去更好，实在脱不过去，也只好跟他硬拼一下子，反正不能叫他轻描淡写把换命的东西得去。想着他向那少年道："大哥，你瞧这道沟实在有点儿意思，里头的雪景，一定比外头还厚还大，咱们撒一缰头，看看这道沟，倒是有多长，你瞧怎么样？"

那少年道："二弟你倒真有个摽劲儿，咱们出来，时候可不小了，越跑越远，什么时候才能回家？回头家里该不放心了，依我说咱们趁早儿回去吧，劳人累马的真没多大意思。"

小孩儿道："你觉得兴尽了，我可还没跑够，好大哥，咱们就跑完一段儿，赶紧往家里走，也晚不了多少。大哥，你先走，我在后头跟着。"

那少年点点头道："好，可就是这一段儿，再多了我可就一个人回去了。"

小孩儿答应，才往起一领缰绳，沙沙两声响，那个汉子一匹马已然杠在那两匹马前边。小孩儿手往衣襟底下一摸，瞪眼问那汉子道："嘿！你怎么把我们马道横了？"

那汉子带着笑声儿道："那我可不敢，不过我瞧你们两个逛雪景逛得怪有意思，我是单人独马，显着孤一点儿，我想跟你们商量商量，搭一伴儿一块儿走，可不知道你们愿意不愿意？"

小孩儿还没说什么，那个少年双手乱摇道："这位大哥，我们是无事闲逛，什么时候腻了，什么时候就得回去，没有准儿。你说跟我们一块儿走，原没什么，多一个伴儿道儿上还可以多说些话儿也是好的，不过我们这一个闲玩儿，没的倒耽误了你的正事，所以不敢答应你，你要走你走你的，我们也许就不过这道沟了。实在对不过，对不过！"

那汉子听了哈哈一笑道："二位小朋友，干脆我再跟你们说一句，你们可要实话实说，你们到底从什么地方来？要到什么地方去？身上一共带了多少钱？要去干什么？你们要实话实说，别说一句瞎话，我可是好意，你们可不要错想了。"

那少年不容小孩儿说话，便也笑着道："这位大哥你的话错了，我们实在是为逛雪景出来的，身上除去带了一点儿零钱之外，任什么也没有，不知你这话是从什么地方说起？对不过，我们可要少陪了！"说着一领缰头，裆上一使劲，一扬手，叭的一鞭子，那马横着一冲，就往沟里跑去。

小孩儿一见喊声："大哥慢一点儿，等等我。"叭的也是一鞭子，那马一驳头也跟着进沟去了。

那大汉长笑一声道："初生犊儿不怕虎，一会儿就该后悔不及了！"说着一勒马头，依然往原路跑回去了。

小孩儿马走得慢，大汉两句话，听得清清楚楚，紧加一鞭赶上少年低声儿道："少爷，你瞧这个人是干什么的？"

少爷一边跑着，一边气急败坏地说道："管他呢，反正不是好人，你看他问的话有一句是好意吗？"

小孩儿道："先我也疑心他没有好意，可是方才他说什么初生犊儿不怕虎，一会儿就该后悔不及了，也许他看出咱们什么神气，他是好意，也未可知。"

少年道："什么好意？这种年月，至亲骨肉，恩养多年，还要插圈弄套儿、图财害命哪，一个素不相识的生人，他能有好意？咱们赶紧走，能够躲过去更好，躲不过去，今天就是我的末天了。"

小孩儿道："不对，他要是有意和咱们过不去，他为什么当时还不动手，他的马比咱们马快，怎么倒会没有来呢？"

少年道："那一定是他看见咱们两个人，他一个人怕弄不倒咱们，约人去了。我们还是得赶紧走，今天就是听天由命吧！"说着叭叭又是两鞭子，那马便跟疯了一样，往前飞奔。

这时候雪已稍住，可是起了大风，风搅着雪，直往脖领里头灌，因为逃命的心急，也就顾不得了。跑了足有半个时辰，眼看沟越来越宽，地也越来越平，知道是离着沟口不远了，又催了两鞭子，一片沙沙声，真像疾风快电一样。少年心里方自一宽，准知道一出了沟就是官道，再有什么总比在沟里好一点儿了，才说了一句："好悬！"猛见马前陡地一条黑影往起一蹿，那马四个蹄子便跟钉住一样，不住在地上乱刨，嘴里发出咘咘的响鼻儿，一任少年再加用力鞭打，它却再也一步不进。小孩儿的马这时候也平了，低声向少年道："少爷，你勒住了缰绳，恐怕要出蹊跷。"说着从衣襟底下用力一扯，嗖的一声，扯出一把背儿厚刃儿薄把儿短尖儿长铮光耀眼的折铁刀来。才要往前催马，前头那条黑影已然如飞的一般，跑到了马前，陡地往起一站，看身量也不过四尺来高，宽下里倒有二尺七八，扁扁的一个身形儿，拦住去路，一声喝喊："来人站住脚步，有银子有钱，快点儿拿出来，饶你们两条狗命，如果舍命不舍财，管教你当时人财两空！"

小孩儿一听，连话都没说，嗖的一声，从马上蹦了下来，一摆手里刀道："什么人敢拦住小太爷去路？难道你吃了老虎心狗熊胆？要命的，趁早儿躲开，要是活腻了找死，你家小太爷刀子不认人，你就快快过来领死！"

那黑影儿听了哈哈一笑道："好小子，要价还价儿，接家伙！"往上一纵身，可没看清他手里拿的是什么，双手一晃，就奔了小孩儿面门，小孩儿将手里刀往上一削，就听哎呀一声，扑咚一声，跟着哈哈一阵大笑。

要知又出什么岔事，且看下回，便知分晓。

第二回

齐南子威震九龙沟
楚东荪误入七鹤寺

那个少年本来自从在酒铺看见那个汉子，早就犯着瞅咕，偏是到了沟口，那个汉子又照了一个面儿，语气之间，虽不敢断定他是坏人，可是也绝不敢认他是正路，说了几句不明不白的半语子话，驳马往回一走，更是使人生疑。心里又有急事，回去自是不可，前进也觉胆怯，实在没了法子，才一硬头皮，打算闯过沟去。自从进沟起，就提心吊胆，恨不得给马插上两个翅膀，飞出沟去。越是害怕，越出毛病，眼看离着沟口不远，心里才一痛快，忽然前边有人搭话，心里还觉纳闷，分明那个汉子，驳马回去，怎么会倒跑到前边来了？小孩儿一过去，提刀说理，来人不退，手一晃没看清什么家伙，就递上手了。那少年不用说是持枪弄棒他没见过，家里杀一只小鸡子，他要瞧见都得哆嗦半天，现在一看，硬要瞪眼杀人，他哪里还沉得住气，一个心扑咚扑咚乱蹦，没有舌头挡着，他直都要蹦到嘴里了，准知道小孩儿并没有多大能耐，前三抢儿也不过是对付，工夫一长，绝不能够取胜，小孩儿一败，轻则受伤，重则丧命，一家子性命相关的东西，都在小孩儿一个人手里，他要一完，自己也得跟着完，回是回不去，跑是跑不了，这份儿着急，就跟热锅上蚂蚁一样，揪着马缰绳，不住来回乱转。正在这个时候，猛觉眼前有道白光一闪，抬头一看，就在沟帮上又出来一个，这一来准知道今天是完了，不由哎呀一声，手里一勒马，马往后一甩，少年哪里还骑得住，扑咚一声，掉落马下。小孩儿正跟那个大宽扁小伙子杀得上劲，一听身后哎呀一声，扑咚一声，也吓了一跳，怕是对手又添了人，少爷已然受伤，还没等自己回头，那个大宽扁小伙子哈哈一笑道："住手！你的伙伴儿掉下来了，先把他扶起来，咱们再比画，你家小太爷不打躺下的。小子儿，不用害怕，我等着你，我就不信煮得的鸭子还能够飞了，谅你们今天也蹦不出这块地！"

小孩儿一听，呸地就是一口啐道："小宽扁儿，少说废话，招家伙！"说着话，手里刀就奔了宽扁儿前胸扎去。小孩儿有小孩儿心思，自己的能耐自己知道，没有什么出奇惊人的，少爷虽说要紧，可是就剩下少爷一个人是什么事也办不了，重要的东西全在自己身上，自己真要是一完，纵使少爷能够逃了活命，老爷太太以及一家人也全活不了，事到如今，不能管少爷那边出什么险事，先得想法子把这个小子弄趴下，以后才能有办法。到了这个时候，心就横了，手里一把刀，真是带着风一样，就奔了那个大宽扁儿前胸扎去。大宽扁儿正在一声长笑未完，呼的一声，家伙带着风就到了，赶紧先往后一撤身，让开那刀，这才喊出一声："好！好小子，冷不防啊！接家伙！"双手一晃，家伙往小孩儿刀背上就砸。小孩儿这回可瞧明白来了，仿佛一条布口袋，又比口袋细点儿，像一根带子，又比带子稍微宽点儿，软中带硬，说不出叫什么来，赶紧往后一撤刀，跟着刀削大宽扁儿的腕子。大宽扁儿一反手，那条口袋相似的东西，就奔了小孩儿的腰。小孩儿一看，这叫真干，往旁边一闪，立住刀往外一挂，打算把他那条口袋相似的玩意儿给他削折。谁知道这回可上了当，削是削上了，就觉手里一发紧，不但没削动，刀子还有点儿要出手的意思。小孩儿就知道不好，打算往后撤刀，使劲往后一夺，大宽扁儿单手一抖，嗖的一声，小孩儿刀就出手了。大宽扁儿又一抖，就听在两丈开外，当啷一声，刀就掉在地下。小孩儿知道坏了，往回一掉脸，打算奔那匹马，奔马就跑。大宽扁儿又是一声长笑道："小子儿，你还打算跑吗？"一抖手里那条口袋，就缠小孩儿的腰。小孩儿往上一纵，让过口袋，大宽扁儿口袋又往回一抽，正在小孩儿脚脖子上就缠上了，往里一揪，喊声："趴下吧。"小孩儿倒听话，咕咚一声，竟自摔倒在地下。

大宽扁儿往前一迈步，单脚就把小孩儿后脊梁给踩住了，喝喊一声："你家小太爷要的是钱，不要你们的狗命，你不用害怕，快快把身上带的钱拿出来，可以饶你们不死，如若舍命不舍财，我可要对不过，先要你们的命，然后再搜你们的腰儿！"

这大宽扁儿嗓子挺大，借着沟里的回音，听得多远去。那个少年这时候已然爬起来了，站在那里除去哆嗦，就是念阿弥陀佛有灵有圣的地藏王菩萨如来佛孔圣人……小孩儿把眼一闭，一声儿也不言语。大宽扁儿连说两句，一看小孩儿不掏钱，他这气就上来了，一提手里拿的那口袋，嘴里喊道："小子儿，我看你八成儿是善财难舍，给脸不要脸，你要死了，可怨不了我，是你自找！"说着嚷着家伙别头就来了。

说时迟，那时快，那个口袋就猛儿离着小孩儿脑袋不到一尺远近，只见一道白光，如同闪电一样，哗的一声，从沟上就下来了。大宽扁儿喊声："不好！"顾不得再砸那小孩儿，单脚一点，往回一个反提，蹦出去足有七八尺，才要问什么人，人家先说上了："大扁蛋儿，休得以势压人，咱们比画比画！"话到人就到了。

小孩儿一骨碌爬起来，长叹一口气，低声儿说了一个好悬，赶紧跑到少年面前，双手一拉少年双手道："少爷，你可吓坏了吧？"

少年抽抽噎噎地道："叫你受委屈了！"

小孩儿一晃脑袋道："没什么，少爷你快看，咱们许不要紧了。"

少年道："怎么办？"

小孩儿道："你还没看出来吗？后来的这个，就是酒馆儿碰

22

见那个，咱们是错会了意，他一定是好人，他要能够帮着咱们，准能平安过去。"

少年一摇头道："未必吧，安知他不是打算把那个弄倒了他一个人得咱们的财哪？"

小孩儿道："你先别言语，听听他们说什么。"

大宽扁儿这时候已然蹦过来了，一听那汉子所说，一声怪叫道："你是什么臭玩意儿，竟敢跑来破坏小太爷的好事，别走了，你也跟着一块儿走一趟吧。"说着一抖手里那条口袋，就裹那汉子的腰。

那汉子纹丝不动，微微一笑道："大扁蛋儿你的胆子还真不小，既是这样，你先说说你叫什么，姓什么，你的师父是谁，咱们也开开耳朵！"

大宽扁儿眼看一块肥肉到了嘴，忽然出来这么一个挡横的，心里当然不大痛快，把扁脸一横道："你这小子，沟宽地宽，放着大道不走，干吗多管闲事？难道你就多着一条命，死了没人心疼？要依我说，你是趁早儿快走，别多说少道，省得彼此伤了和气，日后咱们好见面儿。"

那汉子听了哈哈一笑道："承情，承情！不过天下人管天下事，怎么见得我就不该管你们的事？人家出来游山玩儿景，踏雪寻梅，是多么舒心展眼的一件事儿，你这么一来，岂不是败人家的兴？看你这个神儿，一定是打算做没本儿买卖了，既是打算干这个，你也得拿耳朵听听，眼珠子转转，人家身上有多大的水，你怎么一点儿全不理会？他们这两个人，除去身上穿的衣裳还值两个钱，谁能够成千动百地带着出来逛雪景儿，一个钱弄不着，先害两条命。虽说这个地方儿没有王法，难道你就一点儿人心没有？我因为看你活到这个岁数不容易，手里使的家伙，我看着也眼熟，所以才要跟你问个蔓儿（名字），怕是我手重，一下子把你弄残废了，再提出熟人，彼此都不是意思，你怎么吞蔓儿不道（隐名不说），反倒瞪眼叫横？我告诉你，你把眼眶子擦干

23

净点儿，你要是能够说出名姓，跟你师父的蔓儿说清楚了，可有你的便宜。"

大宽扁儿一听，把眼一翻道："你这小子，也不用大话欺人，我要不告诉你名儿姓儿，你还觉乎谁怕了你。现在你把耳朵伸长着点儿，我告诉完了你，你死了也好明白，下辈子转世为人，也好找我报仇。你家小太爷姓黎，单名一个金字，江湖道儿上送你家小太爷外号叫插翅熊。至于我师父他老人家，早就嘱咐过我，不叫我在外头说出他老人家名姓，现在你既一定要问，我告诉你就告诉你，你可站稳了，省得吓破了你的苦胆。我师父他老人家住家在安徽凤阳府双姓闻人，单名一个喜字，江湖人称神砂手就是他老人家。你问我的，我告诉你了，你要听着害怕，赶紧走道儿，我也不能跟你过不去，你要觉乎着非得找死不可，你也说个名儿姓儿，还是那句话，等我把你弄死之后，等你转世投生，也好找我报仇。"

那汉子听了略沉吟接着微然一笑道："我当着你是什么高人，原来你就是小喜子的徒弟，竟敢这样无礼，你别走，招家伙！"

黎金一听，狂喊一声："好小子，你倒把你家小太爷的蔓儿诓了去了！接家伙！"单手一抖，噗噜一声，那条口袋相似的玩意儿就奔那汉子腿上抽去。

这个时候，那个少年跟三多儿两个，已然凑在一起说喳喳话儿。少年道："三多儿，咱们还是跑吧。"

三多儿道："干吗？"

那少年道："你刚才手里有家伙，还让劫道的一下子给裹飞了，这个人手里连一寸铁都没有，那焉能是劫道的对手？不如趁着这个时候，赶紧就走。他们两个人，一个好人也没有，谁把谁伤了，也碍不着咱们，要是等的工夫一大，恐怕他们不拘谁赢了，也饶不了咱们，依然还是个苦！"

三多儿道："少爷别说话，你看他也掏出家伙来了。"

少年往那边看时，只见那汉子把手里一根鞭子，往长下里一挡，锵啷一声，那鞭子长出来足有五六尺，耀眼铮光，犹如一条银龙相仿。正在诧异，又见那汉子两手攥住，麻花扣儿一拧，克克两声响，前把按中间，后把按低，抖手一戳，就是一个碗大的花豆，这才知道是一条枪。少年也看明白了，黎金的家伙也到了，那汉子双脚一提，那口袋便从脚下过去。黎金喊道："好!"撒手往回一抽，打算缠那汉子的中腰。那汉子单手把枪拉倒，往后一舍身，腰塌下去，这手功夫叫铁板桥，那条口袋从肚皮上擦了过去。那汉子点脚往起才一站，黎金一抖手里家伙，搂头一甩，那汉子一低身儿，擦着头皮过去。黎金一咬牙，家伙带着风就又奔了那汉子前胸砸去。那汉子这回却不往后躲，一立手里枪，往上一迎，来个正着，口袋在枪杆上绕了有三遭儿。黎金知道不好用力往后就撤，说来也怪，仿佛拿胶粘在上头一样，连纹丝都没动，心里就慌了，二次使劲往后一夺。那汉子猛地一声狂喊道："我今天要了你的小命，省得留着祸害人!"脚踢枪杆儿，枪杆儿一掀，黎金跟着往后一退，手才一松，正要使劲还没得使，那汉子猛地把枪杆往起一抖，就听嗖的一声，吧嗒一声，黎金的家伙就飞出两丈开外去了。黎金虎口震裂，喊道："不好!"才待转身逃跑，那汉子往前一进步，用手里枪杆往黎金腰上就戳。黎金知道不好，打算躲，一斜身，腰躲过去了，正戳在胯股上，黎金倒是条硬汉子，连哎哟都没嚷，扑咚一声就坐下了，翻着眼看那汉子。

那汉子哈哈一笑道："我当着小喜儿的徒弟许错不了，谁知不禁一斗，起来起来，咱们闹着玩儿哪!别过意，我跟你师父有交情。"

黎金坐在地下把嘴一撇道："小子儿，我干不过你，我认输，你要我这条命都容易，你可不许骂人，你要转着弯儿占我的便宜，我可是胡骂你。"

那汉子又微微一笑道："说你傻，你又不傻，说你不傻，你又不机灵，我告诉你的话，你既不信，这么办，我练一手儿功夫叫你瞧瞧，你师父也许跟你提过，你就想起来了。"说着话把手里那杆枪，平着一托，照着那沟帮的石头，凭空戳去，只听锵的一声响，那杆枪硬戳进去有一尺多去，随手往外一提，当的一声，带出好些碎石头粉子来，跟着把枪左右拧麻花似的一拧，克克两声响，两手往前后一推，一杆枪没了影儿，手里却变了一根乌黑的鞭子，在手里一提，那只手往嘴唇边一送，两个手指头一捏，只听袅的一声，就是一个响哨儿，山沟里又拢音，听得比真哨儿还响。

大家正在一怔，三多儿一拉少年道："少爷，你快躲开一点儿，马来了！"

少年道："什么马……"

一句话没说完，就听身后咔咔两声一个黑影儿往前边去了。定神再看，那汉子面前，已然添了一匹马，正在那里抿耳低头往那汉子身上蹭，那汉子也拿手抚着它的鬃毛仿佛摩挲小孩儿一般。

正是这时，黎金一声喊道："我想起来了，你老人家是不是齐大叔？"

那汉子哈哈一笑道："好小子，这才明白！不错，我正是你师父的好友齐南子，现在我有一样事儿求你。"说着用手一指那少年道，"他们二位确有要事过沟，今天无论如何，看在我的面儿上，让他们过去，你要过不去，明天早晨鸡鸣驿刘家窑儿见面。你走！我也走！"说完了这句话，手扶马鞍，拧身一纵上马一勒辔头，驳转马头，说了一个请字，就听沙沙两声，一团黑影，往回路跑去，眨眼就没了。

黎金刚在地下，要起还没起，一看那汉子已经没了影儿，羞眉臊眼，掸了掸身上的雪，一骨碌爬了起来，冲着那少年点点头道："今天算是便宜了你们！小子儿，回头见！"说着往前一纵，约有两丈远近，弯腰拾起一件东西，往身上一围，一晃两晃，当时也没了影儿。

26

那少年看到那里，才长长叹了一口气，三多儿也跟着出了一口气。少年道："三多儿，你说咱们到什么地方去？"

三多儿道："如今咱们总算已经脱了一难，自是还是往前走的为是。"

少年摇头道："不妥不妥，这两个人分明是一条道儿上的，难道你就没有听出来，现在两个是弄僵了，咱们才算找着便宜，待会儿他们一醒过味儿来，咱们依然是个苦子。依我说，咱们不如干脆回去，再约几个人一块来，你看怎么样？"

三多儿把头一摔道："少爷，你这话我就不佩服你了，这两个人看神气不一定准是坏人，如果他们准要是一个路子，这个时候，咱们早就完了，他还有什么避忌咱们的地方？现在既不动手，待会儿也必没事。你没听见那个骑马的姓儿吗？人家叫齐南子，有几个齐南子断道劫财的？还有一说，即使这两个人确实有什么不可靠的地方，那么怕也无益，咱们事够多急，前进还嫌慢，岂有后退之理？少爷你看开一点儿，就如同我刚才让人家给伤了，你也完了，东西也丢了，咱们至多不过一死，你这么一想，就什么也不怕了，赶紧前进，到了地头儿，快办正事，省得家里人个个悬念，少爷你说是不是？"

少年又长叹一口气道："三多儿你的话全对，你为我们家事，还肯不怕生死，勇往直前，我岂是贪生怕死？不过死有轻重，咱们白把命送了，也救不了人，岂不更糟？所以我才说回去多约几个人，所为可以平安无事。现在既是你这样说，咱们就走吧，我这次出门儿，已把生死置之度外，什么也不怕。三多儿，你给我把马拉住了。"

三多儿答应，拉住嚼环，单手一撮，就把少年扶上去了。三多儿他扶鞍，一跨腿，磕马才要走，少年哎呀一声道："三多儿，你的家伙丢了，你就不找找吗？"

三多儿道："这个地方，雪那么老深，不用说一把刀，就是一个人要掉在里头，都不好找，干脆我也不找了。"

少年道："倘若头里遇见点什么呢？"

三多儿单手一拍腰道："我这里还有这个家伙呢！"

少年哟了一声道："对呀，你刚才为什么不抽出来，你的拿手是鞭，刚才要使它，还许输不了呢。"

三多儿道："少爷你说着容易，刚才也得有掏它的工夫啊！今天这件事，真跟做梦的一样，现在想着都有点儿后怕。少爷，拢住了牲口，现在可就要出沟口了！"

叭的一鞭子，撒开辔头，霎时马蹄子沙沙一阵响，两匹马就出了沟口。在东西一片大道上，南北下里有两股岔道。三多儿把鞭子一松，辔头一缓，那马便四六步儿慢了下来，三多儿两边一望，回头向少年道："少爷这两股道倒是哪条通鸡鸣驿，你从前跟老爷走过，你还记得点儿影子吗？"

少年一摇头道："这个我可真有点儿不大记得了，因为那回跟老爷这里走，是坐的轿车，又是从沟前边绕过来的，外头什么样儿我就没瞧见，现在咱们是这边走，你想我怎么能够记得是哪股道？"

三多儿一皱眉道："我倒想起来了，咱们住鸡鸣驿，反正得往南，咱们认准了方向，一直往南走，等见着人再打听，好在都是官道，那绝不至于再出什么事，少爷，走！"说着，一紧缰绳，两腿一磕，叭的又是一鞭子，这马一塌腰就跑下来了。

天准黑暗，因为满地是雪，倒还看得清清楚楚，走出也不过三四里地，忽然前面一片树林，仿佛还有庙宇相似。三多儿道："少爷，咱们奔那片树林子，里头也许有什么人家儿，咱们先到那里，借光打听个道儿再说，你瞧好不好？"

少年道："去就去。"

这片树林子在这股道偏西，没有多远，磕马就到了，到了林子外头，三多儿就把马勒住了，甩镫下来，过去又把少年的牲口捏住，少年也下了马，三多儿拉着两匹牲口，往树林子里走，少年跟在后头。进了树林一看，原来是一大片荒地，东西足有七八十亩长，南北也有四五十亩宽，在尽西头恍恍惚惚是有一座宅子，赶紧拉马往前走。越走越近，可就看清楚了，原来是一座大庙。

三多儿道："这就好了，我还怕是住人家呢，黑天半夜，叫门打听道儿，招人家不愿意。这是一座庙，里头一定有用功的和尚，叫门问问，倒方便得多。"

少年道："三多儿，你可留神，咱们才出来时候，太太跟咱们怎么说的？叫咱们少住店，少住庙，怕是有什么黑店脏庙，住下把命送了，依我说咱们还是另找别的地方去打听吧。"

三多儿道："少爷你也太小心了！太太那么嘱咐自是一点儿错儿都没有，不过我想不能是庙就不好，偏偏咱们遇见的就不是好庙。再说还有一节儿，咱们不过是拍门问个道儿，谁也不打算住在这个地方儿，那咱们怕他干吗？你先拉一拉牲口，我一个人过去，拍门就问，问完了咱们是抹头就走，也绝不至于能闹出什么事来。"

少年点头道："那样也好，你就赶紧去吧。"

三多儿把两匹牲口交给少年，说了一声："你等一等，我这就来。"

当时一塌腰就跑下去了，到了庙门口，气喘吁吁，一抬手叭，叭，叭，照着门环子就是好几下，里头一点儿人声都没有，叭，叭，叭，又是一阵打，待了一会儿工夫，才听见里头有人说话的声儿："这是谁呀？怎么这时候才来？"三多儿一听就是一怔，说话的声音不像和尚，仿佛像个姑娘，可是和尚庙里，怎么会出来姑娘了？这可真是新鲜！插关儿一响，吱扭一声，门分左右，三多儿可瞧明白了，不是和尚，敢情是个尼姑。自己一怔，那尼姑也是一怔，双手一打问道："阿弥陀佛！这位小施主怎么黑天半夜跑到这个地方来了？"

三多儿平常挺能说，也不知怎么见着这个姑子，连一句整话也说不出来了，结结巴巴地道："大师父，我是从此路过，打算……打算……"

29

尼姑一皱眉道："你打算干什么？"

三多儿一着急更说不上来了："我打算……在……在这庙里……住……一夜……"

一句话没说完，那个尼姑就急了："什么？你怎么满嘴不说人话呀！你没瞧见我们这里是幼僧庙吗？黑天半夜的，跑到这里撒野来，真是无礼。我要不瞧你是个小孩儿，我非得把你送到联庄会上叫你挨一顿板子不可，趁早儿你给我走开这里，要是找麻烦，我当时一喊，你这苦子可就要吃大了。"

三多儿也不便再改过来，赔着笑说了一句："对不住，回头见吧！"

说着转身才要走，就听身旁有人说了一句："三多儿你简直越来越糊涂了，怎么说话就得罪人，真是废物！"

三多儿回头一看，正是自己主家的少爷，拉着两匹牲口，也跟过来了，才要告诉少爷这庙可不能进去，少爷已然一步抢进和颜悦色向那尼姑道："师父请了，小作不会说话，实在招师父生气，我这里替他赔不是了。还跟小师父打听，我们打算从这里奔鸡鸣驿，应当怎么走的对，请你告诉我们，我们好赶道儿。"

那尼姑一听，上下一打量少年，哟了一声道："这位少爷你的话说得太客气了！我们出家人讲究是方便为门，这一点儿小事儿算得了什么？我看少爷不常出门吧？从根儿上说，你这股道就走错了，这股道叫康庄儿，离着官道四五里地，那边还有一股道叫平庄儿，你要去鸡鸣驿，应当走那股道，因为这股道是一条斜道儿，你瞧着是往南，越走越往西。幸亏你还问问，要一忘，那可就不定走到什么地方去了。"少年一听，不由长叹一声。尼姑又一笑道："少爷，你瞧这雪虽住了，地下可太不好走，莫若你二位进我们庙里坐一会儿，歇歇腿儿，喝点水儿，至多再有一个时辰，天也就亮了，我把道告诉明白，你再走就错不了。来来来，你二位把马交给我，请进去歇歇吧。"

那少年听了，正在踌躇之际，三多儿道："少爷那可不行，咱们还是赶紧走。”

少年还没得搭话，那女尼过去一伸手已然把马揪住。少年到了这个时候，因为三多儿先时说话不慎，怕得罪人家，现在听人家这么一说，倒不好推辞了，便点点头向三多儿道："你把马拉进去，咱们进去略坐一坐，别驳了师父的好意。"

三多儿一听，也就不便再拦了，拉着马进了庙。尼姑把牲口拴在树上，把三多儿主仆让进大殿，落座喝茶。端起碗来，要喝还没喝，就听院子里一阵人声嘈杂，少年就是一惊，再听挺清楚："外客来了，也不款待款待人家？真是我有一点儿不到，你们就得出事儿，这多对不住！"一边说着，窗门一响，从外头进来足有六七个，全是年轻女尼，心里就是轰的一声，及至再一细看她们的穿装打扮儿，唰的一下子，这汗就流下来了。

要知这尼姑是怎么一个打扮，为什么吓得少年出汗，且看下回，便知端的。

第三回

三多儿智渡美人关
万虚子巧排英雄谱

连前带后，进来一共是七个尼姑，迎头一个，实纳香色僧袍，白护领，系着一根二蓝丝绦，手里拿着一把苍蝇刷，年纪约在四十上下，秃头皮，小眼睛，大黑眼圈，画着两道弯弯眉，小鼻子，大嘴，脸上搽着一层怪粉，仿佛挂了一层寒霜相似。翘嘴唇儿，抹着红胭脂。后头那六个是一色云青僧袍，白护领，香色丝绦，脚底下离得远，看不清楚，全都是青头皮，白脸蛋儿，脸上不但有粉而且还都有胭脂，嘴唇全是像吃了活耗子一样，那么鲜红鲜红的，年纪有在十六七岁的，有在二十上下的，见了少年，全都眼神一怔。

那个老姑子向那开门的尼姑道："行空，你这是从什么让进来的贵客，怎么连个信儿都不叫我知道？"

行空一笑道："师父，您先别生急，谁来了我也不敢瞒您，这位刚才进来，您瞧这不是还没坐下吗？"

老姑子也笑了一笑道："噢！这就是了，我说你也没这么大的胆子。"跟着又向那少年笑道："这位少爷，没请教您尊姓台甫怎么称呼？您这是从什么地方来的呀？今天外头够凉的，您没冻着哇？出家人叫智明，她们都是我的徒弟，她叫慧静，她叫意云，她叫多空，她叫大善，她叫如月，她叫行空。我们这里虽是庙，可是没有出家人习气，您到这里来，也别拘泥，回头先让她们给您预备点儿酒，暖和暖和，赶赶寒气儿，再给您弄点儿什么吃。您也不用忙，别瞧雪虽是住了，道儿上一两天也未必好走，无妨多住几天，我们这里绝不能显出腻烦来。要不然您干脆到后殿坐着吧，这里火微屋子大，后头比这边暖和！"说着过来动手就要推少年。

那少年一张白白脸儿，已然急得都成了羊肝一样，身子不住往后直退，双手乱摆，嘴里结结巴巴连一句整话也说不上来。三多儿本来心惦着外头两匹马，就没理会屋里这一群人，及至少年往后一退，碰了自己一下，这才看见，心里也是轰的一下子，准知道这个老尼姑绝不是什么出家人，又见她伸手来勾少年，不由往上接气，却依然强自制压，笑嘻嘻地道："这位大师父真是慈悲心肠，我哥哥别瞧比我岁数大，胆子可小，您先别动手动脚，我把话跟他说明白了，省得他害怕。底下有什么话，您只管跟我说，我全都有法子，必能使您高兴满意！"

智明一看这个孩子，别瞧人不大，说出话来可嘹亮，要是打算吃那个雏儿，总得先拿这个黑小子当个引子，不然恐怕再闹僵了。想到这里，便向三多儿道："还是你懂得外场，走，请到后边坐吧。"

三多儿一拉少年道："哥哥您倒是走啊，咱们今天也开开眼。"一个手拉了少年，一个手插在腰里，大踏步走出大殿，一看两匹马，正在院里嚼草，心里便放了心。前头两个引道，后头跟着五个，全都勾奔后殿，一拉溜儿是五间，屋里点着八宝琉璃灯，很是亮爽。一拉屋门，从屋里就透出一股子香味来，又香又腻，闻到鼻子，浑身都觉乎着松快长精神。进到屋里一看，更万不得了，敢情这五间殿里没有佛像，三明两暗的屋子，正中间摆着一张条桌，桌上搁的不是经卷木鱼。迎面一块镜子，镜子两边，一边是帽桶，一边是茶罐，一边是果盘，一边是瓷瓶，镜子前头是一份茶壶茶碗，镜子上头挂着一张大美人，条案前头是一张红漆大八仙桌，桌子上扔着一副骨牌，旁边两把太师椅子。靠西头一张大木床，床上有四五床被分五颜六色，配得挺匀净，在被面上摆着一对绣花枕头，绣的是并头鸳鸯，床沿子是百鸟朝凤，床帷子是富贵白领，粉红的床单儿，上面绣着五福捧寿。床前边是一张镜桌，镜桌儿摆着些香粉胭脂、蜂蜜沤子。再前边是一张小圆桌，摆了十个椅子，预备吃饭用的。靠着窗户，又摆了一张小琴桌，桌上还见有一张琴，可不知道哪位会弹。再往墙上一看，不由大大吸了一口凉气，原来在那迎面墙上，挂着一张弓、五六把刀。

那少年就怕这玩意儿，不由回头看了看三多儿。三多儿用手拱了一下子道："大哥，你瞧这些人咱们就没应酬过，今天咱们也开回窍儿，请这些位秃姐姐们吃点儿什么喝点儿什么，你瞧好不好？"

那少年道："呸！你满嘴里胡说八道，人家是出家人，岂能荤酒乱闹，真来无礼！"

三多儿把嘴一撇道："出家人白天不吃荤，晚上还不许吃点儿荤，这算得什么也？我今天就要请她们诸位开开荤！"

少年唯恐人家不高兴，谁知那智明听了微微一笑，用手里苍蝇刷照着三多儿脑袋上叭地就抽了一下儿道："你瞧你这嘴厉害劲儿的，回头要不让你吃点儿苦子，你也不知道骡子大马大。"

三多儿一边笑一边躲道："秃姐姐，什么骡子马的，咱们先不用管，既是你瞧得起我们，干脆，你就快点儿给我们弄点儿什么吃，吃完了暖暖和和的，爱睡觉咱们就睡觉，爱怎么玩儿咱们就怎么玩儿会子，饿着可是一点儿精神都没有。"

智明笑道："按说我可不该说，我们出家人把你们二位让进来，可一点儿恶意没有，你怎么一点儿客气不懂，满嘴胡呲，要就是你一个人，我非把你轰出去不可，现在冲着你的哥哥，人家怪老实的，不好意思说你什么，让你坐在这屋里，可是任什么话，也不许你再说，你要再胡说八道，我可要单着把你请出去。"说着又斜着瞟了少年一眼道："你这个兄弟可真不老实，我怎么看着有点儿不像哥们儿。"

少年一声儿不言语，三多儿把肩膀一拱舌头一伸道："我的秃姐姐，你怎么忘了，龙生九种，种种不同，我爱说，我哥哥不爱说，秃姐姐爱说，那几位秃妹妹就不爱说了……"

少年从一进门，就看见这些尼姑穿着打扮说话举动，全都不像安分守己奉经礼佛真正出家人，心里就有点儿啾咕。及至看见三多儿跟她们满嘴乱道，先还怕得罪她们，惹出闲事，再看那些尼姑不但毫无生气的样儿，反倒也跟着三多儿一块儿胡说，益发知道这些尼姑不是好人，这庙也不是善地，又见墙上挂着许多兵器，更觉可怕，便想赶紧脱离这个地方，免得又多生枝节。三多儿越说越不像话，张口秃，闭口秃，秃个没结没了，实在不能不拦了，便向三多儿一瞪眼道："老三，你不要满嘴胡说，我们承大师父的情，让我们进庙，躲风取暖，我们应当感激人家，你怎么任意无礼，快快赔礼。咱们前途已经吃过酒饭，也不该再搅扰人家，只求大师父把路途指点清楚，再赏咱们一杯热水，喝了就可以走了。咱们是逛雪景出来的，一出来一天一夜，家里早已不放心，还是快快回去为是。"

三多儿明白少年的意思，便赶紧把笑容一整道："得了，大师父，你也听见我哥哥说什么了，就求你赏我们一杯茶喝，我们喝完了好走。"

智明道："那就不对了，方才我说的也全是玩话，这位少爷可不要过意，你先坐一坐，叫她们预备点儿酒，一则暖暖肚，赶赶寒气，二则咱们也可以多谈一会儿。你是贵人，我们可不敢怠慢。"说着向行空道："你带着她们到厨房去预备几个菜，弄点儿素面，烫上两壶酒，酒可要另打一坛儿，剩的那坛儿，已然有了酒底子，喝不得了。"

外头答应一声："知道了。"

智明又向少年道："施主请坐。"

少年一看这种情形，知道暂时是不能走了，便点了一点头

35

道："又要叫庵主费事，真是对不过。"

智明笑道："小庙里预备不出大斋来，施主不见笑也就够了。请坐吧！"少年坐下，行空又向三多儿道："这位小施主真有意思，不是滔滔不绝，就成了锯去嘴儿的葫芦，怔眼拧眉的，往墙上瞧什么哪？噢！瞧着那张大美人发怔哪？别犯傻了，那是画的，快坐下喝酒吧。"

三多儿一笑道："不是旁的，我看那张美人儿，还没有秃姐姐你长得美呢，把它挂在这里，未免脏了地方，不如干脆把它撕了。"说着过去就要伸手。

智明一把扯住道："那可别价，扯了就配不上两边的摆饰了。"

三多儿又一笑道："我也知道，一扯那张画儿，秃咕拉碴的就不是意思了。咱们先喝酒，反正我得琢磨琢磨那张画儿。"说着挨着少年一屁股坐下。

智明看了三多儿一眼道："不说就不说，说起来话就太多，喝酒吧。"说着又向那少年一笑道："说了半天，你的贵姓我们还没有打听出来呢，请问你的贵姓台甫，到底是怎么一个称呼？"

少年道："不敢，在下姓楚，单名一个善字，号叫东荪。"

行空念了一声阿弥陀佛道："噢！原来是楚少爷，这位一定是二少爷了？"

三多儿道："一点儿也不错，我也姓楚。大师父你知道有楚襄王，那就是我的小名儿。"

行空故作娇嗔把嘴一撇道："你嘴里没有象牙，跟出家人开玩笑，是有罪的。"

三多儿道："我再也不胡说了。"

说话时间，菜已摆上，一碟子酱肉，一碟子酥鱼，一碟子腌白菜，一碟子豆腐干儿，一把黄砂酒壶，三个酒杯儿。智明把酒壶拿了起来向楚东荪道："楚少爷，施主，我先给你斟一杯。"

楚东荪方谦谢不会，智明一杯酒已然倒满，楚东荪只好是欠

36

身谢谢。智明又给三多儿倒了一杯，三多儿把酒端起来，往鼻子上一闻，瞪着两个眼睛一看，喊了一声："好家伙！"智明就吓了一跳，一边瞪着眼看着三多儿，一只手就把身上带的家伙拿在手里。

接着又听三多儿道："真不容易，真是真正老陈绍，就这一杯，就得二两银子，没旁的说的，喝了这杯酒，我把身上带的钱全都送给你们完事。可有一样，你可得把我小命儿给留下喝粥。"

行空道："这叫什么话？"

三多儿嘴里说着，一只脚过去一踢行空的脚，行空不往旁边躲，反把脚迎上来，三多儿使劲一踩，行空不由哎哟一声，往下弯腰摸自己的脚。大家不明白，也全跟着弯腰，往下瞧，三多儿把自己那杯酒就跟智明那杯换了一个过，然后嘴里才嚷道："哟！这是怎么说的？我还说没吃饭地下怎么会有块骨头哪，我拿脚一踢，骨头活了，它往我脚上砸，我一害怕，拿脚一踩，没想到会是秃妹妹的脚。我就忘了，桌子底下还有旁人的脚哪，这是怎么说的？得了，我给你捏捏吧。"说着一弯腰就要去摸行空的脚，行空往旁边急躲，脸却红得像布一样。大家一看，不由又笑又气。

智明把酒杯一端道："不成敬意，请恕简慢吧。"

楚东荪一看三多儿把杯子一端道："秃姐姐，我哥哥不会喝酒，我先陪你一杯！"

智明微然一笑道："这种酒已然存了不少日子，酒的暴劲儿已然没了，喝一点儿不至于就醉，楚大爷既然不能多喝，无妨少喝一点儿，去去寒气，就是那么一点儿意思。"

楚东荪本来是好酒量，看见这酒倒在碗里，真是挂碗红，又知道今天已然是不能走了，喝醉了一睡，却也不错。可是听见三多儿一说，稍微存了一点儿戒心，正在犹疑之际，听智明一劝，心想也不好太驳人家面子，便也一笑道："好，我也就陪大师父一杯！"说着话便把酒杯端起。

智明一看两个全把酒杯端起，心里大喜，毫不介意便把自己面前的一杯酒往自己唇边一送，说了一个请字，一抬手，一扬脖子，咕嘟一声，一杯酒就下去了。楚东苏一看智明喝了，就也往起一抬手，没有防备三多儿猛地往起一举胳膊，嘡地一碰，胳膊碰胳膊，楚东苏手里酒也拿不住，哗的一声，全都倒在桌上，回头一看三多儿，三多儿赶紧把自己那杯酒往前一递道："哟！这是怎么说的？大哥你先喝我这杯，我再斟。"

楚东苏接过酒来，才要往嘴唇边送，就见智明身子两晃，瞪眼一看行空，仿佛要说什么还没容说出来，身子忽然一矮，人便倒了下去，口吐白沫子，动了两动，便歪在那椅子上，除去三多儿暗称好险之外，全都吓坏了。楚东苏更是不知如何是好，赶紧把自己手里酒放下，瞪眼发怔，忽然觉得三多儿使劲踩了自己脚一下儿，细一寻思，就明白了一点儿，心里不由怦怦乱跳。这时候行空几个已然过去，往起抽扶，智明犹如死人一样，一任大家摆弄，一动都不动。

三多儿道："八成儿我这个秃姐姐有什么羊角风吧？赶紧先把她抬到屋里去，有什么法子，给她活动活动，痰往下一行，就好了。这是怎么说的，刚要痛痛快快喝两盅儿，会来了这么一下子，这一来酒也吵了，真是没口福。酒是不能喝了，咱们吃吧。"说着过去把桌上摆的菜，全都往面前一拢向楚东苏道："大哥，吃这个，就来这个，别等人家让，就显着客气了。"狼餐虎咽，一阵大嚼。

行空几个也顾不了再和三多儿废话，把智明胳膊腿往椅子上一盘，几个人把椅子一抬，就把智明抬到里间屋里，一边抬着，意云就埋怨行空道："你是怎么弄的？怎么给自己人来了这么一下子？"

行空道："这事真怪，我先装的净酒，后下的料子，那把带料子的壶，就搁在师父眼前头，倒酒时候，也瞧得清清楚楚，一点儿错儿都没有，怎么会她老人家自己给自己斟了一杯带料子的哪？"

如月道："现在先不用说旁的，赶紧把她老人家灌过来，有什么话再说。我瞧着那个孩子可不好惹，别闹出麻烦来。"

大善道："我瞧那倒都没有什么，就凭他一个小孩子，算他从生下来那年就练能耐，他能有多大的了不得。反是那个姓楚的，别瞧他一声儿不言语，脸上那点儿气派，就够让人家可怕的，别回头全顾了那个孩子，再受他一下子。现在咱们先把师父灌过来，有什么话再说。"

说话的时候，意云已然把水碗端过来了，含了一口水，照着智明脸上，噗的一声喷去，跟着就听智明阿嚏一声，已自醒转，睁开眼气就上来了，向行空道："你这贼根子，安着什么心？你打算把我送了，有你什么好处？"

行空道："师父这件事您先别怨我，您可以想一想，平常我对于您有什么过不去的地方吗？今天明摆着是来人扎手，咱们都受了人家的算计，您怎么以为是我存了歹心，如果我真要存歹心的话，我也得把她们几个一块儿害了，单害了您一个人有什么用处？要依我说，您先下下气，咱们还得赶紧想法子，来人可是不弱，无论如何，也不能让他们出咱们七宝寺，他们只要一走，咱们当时也得报散，不然的时候，咱们大家可都有险。"

智明一听，摇摇头，点点头，牙咬下嘴唇，沉思了一会儿，忽然又一点头道："有主意了，行空跟如月过来。"

行空跟如月过去，智明扒在两个耳朵上一阵啾咕，两个又是摇头又是笑，听到末了点点头道："我们去倒是可去，不过有一节儿，那个瞎老头儿可也不好惹，别打不成狐狸弄身臊。"

智明道："你只管听我的，总不能有什么意外，你只管去好了。"行空如月含笑点头而去。智明向大家道："你们跟我来，听我的。"走出外间一看，楚东荪和三多儿正在那里大吃大嚼，便笑了一声道："你们二位，真是说起不客气就不客气了。我有一个老病，犯头晕，一犯病，就倒下去，人事不知，没有防到，刚

39

才来了那么一下子，没有吓着二位？"说着话已然风摆荷叶一样，走了过去。

楚东苏还没有搭话，三多儿便道："承问承问，我们以为是秃姐姐搐什么羊角风，吓倒是没吓着，就是少喝了几杯酒，显着冷清一点儿。秃姐姐，您倒搐过去了，来来来，喝两盅舒舒筋吧。"说着把智明眼前那把酒壶端了起来，满满给斟了一杯。

智明心里明白，暗说好小子，你未免欺人太甚，回头必得让你知道厉害。心里虽是这么想着，脸上可是一点儿神儿也没露，仍然笑着道："咱们规规矩矩说些话吧。楚大爷，您这是打算到什么地方去？"

三多儿道："管丈母娘叫大嫂子，没话搭拉话儿。我们早就说过要到什么地方去，酒也喝了，夜也过了，又问起这陈谷子烂芝麻来了，咱们从心里说两句，少对付好不好？"

楚东苏还是怕尼姑们僵了，赶紧拦住道："你又无礼了，我们原打算到鸡鸣驿去一趟，现在游兴已倦，打算过九龙沟回家去了。"

智明道："哟！怎么年轻轻的，说出话来这么老人子气，在这里多住上几天，七宝寺后边有一段山湾子，平常景致很好，这一下雪更有意思，我们明天可以陪着您到那边去玩儿一玩儿。多会儿您玩儿得尽了兴，您再回家不晚。"

楚东苏连连摇头道："大师父这番盛意，我是领了，不过出门时候，没有跟家里说明，恐怕出来时候太多，家里全不放心，我们明天先回去，过个一两天，我们再到这里来搅扰，只要跟家里说明白了，就是多耽搁些日子，也没有什么，这回可要请您恕过不能多陪了。还有一节儿，我们弟兄酒饭已够，请您赏我们一间屋子，我们静坐一会儿，等到天亮，我们就可以走了。"

智明道："楚大爷，您怎么这么想不开。比方说，您不是到这里，假如另外到了一个地方，遇见一点儿险事，难道大爷您也能够说走就走吗？"

楚东荪还没搭话，三多儿便抢过来道："那看出什么险事。除非是有什么妖术邪法、遁甲奇门，摆下天罗地网、无名大阵，我们弟兄是一概不懂，只有束手被擒，任凭处置，如果没有这些邪邪歪歪，对不过，像问问齐南子的徒弟，怕过谁？"

　　三多儿这一借字条不要紧，当时智明脸上颜色就是一变，才要说什么，就听院子里有人笑道："老姐姐，我一步来迟，罚我三杯！"

　　楚东荪正在一怔之际，只见一阵脚步响，从外头走进三个人来。头里两个就是那两个姑子，一个叫行空，一个叫如月的。后面跟着一个男子，看年纪至多不到三十岁，高鼻梁，大眼睛，浓眉，大嘴，一张脸白得真跟搽了一层粉相仿，可惜就是连一点儿血色儿都没有，眼神也透着有点儿发呆，穿一件浅香色宁绸袍子，敞着脖领儿，系一条二蓝洋绉的褡包，歪扛着一顶青貂的帽子，满脸笑容大摇大摆从外头走了进来。

　　智明一见，赶紧站了起来道："余大爷，真是恼了我们，怎么两天不露面儿？今天要不请，大概还不肯来，别价，街里街坊的，有个什么到不到，总得多包涵点儿，别挑眼啊！来来来，我给你们引见引见，这位是余三星余大爷。"说着又一指楚东荪道："这位是楚东荪楚大爷，二位多亲近亲近。"

　　余三星斜瞟了楚东荪一眼，淡淡地点了一点头，楚东荪赶紧抱了抱拳，再看那余三星已然毫不理会地就坐下了。三多儿看着有气，便向楚东荪道："大哥，咱们酒也够了，饭也够了，还在这里干什么？走，咱们先到外头瞧瞧牲口，回头找地方睡觉去。"

　　说着才要往起站，行空冷不防用手一推三多儿胸脯子道："你坐下吧！"三多儿出其不意，应手而倒，便坐到了椅子上，起先还真没看出行空能够这样有劲，倒着实吓了一跳，微微一定神道："我说出去瞧瞧牲口也不要紧，你干吗抽冷子推我这么一下子？人要紧，牲口也要紧，饿掉了膘，跑不动道儿，还怎么回去？"

行空不等三多儿说完把嘴一撇道："得啦，你的那两匹牲口，也就够了不讨人嫌的了，我们院子里晾着两捆草褥子，一个没留神，已然让您的那个宝贝牲口吃去有一个啦，哪还能饿得着？真是比人还机灵哪！"

三多儿一听，猛地想起，可不是，刚才自己还纳闷，这样天气，又是这么大的雪，院里哪里会有草，敢情闹了半天，是人家的草褥子，这倒不错，反正是吃饱了，牲口没受着委屈，便笑了笑道："那不要紧，一条草褥子，该多少钱，我们给多少钱，这一层揭过去，咱们还是得说睡觉。我有这么一个毛病，只要酒一入肚，就是想睡觉舒坦，旁的什么我也不顾了。秃妹妹咱们一商量，你给我们哥儿两个找个地方睡会儿觉怎么样？"

行空才说了一句："你别又嚼舌头根子。"猛听那余三星一声怪喊道："智师父，这个孩子是什么人？还不快快把他轰了出去！"

楚东荪吓得直哆嗦，智明却微然一笑道："余大爷别理他，他是一个小孩子。真格的，我问你这两天为什么不到我们这里来？是不是有点儿恼了我们？"

余三星瞪了三多儿一眼，才向智明道："智师父又没得罪我，我怎么会恼，实在就是让那个瞎东西给绊住了，这两天益发上紧，简直是有点儿跟我过不去。今天要不是他在那里捣鬼，我还是出不来。行空大姐真机灵，送完了暗记儿她就跑了，我也跟着走了出来。我今天还得早回去，吃两杯热酒我就走，回去晚了还是麻烦，好在智师父今天留有佳客在堂，也就不愁寂寞了。"

智明道："这叫什么话？我们因为是来了远客，没人奉陪，所以请您到这里来一块儿凑一凑，无论如何今天您也别走，好歹咱们热闹一晚上。"说着话底下用脚踢了余三星一下子。

余三星微然一笑道："智师父这话说错了，我并不是挑眼找不是，故意作情，实在那个瞎东西这程子察考我太厉害，今天要不是他有事，我还是出不来，回头他的事一完，准得找我，他又

42

知道我常到这里来，他真要找到这个地方，咱们彼此都不好。现在我正想法子，干脆把他除去，以后我就可以随便爱干什么干什么了。今天既是智师父这样说，我豁出跟他翻脸，陪智师父一宵，你看好不好？"

智明道："那可太好了，行空，再去热点儿酒，盛点儿菜来。"行空答应自去。

楚东苏方才一看那余三星，就觉得他有一股子煞气，再一听他说话，更知道里头还有别的事，加上他跟智明那种不三不四的神儿，也十分不入眼。便假装一伸胳膊，打了一个哈欠道："大师父，我们弟兄酒饭已足，就求大师父赏给一席之地，叫我们弟兄稍微歇一歇，明天我们回去，那就感激不尽了。"

智明道："哟！怎么刚留住一位，一位又要逃席？那可不行，意云过去给斟斟酒，无论怎么着，天不亮咱们不能散。"

意云答应，拿起酒壶，走到楚东苏面前，一只手去拿桌上的酒杯，一条腿已然跪上了楚东苏的腿上，嘴里说道："楚大爷您赏我一个面子，再喝一盅，多坐一会儿。"

楚东苏脸上直发烧，浑身直发冷，一颗心不住怦怦地乱蹦，又不敢拿手去推，站又站不起来，急得结结巴巴道："你放下，我慢慢地喝就是了。"

意云哪里肯听，依然半跪在楚东苏身上，一只手扶着桌子，一只手端着那只酒杯，正往楚东苏嘴边送，楚东苏脸一歪，酒杯子一晃，洒了一桌子的酒。意云假装生气道："真是一点儿面子不给，瞧瞧弄这一桌子的酒。"说着把酒杯放下，掏出一块手绢来，就要给楚东苏擦擦脸上的酒。

正在这个时候，只听嘭的一声，大家喊声"不好！"接着哗啦一声，咕咚一声，哎呀一声，一张桌子，已然翻过，三多儿连人带椅子全都向后摔了过去，当时大乱。意云也顾不得再和楚东苏捣麻烦了，赶紧跑过去看三多儿。楚东苏如释重负，才算站了起来，方才心慌意乱，并没有看出来是三多儿摔倒，如今这一清醒，才瞧见是三多儿又出了事，赶紧也奔了三多儿。

这时候那余三星已然一把把三多儿扯起，拧着眉毛向智明道："我说这个孩子讨人嫌，你们还不信，你们瞧好好一局事都让他给搅了，我不管别人，今天非叫他知道一点儿厉害不可。"说着话往起单手一揪三多儿，那只手就奔了三多儿面门，意思是要打三多儿一个嘴巴。楚东荪一见，才喊出一声"不好！"那个巴掌就下去了。眼看相离不到半尺，就见三多儿虎腰一挺，喊一声："好小子，你敢暗算你家小太爷，别走，我今天要你的小命！"说着话，左手从下往上一磕，余三星出其不备，不由一松劲，就撒开了那只手，三多儿一步两步往后一退，哧的一声，就把身上围的那块包袱抖开，使劲一抖，就听哗棱一响，一条乌光铮亮的大蟒鞭就扯出来了，二话没说，一抖手里鞭，便向余三星当头砸去。余三星赶紧往旁边一闪，三多儿抢一步就站在楚东荪前头了，嘴里喊道："哥哥，今天你可不准动手，瞧我一个人要他们这一群狗男女的狗命！"说着大蟒鞭一抖，第二次就奔了智明秃头砸去，就在这一眨眼的工夫，智明她们家伙就都到手了。一看鞭到，往旁边一闪，立手里剑，往上就削，三多儿往回一撒，鞭头儿又奔了行空，贴着腮帮子戳去。行空一偏脸，鞭就走空，三多儿不往回撤鞭，横着一撩，打行空耳根。行空一低头，鞭从秃脑瓜子上过去。行空亮手里剑，再找三多儿的鞭，鞭已然回去。屋子小人多，地当间又扔着一张桌子，三多儿鞭太长，施展不开，抽下子、撩下子、砸下子，就得撒回来。可是智明她们家伙短也过不去，怕是脚底下一不利落，就许受点儿误伤。屋里原来两张桌上点着两盏油灯，如今翻了一盏，剩了一盏，恍恍惚惚简直就叫看不清。三多儿他准知道自己能耐不怎么样，前三抢儿是把他们给唬背了，准要工夫一长，自己就得吃亏。无论如何，也得到院子里，打得过人家，自是好，打不过人家，跑着也方便，无奈屋门正让余三星给堵住，自己靠着是窗户这一面儿，出去不易。忽然心里一动，鞭梢儿一转，当的一声，就是玻璃上，哗啦一响，玻璃粉碎。余三星以为他要钻窗户，喊声"不好!"往前一纵，就到了窗台前头。三多儿心里大喜，从背后一拉楚东苏道："哥哥，咱们跟他院里干去!"单手一张，一只手择着大蟒鞭，就出了屋门。

余三星一声怪叫道："好小子，你真诡计多端，今天非要你小命不可，哪里走!"一纵身从窗户里就出去了。到了院里一看，三多儿、楚东苏已然往前殿转去，赶紧往前抢了几步，一声喊道："你们两个哪里走?!"一纵身追上前去，楚东苏这时候魂魄俱散，哪里还敢答言，拼着命往前边跑，意思之间，到了前边找着马，开了门，就可以上马逃走。心慌意乱，脚底下一个不留神，仿佛踏着一种什么东西，又软又活动，脚往上一踩，蹬不住劲，一滑一跐，人就倒了下去，跟着就听地下出了一种怪声儿："哎呀! 这是什么人干事这么损? 怎么瞪着两个眼，往我这瞎眼合户的人身上走啊? 哎哟! 可了不得，我的肋条骨折了三根!"

楚东苏躺在地下，听得可是明白，心想这可是活糟，怎么会走在人家身上了? 这真是一波未平，一波又起，挣扎着爬了起来。后头余三星就到了，手里没有趁手家伙，拿着一把尼姑使的绣绒刀，往前一抢，捧手里刀照着三多儿后心就扎。三多儿虽然往前跑，他可留着后边的神，一听后头脚步声儿已然到了，就知道不好，又加上楚东苏猛地一倒，也吓了一跳，打算翻身回头，可就没了工夫，赶紧往下一伏腰，身子一平，那刀就从脊梁上穿过去了。一伏身，单手一点地，脸儿就正过来了，一抖手里鞭，照着余三星腿上就砸。余三星一刀走空，正要变刀再伤三多儿，没有想到三多儿人没起来，一翻身，脸朝着天，家伙就还回来了，不由脱口而出就喊了一声道："好!"双腿往上一提，鞭也走空了，三多儿可也趁着这个工夫一个鲤鱼打挺就起来了。这时候那几个姑子也全赶到了，各人全都脱去长僧袍，短打扮，每人手里都有家伙，就把三多儿给围了。三多儿这时候已然把生死置之度外，四面受敌，一点儿害怕的意思都没有，一条大蟒鞭，使得风车儿相似，指东打西，行南就北，几个人真会占不了上风。要按三多儿能耐说，不用说这么多人，就是一个余三星，他就不是对手，所以占便宜就占在这群姑子不怀好意，打算活捉楚东荪，这样一来，三多儿可就舒坦多了。正在打得兴高采烈，智明忽然往外一撤家伙，跳出圈外，一轧手里家伙，就追下楚东荪来了。

楚东荪站在那里，心里正在啾咕，准知道三多儿绝不是这么些人的对手，要跑又不敢跑，要走又不敢走，还有一样，特别可怪，就是方才自己踩的那个人，连着哎哟了两声，底下就没声儿了，也不知道是疼得晕了过去，也不知道是根本不怎么样。正在想着可怪的时候，猛见那领头的老姑子，手里拿着家伙，奔自己来了，心里更糊涂了，准知道老姑子只要一动手，自己这条小命就算交待。却不料智明到了面前，反把家伙往后一背，单手一指楚东荪道："嘿！你趁早儿叫你兄弟把家伙仍下，咱们还可以往好处商量，要不然的话，可没你的便宜！"

楚东荪站在那里，除去哆嗦，干脆连一句话也说不上来了。智明连问两声，不见楚东荪回话，她以为楚东荪故意不言语，虽然挂火，心里可也不敢小看楚东荪，皆因三多儿说了一句他们是齐南子的徒弟，心里也不免有点儿啾咕。看了半天，也瞧不出楚东荪是像练把式的，一咬牙，一捧手里家伙，假装扎楚东荪哽嗓。在智明的意思，不过为的是吓吓他，看他能躲不能躲，就知道他是会武艺不会，谁知家伙到了楚东荪哽嗓，可把智明吓坏了，楚东荪不但没有躲，反倒一伸脖子迎了上来。智明赶紧撤家伙，吓得心口直蹦，她以为楚东荪会金钟罩铁布衫，故意露这么一下子给大家看看哪，一害怕往回一撤剑，楚东荪这条小命才算保住。楚东荪准知道跑是跑不了，干是干不过人家，如果被他们拿住，这份儿作践也好受不了，因此才想往家伙上碰，一死也就完了，省得丢人现眼。没有想到自己往外一伸脖子，尼姑倒把家伙撤回去了，心里不由一喜。智明第二次剑到，扎楚东荪胸口，楚东荪依然用胸脯子往上一迎，智明准知道楚东荪是有硬功夫在身，怕是艺子太过，楚东荪一还招，自己接架不及，受了暗算，心里这么一想，剑又往回撤了一撤，可就离开了胸口。正要变招再进的工夫，那边三多儿已然失了手。本来一个人战七个人，早已不是对手，不过因为豁出死去，人家家伙来了不躲，只要自己大蟒鞭够得着，就往人家致命处上打，自己拼命，人家不拼命，这一来可就得耗的工夫大一点儿。余三星另有心思，想着自己平常人家都知是条汉子，今天七个人赢不了人家一个，那还充什么汉子，可是今天吃亏自己家伙太短，三多儿鞭太长，自己够不着人家，人家能够够着自己，心里想着出个什么特别法子，干脆地把他弄躺下，也让人家瞧瞧自己的能耐。恰好三多儿工夫一大，已然觉着力软筋疲，鞭就不敢往远里走了，只在自己面前，遮前挡后，招招架架，余三星可就找出便宜来了。三多儿鞭打如月，如月往旁边一闪，鞭就空了，没等三多儿往回撤鞭，余三星一刀从后边就向三多儿后心扎去，三多儿也知道余三星从后头到了，打算转身，可来不及了，实在没法子，往前一抢步，打算蹦出去，没有想到奔驰多时，腿力已软，才往前一纵，腿洼子一软，差点儿没自己把自己绊躺下。余三星一看大喜，往里一进身，单腿横着一抽，正在三多儿胯股上，嘭的一声，扑咚一声，三多儿就躺下了。余三星赶紧往前一上步，捧手里刀往三多儿脊梁上扎去，三多儿把眼一闭，准知道自己完了。

余三星得了便宜卖乖，哈哈一笑道："姓楚的小子，现在可还有人来救你？不要怪我手黑，我今天要取你的狗命！"说完了这句才戳刀往下扎，刀离三多儿脊梁不到半尺，猛听墙外一阵环铃声响，跟着一声马叫，稍然一怔，就见从墙外猛地有一人往上一纵，才一露面，手一扬，一道白光就奔了余三星后脑扎来。余三星喊声"不好！"往旁边一闪，刀子可就扎不着三多儿，那七个人也全都一怔。

三多儿翻身爬起，提鞭一看，来的不是旁人，正是那九龙沟骑宝马使神枪救自己主仆性命的江湖好汉齐南子！当时心里一痛快，非比寻常，不由脱口而出道："师父你老人家快来吧！"

这时候余三星才看出来，方才那一道白光，就是从来人手上发出来的，可是一眨眼工夫，那道白光又缩了回去，依然还到来人手里，正在一诧异之间，来人已然到了面前，满脸笑容地道："嗬！众位真有雅兴，在大雪地里比武玩儿，我也是一时高兴，倒把诸位给搅散了，来来来，我也加入，咱们一块儿玩儿会子！"

智明也看清楚了，准知道来人是东苏一头儿的，大概事情要不好，顾不了楚东苏，一转身又抢了回来，用手里家伙一指道："来者什么人，为什么黑夜之间，擅自走入我们庙里，还来管我们的闲事，真是无礼！趁早儿出去，是你的便宜，如果非要搅我不可，对不过，我可要无礼了！"智明嘴里这么说，心里可也啾咕，料着来人不是好惹的，可是事情僵在那里，不这么说也没办法，说完了两只眼看着那汉子。

那汉子哈哈一笑道："大师父，这就不对了，人都是一样人，为什么还分出偏向，既能够陪着他们玩儿，为什么就不能陪着我玩儿玩儿，我这个人还是有种怪脾气，越是人家不爱理我，我还是越要近乎近乎，我说要无礼，您就无礼，我来一个无理取闹也好。"

智明一听，就知来人不好打发，事到临头，也只有硬干一法，便冷笑一声道："既是这样，说不得，我们可就要得罪了！"说着话往前一抢步，手里剑就奔那汉子胸口扎去。那汉子微微一笑道："好！"往旁边一跨身，横手里家伙往上一迎，就听锵的一声，智明的家伙就飞出去了，手也震裂了，抹头要跑。才一迈步，来人喊："别走，我先拿你开开利市。"手往前一抖，嗖嗖两声，一道白光，就点在了智明腿肚子上，智明哎呀一声，翻身栽倒。

那汉子往回一撤家伙道："我不斗躺下的，还有谁来？"

余三星看着来人伤了智明，心火一撞，一把手里刀奔过去，连话都没说，搂头就是一下子。那汉子斜脸一看天，那刀就空了，余三星撒刀砍那汉子脖子，来人一偏腕子，手里家伙往上一立，迎面就磕。余三星准知道磕上就得出手，急忙往回一撒，那汉子把两只手像拧麻花一样，左右反扣一拧，家伙又收回去了。余三星简直摸不清底，也看不出是怎么一回事，为什么正在交手，又把家伙撒回去。

正在一犹疑之间，那汉子微然又一笑道："我以为你们既敢不讲理，必有什么出奇制胜的能耐，现在一看，不过是小孩子玩儿一样，我要是一拿家伙就赢了你们，也不体面。这么办，我空着手，你们拿家伙，还不拘你们几个人，咱们全可以一块儿凑凑。你们能够伤着我，算你们能耐高，要是赢不了我，没别的说的，那是我两个朋友，请众位高高手，让他们过去，我领众位的情。"说着把家伙往褡包上一插，一搓两只手，往那里一站。

头一个余三星火就往上撞，一捧手里刀，任话没说，就奔那汉子胸脯子扎去。那汉子一笑道："还是你，也好！"斜身一跨，刀就走空，没等余三星往回撒家伙，翘腕子大甩身，单手往下一磕，正在余三星脖子上，余三星哎呀一声，当嘟一声刀掉在地下。那汉子不容余三星撒身走，往前一抢步，单手一晃余三星面门，余三星往旁边一闪。那汉子双腿平着一抽，这手叫"双摆莲"，正抽在余三星胯股上。余三星一晃两晃，腿一软，头一沉，扑咚摔倒。三多儿这时候瞧出便宜来了，一抢手里大蟒鞭，哗的一声，就奔余三星脑袋上砸去。余三星刚摔躺下，并且只留意那汉子，绝没有防备三多儿在旁边来这么一下子，要躲可就躲不开了，只好把眼一闭，静等鞭到完事。连那汉子也吓了一跳，因为三多儿出手太快，加上去势太急，要拦都拦不及，才喊出一声："使不得！"三多儿就到了，不用说这班尼姑瞪眼看着，就是三多儿自己本人打算收住家伙不下去，都没有拿手了。就在大家齐喊哎呀之际，猛见三多儿仿佛有什么托着一样，凭空起来有五六尺高，那鞭可就离开余三星致命处了。三多儿身不由己往上一起，就知道不好，跟着就觉乎底下托着的主儿不托了，才喊一声：

"扔不得！"打算翻过身来，那是焉得能够，嘭的一声，从上头往下一掉，就觉得软乎乎没有掉在地下。方在一怔，却听身底下有人喊："好你个不讲理的狠小子，怎么在人家瞎目合眼的人上碰呀！你可砸坏了我的肋条骨了！"这下子可真把三多儿给吓坏了，赶紧往旁边一骨碌，打算下来，谁知自己往左边滚，底下也跟着往左边滚，自己往右边滚，底下也跟着往右边滚，左滚右滚，就是脱不开。底下跟着不住哎呀："你这小子，可是气死人，怎么一死儿不下去，上头躺着舒坦是怎么着？嘿！我说你哪！"说到这句，三多儿就觉乎腰上有东西顶了一下子，身不由己，嗖的一下子，就让人家给顶起来了，往少里说，也有七八尺高。三多儿赶紧团腿一绷脚面，腰上一使劲，往前一端腿，脑袋往上一抬，一梗脖子，挺腰一拔，算是站起来了。回头再看，地下坐着一个形同要饭的乞丐，一脸滋泥，满脑袋乱头发，两只眼睛，一只翻着，全是白眼珠，一只闭着，连个缝儿都看不见，分明是个双眼瞎。心里纳闷，一个瞎子，怎么会黑天半夜跑到这里来，又怎么会有这么大的劲头儿？

正在寻思，再看余三星跟那一群姑子，看见这个瞎要饭的，就如同耗子见了猫一样，连一动也不动了，手里家伙，全都往回一撤，瞪着两只眼，看那个瞎子，越发看不清是怎么回事。却见齐南子把鞭子从腰里撤出，单手一提，笑嘻嘻地走过来，向那瞎子一拱手道："万大哥，咱们弟兄一别，差不离有三年了，他们大家都说从前红花埠的事情，彼此都是有的错误，你这一走，大家都觉得怪不是意思，也会再三探询你在什么地方见着，可是你藏得太严，始终也没打听出一点儿信儿来，想不到今天会在这个地方见着，真是'踏破铁鞋无觅处，得来全不费工夫'，你这一向倒好哇？"

那瞎子哟了一声，把那只白眼往上一翻道："对面是小齐吗？恕我双眼全瞎，什么都看不见，可别挑我眼。从前的事，也不用说谁对谁不对，好在事已过去，说也无益，再者我已躲开，便算是我理屈，怕见大家，也就完了，难道还有什么赶尽杀绝，不肯放我这残废人一条活命吗？"

齐南子微然一笑道："万大哥，怎么三年不见，你还是这种脾气？从前是非，不必再提，不过你只顾一时意气，撒手一走，你知道那一男一女，应当交给谁管？事到如今，还在花八姑家里，花八姑的为人，你是知道的，她当时留了他们两个，也不过是为了大家的面子不好说出什么，如今一晃儿三年，虽然她嘴里不说什么，她心里也未必准能愿意，可是从前是你多的事，你赌气一走，究竟你在什么地方，还回来不回来，谁也不敢说定。别的不说，那两个孩子将来到底应当怎么办，这个主意还是应当你拿。大家找你，也为的就是这一层，并没有旁的意思，无论如何，你也得辛苦一趟，把那件事办了，大家心就也净了。"

瞎子哼了一声道："小齐，你的牙口越来越老了。不错，从前怨我不该多事，不过那也是咱们江湖上的一点儿义气吧！如果我已走开，你们就不许多做一点儿好事？救人总是有好处的，怎么还非要找我不可？说句不好听的话，我要是死了，难道你们也还找我吗？"

齐南子把眉毛一皱，跟着又一笑道："是了是了，万大哥也不必再说了，我已然明白了万大哥的意思。从前万大哥曾经说过一句大话，要把单臂龙王生擒活捉，给那两个孩子报仇，后来一打听，那单臂龙王也不是好惹的，生怕让人家摘了牌匾，因此才借着跟我二哥假装翻脸，跑在这里一忍，以为就算完了，万大哥你是不是这个心思？现在这么办，你也不用去了，那两个孩子也交给我了，我一个人力量不行，我到外头多约几个朋友，我必想法子把他们仇给报了，总算对得起这两个孩子，你就在这里一忍，省得把你名气坏了，万大哥，这也就没什么说的了吧？"

瞎子一听，哈哈一笑道："小齐，你听你这小嘴，真跟梆子一样，遣将不成，又使上激将之法了。我告诉你，我这个人，一件事不管则已，要管就得管出一个有头有尾，我在这个地方忍

51

着，我可没闲着，我这三年工夫，总算办了一点儿正事，空说你也不信，等这里事完了，我给你一点儿东西看看，你就知道我所说的全不是假话了。"

齐南子也一笑道："不是这样说，你怎么肯说出实话？我先替他们谢谢。"

瞎子道："成不成还不一定，绝天岭的人，也都不是好惹的。倒是方才我听见你说这里头有你两个朋友，你什么时候又交了这么两个朋友？"

齐南子道："才交不久，倒是够个朋友。"

瞎子点头道："不错不错，够个朋友，我的英雄谱上，又可以多两个人了。"

齐南子道："什么英雄谱？"

瞎子道："那是后话，说现在的，咱们先把这庙给他拆了吧！"

楚东苏、三多儿还真没有看起这个瞎子，一听他说要拆庙，心说他是什么人，敢说这样大话。可是再看庙里七个姑子，连那余三星都算上，自从瞎子一露面，真是连口大气儿都没出，怔怔地瞪着眼出神儿。

瞎子说完拆庙，齐南子摇摇头道："万大哥，这件事我不打算这么办，好歹是座庙，工程不易，虽然她们这几个出家人不守清规，胡作非为，至多把她们轰走，也就完了。我现在倒有一个意思，你现在大概也没有什么好住处，不如把她们请走，你往庙里一搬，一则这座庙香火可以不断，二则将来他们也好找你。"

瞎子一听双手乱摇道："那可不成，我姓万的闯荡江湖几辈子，我不能临老还要搬到七鸨寺当老鸨子来。"

齐南子道："好好的七宝寺，怎么会闹出老鸨子来了？"

瞎子道："小齐，你哪里知道，这里原来不错是叫七宝寺，自从她们姐儿七个把这座庙一占，放着经不念，放着佛不拜，她们倒一心一意想要当下山思凡的姑子了。其实正经还俗也没谁拦

52

着她们，她们却又遮遮掩掩偷偷摸摸专干些对不起佛门的事。我因为到这里已然日子不少，所以也很有耳闻，早就打算把她们铲除，不过想着我已是快死的人，何必跟她们作对，所以就没有理她们，谁知她们最近越来越厉害，竟把我的一个徒弟也弄到这里来了。"说着用手一指余三星道："这个东西，天生来也不是好料，往上走他不行，往下坡溜他倒内行，也不知怎么三七二十一，就跟她们勾到一块儿了，我说了两次，他不但不听，这两天爽得要下我的手了。你想一个庙里尼姑，敢这么无法无天，跟鸨子还差得了多少，七宝寺改为七鸨寺，一点儿错儿都没有，你要不信，咱们到屋里看看，你就知道这座庙是不是该一火而焚了。"

齐南子道："就是该焚，也用不着你来动手，等我先问一问她们再说。"说着便向智明道："你大概就是这里主持人了，要依着我们江湖的义气，应当把你们除去，把庙一烧，省得留下祸害，不过你们都是女流，出家当姑子，也许非出本愿，不如趁着年轻，趁早儿还俗，省得活造罪，岂不甚好？我的意思，现在你们收拾收拾，赶紧就走，有家的回家，没家的另打安身之处，省得当时惨报！"

齐南子话还没说完，猛听旁边瞎子一声怪喊道："好小子，你打算算计我！"赶紧回头看时，那余三星正把一把刀子向瞎子腰上扎去，不但三多儿、楚东苏吓了一跳，连齐南子都是一怔，因为余三星这下子是出其不意，准知道瞎子是一点儿防备没有，难免许挨一下子。智明她们六个可高兴了，只要是能够把瞎子弄倒了，旁的人简直没在她们眼里，她们可不知道来人是齐南子，比瞎子还厉害，一看余三星刀往上一递，全都把家伙亮了出来，净等瞎子一倒，拉家伙围齐南子，好斩草除根。余三星的刀，原被齐南子一磕，给磕在地下，要是齐南子再一进步，一条性命难保，没有想到凭空瞎子赶到，替自己拦住三多儿，救了自己一条命，先时心里也是一喜，以为瞎子可以帮着自己打退来人，万没料到瞎子跟来人是好朋友，一叙家常。瞎子要拆庙，余三星他可

53

明白，拆完了庙，自己也好受不了，一着急，浑劲就上来了，趁着瞎子正跟人家说话，假装提鞋一弯腰，就把刀捡在手里，往起一直腰，斜着身儿这刀就奔了瞎子肋条上扎去。这小子真狠，一看刀到了地方，连吃奶的劲都使上了，双手连身子，一块儿往上送，以为这下子准可以扎个透明窟窿。就在这一得意之间，猛听瞎子一声喊："好小子，你算计我！"刀子砰地一响，仿佛扎在石头上一样，使的劲头儿太大，手一震，刀尖子折了半截，吓得浑身直冒凉气。瞎子哈哈一笑道："好小子，你怎么单往那块地方扎？你不知道我肋条上穿着钱吗？你八成儿是扎在钱上了，别着急，换地方，小子再扎！"余三星连魂都没了，准知道瞎子有绝艺，手掌能横断毛竹，瞎子只要一伸手，自己绝活不了，猛地一激灵，打算撒腿就跑。刚往起一抬腿，就听哧克两声响，接着呼的一声，一道白光，直奔自己脑袋上扎来，余三星就知道不好，打算坐腰往下一躲，家伙来得太急，哪里还让得开，哧的一声，正扎在哽嗓咽喉，连哎哟都没有哎哟出来，死尸就倒了。齐南子往回一撤枪，才要向瞎子交代两句，只听那边裒的一声，吧嗒一声，哎哟一声，扑咚一声，急忙抬头看时，三多儿正在从怀里掏东西往外打哪，再看地下躺着一个，却是最小的女尼如月。

三多儿自从一进庙，瞧见这一拨儿半男不女、非僧非俗的败类，就从心里往上撞气，又看见这些尼姑居然有兵器，有蒙汗药，益发知道她们简直不是善类，为财为命，自己主仆，全在险中，想脱身脱不了，身上担着沉儿不轻，倘若一个大意，就许把两条命送在这里。自己一条命原无关紧要，少爷一条命送了，老爷也救不了，太太也活不了，岂不是一家人全都耽误在自己手里，心里越想越急，可就是没想出一个脱身的法子来。及至余三星一露面，更知道逃走不易，便把心横了，能够打死一个够本，弄死两个就算赚一个，舍死拼命，力敌七个姑子、一个余三星。眼看拧到丢命，万没想到宝马神枪齐南子这个时候会赶到这里，心里自是十分痛快。齐南子双腿抽倒余三星，三多儿心里太高兴了，实指望过去一鞭把余三星抽死，鞭都到了余三星脑袋上，忽然攒出一个瞎要饭的，正把自己从地下给扔起来，救了余三星，虽然挂火，可不敢说什么，准知道这个瞎子绝非等闲之辈。后来齐南子跟瞎子一搭话，才知道他们是一头儿的，就知道今天无论如何，也可以脱险了。瞎子要拆庙，齐南子一拦，这个时候没想到余三星事急拼命，冷不防拿刀子扎瞎子肋条，再见那些姑子又全都亮了家伙了，三多儿想着不好，准知道瞎子必定丧命，一跺脚就要抢鞭跟余三星拼命，又没想到刀子扎折了瞎子没受伤，心里又是惊又是喜。正在这么间工夫，一看余三星有意要跑，才要横鞭去拦，齐南子比他手还快，一抖手里七节涮银枪就把余三星扎了个透脖儿凉。三多儿连好儿都没顾得叫，用手使劲一拍自己腰包，猛地碰了手一下，才想起自己带着许多石头子儿还没有用，离着既近，干脆使石头子儿打这群秃驴，只要打上，瞎子再拦也拦不上了。心里想着，可就把石头子儿掏出来了，头一个就是如月，一张手就奔了如月前胸砸去。如月本来看着余三星死，正在害怕，失神大意，又没有防备三多儿会有这么一下子，等到石头子儿到了，再打算躲，可就来不及了，正打在胸脯子上，哎哟一声扑咚摔倒。智明她们几个成了傻子，一看余三星被来人一伸手就给要了命，真是魂飞魄散，心胆皆惊，站在那里，如同木雕泥塑，什么也看不见，什么也听不清，三多儿石子儿打如月，如月挨上一下子，扑咚摔倒，大家耳朵一震，才把心收回来，回头一看，如月已然躺下了，可没明白瞧出谁打的。正在一怔，三多儿手一张，第二块石头子又奔行空头上打去，行空可看清楚了，喊声哎呀，坐腰一蹲，石头子儿从头上打过。这时候齐南子也看明白了，急喝一声："使不得！"三多儿便停住了手。

齐南子得要喊向那些尼姑怎么快跑，瞎子猛地一声狂笑道："这小子今天也真应了誓了！小齐，你的手真黑！"

齐南子道："眼看着他对你已然绝了师徒情肠，竟要做出大逆不道的事，这种人我看在眼里，可实在不能容忍，留着他也是祸害，干脆把他除去也就完了，难道你还有什么舍不得他吗？"

瞎子嘻了一声道："小齐，你别瞧我在江湖上这么些年，我敢说没有做过一件心辣手黑的事。这个小子，要按着他所作所为，早就该把他置之死地，不过我总想一个人活到几十年也不容易，真要把他废了，也怪缺德的，所以才留到了今天，没想到今天会死在你的手里，可是一个人要是自己找死，就是有人救他，也救不过来。可是可惜这小子骨骼相貌都不错，就是不务正，死在几个秃娘儿们身上！"

齐南子道："已过的话，也不必说了，现在庙里这几个人打算怎么办？"

瞎子道："这没有什么，一个字，就是让她们滚，她们要一定活腻了，咱们就把她们全宰了也成，这得问她们。"

齐南子微微一笑向那些尼姑道："你们还不快快滚，等什么？真打算跟心上人一块儿走吗？"

一句话才说完，呼噜一声，连地下躺着那个如月，全都爬起，一路抱头鼠窜而去。

齐南子看她们去了，这才向瞎子道："万大哥咱们屋里坐吧。"点手一叫三多儿，三多儿过去一拉楚东荪，劲头儿稍微大了一点儿，没想到楚东荪竟是随手而倒。这一来可把三多儿吓坏了，赶紧伏下身去，嘴里连叫少爷不止。齐南子蹦过去一拧抢，克哧两响，单手一揪三多儿脖领道："你这小子，一路之上，都说你们是兄弟，怎么现在这样称呼？说！错一点儿，我要你的命。"

楚东荪本来是一个大门不出二门不迈的书呆子，如今只因为了家事，不得不出头露面，跋涉风尘，虽然有一个三多儿给自己壮着胆子，其实是走一步怕一步，始终没有离开提心吊胆，九龙沟遇黎金，就差点儿没吓死，七鸨寺遇智明，更是一刻不安。不过没有走过江湖，不知道江湖上的怪事，以为智明她们都是些女人，虽然有些不仿佛，也许不至于怎样特别厉害。及至余三星一

56

到，当时就觉得事情不好，三多儿一翻脸，真是强着劲儿才能跑那么几步。到了院里，一看大家围上三多儿，智明奔了自己两次往家伙上砸，都没有受伤，心里正在一宽，齐南子赶到，打倒余三星，救了三多儿，又是一喜，以为有齐南子出来，事情准可以平安完了，没想到余三星趁着瞎子一时不备，拿刀一扎瞎子肋头，准知道瞎子命没了，闭眼不忍再看。没想到瞎子不怕扎，正在诧异，齐南子一拧抢，把余三星扎个透心儿凉，死尸一倒，楚东苏可真吓晕过去了。长这么大，不用说瞧人家扎活人，连厨子宰一只鸡，他都不敢看，挺大的活人，扑哧一声，怔给扎死了，就觉得自己浑身一麻，腿儿一软，头一晕，天旋地转，一闭眼，人就昏过去了。三多儿过去一揪，应手而倒，三多儿一着急，把称呼就弄忘了，一张嘴就连叫了两声少爷。齐南子一问，三多儿神色不变，叫了一声："齐师父，您不用生气，我们这里头确实有事，可不是一句两句就能说清的，最好您先把我们主人救过来，回头我再慢慢告诉您。您要一定不答应，您就是把我打死，我也绝无怨言，反正我不能看着我的主人命在呼吸，我扔下不管先聊闲天儿。"

齐南子点点头，才要伸手，却见瞎子已然抢上一步，单手一揪楚东苏胸脯子，那双手往下一合，便向楚东苏头上砸去，三多儿可吓坏了，准知道瞎子有绝技在身，这一掌要是打下去，楚东苏就得脑浆迸裂，急喊一声："你可别价！"瞎子一掌已然打了下去，三多儿也是一闭眼，就听哎哟一声，睁眼再看，楚东苏已然安然醒转，不由好生高兴。

齐南子道："你把他扶起来，有什么话咱们到屋里说去。"

楚东苏原不是受了什么伤，只是一时害怕，把气憋住了，瞎子单掌一震，就醒过来了，浑身并没有什么难受，走了几步，便已恢复了旧状。齐南子还要接着往下问，瞎子道："你先等一等，别瞧这个庙里我没进来过，里头有好些好玩意儿，倒都知道一点儿，今天咱们闲着也是闲着，玩儿玩儿大家都开开眼。"

齐南子道："咱们先把地下清理清理。"

三多儿、齐南子把桌面重新支起，把地下也扫了一扫，收拾完了，天已大亮，爽得连蜡都可以不要了。瞎子走过去用手向墙上一指道："小齐你知道这里头是什么？"

齐南子道："那里头能有什么？左右不是夹壁墙儿什么的吧？"

瞎子道："这回你可打了眼了，今天让你也开开眼！"说着用手一扯那轴墙上挂画的那根绳子，只听吱扭一声，哗啦一声，楚东苏三多儿真吓了一跳，那轴画儿往上一卷，里头露出一个小门，门上有一个小钢钩儿。瞎子过去一伸手，就把小钢钩儿摘下来了，敢情那个小钢钩儿就是门上的钥匙，小钢钩儿才往下一拿，就听门儿吱扭一声，分为左右，跟着就听门儿里头叮叮当当出来这么一阵音乐声儿，由小而大，由矮而高，真仿佛那门儿里头有几十个人在那里奏着细乐一样，听得楚东苏心旷神怡，仿佛忘了身在难中一样，脸上发热身发软，心口发跳，跟喝醉了酒一样，简直说不出是怎么一股子劲儿来。正在这个时候，下门儿两边扑哧两声，急往里看时，更是心旌摇摇，益发不是滋味儿。原来从两边小门里，一边出来一个小人儿，一个是男装打扮，一个是女装打扮，工也仿得真细，跟活人差不了多少，肉皮严包，眼睛眉毛，没有一样不像真的，尤其是两人脸上都那么红扑扑的满脸带笑，更显得那么可爱。最使人看着太下不去的，就是这两个小人儿，从脖子往下，一件衣裳没穿，就是一个人心口有一块红绸子兜肚，真是上下无条线，光着屁股蛋儿，浑身的肉色，以及一切见棱见线的地方，没有一点儿做得不像真的。两个人一边蹦着，一边往一块儿扭，扭着扭着，男的一伸手，去扭那女的，那女的把手一甩，一掉脸儿，男的又一伸手，就要过去扳那女的转过身来。正在这个时候，只听嘭的一声，咔嚓一声，接着就听哗地一阵乱响，凝神再看，两个木头人已然倒了一个，那一个站在那里也不动弹了。

却听那个瞎子哈哈一笑道："好小子你真够格儿！这么好的玩意儿，你不看完了，一石头子给打碎了一个，得，这再打算让它动起来横是不行了。"

再听三多儿道："前辈英雄，老爷子，您既是成名的侠客，知道庙里这么不干净，为什么不早点儿把她们轰了？为什么不早点儿把他庙烧了？事到现在，您还要细看细琢磨，您这未免太不像老英雄行为了！像那样东西，不知道有多少好人死在那个玩意儿上头，还不该早早把它废去吗？"

瞎子又是一笑道："该，该，该！就是全烧了也该。这庙名叫七宝，这不过是一宝，你瞧一宝就腻了，那六宝你也不用看了，干脆，给他烧！走，你们先请到院子里头，瞧我烧一个痛快的。"

齐南子除去暗暗点头，连一句话都没说，转身来到外头。刚才站住，就见屋里砰的一声，当时火起，前头窗户满着了。楚东苏哎呀一声，三多儿急问什么事，楚东苏道："那位老英雄还没得出来，八成儿烧死在里头了吧？"三多儿摇头，他知道的比楚东苏多，他准知道瞎子也不是瞎子，并有绝技在身，自己放的火，哪里能够把自己烧死在里头？果不其然，窗户上一见亮儿，从窗户上咔嚓一声，火里送出一个黑团儿来，就地一打挺，不是瞎子是谁？

正在一喜，齐南子一拉三多儿道："咱们还不快走，火一起来，少不得会有人来救火，叫人家救火的瞧见，这里头又有死尸，庙里姑子也一个都没有了，这个官司咱们还打得清吗？干脆，快走！"一拉三多儿，三多儿一拉楚东苏，就跑到了前院。

两匹马正在院子里站着，楚东苏赶紧过去，攀鞍认镫，马上叭的就是一鞭子，那马咻咻连叫两声，四个蹄子刨得呱呱乱响，一个身子也不住乱转。

三多儿一把揪住嚼环道："少爷，您别着急，庙门还没开，您让它从什么地方出去？"

楚东莼这才想过茬儿来，也自觉得好笑。三多儿过去把门开了，一领嚼环，楚东莼就出去了，三多儿也跟着把马拉了出来，回头再看，火就从后殿扑到前殿了。

三多儿认镫上马向楚东莼道："少爷磕马，咱们到前边树林子里去。"楚东莼照着马屁股又是一鞭子，那马就跑下去了。三多儿回头再看齐南子，已然踪影皆无。

这时候庙里这把火就算起来了，方近这一片地，也有个几户人家，都是乡下人，起来得早，一看庙里起了火，便有人筛锣喊救，又有些人弄水拿钩杆子，齐往庙里这边来。一则地方太远，二则天气太冷，地下又太滑，水到了桶里，当时连桶都冻上了，走不了三五步，就滑一跤，站起来没有三五步，又是一跤滑下去。救火确是急事，快不了也没有法子，只好是一步一步往前蹭，蹭来蹭去，好容易蹭到地方，前殿的火都起来了，这些人一看，救不救也没什么了，好在这座庙孤零零四外也挨不着街坊，爽得全都站着脚步瞧着火的。

有的就说："这座庙年代可不少了，没想到会遭了这么一把天火，再打算重修另建，可不易了。"

有的就说："这座庙也不是什么人修的，里头供的也不是什么佛，佛爷烧了倒不可惜，最可叹就是庙里六七个姑子，怎么一个都没见？大概也全都火化了，出家人想不到会遭这么一劫。"

又一个道："得了，王老八你怎么还有这么一条善心哪，八成儿小姑子跟你有个不错吧？你趁早儿别走心了，这年月可是现世现报，这庙里几个姑子，要不是平日胡作非为，上不敬天，下不做人，还许不能引起这把火呢，这一定是平常她们在庙里无所不为，玷辱佛门，菩萨不能再受她们的香火，所以才给来了这么一下子，这就叫作凡火引起天火，以邪招邪。七个姑子准要就这么烧死，我瞧还不错哪。"

先说话那个道："孙老九，你这小子这么会儿又讲起仁义道德来了，依我说你少干两件花呼哨比这个强得多！"

刚说到这句，就听王老八哎哟一声，腿儿一软，咕咚摔了下去，躺在地下直打滚儿。

　　孙老九道："你瞧是不是？现世现报，叫你护着姑子……"一句话没说完，就觉乎腰眼儿上有人拿手指头一戳，一股子凉气，浑身一麻，腿一软，咕咚一声，也摔倒在地，肚子跟着拧着绳儿相似的疼，哎哟不止，满地打滚。

　　旁边这些人一看，全都吓坏了，不知道这两个人都得的是什么症候，才要过来往起搀扶，就见这堆人里，有一个黑团儿滴溜溜直向树林那边滚去，大家一见，全都跪倒，准知道是庙里神鬼见怪，现世现报。祷告了一阵儿，一看那两个人也好了，火也下去了，这才大家全都爬起，抓起救火的家伙，各自往家里跑去。

　　这时候齐南子已然到了树林子外头，勒住了宝马，待了一待。楚东苏、三多儿也到了，楚东苏赶紧下马，趴在地下就给齐南子磕头。齐南子也赶紧下马，用手一挽，才要说话，黑团儿赶到，楚东苏才往下一趴，要给瞎子磕头，瞎子一伸手把楚东苏脖领儿揪住道："趁早儿别来这一手儿，我最怕的就是这些酸礼，这个地方也不能多谈，走，到我这个小地方，咱们说说去。"

　　齐南子道："好，我正要打听打听什么叫英雄谱。"

　　齐南子的马不用拉着，楚东苏、三多儿各人拉着牲口，才要走，瞎子道："你们干什么不骑上走？这里离着我那个小地方还不近哪。"

　　三多儿道："您没有牲口，我们哪里能够让您步下去，要不然您骑上我这匹，我在后头跟着。"

　　瞎子一笑道："你们趁早儿骑上，敞开撒开辔头，咱们倒瞧瞧是两条腿儿的快，还是四条腿儿的快。"

　　三多儿、楚东苏还要谦让，齐南子一笑道："你们不用让，人家外号儿叫一阵风，今天咱们倒得来一下子，瞧瞧是风快，还是马快。"

　　瞎子哟了一声道："他们两个，我可以试试，你可不算，谁不知齐南子是宝马神枪。"

齐南子也一笑道："万大哥就不必亮蔓儿了，今天非试试不可，请！"说完纵身一蹦，就上了马，一片环铃响，马就跑开了。齐南子他可知道瞎子身有绝技，两头儿不见太阳，能走一千里，要是冬天还得多走二百里，别看自己的马是匹宝马，比他也快不了多少，上马一勒裆，马往下一跑，忽然想起，瞎子住在什么地方，自己不知道，应当往哪一方，也没问问，一直跑下来，那不是胡闯乱闯。正在一犹疑之间，就觉身后嗖的一声，跟一个鸟儿飞过相仿，凝神一看，可不是瞎子吗？心说真快，全过去了，追！提手里鞭子一点，马又加了三成快，听不见马蹄儿响，嗖嗖嗖跟箭头子一样，一个劲儿往前跑去。楚东苏、三多儿两匹马，要在平常马里头，就很说得下去，像有个样儿，腿底下也真有几步走儿，现在跟人家这匹宝马一比，简直就算说不上了，虽然一鞭子跟着一鞭子，却依然落在后头很远，打得那马不住吽吽乱叫。一眨眼的工夫，前头那匹马，就看不见影儿了。

楚东苏仍然抽打那马，三多儿喊道："少爷，您别打它了，打死它也跟不上人家。咱们是干什么来的，咱们还干什么去，人家走了，咱们也不必追，干脆，咱们驳转马头，赶上官道，咱们还是去救老爷的要紧。"

楚东苏道："你这话是不错，不过咱们两次被人家救了命，如今就是这样一走，未免于情理上有些说不下去。"

三多儿道："这个您倒不用往心里去，吃江湖饭的人，救人是本分，原不论是什么人，您觉得是一件事，其实在人家并没理会，咱们还是快去救老爷的也是。"

楚东苏道："也好，等到将来再访人家，报人家这番大恩吧。"说着一领缰绳，往回一驳马头，扬手一鞭子，马往前一冲，跟着往回一坐腰咳咳乱叫，滴溜乱转，就是不往前跑。三多儿马在后头，瞧着十分可怪，正要帮着在后头给马一下子，仿佛耳朵里送进一种极细极细的声音道："你们别走，还是追他们才好，可关着你们前途，不要大意。"两个人一听，对看一眼，一勒挽手，彼此对说一句"怪事！"

三多儿向楚东荪道："少爷咱们还回赶吧。"

楚东荪道："刚才就离远了，现在耽搁这么半天，更赶不上了。"

三多儿道："不管那些个，咱们照着这段道往下走，到了就到了，到不了再想法子，好在也绝不能有多远。"

楚东荪点头，随手一鞭子，马一掉屁股，又往原道跑回去了。跑出去也就有二里多地，忽然前边大道没有了，是两股小道，楚东荪就把马勒住了，回头问三多儿道："你看前边又是两股道，咱们可别走错了。"

三多儿道："那不要紧，咱们瞧瞧哪股道上有马蹄子印儿，咱们就走哪边儿。"

楚东荪一听有理，分着马到两股道上一看，两个人不约而同，齐说了一句："我这边，我这边有马蹄子印儿。"

三多儿哎哟一声道："这可糟了。"一言未了，只听前边大道上，哗棱哗棱一阵响，两人全都大喜，准知道是齐南子赶到。及至来到临近一看，只是一匹空马，上头连个人影儿也没有。正在一诧异之间，三多儿忽然喊道："少爷，快点儿跟着这匹马走，准错不了。"

楚东荪道："它脚底下那么快，咱们这马怎么追得上它？"

三多儿道："没准儿，咱们试试。"

说来也怪，那马好像懂得人话一样，一看见这两匹马，竟自掉转身子，依然往旧路上跑去，并且绝不快跑，只在前边缓缓地跑着。楚东荪道："古人说良马比君子，看起来真是一点儿也不错，人是英雄，马也是宝马。真是……"

三多儿不等楚东荪说完，便接过来道："您忘了有句千里马还得千里人吗？"

正说着马步儿一缓，往前再看，只见靠着道边儿上，有两间小茅屋，外头是篱笆帐儿围着，篱笆帐里靠着破窗户下头，坐着两个人，正是齐南子和那瞎子。两个人赶紧下马，走到里头，才要行礼，齐南子道："你们先等一等，我有话问你们。咱们虽然见过两次面儿，可是究竟谁也不知道谁，你们二位尊姓大名，我还没有清楚，请问二位尊姓台甫，你们到底是怎么回子事？"

楚东苏道："小子姓楚，单名一个善字，那是我的兄弟名叫杨方。"

齐南子微微一笑道："这事真怪，你姓楚，你的兄弟却姓杨，这是怎么股子事儿？"

三多儿抢过来道："老前辈，您听我说，您就明白了。我们原是主仆，只因我家老主人，被一个朋友陷害，我家主母派我跟着少主人到京里去打点，恐怕路上不静，因此才改为兄弟相称。"

齐南子点点头道："这就是了。"

正待往下还问，旁边瞎子忽然微笑道："小齐，你先别说那些家常，我瞧着他们就够个角儿，果然够个角儿，没别的，我的英雄谱上人这才够数儿，走，到屋里请你们看看我的英雄谱。"

楚东苏跟三多儿虽不知怎么回事，反正往屋里让，绝没有坏意，只好跟着这二位走进屋里。到了屋里一看，还没有院子干净，顺着后墙，放着一块木板，木板上堆着许多烂草，余外还有两个盆、一个水罐，再也没有什么了，连坐的地方都没有，只好是站着。却见瞎子一弯腰，从草堆里一拨拉，提出一个黄包袱，打开包袱一看，原来是一个薄薄的纸本，上头歪歪斜斜写着三个字是"英雄谱"。打开一看，头一个就是三多儿，哎呀一声，跟着哇的一声就哭了。

要知三多儿为什么看见英雄谱痛哭，请看下回，便知分晓。

第四回

住黑店主仆再逢灾
冒白刃师徒双救难

三多儿这一哭，连楚东荪都哭怔了。齐南子道："你先别哭，怎么回子事？"

三多儿不答齐南子，转过身来，扑咚一下子就给瞎子跪下了："老前辈您这本东西从什么地方得来？这头一篇头一个人，您跟他可认识？"

瞎子道："这个本子是我自己所画，这上头的人，不但认得，而且都有特别交情，不知道你为什么问到这一层？"

三多儿满脸泪流，把牙一阵咔嚓咔嚓乱说道："万不想您这么大的英雄，怎么会跟他这样一个人认识？"

瞎子道："怎么？这个人还不该跟他认识吗？我干脆跟你说了吧，我姓什么叫什么你可知道？"

三多儿哟了一声道："这实在怪我荒疏，忘了请教老前辈怎么称呼。"

瞎子道："我也知道你不认识我。按说我这个名儿姓儿，现在已是大可不说，不过咱们还有后话，不把这一层说清了，底下也不好办。我姓万，单名一个灵字，自己起了一个号叫灵子，在江湖上人都管我叫一阵风万瞎子……"

一句话没说完，三多儿早哎呀一声道："我当着是谁，原来您就是竹泥坡三月塘万老前辈，我实在不知，论起来您老人家比

65

我大着两辈呢，万爷爷，您老人家快告诉我怎么认识那个人！"

万灵子微微一笑道："你先别忙，话得从头儿上说起。你既知道我就好极了，我也差不多明白你是谁了。我自七岁学艺，十九岁走江湖，今年七十三，不敢说做过多少事，反正在江湖道上总算有了我这么一号人，也算不易，万没想到，到老到老栽了一个爬不起来的大跟斗，因此我才找了这么一块穷乡僻境，外人瞧着我是隐名避难，实在我另有一番心思。我虽说年纪不大，可也不算太小，别样都可，就是不能输气，那个跟斗我栽得太不舒心，非得想个法子出了这口气，我死了都不甘心。可是从前叫我栽跟斗的主儿，不是个软手，我单人独马，绝不能拿住准翻过手来，因此我便立下这个本子，一共选出十二位当代的英雄。这几年工夫，我才选出十位，还差着两位，没有找着，就碰见我们这位小齐了。小齐，你说我不敢出去，我还真是不敢出去，你等我十二个凑齐了，你瞧我出去干一下子给你瞧瞧。"

齐南子道："您等一等，您那些事都不要紧，咱们先问问这个孩子他为什么咬牙切齿恨您选中的第一位？"

万灵子道："小齐，我问问你，这头一位你跟他熟不熟？"

齐南子道："不瞒您说，您画了这个像儿，简直不怎么高，准是谁我都不敢说，大致这意思，您画的是不是山东莱州府曲家坝的总葫芦库曲大昌，人称病钟馗的曲大侉子？"

万灵子哈哈一笑道："这就不难，像不像，就算有了三分样，一点儿都不错，就是他，你跟他有交情没有？"

齐南子道："真是他，我跟他认识可没交情，但不知这位小杨爷跟他是怎么过节儿。"说着便问三多儿："你跟这姓曲的是怎么个认识？跟你是有恩，还是有怨？你干吗一见着他就伤心到如此地步？"

三多儿低了一低头，脸上换出笑容道："我认错了人，我跟这姓曲的，并不认得，更提不到什么叫恩怨的话，实在我是冒失，我看错了人了。"

齐南子一看万灵子，万灵子一翻白眼，彼此一点头，准知道里头有事，可是谁也不往下问了。齐南子道："这本英雄谱，您打算凑十二位，十二位凑不齐，您就不出去，不知道得什么样儿人才能合乎您这英雄谱哪？"

　　万灵子道："我这英雄谱，头一样不取特别有字号的，怕是人家说我借人家字号，捧人家粗腿；第二不一定要有什么特别本事能耐，得我血性朋友，是个有骨气的汉子；第三还得跟我投缘对劲，能这样就能入谱，不能这样，就算吹。"

　　齐南子一笑道："这么一说，我就放了心了，我绝不够格儿。一则我没有特别能耐，二来我也不是血性朋友，三来跟您也算不了投缘对劲，我是没顾上您谱的了。"

　　万灵子哈哈一笑道："小齐，人家都说你这二年名头越来越大，人也越来越滑，没想到你还真放了这个样儿。不瞒你说，我这英雄谱里还是真没你。要论你交朋友是好朋友，办事也有血性，能耐更不必说，凭什么你也够上谱，就是一样儿，我说得明白，不借人字号，你的名头太大，多怕是让人家笑话我借幌子，所以无论你多好，也得把你另算了。倒是这个小浑小子儿，我十分爱他，他的能耐字号谈不到，就冲他这番心胸，也是条汉子，拢共才十几岁的孩子，能够不顾生死，给朋友帮忙，这种人能够有多少？我倒很想约他加入我这个小塌塌儿。可是方才一听他说的话，对于我谱上头一位他就不高兴，底下的也就不用说不用看了，等些日子，往后再谈吧。"

　　齐南子一笑道："您还是这个脾气，冷一锅，热一勺子，既是您没了事，人家可还有事，趁早儿让人家走，咱们的事单说单讲。"

　　万灵子道："他们走就走，我也不留，咱们的事，还没到时候，现在谈不到，你要愿意在这里坐一坐，就坐一坐，不愿意坐你也走，我可没有工夫说闲话。"

　　齐南子道："您先别发躁，我这就走，单等您人位凑齐，有什么话咱们再说。请!"

说着一拱手,先走出去了。三多儿一拉楚东苏,给瞎子道谢,也跟着走了出来,到了篱笆帐儿外头,一看齐南子已然上马往来道转去,赶紧也跟着上马,追随齐南子而去。齐南子这回马是缓辔走,两个人不多一会儿就赶上了,才要道谢,齐南子却先回过头来道:"你们的事,我已略知大概,此去北京,路程还是很远,一路之上,很不平静,最好你们多加小心,处处留神。我现在有事,不能送你们进京,可是我的事一完,也许能来追你们,你们就特别小心吧!再见!"说完,两腿只轻轻一磕,那马便如飞的一般,跑了下去,只一眨眼的工夫,连个影子也看不见了。

三多儿把舌头向楚东苏一伸道:"我的爷,您可瞧见了,这不可聊大天儿吧,咱们爷们儿俩这两条小命,就算是捡的,您信不信?"

楚东苏长出一口气道:"我一向只知坐在书房里念书,哪里知道会有这些怪事?现在一看,才知道世界之大,真是无奇不有。这次到京,倘若能够托福把事办完,我一定要改头换面,另外学点儿能耐,不然遇见事,真是除去等死,一点儿法子都没有。"

三多儿一笑道:"大爷,您别忘了我的话,不拘到什么地方,您别露出您是公子哥儿来,您也学着拔脑子瞪眼,仿佛叫人家看着,也像个练家子似的,至少也能把他们吓回一半儿去。听方才那位齐老前辈说,前边地方十分不静,咱们还得特别留神。"

楚东苏道:"反正咱们可别再住庙了。"

两个人说着,马已够上官道,加上一鞭子,这马就跑下来了。天到正午,找了一个小店,进去打打尖,吃饱了稍微休息休息,又往下走,这下子走下来足有百十来里地,天可就黑了。楚东苏道:"咱们可得找地方儿睡觉。"

三多儿道:"您别忙,我跟人家打听打听这里是什么地方,

68

离鸡鸣驿还有多远。鸡鸣驿是个大站，那里住一夜，可比旁的地方把牢。"

正说着，一个捡柴火的挑着柴火往回走，三多儿赶紧勒住马一拱手道："老太爷，我这里给您行礼了！请问您，这里离鸡鸣驿还有多远？"

老头子一仰脸道："你们从什么地方来，要到什么地方去？"

三多儿回头一指道："我们从那边来，要到鸡鸣驿去。"

老头子哈哈一笑道："你这个小伙子，可是不老实，明明你从鸡鸣驿来你怎么倒说往鸡鸣驿去？你真欺负我是个老好了。"说完任话没有，扛起柴火挑儿，气昂昂地就走了。

三多儿哎呀一声，才知道把道儿走错，竟自过了鸡鸣驿，自己会不知道，真是冤枉冤哉，前面是什么地方，自己不知道，往回走离鸡鸣驿也不知有多远，天时黑上来了，真要是闹得前不着村，后不着店，也是饿荒。往前边一看，一片黑乎乎，看不清是什么，回头向楚东苏道："少爷，咱们没留神，走过了鸡鸣驿，现在是往回返，还是往前走？"

楚东苏道："已经走差了，咱们也往前走，要是走一站回去一站，什么时候能到啊？你放心，你别听人家说，道儿上不静，那是叫咱们多加一番小心，并不是一定准有那么回事，往前走，不用害怕，咱们是干什么的，害怕还行了？走！"

一磕马，马往前一冲，三多儿也跟着一块儿跑下来了，这一蹿头，可就到了那片黑乎乎所在。临近一看，原来是一座大店，上头横着一块匾是"三义店"。楚东苏一见大喜道："多儿，今天咱们就是这里了。"

三多儿道："您也别着急，据我看这个店可是有毛病。"

楚东苏道："这有什么毛病？"

三多儿道："一则这座店地方不对，这个地方不是什么冲要驿站，这里没有一定得开这么一座店的意思；二则这座店四外没有一个人家，孤孤单单开这么一座大店，不是江湖上落脚儿的地方，就是一个大窝处，恐怕住店一定不利。依我说还是得慎重一点儿为是。"

楚东苏道："依你说这座店是不能住了。不过有一节儿，天已然都到了这个时候，咱们到什么地方去？我自从这两天经过这两回事，我总觉得死生有命富贵在天，绝不是人力所可做到，咱们不住店，前边准能不出事，谁敢说这句话？你说这座店有毛病，也不过是那么想着，并不一定准有毛病，要依我说，咱们就大着胆儿进去住一夜，多加一点儿小心，不出事很好，出事也没法子，你看怎么样？"

三多儿道："既是您敢住，我就敢住，走，咱们在这里热闹一宵。"

说着话，跳下马来，把楚东苏那匹马的嚼环也给揪住。三多儿拉了两匹马，楚东苏在后头跟着，才到了店门口，正要喊人接马，却听棉帘子一响，从里头走出一个三十来岁的伙计打扮的人来，一见三多儿，满脸堆下笑来道："嗬！二位，您这是从什么地方来？一定赶过站了吧？来吧，我们这店里，屋子热炕暖和，吃喝也都有，绝不能让您受了委屈。来，您往里请吧！"嘴里说着，手里已然把两匹马接过。

三多儿在前，楚东苏在后，柜台上坐着一位管账先生，往小里说，也有六十开外了，没有开黑店用老头子的。再看柜台迎面墙上，供着是关圣帝君，旁边还有两位最可怪，一位是汉帝刘备，一位是恒侯张飞。人家供关老爷的地方太多，可没看见供刘张二位的。猛然醒悟，所以这店叫三义店，大概说的就是这哥儿三位。又看里头的伙计，足有十来个，全都是一齐儿蓝布大棉袄，腰里系着褡包，这座店还真是一座老店，伙计们没有一个在二十岁以下的，并且全都和颜悦色，准保是老实买卖人，心里一块石头这才放下。

账房儿老头子把眼镜儿往起一戴，满脸堆笑道："二位是住大屋子，还是住单间？"

三多儿道："有单间我们就住单间。"

老头子一乐，向旁边站着的伙计道："刘三你把二位给同到后头去，找一间高大干净的房，把火给弄旺一点儿。"

刘三答应一声："二位跟我来。"三多儿一推楚东苏，两个人跟着就进去了。到了后院一看，北房七间，两旁边一边五间。刘三一指北上房道："二位就住这屋里吧，又宽绰又暖和。"

三多儿这时候一点儿疑心也没有了，笑着一点头，进了北屋。东西两个暗间，当中一间是个明间，刘三一掀东边这间软帘，真是一阵暖气扑脸。两个人进到屋里，刘三打来脸水，洗脸漱口，又吃了一点儿东西，屋里也拿上了灯，刘三问了问不要什么了，这才出去，把门给倒着带上。

楚东苏长叹了一口气道："真是想不到会落到现在这样东奔西驰。"

三多儿道："这倒没什么，但愿老爷吉人天相，把官司完了，也不白跑这一趟。"说着话楚东苏打了一个哈欠，三多儿道："咱们歇一歇吧。"

正说着外头梆锣一响，跟着有人在院里喊："众位客人，早点儿安歇，留神火烛！"一路喊着，往后边转去。三多儿更放心了，准知道开黑店没有打更的，这绝没错儿了，又加上这两天连遇凶险，特别劳乏，如今这一塌心，可就透出来疲倦。身上衣裳可不敢脱，和着衣裳往大炕上一躺，心血一拢，当时全都入睡。

这回三多儿可输了眼了。两个人才往里一走，老头子便向大家一笑道："我说让你们别着急，你们直沉不住气，你们瞧有肥羊没有？"

几个伙计一笑道："老爷子大概您是有点儿透着急，咱们这一天挑费够多大，少掌柜这程子买卖也不跟劲，别的不说，就是吃喝都不够了，您说我们能不着急吗？平常好些买卖，您又都不肯做，总说不值，怎么今天倒看上这两个？要据我们瞧，往好里说，他们那两匹牲口跟身上那两件外罩儿还能对付换点什么，别

71

的油水简直不照（不照，即看不透也），您从什么地方看出他们是有大油水?"

老头子一捻胡子道:"孩子，你们总是年轻，阅历太少。这两个人身上多了没有，五千两拿得出来，你们信不信?"大家全都摇头。老头子微微一笑道:"这么办，你们也不用摇头不信，回头咱们试试，从他们身上要是洗出来不够五千数儿，我认罚。不过有一节儿，那个公子哥儿似的那个没有什么，那个浑小子儿，你们可别把他看薄了，手里一定有两下子，倘若把他们弄滋了，别的不要紧，我怕把旁的人给惊了，咱们这座店可就不能开了。今天晚上，必须这样这样才能得手，你们听我的，除去已然有了的客人，没有法子可办，只好由他们，别惊动他们，现在就下幌子，上板儿关店门，别再留生客，省得人多碍手。小李，大张，你们先把灯摘了。"

小李大张答应一声，过去就把灯摘了，跟着进来就上门，才把门对好，双扉往外一关，就听门缝那里有人一阵喊道:"哎哟，哎哟，你们可把我的腿给挤折了，那可不成，你把门开一开，让我把腿弄出来。"两个一听，吓了一跳，分明一个人没有，怎么会一关门把人腿给挤住了，这可真是怪事。没法子，手一松，往后一撒手，门就开了。没想到来人没往外撒腿，反倒挤进来了，不是一个，还是两个。头一个年纪也就在五十多岁，两只小眼睛，翻鼻孔，蒜头鼻子，半截眉毛，扇风耳朵，短脖腔，一脑袋黄头发，上身穿着一件破旧油泥短撅撅棉袄，腰里系着一根麻绳，下半身穿着一条油光锃亮的羊皮反掉毛儿的裤子，脚下一双大油靴，一只手拿着一把砂酒壶，一只手拿着一把折卷不齐的破雨伞。后头这个，长得体面，年纪也就在十七八岁，白脸膛儿，大眼睛，头上戴一顶红绒指天盔，穿一件银灰绸面狐皮袍儿，脚下穿着皮囊子快靴，手里提了一个包袱，进门之后，站在那里，一阵乱掸。

小李头一个就不高兴了:"嘿，嘿，我说你们二位是一块儿的吗？没瞧见我们这里下灯了吗？要是住店寻宿，趁早儿往前赶，我们这里已经客满，可实在没法子了。"

年轻的还没言语，上年纪的那个，一扬手嘴对砂壶嘴儿，啧地就喝了一口酒，往下一轧，又出了一口气，才说出两个字："好冷！"

大张一看他这个神儿，比小李火儿还大："嘿，说你哪，装听不见是怎么着？这店里没有地方儿了，你快出去，我们要上门了。"连说三句，他连头儿都不点一点摇一摇。大张心火往上一撞，一扬手呼的一声叭的一声，就是一个嘴巴，那人却依然是不瞅不睬。

小李瞧出便宜，也正要伸手，旁边那个年轻的就过来了，横手一拦，把眼一瞪道："你们两个是什么东西，怎敢无礼动手？你们既然开的是店，自该送往迎来，外头这么大的风，天又黑了，我们投到这里，又没说白住店不给钱，你怎么不问青红皂白，就敢上手打人？你们这个买卖，有什么在后头给你们抱腰，竟敢这样大胆？还有一节儿，我们要不是身上带着贵重的东西，就是挨也要往前挨，你请我们还许不来哪，像你们这样作威作福，我也不是说句大话，要叫你们这店关门，并不是什么难事……"

年轻的才说到这句，那个上年纪的倒张了嘴了："少爷，您就是爱多说话，临出来时候，老爷怎样嘱咐少爷来着？您也不管什么事，多大的牵连，拿起嘴就说。这幸亏是在这店里，没有什么坏人，要是叫歹人听去，这个毛病就出大了。再者他们这种穷乡僻境，多见树木少见人的地方，懂得什么？您哪里来那么些废话跟他们说，他不留咱们住，咱们不住不就完了吗？好在离着舅老爷已经没多远，豁出半夜工夫，也就赶到了，何必在这里怄闲气？您老说怕道儿上不静，咱们走了半天，连个人毛儿也没看见，单单晚上就会碰见了？我就不信这些事，走！走！"说着一夹那把破雨伞，就要往外走去。

73

三多儿没瞧出开店的，开店的也没瞧出这一老一少是干什么的，本来因为已然有了肥买卖，就不愿再接第二个财神爷，又看不出这二位究竟是怎么一个人性。小李、大张跟老头子一捣乱，年轻的说了两句，开店的可就又起了贪心，心想今天真是肥猪拱门，事儿太顺，刚来一个，又来一个，听他们说话的神气，着实看不出什么异样来，一只羊也是轰，两只羊也是赶，莫若把这个也给让进来，是儿不死，是财不散，活该这两天活动。想着站起身来，吆喝张李两个道："你们怎么说话连一点儿眼力见儿都没有？你尽留心，怕是收留坏人，给地面儿招事，你可就没把眼睛睁开，看着神色不对，自是不该留，怎么你连这二位这样老实人你都不敢留，那咱们还开店干什么？简直是一顶一的大废物！"说着又向那上年纪的人赔着笑道："二位别听他们的。年轻的人，简直是胡乱八糟，什么事连一点儿头绪都没有。您二位是常在外头走的人，可别错会了意，来来来，二位往里请吧。"

　　上年纪的那个，把脸儿一绷道："这不结了，这也像人生父母养的说话呀，狗眼看人低，真拿我当了要饭的了，别忙，我有叫你明白的时候。"嘴里嘟嘟囔囔，人可就跟着伙计走进去了。

　　小李一肚子气，心说掌柜的你这就不对，你叫我们落灯摘幌子别往里让人，怎么事到如今反打一瓦，全成了我们的不是，这不是拿我们送礼吗？不过据我瞧，这个老头子，可不一定是什么好人，碰巧今天就许闹出点儿事来，如果今天要闹出事来，我瞧老掌柜你跟我说什么。小李心里一不高兴，可就挂上劲，要先试试这个上年纪的究竟是个什么人物。来到后院才要往西屋里让，这两个不等让，就奔了北屋。小李赶紧喊道："二位，北屋有人了，二位请到西屋吧。"

　　老头子回头呸地就是一口啐道："怎么着？你是瞧出我什么来了是怎么着，干吗你跟我一定过意不去？你怎么看出来我不够住北屋？你这小子，真是库缎眼、洋绸心，老爷乃是包子有肉不在褶儿上，今天住定了北屋了，你要成心跟我搅，我今天放火把

74

你店烧了！你什么东西？你也看老子高兴！"越说声音越高，越喊调门儿越大。小李一看，得，从现在就能吵起，这可真是麻烦。正要想法子拦一拦，没想到这二位已然扭进了北屋，小李赶紧也跟着跑进屋里。老头子一拉东屋帘子，三多儿正在屋里躺着哪，可还没有睡着，听见外头吵，也没有答应，忽然门帘一动，三多儿吓了一跳，嗖的一下子，从炕上就纵起来了。老头子哟了一声道："敢情真有人哪！"说完一句，又退了回来。三多儿才知道是走错了门儿，并没什么事，这才二次躺下。

小李一看老头子又退了出来，便赶紧搭话道："您瞧是不是，有人住着哪。"

老头子一声儿不言语，一转身又奔到西间，一掀帘子就嚷："这屋里有人没有？要起来可是慢着点儿，留神吓我一跳。"这屋里原没人，自是没人答话。老头子一回头叫小李道："伙计，这屋里敢情真没人，劳驾，您给掌个灯吧。"

小李一点儿法子没有，只好答应了一声，从身上掏出火筒子一晃，把灯点着了。老头子四下一看把雨伞、酒壶往桌上一搁，两只手一拍道："好，太好了，我这才放心。少爷你看，人家这才是大店，屋里还埋着锅哪，您说您要吃什么不方便哪！"

小李一听，就是一哆嗦，心说坏了，怎么他一进门就看见这口锅了？这可是麻烦。便赶紧答话道："老爷子您是不知道，这边这个地方，赶上天就特别冷，又不是什么大驿站，住店的客人，都是二三十位一块儿搭伙走的主儿多，住在店里，谁都要打个算盘，又是图暖和，又要图省钱，不吃我们店里的饭，大家拿钱买东西自己放，可就在这屋里，一来省钱，二则屋里也暖和，要是一两位，可就用不着了。"

小李本打算拿话岔开，别提这回事，谁知道不拦还好，一拦倒提了醒儿，老头子又把手一拍道："这倒怪有意思，我今天还是真爱上这个灶了。好伙计，你给我点儿柴火，咱们把它生着了怎么样？"

小李道："那可不行，这灶有好多日子没使，里头全堵住了，生火往屋里冒烟。"

老头子道："那个不要紧，把锅搬一搬，掏一掏也就行了。"说着话冷不防，过去弯腰就要搬锅。

小李差点儿没吓跑了，准知道他要一揭锅，底下事满出来。没想到老头子才往起一端锅，那个年轻的过去一把拦住道："人家不叫咱们动，咱们就别动好不好？弄那么一手土，图什么许的？快搁下，咱们吃点儿喝点儿，早点儿歇着，明天早晨，咱们好赶道儿。"

老头子答应一声，把锅放下道："可惜了儿的锅，怎么不通气了，这要是通着，够多有意思？得了，你是不通，咱们也不弄了。好伙计，你们都有什么可吃的？给咱们预备一点儿，别的倒不要紧，真格的，咱们这里有好酒没有？"

小李道："酒有，还真好，二位还要点儿什么菜？"

老头子道："随便您给对付几个菜，多来好酒，喝得足足儿的，往炕上一躺，再有天大的事，我也就管不了啦。"

小李连连答应，叫别的伙计打洗脸水，沏茶，自己赶紧跑回柜房，向老掌柜的道："合字儿，招露把合，旧瓢子，线儿一水，风紧！"

老掌柜把眼一翻道："对青水，海海的迷子儿，晕神儿，亮青子，摘瓢儿，入高窑儿。"

小李一听，赶紧答应，到了厨房，收拾好了酒菜，把酒里下好了东西，端着酒菜来到北屋西间。才一打帘子，老头子就是一声喊道："嗬，什么味儿？"

小李又吓了一跳，赶紧道："什么味儿？您干吗这么嚷啊？"

老头子道："我也许是饿了，你才一走进来，我就闻出香味儿来了。快点儿端上来吧，我等不了啦！"

小李把菜摆好，老头子把酒壶就拿过来了，往嘴里就灌，张了半天嘴，又给搁下了，一选连声喊道："伙计，你欺负人是怎

76

么着？"

小李道："怎么啦？"

老头子道："倒不出酒来。"

小李道："不能啊。"接过酒壶一看，酒壶嘴儿夹扁了，并在了一起，那焉能倒得出来。小李可没在意，第二次换酒壶，瞧好了一点儿毛病没有，装好了酒，下好了东西，又给送了上来。

老头子一拿，又嚷起来了："你们这店，可是透着特别，怎么专预备不通气的酒壶是怎么着？"

小李过来一看，酒壶嘴儿又扁了，心里好生诧异，赶紧又给接过，到了柜房儿向老掌柜一说，把壶拿起，大家一看，不由全都一怔，原来那壶嘴儿不只是捏扁，简直就给重新化了铸在一起一样，连个缝儿也找不出来。老掌柜一摇头道："合字儿，肥鱼扎手！"小李跟老掌柜的一捣乱，旁边有人扑哧一笑。老掌柜回头一看，正是店里最称能手的白脸狼侯七，遂把脸儿一整道："侯老七，这是咱们家的事，关上门都是一家子，你不说大小出个主意，你这冷笑八合的是怎么股子劲？"

侯七道："老爷子，您还是老瓢把子哪，怎么这么一点儿事就摇头了？您还叫笑脸判官哪，您这管笔怎么拿的？"

老掌柜的道："侯老七，废话说不着，你有能耐，可以露一手儿，嘴把式，净说不练，那算什么字号？"

侯七笑道："老爷子您不用拿话咬我，说真格的，我侯七是怎么一个人物，大概您也不甚清楚，今天就是今天，让您瞧这下子！小李，他们落在哪间屋里了？"

小李道："北屋西间。"

侯七道："交给我了，要是过去了一个时辰，我改姓。"说着话，把围裙往腰里一系，找了块手巾往肩膀上一搭，三步两步跑到里头去了。

老掌柜向小李一笑道："他就是懒，他准要是干，倒是真有两下子。"

小李把头摇了一摇道："这话今天可不保准儿，待会儿见。"

侯七跑到北屋，一掀帘子，一看老头子正在大箸子吃菜，一看侯七进来，便把眼睛一瞪道："你们这里欺负人是怎么着？拢共一壶酒，费了半天事，怎么还没有拿来，我们又不是诓吃诓喝，你们干吗这么大了吧唧儿的？什么东西!"

侯七一听赶紧赔笑道："老爷子您别生气，我们那个伙计新来乍到，不会伺候人，刚才到柜房一说，我们掌柜的直生气，因此才把我换来，老爷子您还喝不喝?"

老头子道："干吗不喝？快点儿拿来。"

侯七答应一声，一转身工夫，酒拿来了，是一把砂壶，心说我看你这把壶怎么捏。老头子一看是砂酒壶，不由咦了一声道："嗐! 早有这种壶，拿出来比什么不强，这个喝着多痛快。"说着拿起酒壶往嘴里就倒。侯七一瞧这个痛快，心说小李真是饭桶，这也值得大惊小怪，这一壶喝下去，保管什么事也没有了。

眼看那酒壶都沾了嘴，忽然又放了下来道："伙计，你这酒壶里没搁什么呀?"

这一嗓子侯七就是一哆嗦，赶紧赔着笑道："你这是哪里的话？我们这里卖的真是原封儿老白干儿，哪里能够掺兑什么呀。"

老头子一笑道："不是，不是，我老闻着有股子香味儿，你说邪不邪?"

侯七道："你说的是这酒里有股子香味儿不是？嗐，我告诉你你就明白了。我们掌柜的去年到了一趟北京，正赶上玫瑰季，买了不少玫瑰花儿，全给搁在酒里了，这花有一年多了，现在你说的大概就是这种玫瑰味儿了。"

老头子哈哈一笑道："嗬! 玫瑰酒？我还真爱喝。"说着拿起酒壶，往嘴上一比画，又拿了下来道，"真格的，伙计你喝酒不喝来？来来来，你也弄一杯。"

侯七一听，又吓了一跳，赶紧双手乱摇道："老爷子，你喝你的吧，我可不敢陪你喝，回头要叫掌柜的知道，我的事就不用干了。"

老头子道："这里又没别人，掌柜的怎么能够知道，来来来，喝一杯。"说着伸手就要揪侯七。

侯七往旁边一闪道："老爷子，实告诉你说吧，我是胎里素，荤酒不敢入口，我谢谢你了。"

老头子道："啊，你还是善人，我可真没看出来，既是那么着，我可不敢让了。"又一伸手，把酒壶拿在手里，一仰脖儿，咕咚咕咚一壶酒就全下去了，长出一口气道："这个酒还是真好，喝到嘴里，有那么点儿麻不唧儿的，有点儿意思，伙计，你再给我来两……"一个壶字还没说出来，一晃两晃，腿儿一软，先撒手扔酒壶，叭嚓，扑咚，酒壶碎了，人也躺下了，侯七心里一块石头才算放下。

年轻的一见，赶紧过去就扶，嘴里说道："这是怎么了？"

侯七道："不要紧，酒力太大，老爷子喝得太猛，大概是有点儿醉了，少爷不喝一点儿吗？"

年轻的一皱眉道："我跟你一样，胎里素。不过有一样，他这一醉，我一个人住在这么大的店里，可是有点儿胆怯。"

侯七道："少爷，你说的是哪里话，老爷子醉了，至多明天早晨，没个不醒过来，我们这店，也不是我们自夸其德，不用说人住在我们店里吃不了亏，即使你带多少贵重东西，连根草刺儿也不能让你丢了，受了委屈。少爷既是不喝酒，你吃点儿什么，你也可以安歇着了。"

年轻的道："既是那样，先把他抬了起来，躺在炕上，我也要歇一歇了。"

侯七一弯腰，抬着老头子下半身，年轻的抬着下半截，就给抬到了炕上。年轻的道："现在我是什么也不要了，你也歇着去吧。"侯七答应，出了屋门，把屈戍倒扣，再去安置。

老头儿一拍年轻的肩膀："你瞧怎么样？"

年轻的道："我也看不出来他到底是怎么一回子事。师父，

79

你说这店是黑店不是？"

老头儿道："大概今天他已然留下好主顾，咱们趁早儿不用管闲事，反正他也不能把咱们怎么样，干脆，咱们就是瞧着，西边儿是谁，咱们也可以不管。"

正说着，忽听院里有人喊道："众位老客，还要什么不要，不用什么，可就落灯歇火了，众位可想着灭灯安歇，别误了明天早起！"

白脸狼侯七眼看着老头子把酒喝下去了，赶紧跑到前柜，双手一拍，一挑大指道："什么事也得说沉得住气，一点儿不闹手的事，一嚷一吵，能把事情吵大了，你瞧我来回才用了多大时候，你瞧瞧他酒喝了没喝？这个老梆子，简直是假花脖子，不怎么样……"

依着侯七还得道叫一会儿，老掌柜赶紧拦住道："得了得了，人虽说麻倒了，可也得留神，咱们这路买卖，就是这么着，宁可放空，也别弄滋了。你们先到后院探探，还有什么动静没有，有什么话再说。"

小李答应，到了后院喊了两嗓子，一点儿声音没有，再看各屋里全是漆黑，连个灯亮儿都没有了，准知道没什么，二次又回到柜房把情形一说。老掌柜的道："今天还是真麻烦，事由儿多，自己的人少。依我说，咱们还是先洗头里那两个，一则油水厚，二则岔儿嫩，今天咱们可是'攒活'（大家动手），谁不出去可也不行。现在咱们就分配人，谁入窑儿（进屋里去），谁把风（瞭望）？"

侯七道："我入窑儿，可得给我找一把活腕儿青子（合手刀）。"

老掌柜一摇头道："不成，就是你一个人，我可不落实，这么办，大张、小李帮你入窑儿，刘三、江四把住穴（守住道口），我跟牛老八、耿老二在外头把风。你们还是从西风口入窑儿，可别惊动了那两只雁，到了那边，还是使万寿腿儿（熏香）把他们

80

麻过去，能够搜了老营儿，就留着他们瓢儿，也没什么。可是要多多留神，褥点什么不得什么，可别弄出彩来，咱们底下这个蔓儿可就不容易混了。今天真糟，黎老大怔会没回来，也不是到什么风地去了，用人时候他不来，没事可在这里要吃要喝，一天苦腻，简直成了我的一块魔了。"

侯七道："你说这些个没用，现在说当事，收拾收拾，咱们可该着了，老爷子你就擎好儿吧。"

当下大家拾掇拾掇，一窝蜂儿全都来了后院。侯七带着小李、大张，绕到北房墙后，顺着墙立着一领大席，侯七轻轻把席揭开，里头露出一个单扇门宽的窟窿，侯七领头，摸着黑儿就走进去了。小李拉着侯七，大张拉着小李，一个挨一个，两层台阶一下去，就是平地，顺着平地，转了两个弯，侯七一手轧着刀，伸一只手往上一摸，跟着往起一托，屋里那个锅就起来了。轻轻托开一个小缝儿，闭住了一口气，往屋里一听，一点儿声儿都没有，又把锅往旁边挪了一挪，那个锅就离开了灶，一伸手把自己帽子抓下来，挂在刀尖儿上，往上头一送，从缝儿里头，送了出去，摇着刀把儿，晃了一晃，一点儿动静没有。把刀撤回来，二次又送出去了晃了晃，依然没有动静，又撤了回来。一连三次，这才把帽子摘下戴好了，刀插在背后，双手一托锅底，锅就离开了，往起一长身，把头探了出去，凝神一看，还是一点儿什么没有。跟着双手一攀灶口，两条腿一提，一长腰，一甩腿，人就站在了灶口旁边，撤出刀来，再看还是没有响动，往炕上一看，影影绰绰两个人还都睡得很沉，蹑着脚步儿往前走，小李大张也照样儿全都上来了。三个人挑开软帘，出了西间，勾奔东间，到了门外，把软帘一挑，侧着耳朵一听，这屋里比那屋里睡得好香，简直是呼声震耳，如同小死一般。侯七心里高兴，活该露脸，紧走几步，就把熏香盒子掏出来了。这种熏香，跟普通那种点的不同，这种熏香，不用点，非得到了来人对面，轻轻地一弹，只要闻见这股子香味儿，当时神志就迷了，一任你如何处置，非有解药是不能醒过来。侯七打开盒子，捏出一点儿药面儿，一步一步往前蹭。刚刚到了炕边上，正要想法子上炕，给炕上人往鼻子里送熏香，再也没想到，后头跟着那两个，一个小李，一个大张，全都是吭哧一声，吓了自己一跳，手里捏的药，也全都撒了。心说这两个饭桶，怎么单到了这个时候，会出了声儿了？这要是叫人家听见，岂不是大糟特糟。回头一看，差点儿没从炕边上掉下来，原来这二位也不知什么时候被什么人全都制住了，小李弯着腰在头里一站，大张在后头腆着肚子在小李屁股后头一站，神气这份儿难看，可就不用提了。白脸狼侯七在他们这一拨儿里头，也是一个好手，当时一看，就知事情有变，顾不了炕上这两个，一翻就蹦下来了，意思是打算奔窗户，踹开窗户，好往外跑。更没想到，自己快，人家更快，就在侯七才往起一蹦，还没蹦起来，就觉得自己腰眼上有人一点，自己往里一吸气，当时手脚一麻，再打算动，可就算办不到了。屋里三个人被点，外头牛老八、耿老二等的工夫一长，没看见侯七他们出来，可就照了影子了，大概其是大雁身上东西不少，这小子叫白脸狼，见财起意，搜罗够了，他要跑，那可不成，非得分润分润不可，没跟老掌柜的说什么，两个人一纵身就要上房，也打算纵进去看一看，要纵还没纵，就见两道乌光，奔自己面门，赶紧一闪，闪得慢一点儿，全都打在鼻子上，可不甚疼，两个人就知道不好。

跟着有人嚷："好小子，你欺负苦了我了！谁家住店，店里不给预备夜壶！黑天半夜，你叫我到什么地方尿去？小子没完！"

这一句还没说完，接着又有人嚷："你们这店里，怎么叫打更的跑到屋里来？黑天半夜，拿着刀在我屋里站着，我胆儿小，我受不了，我得出去！"当！叭嚓！哗啦！一鞭打在玻璃上，玻璃碎了，人从窗户就蹦出来了。老掌柜的一看，就知道今天这座三义店难保。

要知后事如何，且看下回。

第五回

楚东苏风尘三侠客
齐南子始终一书生

　　三多儿、楚东苏这两个人一直就没睡着，西屋里老头子一嚷，三多儿就听明白了，轻轻一推东苏，悄悄地道："少爷，你可别睡着了，这店里可有事。"

　　楚东苏道："什么事？"

　　三多儿道："这店里大概许靠不住，你听那屋里又来人了，八成儿还是一个久走外面儿的，你听他头一句就问屋里为什么有灶，那就是个老走道儿的。"

　　楚东苏道："屋里有灶怕什么？"

　　三多儿道："我这也是听我师父他老人家说的，凡是走长道儿住店，可就得留神屋子里，什么挂着一张特别大的画儿，靠着山墙搁着一顶大柜呀，还有就是屋里有个灶啊，扣着大锅或是大盆哪，那里头都有毛病，多一半儿就是他们下水道。"

　　楚东苏道："什么叫下水道？"

　　三多儿道："就是他们店里出入的地方，不是夹壁墙，就是地道。住店的人，以为是自己把屋门关好了，还能出什么毛病，一个大意，放头大睡，他们就在神不知鬼不觉的时候溜进来了。有良心的，把东西拿个干净，第二天他说是无心失盗，叫你等着，他给你报案找东西。你想一个住店的，谁能没有事？当然等不了，自愿损失也就完了。要是没良心的，不但把东西拿个干

83

净，碰巧还许要人性命。今天这座店里，开的就不是地方，再听那屋里一嚷，这店里简直就有点儿靠不住，咱们多留一点儿心才好。"

楚东苏道："那么我们就走了好不好？"

三多儿道："那可不成，他要知道我们看出破绽，他如何能够让咱们走，那样一来，更是火上浇油，烧得更快了。咱们现在就静静地等着他，咱们这屋里没有什么出路，大概还是得从西边过来，西边住客，也不是个傻子，或者能够给咱们打个补子，先挡一步儿。你不用着急，吉人自有天相，咱们连次遇险都没事，这个也许不要紧，你放心好啦。"三多儿嘴里虽然这么说着，心里可也啾咕，一伸手找出一张手纸，捻了四个纸卷儿，递给楚东苏两个道："少爷你塞在鼻子窟窿里。"

楚东苏道："那干吗？"

三多儿道："他们这种店里，还有一种害人的法子，他们有一种药，名叫熏香，那种香一点，人要闻到鼻子里，当时神志昏迷，如同死去一样，他们把人迷倒，自是为所欲为，等到你醒过来，东西早就没了，一点儿法子也是没有。现在咱们把鼻子堵上，再来咱们可就任什么也不怕了。"楚东苏接过塞好，三多儿也堵好了，就在这么工夫，侯七到院子嚷，叫大家熄灯睡觉。三多儿道："这就快来了。你不用害怕，你也不用动弹，躺在炕上你就不用理这个碴儿。"

楚东苏连遭奇险，胆子已然大了，听三多儿说，便应了一声道："我什么也不怕，你干你的。"

三多儿衣裳原没有脱，把鞭握在手里，又把石头子拿出来几块掐在手里，屏声静气假装着打呼听着外头动静。侯七从西屋过来，三多儿还真没有理会，院子里一有人，三多儿就知道待不住了，从炕上一跃身起来，这才看见屋里地下站着好几个，心想先找出走道儿再说。一抡手里鞭，当的一声，就是玻璃上，力量猛一点儿，连窗户全都下来了，一纵身打算从窗户里蹦出去，又一

84

想那可不行，公子现在屋里，自己一出去，未必准赢，有人一进屋子，公子那条命就悬了。心里这么一想，当时就站住了。

就在这一犹疑之际，西屋里也嚷起来了："掌柜的，你快点儿来，地下裂了一个窟窿，直冒风，我受不了！"

掌柜的笑脸判官秦寿一听，怎么那个糟老头子也起来了？这可是邪行！侯七他说已经麻过去了，怎么这么一会儿他又出来了？八成儿要出事，侯七他们可真耽误事，心里话，可说不出来。

屋里又嚷上来了："掌柜的，快来吧，这屋里闹贼了，把我两只袜子偷走了！"

秦寿一听，这是成心，明明这个一条线上的，今天遇上了，趁早儿说好话，比什么都强，可别招出事来，也是麻烦，便搭话道："合字儿，昏天水浑，招露不亮，道个蔓儿，外头科科。"秦寿说的是江湖上一种黑话，合字儿，朋友；昏天，夜里；水浑，屋里黑；招露，眼睛；不亮，没看清；道个蔓儿，说说名姓儿；外头科科，外头谈谈。秦寿明白人家是干这个的，赶紧说行话，所为解释明白，别增加误会。

没有想到屋里也搭话了："人吐人言，兽吐兽语。你们说的都是什么？我怎么一句不懂？你这个店是贼店吧，我进门就闻着有贼味儿。少爷，你醒醒儿，咱们落在贼店了，快点儿起来，可留神贼咬一口，入骨三分。"

秦寿一听，他这么一大声喊叫，就知道事情不能善罢甘休，遂把手里一把鬼头刀一顺，一声喊道："朋友，既是不亮面儿，出来领教领教吧！"

三多儿这时可听明白了，一拉楚东苏道："少爷咱们又遇见救星了。"

楚东苏道："又是那位宝马神枪到了吗？"

三多儿道："不是宝马神枪那位，是另一位，可是据我这么听着，功夫能耐，以及路数，全不在宝马神枪以下。这个咱们可别不出去，少爷你等着我，别动窝儿，不要紧，我这就来。"说着拧身一纵，从窗户里就蹦出来了。

楚东苏这两天，虽不能说饱经忧患，可以称得起是历遇难险，生死性命已经看得很轻，不然的话，屋里站着好几个人，直眉瞪眼，全都拿着刀比仿着，也就吓坏了。

三多儿蹦到院里，一抢手里鞭，喊喝一声："哒！好你们这一群胆大恶贼，竟敢在大道旁边，坐地开窑儿，全不顾江湖义气，今天碰见你小爷，也是你们命数该尽，别走，接鞭!"一抖鞭就奔了牛老八。牛老八手里是一根红缨子枪，一看鞭到，立枪一滑，鞭也跟着往下一滑，跟着拧枪扎三多儿嗓子。三多儿往旁边一闪，枪也走空，三多儿一翻手，鞭往下一压，牛老八拿枪往上一绷，枪往起一挑，鞭跟着也往起一绷。牛老八手儿还真不软，跟着往里一垫步一钻腰，两只手轧着枪杆，一磕一抖，枪尖子就奔了三多儿心口窝儿。三多儿一看喊声"来得好!"侧身一闪，跟着一翻手里鞭，磕个正着。三多儿是实意儿候，牛老八又有点儿轻敌，他可没想到这个孩子手里还真有两下子，咔嚓一声，磕得双手生疼，差点儿没把大枪出手，不由哎呀一声。

耿老二可就看出来了，一摇手里三股烈火托天叉，又哗棱一响，人就蹦过来了，叫一声："牛老八躲开，瞧我的!"一拧手里叉，又奔三多儿胸脯子。三多儿依然一让，从底下一翻，没想到人家早就看清楚才过来，焉能上当，一看鞭往起一翻，他往起一立叉，鞭就空了，不等三多儿往回提鞭，叭地一磕，又奔三多儿脑袋上砸去。三多儿因为方才往起翻鞭，用力太猛，鞭往上一空，一只胳膊也跟着往上一荡，正赶上耿老二叉到，再打算躲可就来不及了，只好往斜里一闪，上身倒是躲过去了，耿老二横着一脚，正端在三多儿胯股上，哪里还站得住，噔噔噔，扑咚，三多儿一晃两晃人就倒下了。

耿老二哈哈一笑道："就凭你们一个奶毛没净的孩子，也赶到这里来找死，真来讨厌。今天先要了你的命，算是赔了我们的玻璃！"说着一托叉杆，哗棱一声，这叉就奔了三多儿肚子扎去。

楚东苏在玻璃破碎的地方往外看，看了个挺真，一看三多儿先打败了牛老八，心里还正在高兴，跟着耿老二过来，三多儿躺下，耿老二一晃手里叉，照着三多儿扎去，楚东苏可就急了，准知道叉是铁的，人是肉的，只要扎上，有死无生。一着急，胆子往上一壮，喊喝一声："呔！好你们这一群胆大的草寇，怎敢结群害人！"这两句话说得挺有劲，应当跟着再说两句横的，还真能唬人一气，再一听底下拧了，"岂不闻天网恢恢，疏而不漏，暗室亏心，神目如电，害人者人恒害之，悖人者未有不悖而出者，既往不咎，回头是岸……"

依着楚东苏还得往下说，这一拨儿是贼，哪里能够听这些，耿老二先以为又出来了横的，手下稍微缓了一缓，及至一听，满不是那么回事，第二次一晃叉，又往三多儿肚子上扎去。又听屋里一声喊："好东西，你是不打算好活着，招暗器！"呼的一声，一大片，白乎乎，从窗户里头摇摇摆摆就奔这一群人来了。大家还真吓了一跳，因为练过这些年，没听说有这么一种暗器，要闪没闪，暗器自己掉在地下。大家瞧着，谁也没敢过去，瞧了半天，还是一点儿动静没有，有胆子大的，过去用家伙一挑，敢情是块床单子，大家这个骂呀。要按说有这两次工夫，三多儿无论怎么样，也能站起来了，无如耿老二一杆叉，始终没离开三多儿身上二三尺，脑袋又挨着台阶，无论怎么样，也是一点儿躲闪。楚东苏一着急，扔出一条炕单子。跟着又喊："招暗器！"大家就不躲了，当还上得真不小，东屋里喊打暗器，当然大家都往东屋里留神，万也没有想到，东屋里才喊完招暗器，从屁股后头会真来了暗器，不偏不向，每人脊梁上挨了一下子，并不甚疼，拿手一摸，又温又凉，不知打的是什么暗器。

正在一怔，就听西屋窗户也是叭哗啦一声响，玻璃全碎，屋里人骂着就出来了："轻易也不住店，住店遇见店里拌嘴，劝架不成，费了两只袜子、一尿盆冰。"大家一听，这是两次的暗器，袜子就够脏的，怎么他会玩儿出尿盆子来了？好脏骨头！接着又听喊："我说不住店，你偏说住店，这叫什么店？要东西可不恼，地下破大窟窿，往屋里冒风，这还不说，弄那么好几个打更的，不在院子里打更，跑到屋里，跟出了殃似的拿刀动杖在屋里地下一站，胆小的能吓死。这更好了，半夜三更放着觉不睡，比起武来了。咱们趁早儿躲出来，别再受了误伤，那才冤哪。"说着一前一后，从屋里这二位就晃出来了，走窗户，比走平地还省事，出来之后，往墙上一站。一看那老头子，一手夹着破雨伞，一手拿着砂酒壶，嘴对嘴儿又喝上了。

笑脸判官一看就知道今天完了，最可怪的是耿老二一把叉还在那里比仿着，可也不往下扎，也不往回撤，不知是什么缘故，轻轻喊了一声："老二，马前点儿（注，快点儿）。"耿老二不言语，秦寿一着急，过去用手一推道："你怎么了？"这一来真把秦寿吓了一跳，敢情就是那一推，耿老二竟自随手扔叉，当啷，扑咚，人就倒在地下了。三多儿双脚一蜷，绷脚面往前一踹，腰上一使劲，人就起来了。秦寿一看，一跺脚，准知道今天这座店算完了，才要喊："风紧！扯活（注，来人厉害，快走逃生）！"猛听房上有人喊："什么人搅闹三义店？请过来亮亮招！"嗖的一声，一个燕儿相仿，人从房上就下来了，直跟一个棉花团儿相仿，连一点儿声儿都听不见。

秦寿一看，当时精神一振，喊声："黎老大，风紧，亮青子，看窑儿（拿家伙护住店房也）！"

黎老大答应一声："别着急，交给我了。"从腰里一扯，扯出一把刃薄、背厚、冷森森、白光光的解手刀子来，丁字步在院子里一站，用手一点道："哪位过来？先赏几招！"

楚东荪看得清清楚楚，耿老二往后一退，三多儿站了起来，心里踏实了一大半，正在这个时候，忽然又来了人，一听说话的口气，却是和店里一头儿的，不由又吸了一口凉气。

那个人一下来，笑脸判官就喊："黎老大，你怎么这时候才来？风紧，攒腕儿吧（注，来人厉害，伸手帮忙吧）。"

那人哈哈一笑道："不要紧，都交给我了。"一伸手从衣襟底下，就掏出一对小刀子来，双手一分一晃，就奔了三多儿哽嗓扎去。三多儿还真没防备，因为他正看着来人纳闷，仿佛是在什么地方见过一样，这可真是怪事！正在寻思着，眼前白光一晃，人家家伙已然到了自己面前，赶紧往旁边一闪，一抖手里鞭往上就磕。三多儿可吃了家伙上的亏了，来人家伙短，去着容易，撤着也容易，自己鞭太长，来人欺得太近，简直不好施展，自己鞭才往起一磕，人家小刀子撤回去了，才要抖鞭还人家一招，人家身子往起一扑，后脚一起，就跟一个小燕儿一样，两把小刀子，往自己两耳上扎来。赶紧一低头，双刀才让过去，斜步一跨腿，翻脸往上一看，抖手一鞭，想缠来人双腿。来人身手真快，双腿往起一飘，头朝下，脚朝上，就把鞭让过去了。眼看到了平地，双手往起一抄，两脚往前一团，嗖的一声，人就站住了。就这么两下子，三多儿汗就下来了，心说可了不得，若要时候长了，可不是玩儿的。心里虽是这么想着，手还不能闲着，一抖手里鞭，照着来人当头就是一下子。来人侧身一闪，不等三多儿再往回撤鞭，左手刀子，一推鞭梢，右手往起一翻，一迈步，反着腕子，刀就到了三多儿胸脯子。三多儿鞭被人家刀压住，打算裹是裹不起来了，打算撤身躲，那就得撤手扔鞭。手里有家伙还赢不了人家，要是再没了家伙，那还干什么？刀子已然到了胸口，没法子，保命要紧，扔鞭吧。一撤手，鞭就扔在地下，一撤身就要走。来人喊声："哪里走?!"又一抢步，刀就够着了三多儿脊梁，恶狠狠喊声："着！"两只手一齐往前扎去。

楚东荪把手一捂脸，准知道三多儿完了，就听院里哎呀一声，扑咚一声，及至睁眼再看，三多儿还好好地站在那里，使两把刀的那个，却站在那里一动也不动了。跟着又听有人哈哈一笑道："好猴儿崽子，你们敢情不是正经人哪！开黑店，害好人，我今天要学一回武二郎打店，给小子们瞧瞧！"

笑脸判官一看，说话的这位，正是那个老头子，准知道人家是个老江湖，今天自己输了眼了。还有一样，黎老大一过去，眼看着要赢，忽然不动弹了，虽然没瞧见是谁给制住的，反正也是人家那头儿。一共四个，才露了三个，那一个手里也不软，没露的那个也绝含糊不了。今天这座三义店，简直就算完，凭自己本事，不用说跟人家四个人干，就一个，自己也未必准占上风，莫如怔说两句泄气的话，先把黎老大的命保住，有什么话再说。想着才要搭越着跟那个老头儿说几句，谁知老头子不等秦寿到跟前，猛地提身一纵，就到了黎老大面前，一搓双手，喊一声："我瞧你这小子就不是块料，饶得了蝎子他妈，也饶不了你！"一边说着，双手就往黎老大胸前搓去。秦寿就知道坏了，就凭这个老头子，看他那个神气，必有绝艺在身，这两只手一搓，要不了命，也差不了多少。心里干着急，自己可不敢过去，明知道自己过去也是白饶。

说时迟，那时快，就在这一眨眼之际，老头子双手就到了，猛听房上有人喊："顾大哥，别下手，自己人！"话到人到，真跟一阵风相似，两只手从中间一分，就把老头子跟黎老大给隔开了。

老头子又是哈哈一笑道："嗬！这是哪位，怎么冷不防啊！"

楚东荪这时候可看清楚了，来的不是别位，正是两次救命的恩人宝马神枪齐南子，这一喜欢，差点儿没从炕上掉下来。只见齐南子双手一拱道："顾大哥，别生气，是兄弟我。"

老头子哼了一声道："我早知道是你，难道你就不知道他们是干什么的吗？开着黑店，杀生害命，在他们手里，不定死了多少人，怎么你倒会跟他们相熟，这可真怪了。"

齐南子道："你先别忙，等我问一问再说。"说着过去照黎老大脊梁上就是一掌，叭地一响，跟着就听哎哟一声，黎老大就能活动了，一看齐南子，就要跪倒行礼。齐南子把脸一整道："黎金，九龙沟你断道劫人，我把你放了，告诉你到鸡鸣驿去等我，为什么你不到鸡鸣驿，却跑到这个地方帮着人家料理起黑店来了？"

三多儿这时候也想起来了，可不是在九龙沟那个大宽扁儿，插翅熊黎金吗？心说怪不得看着眼熟，敢情是他。再听黎金道："齐大叔，你老人家先别生气，听我告诉你。我从九龙沟到鸡鸣驿等了一天，不但你一位没去，他们也一个人没去。这座店可不是我开的，我有一个朋友，名叫镇北口丁广，他开的。丁广为人，虽然不够侠义，他可也绝不开黑店。我找你不着，才到这店里来找他，才进门就看见这里乱了，我万也没有想到是这么回事，我还以为是有人到这店来搅，所以我才拔刀相助，更没有想到他们二位会走到这个地方，这确是实话，你要不信，你可以再问一问。"

齐南子听了向老头子道："顾大哥，你听明白了没有？我再给你引见引见，这个孩子他是闻人喜的门下，你说是自己人是不是？"又向老头子一伸手道，"黎金你也不打听打听是谁，你就敢动手，这幸亏是我一步赶到，要是晚来一会儿，你这条小命儿就交待了。这是云南红竹山托云岭一间庙的顾中子，顾师大爷，还不快快磕头。"

黎金一听，什么话也没有了，趴在地下就磕头。黎金一磕头不要紧，扑咚扑咚，地下跪下一片，笑脸判官秦寿、耿老二、牛老八，全都扔家伙跪下磕头。

齐南子向顾老头儿道："听他们这个意思，倒不是久干这个的，现在咱们可以四下搜查一下子，如果里头没有特别情形，咱们就把他们轰走，也就完了。"

顾老头儿道："我早就派人去搜查去了。这事还真怪，怎么这么半天，他还不回来？"

齐南子道："你说的是谁？"

顾老头儿道："不是外人，咱们十七。"

齐南子道："怎么他也来了，这可真是幸会，现在到什么地方去了?"

这句话还没说完,屋里有人答话:"齐八哥,我在这里救三条命,再待一会儿,打算活就不易了。"

这时候楚东荪可看明白了,只见屋里那个人,也和自己扮相儿差不多,站在地下,伸手在地下先站着那三个肩膀后心,揉了又揉,搓了又搓,仿佛很是费劲,搓着搓着,猛地瞧着脊梁上一拍,三个全都哎呀一声,手一松,才把刀扔了下来。这个时候,院子里的人,可就全都进屋来了。

那少年一见齐南子,赶紧过去行礼:"八哥,咱们老没见,你这一向可好?"

齐南子还没有答言,顾老头儿就不愿意了:"嘿!嘿!什么时候?说什么闲话儿?干正经的,事情完了,再说什么不行。"

那少年道:"得了四哥,我这一道儿上简直受不了,怎么见着八哥,还不许我说两句话哪?"

顾老头儿道:"什么?你还觉着你受了委屈,我更委屈,凭什么你当少爷,我们当底下人,你头里走,我们后头跟着……"

齐南子道:"得了得了,你是我们大哥,又是我们四哥,无论从哪一面儿说,你也不至于和我们一样争竞。倒是现在这些事,咱们先把它了完,有什么话咱们再慢慢说。十七弟你查完了他们没有?有什么特别过不去的地方没有?"

少年一摇头道:"没有。"

齐南子向顾老头儿道:"既是这样,我们还是把他们轰了吧。"

顾老头儿道:"你先别忙,我来抹抹根儿再说。"说着便向秦寿道:"秦掌柜的,我跟你打听打听,你这坐窑儿,归哪道岗子(山)管?你们总瓢把子(头目人)是谁?吃哪方水(专做哪路生意)?你可以谈谈。"

秦寿叹了一口气道:"我现在已然知道你几位都是侠客了,我可一句假话不说,你可也别不信。我们这三义店,原归草泥山

92

龙王塘管，我们总瓢把子，就是那七打嘉兴寺，带案逃走的出家人，睡罗汉宗一。我们这座店，原不吃这方的水，只是给山上预备歇个脚儿送个信儿，款待个客人，绝没有什么伤生害命的事儿。"

顾老头儿道："那么今天这是怎么了？"

秦寿道："这件事却是怪我，穷神迷了眼，瞎神迷了心。我看见先进来那二位，不像久走江湖上的人样儿，身上还真藏着大水（钱多），一时利令智昏，便想发一笔横财，没有想到，遇见诸位侠客，这一切全是实话，就请你众位高手把我们这一堆全都放了吧。"

顾老头儿向齐南子道："这件事怎么个了法？就听你一句话。"

齐南子道："依我说，他们既然没有什么大过不去的地方，干脆，冲我的面子，把他们全都一放也就完了。"

顾老头儿哈哈一笑道："想不到这二年以来，小齐居然换了一个人，既是你说放，咱们就放，可是绝不能叫他们在这里开这座店了。"

齐南子道："那是一定。"便向黎金道："黎金，你跟他们既是熟，这回面子送在你的身上，叫他们赶紧收拾自己东西快走，爱干什么干什么，这座店他们也不用想了，如果将来再要遇见，可不能这么轻易饶他们，叫他们快走，咱们还有事。"黎金赶紧答应，这时候大家也全听明白了，站了起来说声谢谢，呼噜四散，各自收拾东西逃命去了。齐南子见大家全都散去，才向顾老头儿道："你这是从什么地方来？怎么会走到此地？"

顾老头儿叹了一声道："不用提了，皆因万瞎子火烧清泥塘，杀死三鬼，可就惹下大事。如今瞎子跑到什么地方可不知道，人家那头儿约了莲花池十三家英雄要斗瞎子，事情非常紧急，我才赶紧到四处找他。听说他住在这里附近，可是我已然找了好几天，连一点儿影儿都没有。今天从这里路过，看见这座店，前不着村，后不靠店，想着有点儿可疑，便到这里来打算探一探。恰好走在门口，遇见这二位住店的，我一看头里这位，满脸带着有事的样儿，后头这位，身上带着大水，我瞧着不对，才假装住店，打算到店里，拿话吓他一吓，叫他们明白过来，不可动手。谁知店里这位掌舵的，不是老糊涂了，就是饿晕了，竟把我也当成了财神爷了，正要下手吃我，你说这不是新鲜吗？因此我才要戏他们，不想你也来到，别的不说，倒是便宜了这二位的。"

三多儿一听，这才明白，敢情人家是特意来救自己的，赶紧一拉楚东苏，一点头，楚东苏会意，赶紧一撩衣襟，跪下磕头。顾老头儿哈哈一笑道："你们别谢我，要谢谢他，进店里一举一动，全是他告诉我的。"

楚东苏一听，原是那个少年，偏又要行礼，少年一把拉住道："咱们用不着这些事。"

楚东苏向齐南子道："齐老侠客，请你给我们引见一下儿。"

齐南子道："我还忘了，来来来，我给你们引见引见。"说着用手一指顾老头子道："这位是云南红竹山托云岭一间庙的顾中子，江湖上有个外号叫神眼鹰。"又一指那个少年道："这位是浙江定海竹山门周平子，江湖人送外号叫风雅书生。"

楚东苏跟三多儿一听，过去就要行礼，顾中子、周平子两个赶紧伸手拦住道："不用不用，你们二位都怎么称呼？"

齐南子道："别忙，听我说。这位姓楚，号叫东苏，那位姓杨，单名一个方字。别瞧这二位，一个是念书的，一个是小孩儿，要论肝胆义气，人家可真不含糊，咱们可以亲近亲近。"

顾中子道："我瞧这些事倒都没有什么，亲近的日子长着呢。倒是万瞎子住在什么地方，你可曾有耳闻？"

齐南子笑道："你还真问巧了，前三天问，我都不知道，现在知道是知道，可是在我见着他以后，又搬动了没有，我可就不知道了。"

顾中子道："你就说他现在在什么地方吧，我这就去找他。"

94

齐南子便把昨天怎么无心中碰见万瞎子，又把他住的地方大约说了一下儿。顾中子道："这就成了，我现在就去找他，有什么话，咱们开春，至多不许二月二，要在沧州凌老九家里会齐，你到时候可想着抓工夫来一趟。现在我们就走了，这里的事，我们全都交给你了。"

齐南子道："就是吧，咱们明年见。"

顾中子一拉周平子道："十七，走，咱们找瞎子去。"

周平子说了一声："八哥回头见！"说完了一纵身，当时踪迹不见。

齐南子向黎金道："你说你今天悬不悬？我要晚到一步，只怕你这条命就许交待了。如果不是看在你师父面儿上，两次性命难保，以后你可要特别留神，江湖上有能耐的人多的是，倘若碰见性子暴的，不等说出你师父是谁，命先没了。现在我打算派你办一点儿事儿，你愿意去不愿意去？"

黎金道："无论什么事，我都愿意去。"

齐南子道："这样好极了，我打算派你去一趟，就是这二位，要到京里去办点儿事，这里离着京里还远，路上不平静，我本打算自己走一趟，可是我还有事，一时分不开身，你要没事可以把他们送一趟，到了京里，能帮他们一点儿忙，就帮他们一点儿忙，至不济路上多一个人可以壮点儿胆子，不知你有工夫没有？"

黎金道："有工夫，有工夫，什么时候走，我什么时候送了去。"

齐南子道："现在就走。"说着向楚东荪道："你们二位现在就可以走了。"

楚东荪一听，黎金也帮着往京里送，心里又踏实了一半，便赶紧答道："按说我们不应当劳动黎爷，既是黎爷没事，那我们自是求之不得，就求黎爷多多照应吧。齐老侠客你到什么地方去？"

齐南子道："我还有一点儿事，办完了也许会到京里去，你们先请吧。"

楚东苏又谢了一谢，带了三多儿，同着黎金，到了马棚，一看还好，除去自己两匹马之外，居然还有一匹马在马棚里，赶紧拉了出来，出了店门，认上官道。走了不到半里地，忽觉后面微有红光，回头一看，原来三义店已然火起，不由点头暗谈，原是害人自害。三匹马三多儿领头，楚东苏居中，黎金最后，走出去也就四十多里地，天就快晌午了。黎金道："咱们找一个地方，先吃点儿什么再走好不好？"正说着迎面就是一座大镇甸。领马进街，四下一看，这个镇甸还真不小，临着镇甸口儿墙上，有三个大字，是桃花店。黎金道："这个地方不错，准得有好酒，我一连有半个多月没喝酒了，今天咱们得好好喝下子。走，进去。"进镇甸口再瞧，里头还真有做买卖的不少，东西的街，南北的买卖，就在一进镇甸口不远路北有一座店，三间门面，上头有金字黑匾是"来顺老店"，匾底下挂着几块小牌子，什么"安寓客商""家常便饭"，看样儿买卖还不错。黎金道："咱们就是这里了。"

三个人下马，伙计出来接马，三个人进店，伙计问："三位是打尖，是住店？"黎金道："我们饿了，吃点儿东西就走。"

伙计道："那就不用到后边了，三位都吃些什么？"

黎金道："饼面饭都要，配几个可口的菜，先来他二斤酒。"

伙计答应，不一会儿菜到酒到。黎金刚端起酒杯要喝酒，猛听店外一声佛号："阿弥陀佛！"跟着木鱼声响，震破耳鼓。黎金抬头往外一看，这酒可就喝不下去了，赶紧把凳子往后一推，挺身站起，伸手先摸自己腰里家伙，瞪眼往外看。

要知黎金看见了什么，如何这般模样，且看下回，便知分晓。

第六回

九头僧大闹桃花店
一指姑小游竹叶山

只见进来这个头陀，身高在八尺开外，披散着头发，外罩如意金箍，粗眉，大眼，黑眼珠大，白眼珠小，一睁眼往外放凶光，大鼻子，大嘴，连鬓络腮的胡子，围得都成了瞎蛋，在脑门子旁边有八个大包，衬得更显恶相。上身穿一件灰色短僧袍，青护领，腰里系一根黄色丝绦，青中衣，白袜子，多耳麻鞋，脊梁上背着一个黄布包袱，一只手挂着一根九耳连环杖，一只手托着一个大木鱼。这个木鱼，颜色是黑的，黑中透亮，看不出是什么东西的，大小里足有二尺见方，一尺五高，就是木头的分量也不小。只见他一手托着木鱼，一手拿连环杖的杆儿磕那木鱼，一听声儿，这才知道那木鱼跟连环杖全是铁的。黎金就一吸气，准知道这个和尚绝不是正悟参修的出家人。

和尚把木鱼敲了几下儿，口里念道："善士活菩萨，慈悲慈悲结个善缘吧！阿弥陀佛！"

店里人赶紧给拿出两个小钱来，往前一递道："和尚大师父，你多功德吧！"

和尚不接钱，把眼向那伙计一翻道："这是给我的吗？"

伙计一听，也挂点儿气："不是给你的，给谁的？嫌少是怎么着？"

和尚冷笑一声道："白跟人家化钱，哪里有嫌少的。不过有一节儿，你要不给，倒没什么，我到别家还可以多化，你这么一少给，我要拿了，到了别家，可就不好化了。再者这座桃花店，就是你这个买卖大，你这么一出手别家就不用张口了，这是好事，求施主多结一点儿善缘吧。"

伙计一听，说了半天，还是嫌少，便又从柜里拿出两个小钱，嘴里还不住叨念道："一个化缘的，就应当给多少是多少，哪里还有争多嫌少的。我们买卖大，也是将本图利，又不讹谁不抢谁，来一个嫌少，来两个嫌少，我们这买卖就不用开了。给你，就是它，成就拿走，不成就散，结善缘不结善缘没什么。"

黎金一听不好，这个伙计冲他这样说话，可要吃亏，正要想话掺和，就听那和尚哈哈一笑道："别生气，别生气，我这个和尚可胆子小，怕事，你别把我吓坏了，我可受不了!"一边说着把手里那个大木鱼，只一掂，当的一声，就给扔在了柜台桌子上，震得壶碗乱响，嘴里接着说道："人家越腻味我，我倒要多歇一歇。我瞧你也跟我一样，在这里也不过是混碗饭吃，没有什么多大了不得，这里事你大概也做不了主，要据我说，最好你把人家拿钱开买卖的请出来，是化多是化少，人家要说对了劲儿，一点儿钱也许不要，你要挡在头里那可不行，冲你的话，今天要叫我出这门儿，少白银一百两，我是连地方儿都不能挪一挪。"说着又把连环杖往墙边一靠，双腿一弯，竟自坐在地下，双手一捧，两眼一闭，扯着嗓子，喊起震天的佛号来。

这座店正在要路口儿，又是热闹街儿，看进去了这么一个怪和尚，不约而同全往店里挤，当时就把这座店给堵严了。除去那一个伙计之外，还有不少伙计，一看和尚这个神儿，就知道再说好话也不行了，便一面派人去请老东家，一面又派人到村里去找村长地方。这个时候，黎金早就忍不住了，两次往外要迈步，全被三多儿在后头给拉住了。三多儿悄悄地道："这件事可碍不着咱们什么事，趁早儿咱们别管，吃完了赶紧走，别惹闲事。"

正在说着，忽听店外有人喊："什么人跑到这里来搅来了?

趁早儿走，别找不自在，你也不打听打听这块地方归谁管！"

话到，人到，从外面进来了两个。头一个小矮个儿，穿着一件灰色棉袍，上罩一件天青的纱马褂，歪扛着一顶秋帽儿，小鼻子，小眼儿，留着两撇小胡子，手里提着鞭子是个地方打扮。第二个五十多岁，肥头大耳，满脸红光，穿着一件二蓝洋绉皮袄，戴着一顶瓜皮小帽儿，手里揉着两个核桃，是个有头有脸的打扮儿。

伙计们一见，全都满脸赔笑地往前一挤道："又麻烦何二爷跟崔大爷。"

地方何二把手里小鞭子往和尚头上一指道："就是他吗？嘿！你这个和尚不含糊，也不打听打听，你敢跑到这个地方来搅闹，走，走！给你个便宜，你要不走，可别说我要办你个不守清规，搅闹地方！"

再看那个和尚，一任何二喊嚷，便和没听见一样，却依然闭目合睛高宣佛号连看都不看一眼。何二就火上来了，一扬手里鞭子，叭的就是一鞭子，打在和尚脑袋上。黎金准知道和尚必不扰这一手儿，这个地方可要吃苦，便使劲一甩三多儿的手，预备过去拔刀相助。谁知那个和尚，就跟没有知道一样，依然一动不动。旁边那些伙计，也看出便宜来了，什么掸子把儿、笤帚把儿，你一下子，我一下子，就跟雨点儿一般打下。黎金这时候倒不出去了，瞪着眼往那边看，大家打得慢，和尚念佛念得慢，大家打得快，和尚佛号念得快，和尚的佛号声儿，掸子、笤帚把儿的声儿，看热闹叫好的声儿，真是乱成一片。

猛听和尚大喊一声道："不要脸的臭料，还不快滚！"只这一嗓子，双眼一瞪，两手左右一划，当时叱咚扑咚，连地方带家伙摔倒了一大堆，连滚带爬，站起来可就全都不敢过去了。和尚哈哈一笑道："就凭你们这一拨儿脓包饭桶，也敢这样儿给脸不要脸，你们刚才打了我一共一千二百下儿，一两银子一下儿，少一两一钱我都不走！"说完了一闭眼又念上佛号了。

黎金实在忍不住了，才待往外一纵身儿，三多儿道："别着急，又来人了！"

　　黎金抬头一看，果然从店外又进来了几个人，内中有那个送信的伙计。后跟一人，年约六十来岁，矮胖子，团团脸，满面红光，一脸笑容地道："这是怎么啦？我一会儿没在这里，来了好朋友，你们也不会伺候，没事给我得罪人，这是怎么说的？"说着话毫不介意地走到柜台桌儿上，用手一指那个木鱼道："这是谁搁的？也不嫌害事。"嘴里说着，横手掌儿照着那木鱼只一撮，说来不信，那个木鱼便像纸的一样，随手而去，飞出去足有二三十步掉在门外石头地下，先是当，后是叭嚓，老东家一跺脚哎呀一声道："这是怎么说的呢？敢情是个两半儿的，快给捡回来吧。"就是这么一来，不要紧，黎金伸出去的一只脚又收回去了。店里站的百十来人，连个声儿也没有了，全都直着脖子瞪着眼伸着舌头，瞧瞧老东家又瞧瞧地下坐的和尚。

　　和尚这时候佛号也不喊了，慢慢地站了起来，向老东家看了一眼道："果然名不虚传，佩服佩服，再见再见！"说完了拿起连环杖到了街上，把碎木鱼拾起，解后头包袱包好，又看了老东家两眼，一径往村外去了。

　　老东家不由长叹一声道："想不到这个秃东西，真会找到这里来！"

　　村长崔或然刚才看着和尚那种凶横的样儿，准知道今天绝不能善罢甘休，自己身为村长，真怕闹出什么事来，自己也担不起，可是自己又不敢过去排解这件事。老东家一到，更担一份心，怕是老东家不能忍气，过去跟和尚一个说得不合适，和尚要是一伸手，老东家这个苦子就大了。正想着过去拦挡，没有来得及，老东家已然过去了，才在一怔，老东家已然把木鱼给撮出门外。先还以为和尚势必动凶，没有想到和尚说了两句不相干的话，竟自走了，把个崔或然痛快得两个巴掌都快拍不到一块儿。正要过去问问老东家什么时候学的这一身艺，却听老东家一叹

100

气，说出那么两句话来，原来跟和尚还是熟人，更觉诧异。赶紧一推众人，来到老东家面前道："尹大爷，你敢情还有这么好的功夫，简直不知道。这个和尚是怎么一个道儿？听你说话的音儿，仿佛跟他认识似的，这个和尚他叫什么？你怎么跟他认得的？"

老东家赶紧一拱手道："崔大爷，又累你了！"说着又向那些看热闹的道："众位这里没什么事了，有公你治公吧，我们好做买卖。"

大家一听，老东家轰上了，走吧，呼噜一声，全都散去，一边走着，一边谈论这回事："嘿！你瞧尹大爷这么大的岁数，会有这么好的武功，平常咱们一点儿都没瞧出来，你说人家功夫什么时候练的？"一个道："那是当然，越是有能耐，越不叫人瞧出来，那才叫能耐，不然怎么说是人不露相，露相不是人哪。这个和尚手儿也弱不了，听尹大爷说话的音儿，跟和尚认识，不但认识，而且大小还得有点儿仇，这一来和尚算栽到了家了。今天要没这么一档子，别的买卖，全都得受制。"你一言，他一语，一会儿工夫，散了个罄尽。

老东家又看了看，屋里没有闲人了，除去地保村长之外，就是店里那些伙计，可就没留神三多儿靠着旁边儿那一桌。地方何二这时候才缓过一口气来，向老东家一伸舌头道："老爷子，幸亏你赶回来了，你要再晚回来一会儿，我们大伙儿都是苦子。老爷子你这功夫可不在软硬功夫之内，八成儿你准是会点儿什么奇门遁甲，不然的时候，就凭那个铁木鱼往大里说，也有好几百斤，就是单手一拨拉，硬会给拨拉两半儿了。老爷子你真能沉得住气，就冲那个和尚那个样儿，我要有你这么两手儿，我要让他能够整着出这个门儿，我姓何的算没骨头。"

何二还要往下说，老当家的一摆手道："何二爷你先别发清谈，我还有话没说哪。何二爷就凭你这个眼光，你瞧这个和尚是怎么一路人物？"

何二道："什么人物呀？往大里说，也不过有点儿子笨力气，练过两天笨功夫，至多跟我们这个样儿的能够瞪个眼发个毛，还有什么多大了不得，要跟你比，连一零儿也赶不上，你信不信吧？"

老当家的道："得啦何二爷，你饶了我吧，你捧我管什么？你听我跟你说说这个和尚，是怎么个来历，你就知道你这两只眼是什么眼了。这个和尚，我们早就认识，从我一认识他的时候，他可就不是好人。他俗家姓任，单名一个横字，出家以后改了名字叫化一，一身好功夫，无论软硬，都有了十成十的真能耐，横行长江一带，专做没本的买卖，总是单人独自，从来没搭过伙伴儿。就是有一样儿毛病不好，贪爱女色，只要叫他见着长得俊美的大姑娘小媳妇，就不用打算再逃出手去，横行多年，在他手里坏了不知多少良家妇女。官中也曾悬着重赏，四下搜捕，无奈有一节儿，就凭那些当官差的老爷们，如何是他的对手，不但一回没有拿着，反受了他不少伤害。有一次碰见了我，我们就结了仇。那时候我还吃着镖行的饭，保着一只镖，从北往南，走在扬州地方，遇上了他。他倒没有劫我的镖，怨我那时年轻，火气太盛，住在店里有人跟我一提，一个月里头，当地连出了三条命案，凶手是个和尚，全是不明不白地把人家姑娘糟蹋完了，留下个帖儿把人一杀，事主儿虽然报了官，官也跟和尚见了面儿，就是拿不住他，还伤了一位头儿。我当时一挂劲儿，自告奋勇要拿和尚……"

何二道："你要动手，他还跑得了？"

老东家道："何二爷，你不用打岔，听我慢慢地说。那个时候，我早就知道江湖上有这么一个九头僧，能耐武功，全不在我以下，可是我一时年轻气盛，什么全不顾了，自告奋勇，非要把他拿住，给地方除害不可。也是他该栽在我手里，他住在一个土妓家里，又喝醉了酒，有人给我送了信来，我就去了。原以为凭自己的本事，一定是可以手到擒来，万也没想到差一点儿没把自

102

己整个儿毁了。我到了那里，站在院里一叫他，他一点儿不含糊，就追出来了。那时候他还没有这根连环杖，使的是一把戒刀，一见我面，他就说朋友，你一不应差，二不应役，我干我的，你干你的，井水不犯河水，彼此何必伤了和气？你就把我伤了，你又能有什么便宜？何况在没动手之先，谁能知道谁输谁赢？倘或你要一个不留神，我得了点儿便宜，你的事还怎么往下干？依我说，你走你的，我走我的，今天你既来到这里，大小我也得给你个面儿，我躲开你，你瞧好不好？在他说这时候，当然是对于我亮出面儿来了，我就应当一走，扔手不管，岂不两全其美？一则我那时年纪太轻阅历太少，一看他说出这片话，以为他真是怕了，便存了个必胜之心。二则我后头又跟着许多人这么一架弄我，我在当时情势之下，可就不能不过去了。当时我向他一笑说，朋友，你的话说得一点儿也不错，不过有一节儿，你的所作所为，全都悖乎天理，不合人情，我虽不是在官应役，可是我也是练把式的，像你这样情同盗匪的出家人，我就得把你铲除给地方除害。你要够个朋友，你把家伙一扔，跟我到趟官面儿，也许从轻开脱开脱你，你要以为你的能耐高本事大，持刀拒绝，对不过，咱们得比画比画。你有能耐，把我给弄躺下，我当然不能再管你的闲事，你要叫我把你弄躺下，没别的，你打这场官司。我这么一说，他哈哈一笑道，姓尹的，你不认识我，我可认识你，我因为有好朋友托付了我，叫我给你留吃饭的道儿，所以我才不忍跟你过不去，你别以为谁怕了你。来来来，你要不吃点儿苦子，也不知天多高地多厚，人后头还有人，你先动手，我倒要领教领教。这个时候，我就有点儿后悔了。他原不认识我，他怎么知道我姓尹？八成儿还真有朋友跟他说过了，可是箭在弦上，不得不发，一瞪眼一拉鞭，我们就过了手了。这一动上手，我才知道我所想的全都错了，他不但比我功夫好，一切一切都比我好，他要不是顾全面子，当时我就栽了跟头。在那个时候，我就应当往下退的才是，那时候年轻无知，总还是想着，如果能胜，岂不甚好。久战不过，我便想起我的看家本事。我那个时候，身上常使的除去鞭之外，还有十二支药镖，轻易也没用过，那天我真是急了，便假装往后一退，他以为是真的了，没有防备，让我抖手一镖，正打在他的肚根上，他可就吃不住劲了，当时被擒。那时我又应当掉脸一走，任事也没有了，偏是要露露脸，告诉他姓什么叫什么，什么地方住，叫他有了工夫去找我。众位想凭他所作所为，还有出来那一天吗，这句话不是透出来的损话吗？当下他一声儿没言语，我也保着镖就走下去了。走了不到三站，镖上就出了岔子，丢的并不多，只丢了白银二百两，在那二百两空挡儿留着一个纸儿，上头写着是，'按汝所为，全不识江湖义气，即应诛却，但柄于令师，有一面之雅，不忍出此，今留二百两示警，以后留神，九头僧绝不能恕一镖之仇也'。敢情差事才到了堂上，他当时就滚了，又追下我去，还算好，他跟我师父认识，才算拿了二百两银子。二百两银子固然不要紧，可是保镖的这个跟斗栽不起，从那时起，我就赔了二百两银子，把镖行一辞，已然二十来年了，以为再不会有事，没想到他今天会找上我屋里来了。我方才也是一时鲁莽，没有看出来是他，要知道是他，给他赔个罪认个错儿也就完了，没有想到又惹出事来。众位别瞧我当时能来那么一下子，可准要过上手，绝不是他的个儿，今天晚上还得防备，他白天既露，晚上准来，最糟的是连个帮手都找不着。"

崔或然道："不要紧，咱们这里有联庄会，叫他们周知一下子，来他个五十位六十位，再烦何二爷到衙门里去一趟，请上两位班头，带点子伙计，大家埋伏好了，可也就成了。"

老东家把头一摇微微一笑道："算了吧，咱们那个联庄会，不过是能够看个偷青的拔苗子的，真要是这个阵仗儿，可千万别找，弄不好白扔那一堆性命，碰巧连个人影儿都看不见，人家也走了，咱们这里扔下一片死尸，到那时候，咱们这个官司找谁打去？还有一节儿，衙门里的老爷，咱们是趁早儿别惊动，没事的时候，还冲咱们这村子红眼哪，如今有了题目，那可了不得，不怕谁给传出去，他们那点儿能耐，也就是欺负欺负老实乡下人，真要遇见事，任什么他们也干不了，弄不好再把他们弄伤了一位两位，咱们虽不能灭门九族，反正也得不了安生，既是那样，咱们又找他们干什么？"

崔或然道："照你这么一说，那就一点儿法子都没有了。"

一句话没完，却听后面有人喊："掌柜的老英雄别为难，我弟兄愿意给你帮个小忙儿。"

这一嗓子大家不由全都一怔，老东家回头一看，说话的正是一个饭座儿，人家什么时候进来的，自己会不知道，刚才这片话，人家一定全都听见了，再上下一打量，不但说话的这一个是精神饱满，就是那两个也气宇不凡，便赶紧一拱手道："三位朋友别见怪，我也是一时事急，没有看见三位，多多怠慢。请问三位怎么称呼？贵姓是……"

黎金也把双拳一拱道："老前辈你太客气了，小子黎金，那是我两位伙计楚东荪、杨方，我们是镖行生理，请问老英雄你怎么称呼？"

老东家点点头道："不敢，不敢，在下尹明子。"

黎金一听，赶紧离开座位，往前一抢步，扑咚一声，跪在地下道："原来是尹六叔，实在不知，我小子给你磕头。"

尹明子不知是怎么一回事，赶紧往起就搀道："你是哪位？怎么这样称呼？"

黎金道："我你不认识，我师父你可认识，我师父他老人家常提你。"

尹明子道："令师是哪位？"

黎金道："我师父闻人喜，你可知道？"

尹明子哈哈一笑道："哦，原来你是闻人喜老弟的高徒，那可不是外人，快起来，快起来。"黎金站起，尹明子道："那二位呢？"

黎金道："那更不是外人，是齐南子，我齐八叔的两位记名徒弟。"

楚东荪、三多儿这时候也听明白了，赶紧跑过来行礼。尹明子高兴极了，一边笑一边说道："想不到齐老八也会收了徒弟了。宝马神枪的徒弟，一定不错了，这一来我可就有了帮手了。方才我那一片话，大概你们三位也听明白了，那九头僧化一，为人心狠意毒，他必不能那样无声无息走去，今天晚上必来骚扰。我这座店，他不一定准来，即或来了，也没有什么多大了不得，最可怕今天晚上他搅乱村子，他的行为尤其不是东西，倘若因为我给村子里找出来麻烦，不拘让谁家受了一点儿委屈，那就都是我的罪过，所以方才我很着急。如今有了你们三位，这事情可就好办了。崔村长，我得有事来求你。"

崔或然道："什么事情你就吩咐吧，只要我力量办得到，没有不效劳的。"

尹明子道："你趁着现在天时还早，挨着户送个信儿，不拘谁家，所有大姑娘小媳妇，一概不准出门儿，到了晚上，不拘谁家不准点灯，听见什么动静，也别出来。"

崔或然道："还有什么别的事没有？"

尹明子道："你没别的事，你就快点儿去吧，可千万全都传到了。"

崔或然道："你不用多嘱咐，我这就去。"崔或然一点头去了。

尹明子又向何二道："何二爷，我也求你点儿事。"

何二道："老爷子，你就分派吧。"

尹明子道："你也挨家挨户去送一个信儿，告诉他们今天晚上可都别睡觉，如果听见旁家一有响动，赶紧给我店里送信，送信的人不用出来，隔着墙告诉第二家，第二家再告诉第三家，就可以传到我这里。还有一样，不拘谁家，都要预备一桶水，留神和尚放火，早关门，早睡觉，没事不准在街上乱转。你快去快去。"何二答应一声，也如飞地去了。

楚东荪心里这时候是真着急，自己这次出来，还有正经事，怎么这一路之上，专出些个为难的事，左一关，右一关，虽然没有受着十分险，可是长此以往，总不免会闹出毛病来。今天这个局势，走是说不上来，可是不走，准知道又是一场恶斗，三多儿能耐不怎么样，黎金的能耐，自己也见过，绝不如人家尹明子，连尹明子都对付不了，这两个人岂不更是白搭。倘若三多儿出点事，自己什么也干不了，这可怎么好？心里烦想，嘴上还不能说。三多儿也具这种心思，几次三番不叫黎金出去，就为的别管闲事，结果黎金还是出去了，又给自己一介绍，到了这个时候，也就说不出什么来了，只好听着尹明子的吧。

尹明子把村长地方全都打发走了之后，才笑着向黎金道："今天总算是幸会，帮忙不帮忙，还在其次，我们总可以多盘桓一两天。"

三多儿抢过来道："不瞒你老人家说，我们还有一点儿事，至迟也就能耽搁半天，今天晚上和尚来了自不必说，我们无论如何也要帮着你把他赶走，倘若今天晚上他不来，我们明天一早也得走。这件事情没有法子，总得求你别见怪才好。"

尹明子道："那倒没有什么，在我想着今天晚上和尚必来，胜负一下，明天当然就没事了，诸位自管请便，我也绝不强留。不过我这店里，也得小有预备。"说着叫伙计们把店里人全都找齐，把些上了年纪的，全都给假，暂时到外头寻休，又把十几个年轻力壮的叫了过来，告诉他们，今天晚上，院里全都灭灯，客人屋里也挨个儿通知，胆子小的可以早点儿走，不怕事的还在这里住，无论如何，也不能让诸位客人受了误伤。然后大家全都藏在黑暗的地方，听见响动，并不用出去，只要站在各人的地方，预备好钩子耙子，见人就勾就搭，千万不要大意，可别跟他过手。又叫预备了一桶净水，放在柜台屋里。安置好了，又向黎金道："黎老弟你帮忙管这第一层房，不拘有了什么动静，你可往柜房这边领他。"黎金答应一声，又告诉三多儿道："杨老弟，你帮忙给我管这第二层房，要是有了动静，往柜房里领他。"三多儿也答应一声，又向楚东荪道："楚老弟，你的事情，可比他们二位麻烦一点儿。你可以自由行动，前边后边，以及村里村外，你全可以出入，你要是遇见他，他也看见你，你后头可以给他插个尾巴，等他来到临近，你可以稳住了拿他。这件事我也不说客气话，全在楚老弟你一个人手里了。"

楚东荪一听，差点儿没吓趴下，不用说让东家自己动手拿和尚，就算是旁人把和尚拿住，叫自己捆，自己都捆不住。当时不由倒吸一口气道："承你老错爱，派我这么一点儿小事，无论如何，按理我也应当效劳，不过有一节儿，我绝不说一句谎话，对于武术一道，我是任什么也不会。伤了我自己事小，坏了老东家的事大，这件事我可不敢答应。"

尹明子微然一笑道："楚老弟你这就不对了，不用说我还跟令师有同门之谊，就是你真是我们店里一个住客，既是赶上这种事，路见不平，也应当拔刀相助才是，怎么你这般洁身自好，那就实在不是我们吃武圣人饭的意思了。"

楚东荪一听，尹明子说话很不是味儿，知道他确实是拿自己当了有功夫的人了，不由心里一阵为难。三多儿瞧出楚东荪为难的神气，赶紧笑着向尹明子道："老大爷，你可别过意，我这个哥哥，不错是拜了齐老师，可是拜了还没有几天，要说能耐，什么写写算算，那就叫作家常便饭，准保是手到擒来，至于拿枪动刀，绝不敢有半个字冤你，那是一窍不通，你派他的事，责任太大，他可不敢担。我可也没能耐，自不量力，我告回奋勇，你派的事，我给你效效劳，你瞧行不行?"

尹明子听了微然一笑道："噢！原来是这么回事，那你别为难，有什么你倒是说呀，既是不成，我可就不敢奉烦了，你还是在屋里待着你的，有了动静，你可也别出来。不是别的，黑天半夜，一个不留神，再受点儿误伤，那倒对不住你了。"楚东荪连连答应。

　　静坐了一天，一点儿事也没有，天才一黑，尹明子就叫伙计关门摘幌子，告诉各屋里客人，早早安歇，屋里不要点灯。客人们也都明白，胆小的早就走了，既敢在这里，就是什么也不怕，把屋里灯一灭，全把窗户纸抠破一个小窟窿，屈一目睁一目往外偷看热闹。定更打过，一点儿动静没有，又听打了二更还是一点儿声儿听不见。三多儿心里好笑，这叫多这么一番事情，人家今天大概不来了，这要熬一夜才冤呢。

　　正在想着，猛听远远有狗汪汪的声儿，尹明子悄悄地道："大概已经进了村子了，咱们可别等他到，先出去迎他一步儿。黎老弟你留神，我先走一趟。"说着话把长衣裳一抖，里头早就拾掇好了，紧身利落，一伸手从墙上摘下一对护手钩，一拔脯子，一挺腰，真叫够个像儿。屋门没关，一闪身从门里纵了出去。

　　三多儿向黎金道："黎大哥咱们也别在屋里坐着，出去瞧瞧。"

　　黎金道："走！"

　　两个人也跟着跑了出去。楚东苏一看他们全走了，过去先把门插上闩，又找了一个椅子，把门顶上自己往椅子上反身坐着，顺着门缝儿往外看热闹儿。等了半天，也没听见一点儿事儿，坐着不得劲，心想还不如歪在炕上躺一会儿呢。才往下一迈腿，就听院子里叭嚓一响，不知是什么，心里怦地一跳，两条腿再打算往下挪就不容易了，哆里哆嗦，仍然往椅子上一扒顺着门缝往外瞧吧。就见一条黑影儿，也不知道从什么地方下来的，活似一阵旋风一样，滴溜溜就来到了柜房门前头，往起一长身，可把楚东苏吓坏。白天看得明白，和尚是个大个儿，方才瞧黑影儿没多高，如今这往起一长身，可就看明白了，正是那个九头僧化一。楚东苏差点儿没掉下来，心说他只要一进来，当时就是一个死，自己手里又任什么没有，不用说没有能耐，有能耐没家伙也是不成。心里害怕，身子动不了窝儿，再看和尚并没打算进屋子，往后一退步，从腰里掏出一个小盒子来，手里拿着盒子，奔了左边窗户。楚东苏一看不好，不用说和尚要放火烧房，盒子里是火种，更害怕了，出去准死，不出去火一起来也活不了，越想越害怕，越想越没主意，侧脸儿一看，可了不得了，和尚是要放火，从窗户里捅进一根香火来，可不知是干什么使的？要是打算放火，就应当引火烧房，这一根香火干什么使？不管他干什么使的，反正没有好心，过去给他弄灭了再说。心里这么一想，胆子当时就往上壮，自己把自己两条腿扶着送在地下，然后一步一步慢慢往前蹭，眼看都见香火了，猛然想起不好，从前听三多儿说过，当贼的常有一种熏香，这种香人闻上之后，当时就可以神志昏迷，八成儿就是这种东西。有心过去，又怕闻见烟儿，把自己迷过去，不过去又怕烟儿一多，串过来依然把自己迷过去，又打算开门一跑，和尚看见出来人，迎头一下子，死得更快一点儿。左思右想，不得主意，一急急出一个主意来，两个手指头儿一捏鼻子，烟儿是进不去了，可也不能老张着嘴不使鼻了，还是得先把那香头儿弄灭了，才是正经主意。仔细一想，沏房里有个脸盆，里头有水，拿水把香火给也溃灭了。想到这里，过去一摸，果然有个脸盆，单手一拿，腕子软点儿，差点儿没掉在地下，吓得心口扑咚扑咚乱蹦，不由自己骂了自己一声："废物！"拢共一根香火，能有多大火？还用得着一脸盆水，用手蘸一点儿滴在上头还不够用。赶紧又把脸盆放下，伸手蘸了一点儿水，跑过去对着香火儿一摘，真叫不坏，哧的一声，香火就灭了。心里大喜，手捏着鼻子上了炕，把后窗户推起，屋里一透气，烟就散了。下炕弄椅子，往上头一坐，再往外头看，那个和尚还在那里举着香呢，心里可乐，你举三天三夜，也熏不过一个人，只要他们一回来，你的苦子就大了。想得挺好，猛觉门缝那里一亮，赶紧往旁边一闪，幸亏躲得快，明晃晃一把刀子从门缝里递了进来，差一点儿没有扎在鼻子上。楚东苏本来是脸冲内坐着，一闪刀子，腿

110

一不得劲，软乎乎一个出溜，就掉在了椅子旁边，躺在地下，心里扑咚扑咚乱蹦。忽然一想，不好，不用说他这是想拨门而进，这要是让他把插关拨开，走了进来，那够多苦？这可不能让他进来。心里这么一想，手一扶椅子，人就站起来了，往门上一看，可真吓了一跳，原来那上头插关已然让九头僧拨开，刀子往下一压又往下头拨去。楚东苏心说那可不行，往起一伸手，把上头那边插关一推，依然又给插好，瞪眼看着。九头僧的刀就奔了下头那道插关，一拨两拨，底下那道插关也拨开了，刀出去了，仿佛两扇门一动，刀又递进来了，又奔了上头插关。楚东苏心说这倒不错，你拨上头的，我再给你插上底下的，一伸手又把底下插好。上头插关拨开了，刀子撤出去，两扇门又是一动，略为沉了一沉，刀子可就不进来了，从门缝往外一看，和尚瞪眼看着这门发怔。心说你不用发怔，你再拨开，我还是给你插上，今天要是这么玩儿一宵，也倒不错。再看和尚一跺脚，仿佛听见一咬牙，往后一退步，意思之间，打算一进门，就要踹门。楚东苏一看不好，真要一踹门，自己正在这个地方，门要一开，自己先倒，和尚手里有刀，钢刀一举，这条命就算完事，可是躲开也不行，和尚进来，自己也是跑不了。正在着急，猛然看见和尚身后又是一条黑影，楚东苏可吓坏了，别的不说，这一个我已不行，再来一个那更不行了，心里着急，可不敢出声儿，爽得瞪眼看着外头，到底是怎么样一回事。再看那条黑影，蹑着脚步一点儿一点儿往前挪，意思之间，仿佛怕和尚知道一样。这时候和尚脚步已然垫好了，眼看一上步就要踹门了，说时迟，那时快，就在和尚往前一抢步，后头那条黑影就到了，脚底下往前一抢，一伸手，手里钩子就出来了，哧的一声，正在和尚大腿上就钩上了。和尚功夫高得多，觉乎后头有人，赶紧往旁边一闪，吃亏僧衣太肥，人躲过去了，衣裳搭住，后头那个是得理不让人，钩住了衣裳，双手一拧，往后就揪，和尚使劲一抬腿，哧的一声，那块衣裳就掉下来了。

和尚这时候就知道人家有了防备，赶紧把手里刀一轧，抖丹田一声喝喊："姓尹的，你要够人物字号，你就出来，咱们比个强弱高下，你不必叫一般无冤无仇的人枉自送命。"和尚还没喊完，后头唰的一声，又是一根钩子钩到，和尚早有防备，喊声："无知小辈，休得暗地算计你家罗汉爷。你快叫姓尹的出来，我们当面比试输赢，你们要再自讨无趣，恐怕你们是白送性命。"嘴里说着，提身一纵，那根钩子就走空了，和尚一回头，立刀一削，唰的一声，钩子就折了，剩下一根竿儿，早又撤了回去。

　　和尚把刀撤回来，在手里一摔，摇头晃脑，正在发威，猛听房上有人喊嚷："出家人怎敢在这店里无礼，别走，招家伙。"嘴里嚷着，石头子儿就下来了，和尚一看，说着话往下扔石头，心说要不叫你瞧回新鲜的，你也不知道人外有人。石头子儿到了，和尚不躲，拿脑袋往上一顶，只听叭的一声，石头子儿震得粉碎，和尚脑袋并没有怎么样。三多儿就下来了，一抖手里鞭，砸和尚头顶，和尚一闪，鞭走空了，跨步一轧刀，就要毁那条鞭。三多儿一看不好，赶紧抖手撤鞭拦腰一缠，和尚不躲，等鞭到立家伙削鞭。三多儿又撤回去了。

　　和尚一看，哈哈一笑道："就是这样能耐，趁早儿找个地方躲躲，工夫长了，可没有你的便宜。"

　　一句话才说完，脑后生风，先是一刀砍下，接着才听有人说，好你个秃驴，放着西天你不修行，你要往十八层地狱去。也是鬼使神差，叫你自走死路。别走了，你家黎大爷要你这秃头使唤。和尚先躲刀，往下坐腰，刀劈空了没等还手，来人平着一抹刀，呼的一声，奔了脖子。和尚往起一翻脸，身子往后一仰，刀从脸上过去，和尚往起一扑，立刀就劈。黎金往旁边一闪，和尚左手一晃，底下就是一脚，正端在黎金胯骨上，扑咚一声，黎金栽倒。和尚往前一抢，举手里刀就剁，黎金就知道不好，赶紧蜷腿打挺儿，意思之间，打算蹦起来。和尚意狠心毒，手里刀往下一劈，一硬腕子，就是黎金脑门子上。这时候三多儿就急了，一抢手里鞭兜着和尚脑海就砸下去了。和尚翻身往上横刀一挂，呼嘟一声，三多儿鞭折成两半截。

和尚哈哈一笑道："你们还有几个人？还有什么家伙？一块儿来，你家罗汉爷要是叫你们走了一个，你家罗汉爷拜你为师……"

一个师字才说了一半儿，后头有人哈哈一笑道："别说大话，舌头伸长了，留神受了风。来来来，还是咱们玩儿两下子吧！"话到，人到，钩到，钩锁和尚一脖项，和尚一缩头，躲过钩锋，立手里刀往上一挂，尹明子双钩就撤回去了。这时候三多儿黎金也全蹦起来了，全都要进家伙帮忙。尹明子道："你们不要过来，保护客人，看我捉拿凶僧。"

三多儿、黎金就不能过去了，再看和尚长衣裳已经甩去，手拿戒刀，向尹明子道："你要是好的，今天咱们一个打一个，你要以多为胜，我可不能奉陪。"

尹明子道："我绝不用一个帮手，就是你我，你看怎么样？"

和尚道："好！请！"劈头一刀砍去，尹明子往旁边一闪，双钩一轧刀，横左手一扫，和尚一立刀，尹明子右手钩又进去了，钩取和尚左肋，和尚往外一偏身一闪，尹明子左手钩又奔了右肋。和尚可就急了，一抖手里刀，颠开了尹明子右手钩，长腰一进步，刀劈尹明子左肩头。尹明子知道不好，急往外闪，稍微慢了一点儿，正砍在左肩边儿上，哎呀一声，血就下来了。和尚哈哈一笑道："姓尹的，你的威风哪里去了？你的能耐哪里去了？别走，我今天要报当日一镖之仇！"跟着又一进步，刀就劈下去了。三多儿一抖手里半截鞭，奔了和尚腿上砸去，黎金双刀也奔了和尚小肚子。和尚一看喊声："来得好！"双腿往上一纵，离地足有四尺，两个人家伙全空。和尚双腿往下一蹬，黎金屁股上先挨了一下子，哎哟一声，扔家伙摔倒。和尚立手里刀背往下一坐，三多儿小腿肚子上挨了一下子，也是哎哟一声，一个前栽，摔倒地上。和尚哈哈一笑道："这你们大概没有替死鬼了吧？"一句话还没完，柜房里有人喊："出家人，别生气，这里还有一个。"正在一怔，接着就听屋里，扑咚，哗啦，当啷一阵乱响，和尚不知是怎么回事，猛听柜房窗户上唰的一声，呼噜一声，从窗户里出来一股白光，仿佛一道闪电相仿，真奔顶门而来。和尚心里想，人家都说练功夫练到了家，能够身剑合一，一张嘴出来一道白光，那就是练的剑，能取人首级于千里之外，难道这就是剑术不成？真要是剑术，我可不是对手，那得赶紧走。心里想着走，这股白光儿就到了，一个闪不及，正正扫在脑袋上，和尚哎呀一声，浑身冰凉，当时摔倒，这时候屋里那道白光也止住了。

院子里躺的这些人里头，头一个尹明子先站起来了，跟着黎金、三多儿也全都站起。尹明子绝处逢生，又看见和尚受伤倒在地下，虽然不知道是怎么受的伤，白光是从屋里出来的，心里明白了一半儿，回头向三多儿道："这个你可不对，我不是把话没有交代明白，你们怔充不知道，事到如今，看我这么一谱儿，可未免有点儿说不下去。"

三多儿不明白，翻眼看着尹明子道："您这话我不明白，什么人故意瞧您一谱儿？"

尹明子道："你这个小伙子真可以，事情摆在眼前头，你还是这个样儿不认账。我问问你，柜房里你们都出来了还有谁？"

三多儿道："还有就是我那个哥哥。"

尹明子道："这不结了，你的那位哥哥瞪眼硬说什么全不会，如今会来了这么一手儿，这不是诚意瞧我的哈哈笑吗？"

三多儿一听，原来他以为楚东苏有能耐不露，故意到了时候，施展这么一手儿，所为叫尹明子看看，自己心里明白，打和尚绝不是楚东苏干的，可是屋里除去楚东苏之外，又找不出第二个人来，这话可真也难分辩。便笑着向尹明子道："老爷子咱们爷儿两个也别抬杠，现在和尚已然受伤躺下了，咱们先想法子，别叫他起来，有什么话，进屋里再说。"

才说到这一句，猛见和尚双腿一蹬，腰板儿一挺，意思之间，是要蹦起来，三多儿才喊声"不好！"黎金一抢步，照和尚迎面骨上就是一脚，和尚双腿一平，起不来了，黎金更不客气，过去解和尚腰里的绳子，过去就捆。手一挨和尚身子，不由吓了一跳，原来和尚身上，没有一个地方没有水，浑身上下，没有一个地方不湿，真不明白是怎么回事。这里才捆上，店里那些伙计就全到了，一个个腆胸脯子挺腰板儿，手里拿着钩竿子，跑过来先给尹明子道受惊，跟着一顺手里竿子，就要群打和尚。

尹明子一声喝道："你们干什么？方才上什么地方去了？现在用你们不着，趁早儿给我走开，别在这里气我。"伙计一听，不招东家生气，全都往后一退。尹明子道："黎老弟，你先在这里看一看，我们到屋里去给人道谢。"说着一拉三多儿，往柜房里就走。

到了门口，一看双门紧闭，用手一推，里头还插了个挺紧，便低低叫了一声："楚老弟我佩服你了，你开门吧。"里头一点儿声儿也没有，尹明子又说了一遍，里头依然没人搭茬儿，尹明子气往上一撞，往后一退步，提腰甩双腿，脚往门上一踹，再没想到，门已开好，双脚一蹬，劲头又大，门一开，连人带门全都进去了。尹明子知道自己使过了力，这一下子摔上就不轻，赶紧往回撤劲，一收双腿，一拧腰，双脚往下一点，才算没摔出去。这时候天就亮了，屋里已然什么都可以看得见，凝神一看，楚东苏踪迹皆无，在柜房正中间却端然正坐一个绝色女子，闭目合睛，一动不动。仔细一看，不由喜出望外，哈哈一笑道："原来是一指姑你呀！你什么时候来的？真是对不过！"

三多儿这时候什么也没听见，得找楚东苏，门下一看，什么地方，也没有楚东苏的影儿，心说我的爷，你老人家这又跑到什么地方去了？黎金也跟着找，还是看不见楚东苏的影儿。三多儿可就急了，向黎金道："我跟您说您不信，我说咱们有事在身，别管闲事，您是非管不可，如今人家这里事也完了，咱们人也没了，事也不用办了，这怎么办？"

黎金道："这个事你也别抱怨我，那么大的活人，在屋子里待着，还能够丢得了？反正出不去这间屋子，他要是出了这间屋子，我输脑袋。"

一句话没说完，外头有人答话："姓黎的，你输脑袋吧，我在外头呢。"一边说一边笑，楚东荪从大家身后头就走进来了。不用说黎金，连三多儿都不明白是怎么回事了。

正要问您既不会高来高去，您这是从什么地方出去的？人影儿一晃，后头又跟着进来了一位，也是满脸笑容，手提马鞭进门一乐，黎金头一个道："齐大叔您也来了，楚大哥是您给搬出的吧？这一来我的脑袋保住了。"

齐南子一笑，尹明子也看见了，赶紧过来一把揪住道："这可真是怪事，十八妹今天到这里，原就是想不到，更想不到你也来了。"

齐南子笑道："我们要不来，谁能来一个姑子拿和尚啊！"说着大家哈哈一笑。齐南子道："来，我给你们见一见。"说着话一指那一指姑道："这位是我们师兄弟第十八的木贞子，江湖上鼎鼎大名的一指姑。"

一指姑笑道："一指姑也不如宝马神枪有名啊！"

一句话没说完，店外一阵乱嚷："开门，开门，我们那边逮着九头僧了！"

大家一听，不由全都一怔，赶紧下闩一看，原来正是地保何二。准知道九头僧就是一个，这里既是有了一个，那里怎么又出来了一个？

尹明子道："你们拿的九头僧，现在什么地方？"

何二道："现在在崔大爷的家里呢，这个九头僧可是可以，真应了尹东家的话了，他真向那股道儿去了。您知道咱们村子里黄老九里那个大姑娘，也不是怎么会让贼和尚给看见了。黄老九在今天一听见信儿，就提着心，老早就叫姑娘睡了，他不但没到会上去帮忙，还把两位街坊约去给他帮忙，想不到还真预备对了，和尚一露面，他们拿帽子一搭，就把和尚搭住了。和尚还真有功夫，用手一挡，把钩子也弄折了，跳墙一进，他可上了当了，黄老九墙外头是菜园子，新近挖的粪窖，和尚不知道，这一跳正掉在窖里，可把他给淹坏了，弄钩子把他拾出来，就给捆了。黄老九往崔大爷家里一送信，崔大爷就到黄老九家里，要把和尚弄到家里去问话，叫我给您送信，请您赶紧到崔大爷家里去，所以我赶着就跑来了，您快去吧。"

尹明子一听，还是真拿着一个，也不敢不信，可是准知道绝不是九头僧，便笑着向何二道："这么办好不好？你告诉崔大爷把九头僧押到这里来吧，因为我这里来了朋友，不能走开。"

何二道："就是吧。"转身自去。

尹明子笑着向齐南子道："这个事情可真是越出越奇了，怎么还有冒充字号的？"

齐南子道："这个倒不要紧，您身上受那块伤不要紧吗？怎么也不上点儿药啊？"

尹明子道："不要紧，就是让他刀划了一下子，现在也不疼了，大概不至于要紧。倒是你什么时候来的？怎么会这么巧？你的那二位高足可实在有两下子，你什么时候收的？我怎么连个信儿都不知道？"

齐南子道："这二位可不是我的徒弟，可也是咱们户里的人，将来总可以知道，现在却还谈不到。提到我是早就来了，诸位调兵遣将时候，我和木大姑就来了，你们出去九头僧就来了。您办事可有点儿荒疏，别的不说，无论如何，您也应当留下人看家呀，九头僧来时，屋里就剩下一个楚大爷，好嘛，要是九头僧一脚踹门，一手抡刀，我们楚大爷这个命就算交待了。偏是九头僧也是一个天字第一号的大饭桶，放着正门不走，使开了熏香了，我们楚大爷福至心灵，居然会没闻上一鼻子，二位又闹了半天藏迷格儿，我要不是怕九头僧跑了，我就乐出来了。等到你们几位一回来，可真仁义，遇见这种浑蛋和尚，还不赶紧过去把他弄躺下，反倒一个跟他没事瞎麻烦，人家可不客气，意狠心毒，你们几位全都受伤了。我正要出去，打个接应，木大姑忽然要慈悲慈悲，一边拦住我，一边把旁边那桶水就全给用上了。我只听说过木大姑会'避水箭'，还真没看见过，今天没想到开了眼，木大姑一口水喷倒了九头和尚，屋里可把楚大爷吓坏了，从椅子上掉下来，又是扑咚，又是哎哟。我怕别人听见响动，往外头一跑，楚大爷正堵着门难免受点儿误伤，因此我把楚大爷从窗户里给托了出去，听听里头没事了，我们才走进来。这就是我的事儿，至于木大姑还有木大姑的事，请木大姑自己说，我恐怕说不清。"

尹明子这才明白，黎金也明白九头僧身上水从什么地方来的了。尹明子道："木大姑，您到这里来有什么事？"

木贞子道："我的话提起来很长，反正得请你们二位帮忙，等稍微缓一缓，我们再慢慢说吧。"

将说到这句，忽听外头一阵大乱，何二从外头跑了进来道："尹老当家，这可真是笑话了，那边那个和尚，不是九头僧，是个冒充字号的屎蛋！"

尹明子道："在什么地方？"

何二道："现在街上。"

尹明子道："为什么不把他弄进来？"

何二道："算了吧，哪里是和尚，简直是个屎蛋，现在又一冻冰，又成了通明透亮的屎球了，搭进来得臭一院子，您还是让他在街上吧。"

尹明子道："现在的事，咱们先想一想，还是惊动官府好，还是不惊动官府好？"

何二道："依我说还是递个禀儿好，不然的话，也没个交代。"

齐南子道："尹大哥您先慢一点儿，我想这件事还是私下了事的为上，别人不说，即以我来说，就是怵官，谁愿意送官，说可拿定了主意，如果九头僧被人家给监禁以后，倘若他还有个出来，这座桃花店，我敢保是个土平，那时可别说我见到不说。"

尹明子道："这话一点儿也不错，还是别送官的好，可是有一节儿，如果我们不把他送到官府可又怎么下这个台呢？"

齐南子道："那倒没什么，我深知九头僧为人，也是个汉子，如果我们对他有个不错，他也能够肝胆相交，只要你们肯其私了，这事在我一个人身上。"

尹明子道："那么就拜烦你吧。"

齐南子道："那没有什么，咱们先把外头那个给办完了，再说这个。"

说着大家除去木贞子之外，便一同走出店外，一看外头人都站满了，何二分开众人，尹明子这几个，就全都挤进去了。只见靠着墙捆着一个和尚，虽说是个和尚，可跟九头僧差远了，身量也没那么大，相貌也没有那么难看，脑袋上也没有那八个疙瘩，从脑袋上到脚底下浑身上下全是金黄色，已然全都冻成冰球儿，龇着牙，闭着眼，嗦嗦抖个不住。

何二用手一指道："众位看，就是这个冒名顶替的贼和尚。"

尹明子道："何二爷，这个可不能这么冻着他，要是把他冻死，可也是麻烦。来来来，我旁边有马号，先把他弄到马号里，弄点儿柴火先烤一烤，有什么话再问他。"

何二道："那您可太功德了，冲他这个样儿贼鬼，就应当活活把他冻死，您这一慈悲，他小子造化大了。哥们儿，搭一把手，把他给弄到店里马号去。"

当下有人拿竿子一穿，搭了起来，送到了马号，柴火也烧上了。工夫不大，就听和尚哼哼出来了，眼也睁开了，浑身也不抖了，可是臭味儿也散出来了。何二一手捂着鼻子，一手抡小鞭子照和尚脑袋上就是一下儿道："贼和尚你姓什么，叫什么？你到这村里来干什么来了？"

和尚话还没有说出来，旁边崔或然搭话了："何二你先别打听，我瞧出来了，是不是咱们东村口外乐土寺的那位大空和尚？"

何二哈哈一笑道："得了崔大爷，您可真能拿人糟践着玩儿，您大概忘了人家大空当家是怎么个人了？咱们这村里村外，差不多的主儿，提起大空当家，谁也不是没见过，人家多大道行，真是一尘不染，万念皆空，除去吃斋念佛之外，真是连方丈那间屋都没有出过，如何能够干出这个事来？这幸亏人家大空当家没有熟人在旁边，要是传到人家耳朵里，人家能够答应您不能够？"

崔大爷道："你先别着急，我不过是看着像，并没敢一定就是他，现在咱们无妨问他一问，那也没有什么。"

何二道："对，问问他。嘿！说你哪，你倒是姓什么叫什么呀？说呀，哑巴啦？"

和尚一缩脖长叹一口气道："何二爷你何必苦苦逼我现眼，难道你连我大空都不认识了吗？"

何二道："怎么着，你真是大空当家的？这可真是怪事，黑天半夜放着佛不参，放着经不念，放着觉不睡，怎么跑到这村子里头结善缘来了？"

尹明子一听，果然是大空和尚，准知道里头必有暗昧的事，怕是问急了，他一说出来，反而于这个村子里人面子上不好看，便赶紧拦住道："何二爷您不用问了，我也听明白了，八成儿是大师父出来绕弯儿，听见村子里闹贼事一害怕走得一慌，掉在窖里了。现在您也缓过来了，要依我说，您还是赶紧回去，一则您得赶紧回去换衣裳，二则您也得回去将养将养。大师父您请吧，我们这里事忙，也不派人送您了，过一两天，我必去看您去。"

大空一听，口念阿弥陀佛，爬了起来，一溜烟就跑了。

何二爷道："老东家，您这可不对，像这种和尚，明摆着是上村子里找便宜来了，既把他拿住，您怎么就这么轻描淡写地就把他放了？"

尹明子一笑道："这倒不是为别的，咱们这里正事还多，哪里有工夫跟他说废话，把他放走，好办咱们的正事要紧。"

何二爷道："这就是了，过了今天，咱们还得找找他，不然这一个碴儿一叫明了，大伙儿全都这么一干，咱们这村里就不用想安静了。"

尹明子向齐南子道:"咱们现在谈说九头和尚了,你说怎么办?"

齐南子道:"这没有什么难办,先把他绑绳儿松开,跟他说上几句交代面儿上的话,放他一走,就算完事,这种人咱们拿他也没有办法。"

尹明子道:"这么办,我把他弄进来,交给你办,你瞧好不好?"

齐南子点头。尹明子来到后院,一看九头僧躺在地下闭着眼,一动儿也不动。赶紧过去一弯腰,就把绑绳儿解开了,连笑带说道:"化师父您可真能容让人,没有摘了我这块牌匾,来来来,咱们到屋里慢慢谈几句。"

九头僧浑身一松,双腿一蜷,噌的一声,已然一跃而起,向尹明子哈哈一笑道:"姓尹的,你也不过就是仗着暗算,够不上朋友,你家罗汉爷一时不慎,中了你的诡计,今天不说了,改日再见!"

说着话双脚一纵就要摔身上房,说时迟那时快,就在九头僧要纵还没纵起,齐南子早已如飞一般,斜身抢进,横手一拦,九头僧就是一个趔趄。齐南子跟着哈哈一笑道:"好朋友,你这就不对了,走走走,屋里谈会子。"

九头僧一看齐南子,不由倒吸一口凉气,赶紧换过面容道:"我当着是谁,原来是宝马神枪齐侠客,您既出头,这事就好办了,我跟您到屋里去谈一谈。"说着话大踏步儿直往柜房走去。

尹明子心说真是人的名儿树的影儿,别瞧自己闯荡江湖多年,叫真了实在不如自己这个兄弟。于是三个人一同走进柜房。

齐南子道:"化师父咱们九江一别,不想又在此地遇见,真是有幸得很,化师父,我知道您也是江湖上有名的一条汉子,怎么办起事来,会这么想不开?这位开店的是我一个师哥,从前不管是为什么,谁是谁非,全都可以不提,如今无论如何,也得看

121

在齐南子某面儿上，把前话丢开，以后交个朋友，不知化师父以为如何?"

九头僧一看，那边还坐着一个木贞子，他也认得，知道那位是疾恶如仇，比齐南子性情可差得多，能耐只在齐南子以上，不在齐南子以下，如果今天一定不认这笔账，自己绝讨不着便宜。便赶紧一笑道："既有齐侠客出头给了，贫僧无不答应。"

齐南子双手一拍道："好! 这才够个朋友，六哥您过来，二位一拉手，就算一天云雾散。"

尹明子过来一把拉住和尚的手道："大师父您可恕过我的粗鲁。"

和尚也借势哈哈一笑道："承让承让。"

齐南子道："得了得了，咱们不用交代虚文，六哥，我和十八妹现在还饿着肚子哪，您先弄点什么咱们吃怎么样?"

尹明子道："那行那行，你打听打听咱们是干什么的。"说着吩咐伙计："赶紧预备筵菜，连崔村长带何二爷今天咱们喝会子说会子，大师父不用荤，咱们弄点儿真素。"

和尚一笑道："那倒可以不必，我吃荤的比吃素的还香哪。"说得大家哈哈一笑。

一会儿工夫，酒菜摆齐，大家团团坐下，有说有笑，满座生欢。内中只有木贞子，酒也不喝，菜也不吃，直勾勾两只眼看着三多儿。三多儿可不敢看木贞子，只低着头喝酒吃菜。

一会儿酒足饭饱，和尚洗完了脸向尹明子道谢，跟着就说："众位多在这里坐一坐，我还有一点儿事，要先走一步。"尹明子也知道和尚绝不能就这样善罢甘休，便又加意留了一留，和尚不待，当时告辞。大家送出门外，和尚说了一句："后会有期。"径自去了。

木贞子道："闹了半天，我还当着是谁，原来就是任横，今天可真便宜他了。"

齐南子道："怎么木大姑也知道这个人?"

木贞子道："他在漳州曾经闹过一阵，那时我正从那里过，和他见过一次面，那厮倒是有点儿眼力，一看事情不行，他便起了黑票，一阵风儿去了，想不到今天又在这里遇见。"

齐南子道："已过的话，现在也不用说了。木大姑还有别的事，现在也可以谈谈了。"

木贞子道："我这件事原没有什么要和大家谈的，可是大家都在这里，谁要有兴致，一块儿去玩儿一趟，凑一个热闹，倒也不错。我这次出来，原是因为有个远亲住在这里，多年不见，到这里看看，没有想到才走到那里便遇见了事。我们那个亲戚原是一个安分守己的庄稼人，家里只有老夫妻老两口子，带着一个姑娘过日子，姑娘也有了人家儿了，就在今年腊月里迎娶，忽然在这个时候，出了岔子。他们那个地方，有一个土棍，平常在乡里就是欺压良善，无恶不作，一个没品的人，也不知道怎么忽然看上我们亲戚的姑娘了，先是派人来提亲，我们亲戚是不答应，并且说话稍嫌过直，便得罪了那个土棍，竟敢二次派人送信，声言要在七天之内，要用轿子搭人。我们亲戚原打算跟他打官司，只是一则乡下人怯官，不敢打官司，二则土棍那边又散出流言，如果我们亲戚要是惊动官府，他要一听见信，当时他就要先下山把我们亲戚一家全都杀尽。我们亲戚于是既不敢惊动官府又不能任他把姑娘搭走，一家人惊惊慌慌，走投无路时候，正赶上我到了。我们亲戚原不知道我能跟他们拼斗，反倒劝我远走，我当时一笑，我便假装答应躲了出来，我原想黑夜之间，去到土棍家里，把他一家去掉，又怕牵累了我们亲戚。正在寻思之际，便遇见了我们齐大哥，一同来到此地，众位谁有什么主意，无妨商量商量。"

尹明子道："木大姑这位令亲，说是离这里不远，究竟是什么地方？那个土棍姓什么叫什么？您都可以细谈一谈。"

木大姑道："我们那个亲戚，住在本镇西南，地名儿叫竹叶山闵家坨。"

123

尹明子一听啊了一声道："竹叶山离这里倒是真不远，也就是二十多里地，不到三十里地，这个闵家坨我可没听说过。"

木贞子道："您先别打岔，听我慢慢地说。我们亲戚住在闵家，他可不姓闵，他姓邵，那个土棍可姓闵，听我们亲戚说，他叫什么闵天龙，外号儿也有一个，叫我给忘了。"

尹明子又呀了一声道："怎么着，是闵天龙？不能啊，这个人虽不能算是侠义汉子，可也不是土棍，他的外号是不是金头凤凰病达摩？"

木贞子道："不错，正是他，您怎么知道？难道您也认识这个匪类？"

尹明子道："真要是他，不但不是匪类，而且他还是个侠义号儿的朋友呢。这件事恐怕里头有些不实不尽，我本不打算去，如今我倒要去看一看了。"

齐南子道："凑热闹我也去，不过我可还有事，不能一块儿走，你们二位先去，我是随后必到。"说着又向黎金道："我让你护送人到京里，你不说赶紧紧赶，把人送到地头，你却半路多事，如今离着京门已大不远，你赶快跟着他们两个，去把事办了，路上多加小心，不要再管闲事，多出事来，我可不能老在你们后边跟着，如果出了事，你们可自己了，我可不管。"

齐南子说一句，黎金答应一句，齐南子说完，楚东荪忽然站起来向齐南子深深一揖道："师父您老人家到什么地方去？您老人家府上住在什么地方？请您告诉我，我将来好去给您道谢。"

齐南子一笑道："谢谢你吧，我是萍踪无定无家无业，平生做事，既不给人道谢，也不愿意人家谢我。一路之上，多加谨慎，见面的日子不远，改日再谈！"说着话又向大家一笑道："我还是说走就走，竹叶山见面。"一点头走出店外，手指头一挨嘴唇，袅的一声响，宝马没到，再吹一声呼哨，连马的声儿都没听见，不由心里一跳，喊声："不好！"

齐南子两次吹哨，宝马不到，就知道出了毛病，急喊一声：

"不好!"屋里的人全都听见了,一拥而出,一看齐南子握拳揉搓,神色大变,不由大吃一惊。尹明子急问道:"什么事你这么着急?"

齐南子道:"我的马没了。"

尹明子道:"你拴在什么地方了?"

齐南子道:"我的马向来就没有拴过,不拘在什么地方,只要我一吹哨,它是当时就到,怎么今天连叫了它两遍都会没来,难道是出了什么毛病?"

尹明子道:"这话也不一定,一个牲口,你总还是把它拴上一点儿好,散搁散放无论它多熟,也许犯了野性,这一定是走出去远了,你吹哨儿它没有听见,你不用着急,先到里边坐一坐,也许一会儿就回来了。"

齐南子摇头道:"那可不能,我这匹马不比旁的牲口。一则旁人喂它草料它不吃,二则旁人不能近身,这么些年,从来也没有拴过,也没走远过一回。今天这个神气,一定出了旁的毛病,这匹马要是一丢,我的命就丢了一半儿,这可真是急死人。"

尹明子道:"就是如此,你着急也没有用,你还是先进来坐一会儿,我赶紧派人四下里给你找一趟去。"

齐南子到了这个时候,也就没有法子了,只好是先进店再说吧,虽说想着不至于出大毛病,可是心里总也免不了啾咕,坐在屋里不住出神儿。

木贞子一笑道:"宝马神枪,把马一丢,成了光杆儿神枪手了。"

齐南子也笑了一笑道:"不劳您送外号,宝马一丢,神枪也没了,我的那杆枪也在马上呢。"

木贞子道:"这一来成了没有金箍棒赤手空拳的齐天大圣了。"

齐南子道:"人家枪马全丢了,不说给人家想个主意找找,还要拿人家开心,也未免有点儿太说不下去了吧。"

木贞子道："这么办，咱们商量商量，你帮着我先把竹叶山的事办了，我也帮着你找马找枪，你瞧好不好？"

齐南子道："我胯下没马，手里没枪，你叫我怎么样帮忙？"

木贞子道："得了得了，你固然是宝马神枪得名，可是你要没了枪没了马，大概也不至于就没有特别的看家本领，得了，你帮一帮忙吧。"

齐南子一笑道："好，好。我帮忙办竹叶山的事，不过我却耽误了一件旁的事。"

木贞子道："话已说在头里，只要你替我办了竹叶山的事，我也必帮你的忙儿。"

齐南子笑着点点头道："就是就是。"说着又向楚东荪道："我既不走，你也可以暂时不走，你的事大概也没有什么了不下去的，你等一两天吧。"楚东荪心里虽然着急，哪里敢说不行，只好点头答应。齐南子又向尹明子道："方才提起闵天龙，您的意思仿佛很熟，您可知道他现在是怎么个势派？一共有多少人？全是些个哪路的英雄？"

尹明子道："这个你可问倒了我了，闵天龙我虽知道这个人，却不曾见过面，一向知道他住在山东地界，为什么跑到这个地方来干这个，我是完全不知，好在现在咱们人位不少，竹叶山离这里又近，咱们无妨先派人去打回探，打听明白了再去下手不晚。"

齐南子道："主意倒是不错，可是这个人不好找，没有能耐的趁早儿不用去，去也是白去，反倒伤了事。"

木贞子不等旁人说话便抢过来道："这个用不着烦别人，我就可以去一趟。可是有一样，这边地势我可不太熟，要是能够有人给我带个道儿，我当时就可以去。"

尹明子道："这竹叶山虽说离这里不远，我可是没有去过，闵家坨连知道都不知道，要是找人领道儿，咱们这里倒有人。"说着话用手一指地保何二道，"这位何二爷他是这块地的娃娃，在这百十里地的里头，简直就是地理图，大姑要去，烦何二爷同您去一趟，您瞧好不好？"

何二从昨天到今天，看见这几位，简直就跟评书上说的好汉英雄差不多，心里一直就在啾咕，这幸亏全是正人君子，这要是打算吃那碗没本儿的饭，在这村子里一住，我这个地保，脑袋就会没了。得了，无论如何，把这几位老爷好好应付走了，就算完了，可别得罪他们，再闹出点儿什么事来，那可是自找麻烦。心里正在盘算，猛见尹明子用手一指自己，要叫自己陪着上竹叶山，这一吓可非同小可，心说我的掌柜的，您怎么派我这么一个好学生，听刚才大家所说，那闵家坨什么龙，提亲不允，瞪眼抢人，仿佛高登、费德功这道号儿朋友，就凭我除去一条舌头、两片子嘴之外，连个鸡都不敢宰的主儿，怔要学花逢看黄天霸，那不是活腻了吗？正要想词儿推脱，却听木贞子微微一笑道："尹大哥，您又谈开玩笑了。我和这位何二爷虽没有认识谈过，不过据我看来，我也不敢往高里捧，至多不过司晨守夜，管管村子里的闲事，这种探险拼命的举动，那岂是何二爷所能。再者还有一节儿，何二爷既在本地多年，虽不免跟姓闵的有个认识，为了咱们一个没交情的，得罪一个本地熟人阔手，您想何二爷如何能去？我想……"

木贞子话还没有说完，何二双拳一拱道："大姑您不用往下说了，我姓何的虽不会文武艺业，可也懂得什么叫是非。闵家坨虽不归我这块地管，可是那个姓闵的闹的日子一长，难免不闹到这里来，地保虽小，也有地面儿之责，地方出了恶霸，诸位肯其给地方除害，当地方的自是求之不得。再者跟着诸位侠客义士在一块儿，不过叫我领领道儿，还能苦得了我？尹当家的你就给提拔地保何二，愿意领道儿踩探闵家坨。"

崔大爷瞧着何二直发怔，因为知道何二为人，别看他当着地保，真是树叶儿掉了全怕碰着脑袋的主儿，嘴上说得不用管多热闹，要是说上真的，那时哪样儿也办不了。今天一听，他居然让人家几句话一说，自告奋勇要踩探闵家坨，焉有看着不新鲜之理。

当下尹明子道:"得,只要何二爷肯其辛苦这一趟什么话也不用说了,绝不能有一点儿错儿。那么木大姑您跟着再分配人吧。"

木贞子道:"现在也没有什么可分配的,这里虽然离着闵家坨不算甚远,可也不近,我想最好咱们大家全都到我们舍亲家里一等,等我们踩完了闵家坨,咱们再想法子。彼此都在一起,可以省事得多。"

尹明子道:"不过那样一来,你们令亲家里凭空可得添不少麻烦。"

木贞子道:"那叫什么话?不为他们家里的事,咱们还不能去呢。"

尹明子道:"既是这样,事不宜迟,咱们现在就可以走。我这里买卖交给崔大爷先替我分分神,我在这里不在这里也是一样。"于是托付好了崔大爷,大家便都起身。

将将走出店门,楚东苏向齐南子道:"按理众位全都前去,我也应当跟着,不过我一没有能耐,二没有胆子,这种去处,原是拼命的行当儿,我去了不但不能帮忙,反倒显着坠手,诸位还得顾全我,就许把事耽误了。我想我不去,就在店里,一来给崔大爷做伴儿,二则也可以给尹大爷照顾照顾买卖,不知诸位以为怎么样?"

齐南子道:"好好好,你就在这店里吧。"

楚东苏向大家一拱手,这班人就走下去了。大家别看都没骑马,脚底下可是哪位也不慢,不到半个时辰,已然看见前边山影儿遮横。何二把手一指道:"众位看,前边那座山,就是竹叶山了。"说着话不住地喘气。

尹明子笑道:"这可真怪难为我们何二爷的。"

何二一边喘着一边道:"这不算什么,只要诸位能够给本地面儿上除害,我是任什么辛苦都情甘领受。"

128

齐南子道："这个时候，可不是叙功的时候，咱们还是赶紧先说正经的。木大姑的那位令亲住在什么地方？先到那里，把事情问明白了，分头干事，这里完了，咱们可还有事哪。"

木大姑道："这里才到竹叶山，离着闵家坨还有不少的道路，在这里可没法儿说，众位再赶一下子，可就到了。"

齐南子道："何二爷带道儿走。"

一个走字说完，何二就跑下去了，大家跟着，转过山环，前面黑乎乎一大片，来到临近，原来是一个小村子。何二止住脚步道："这个村子可就是闵家坨了，咱们虽说事是急事，可不能这么跑着进去，叫人瞧着，不能不生疑心。"

尹明子道："这话一点儿也不错，再说咱们这种穿着打扮，神气各别，叫人瞧着，更不能不多起猜疑。这么办，到了这个地方，木大姑也绝不能不认识令亲家里，最好是木大姑领头，我们在后头散着跟着，见了令亲，打听清楚是怎么回事，然后咱们再说第二步。"

木贞子摇头道："那可不行，我已经说过，我们敝亲并不知道我会什么把式，庄稼人胆子小，至多他拼着姑娘不要，他也不敢惹姓闵的，如果咱们一去，他不但松不了心也许吓坏了，再闹出别的事来，那就更不好办了。"

齐南子道："我一个人的大姑，要照您这么一说，来的这些人，岂不全要在这树林子坐上两宵？那可不是办法，您还得想别的法子。"

木贞子低头想了一想道："这么样好不好？诸位在这里暂时等我一等，我先到里头找我们敝亲一趟，能够把这件事说明白了，再请诸位进去，如果不成，咱们再想别的法子，您瞧如何？"

齐南子道："只好如此吧。您快走一趟，我们在这里等着，您可快来。"

木贞子答应一声："慢不了。"便走进庄里去了，大家便真个在外头等着。工夫不大，木贞子从里头跑了出来向大家一笑道：

"有劳诸位受等，我已经说好了，诸位请吧。还有一样，我们敞亲说，诸位如果怕是惹人生疑，尽可以说是听了我们敞亲聘女儿的话，特意赶来道喜的，便可使那边会不生疑了。"

尹明子道："这话果然不错，不过我们还是要分着进去，没有道喜全都一队一队的。"于是分配好了，木贞子、三多儿一块走，何二跟黎金一块走，尹明子跟齐南子一块儿进去。

木贞子领路，进了村子没多远，一个小门，门口儿站着一个老头儿，笑容满面地拱手相迎，木贞子赶紧抢行几步道："表姑丈，您在门口儿站着哪，我听说我表妹有了人家了，好日子都快到了，您怎么也不给我一个信儿？幸亏我听见别人说了，才带着我兄弟给您道喜来了。"

老头儿哈哈一笑道："事情来得太急促，没敢惊动人，大姑别挑眼，往里边请吧。"

木贞子含笑带了三多儿才往里走，第二批是何二黎金也到了。何二已然看见木贞子、三多儿进去，准知道这个老头儿就是姓邵的老头子，便也赶紧一抱拳道："二大爷，您大喜了！您这可不对，咱们街里街坊的，怎么大妹妹出门子，您连个信儿都不告诉我，这我可该罚您。"

老头儿才要谦虚两句，黎金在后头搭上话了："二哥，您这是怎么了？这都是咱们家里的事，您怎么一声儿不言语，您打算省着是怎么着？"

何二一听，这叫找便宜，我叫人家二大爷，他论哥们儿，回头瞪了他一眼，黎金毫不理会。老头儿赶紧赔着笑道："兄弟别挑眼，实在办得太急，里边坐着吧。"

何二一听老头儿也开玩笑，怎么真跟他哥们儿论上了，吃了哑巴苦子，也就不便再往下说了，往里一走，黎金也跟进去了。这时候齐南子、尹明子二位也到，全都双拳一抱道："老哥哥您好！我们昨天才听见信，一来道喜，二来帮忙儿。"

老头儿赶紧也陪着拱手道："怎么连你们二位也给惊动来了？

130

真是万分不敢当，帮忙不敢劳驾，赶到日子多喝两盅，我的喜事不也就是二位老哥哥的喜事吗？"

齐南子心里说："喜事？简直是逆事！"老头儿一让，大家全都进去。老头儿一看，后头没有人了，也便跟着走了进来。

到了院里，尹明子向木贞子道："大姑您给引见一下儿吧。"

木贞子一指老头儿道："这是我表姑父邵玉堂。"邵玉堂赶紧挨个儿一拱手，尹明子大家各自提名道姓，又说了前来骚扰。

邵玉堂笑道："众位别客气，咱们先到屋里坐下说话。"大家到了屋里坐下，邵玉堂恭恭敬敬向大家作了个揖道："方才我们这位敝亲木大姑已然向我说了，众位这番意思，我实在是感激。我们这事，就是闭门家中坐，祸从天上来的事。我夫妻两个，只有那么一个姑娘，岂肯把她给个匪类？在木大姑走后，我们已然商量好了，既是不能活在一起，只有死在一处的法子。方才木大姑回来一说，众位肯其帮忙，管我们这回闲事，不过我可知道对方是个无恶不作的土棍，以诸位这样人，实在不便去招惹他，小老儿已是拼着一死的人了，并不是怕他什么，强龙不压地头蛇，这种人总是不招惹的好。小老儿无德，家遭横祸，死无怨，众位一片热心，倘若有个一差二错，小老儿虽死不安。依我说，诸位都有公干，自去治公，小老儿愿意一死，和那贼子拼了。"

话还没说完，齐南子已然笑嘻嘻地站了起来道："邵老伯，您这话固是一点儿不错，不愿拖累朋友在内，只是我们并不是你约我们来的，是我们自行投到的，不用说据我们看那姓闵的未必是我们对手，即使姓闵的果然比我们强，我们既说出这句话来，也不怕他把我们全吞了。再者我们这一班人全是半世习武，虽不敢说疾恶如仇，然而只要我们听见了有这种恶霸，也绝不能袖手旁观，必要把他铲除，心里才能痛快。我们和木大姑都是师兄弟，木大姑跟您不是外人，我们也不是外人，这个您倒尽可以不必客气，把事情原委和我们说知，我们自有办法。您倒可以不必过虑，反正我们无论如何，既是到了此地，绝没有又这样回去的道理。"

木贞子也站起来道："姑夫您就不用存着客气了，事不宜迟，您还是早点儿说出来，好容大家想法子。"

邵玉堂又长叹了一声道："想不到为了我们家里不幸的事，反倒拖累了众位，但既是诸位这样抬爱，小老儿怎敢给脸不要脸，我现在把已往经过略说一遍，诸位听一听，能管就管，不能管，有小老儿一家命在，也没有什么抵不过他，众位自请尊便，也不为晚。小老儿夫妻两个，只有一个姑娘，因为是七月七添的，便取名儿叫作巧妞儿，今年已是十八岁，在十六岁时候，已经凭媒说给我们一个老世交姓柳的，已然定下明年春天来娶，本是平安无事，也是活该，前些日子，我们村子里因为闹瘟病设醮，病好了酬神，就在村子外头弄了一拨子野台戏，巧妞儿听说有了热闹，就闹着要去看一看。我当时就拦说，姑娘一则岁数不小了，满街乱跑，出头露面，不是样儿；二则已经有了人家，要是叫人家那头儿知道了，也不像话，还是不去的好。在当时姑娘也就不想去了，偏是我们家里那个老不贤，妇人之见，说什么女儿在家已然没多少日子了，还不趁着现在有工夫叫她去玩儿一玩儿，便不管我的话对不对，带着巧妞儿就去了，这一去可就惹出天大祸事来了。"

尹明子抢着说道："地面儿上既是有了这种坏人，为什么不到官方去告他？"

邵玉堂双手乱摇道："这个简直更是不用提起。一则我们这里离衙门太远，往返不便，倘若走漏消息，官人没有来，我们这里早就遇了害；二则那姓闵的跟官家那些狗腿子，都是串通一气的，无论如何，我们也得不着便宜。"

尹明子道："那么现在到这里来的人，究竟是不是闵天龙本人呢？"

邵玉堂道："闵天龙现在是什么样人物？怎肯自己到我这里来？不过是手底下几个走狗而已。"

齐南子道："现在咱们先不用问这些事了，反正姓闵的到这里提说抢亲是一点儿错没有了，那么我们现在第一件要紧的事，就是先要到闵家坨去，探一下子究竟是怎么一档子事。打听清楚之后，我们就可以准备了。咱们想想都是谁去合适？"

黎金没等旁人说话，便抢着道："我去，我去。"

齐南子瞪了他一眼道："你去什么？你认得闵家坨在什么地方吗？"

黎金道："不认得，不会打听吗？"

齐南子道："你要真有胆子，等我想出派你的事来，你可不许不点头。"

黎金道："无论什么事，只要派在我的名下，我要一摇头，就不算是您的徒弟，也不算一个老爷们，您瞧怎么样？"

尹明子道："现在说正经话的时候，最好先别瞎乱，在咱们没来之先，木大姑已然答应了，还是求木大姑一趟。"

木贞子道："这倒不必客气，为了我们亲戚的事，当然是我义不容辞。不过有一节儿，我可得跟着这位何二爷一块儿去。"

何二道："没错儿，大姑儿您叫我姓何的到什么地方去，我也绝不含糊。"

尹明子道："就是那样，我们听您回来一说，再想法子，现在天时还早，总是夜静了再去的好。"

于是又问了问闵天龙怎样派人来提的亲，日子是什么时候，全都一一问个明白。吃完了晚饭，又歇了一会儿，木贞子向何二道："何二爷，时候可成了，咱们走吧。"

何二爷应声而起道："走。"

当下木大姑向大家说了一声："回头见。"径自跟随何二去了。

尹明子向大家笑道："瞧不出何二倒有这个胆子。"

齐南子道："这也是箭在弦上不得不发，看咱们这一班神头鬼脸，他心里也不能不啾咕。"说得大家全都笑了。

133

木贞子和何二两个人出了邵家的门，木贞子便悄声向何二道："何二爷，您认识闵天龙他的家吗？"

何二道："我倒是来过一回，就在这前边不远，您跟我来。"说着何二放开脚步一阵紧走，木贞子在后头也紧紧地跟随。走了不多远，何二收住脚步，用手向前边一指道："大姑您看，前边那块宅子，就是闵家的主房了。"

木贞子仔细一看，好大一所房子，约占有半条街长。略一寻思，便向何二道："何二爷您什么地方进去？"

何二摇头道："我除去从大门口进去，别的地方进不去。"

木贞子一皱眉，合着带了一个废物来。遂笑了一笑道："那么着，何二爷在这里等我一等，我先进去看一看动静再说。"说完话一侧身奔到边墙，拧身一纵，嗖的一声，就上去了。往里头一看，坐北朝南的七间大厅，里边灯烛辉煌，有人正在猜拳行令。便不往下去，三纵两纵，便到了大房山后，单脚一勾瓦垄，使一个夜叉探海式往下看时，只见屋里七间通畅，摆着有十来个桌面儿，每桌上都有十个雄赳赳气昂昂高一头宽一臂的汉子。正中间桌上为首坐着一个人，身高约在八尺上下，长眉大眼，有四十上下那么个年纪，看着眼熟，仿佛从前在什么地方见过，可是一时又想不起来了。

正在这时，只见那汉子旁边一个矮小身躯哑着嗓子的人说道："闵大哥，我看您就不用管了，一件事情要是全怕起来，就不能往下做了，尤其是吃咱们这碗饭的，早晨活命，晚上就许命在人不在，脑袋掖在腰里的行当，怕什么也没用。事情已然办到这种地步，倘若放手不干，知道的说是咱们不愿意为非作歹，怕是对不起老街坊，那不知道的，他可不能那么说，一定会说咱们怕了事，不敢干了。那么一来，以后咱们这碗饭就不用吃了。再者说二徻少爷也该成家立业了，趁着现在一办，您的心事也就完了，说实在的，哪一样儿也不辱没那姓邵的。大哥您就不用胡思乱想了，我给您斟一杯，您先喝着。"

那汉子听了微然一笑道："苗二爷，您的话一点儿也不错。想我姓闵的从十八岁就在外头闯荡，今年已然小三十年，不敢自居于侠义之流，可是自问从来没有做过一件对不起朋友、说不出去的事。如今为了这个孩子干出这种不讲理的事儿，不拘谁说，我心里总觉不安。要说怕谁，我向来不懂，就因我没做过一件亏心之事，现在不用说人家找出什么侠义道的朋友来见我，我没脸去见人家，就是那邵老头子找上我的门来，跟我瞪眼说理，我一样也怕人家。方才我听见有人一说，姓邵的家里来了几个不是本村的人，我心里就透着提心吊胆，倘若人家姓邵的认得三个好的、两个厚的，难免不会找出好朋友来跟我讲理，那样一来，我拿什么脸去跟人家说话？"

矮个儿一听，微然一笑道："闵大哥您这未免有点儿过虑了。不用说姓邵的不能认识什么高人好朋友，他也办不出什么特别漂亮的来，即使姓邵的约出好朋友来，他有一说，咱们也还有一说呢，也没什么可怕人家。倒是有一件事，我们还得商量商量。原来我们定的日子，离现在还远，这件事睡多了梦长，难免不再多出事来，依我的主意，事情已经到了现在，只有前进，不容后退，早办也是办，晚办也是办，既是非办不可，我们不如早点儿办了的为是，也不用管什么叫好日子什么叫不是好日子。明天一清早，咱们就预备，后天用轿子抬人，只要把人抬到咱们家，底下无论再有什么话，也就全完了。闵大哥您只管放心，这件事我要办不好，我就不叫赛太公。现在咱们也就不用说了，明天全归我办，大哥喝酒。"

那汉子接过酒来，往桌上一放道："你先等一等，我要去解个小溲儿。"说完一推椅子，便往里间走去。

木贞子在后檐听了个很真，可是还有点儿不明白，这个姓闵的，是不是就是闵天龙？为什么听他话语之中对于这件事，仿佛透出不甚高兴的样儿，意思之间，也不像给闵天龙自己抢人，这件事真是可怪。不过有一节儿，幸亏今天来了这一趟，虽然不大清楚，总算听见明天就要动手，后天就要抬人，如今回去，就可以赶紧预备，不然后天人家都去了，那才不好办呢。夜探一场，不算白来，赶紧回去，商量正经主意。想到这里，腰上一使劲，往上一翻，才站在瓦垄上，猛然呼的一声，迎面家伙带着风就到了。木贞子斜身一闪，家伙就走空了，抬头一看，正是方才喝酒说话那个姓闵的汉子。赶紧往后一退，意思之间，找路回去，不愿意一个人在这里跟他们动手。谁知就在才一转身，那个大汉一抖手里双铜，一声怪喊道："什么人这样大胆，竟敢夜入我闵家坨，别走，接兵刃！"唰的一声，一铜劈木贞子左肩。

木贞子就知道走是不成了，微然一笑道："掌舵的别冒火，咱们也是线上的，路过此地，看见氽大水多，打算浑水摸鱼，没想到惊动了掌舵的。如果放过面儿去，当时就走，将来再谢，如果一定非要过手不可，请您亮青子，抬腕儿，必定领教就是。"

那人一声怪叫道："天堂有路你不走，地狱无门自来投。少说废话，接家伙！"唰的一声，一铜又到。

木贞子微然一笑道："你也真不知道自量，难道谁怕了你不成。"才待抽剑，却听四外一阵乱嚷，惊天动地。

要知为的什么，以下紧接莽汉装新娘，闹洞房，打连环，寻宝马，盗神枪，齐南子收徒，三多儿遇难，真伪龙王闹沧州，群雄小聚会，泰州擂，龙啸山，白云岛，宝马神枪会双龙，楚东荪学艺，母老虎摆阵，十八子朝金顶。这些热闹节目，全在第二集《宝马神枪》中，不日出版，先行预告。

第 二 集

第七回

莽汉装新娘一场笑话
仇人是旧友两地伤心

上集书写至木贞子探闵家坨被人发现，无可奈何，只得亮剑抵敌。这个时候，外面等候的地保何二却怕来受罪。自从木贞子往里头一去，心里就啾咕上了，这个闵家坨从前虽然来过，可没听人说过有这么一个闵天龙，现在忽然闹出这么大的事来，看这神气，来的这些位，哪位可也不弱，说不定会闹成什么样儿，自居地保之职，就有地方之责，倘若事情越闹越大，可难免惊动官府，到了那个时候，可是自己不能完全推个一干二净。即如尹明子一个开店的，怎么会有这么大的能耐？又认识这么一拨儿人，自己跟人家可以说是耳鬓厮磨，每天差不多都在一块儿，就全没有看出人家是干什么的来，你想这不是怪事吗？现在究竟尹明子是个干什么的，这拨人又是干什么的，简直还是一点儿也不明白。倘若闵天龙不是坏人，尹明子有意要吃他一顿，自己现在不知道，跟在里头一阵瞎乱，等到事情闹真了，自己就得落一个助匪殃民，这个罪名也不好打。左思右想越来越不得主意，忽然心里一动，自己别的本事没有，鼻子底下这张嘴，可不能说一点儿能耐没有，今天已然到了这里，好在跟姓闵的又都有个热脸，何妨叫门硬进去看看，要凭嘴里这条舌头，打听个水落石出。真是姓闵的行为不法，瞪眼抢人，说不得自己打个报呈，把事往上一递，上头爱怎么办怎么办，可就没了自己责任。如果闵天龙确是好人，也往上一报，叫上头办姓尹的，也没自己沉重。心里想得挺好，往前一迈步，就上了台阶，伸手就要拍门。忽然又一想拍不得，黑天半夜，过去就拍门，人家要是一问我干什么来了，我可跟人家说什么？姓闵的准要问心无愧，还不要紧，倘若他真要干那无法无天的行当儿，一看我是地面儿官人，黑天半夜，跑到他家里，他心里只要一寻思，我这个苦子可就大了。

正在进退为难之际，猛听门里有人走道儿声音，要退还没退下来，门插关一响，呼噜一声，门分左右，从里头走出两个人来，一眼看见何二，便不由得啊了一声道："你是什么人？找谁？"

何二到了这个时候，也就说不出不算来了，便赔着笑道："嗬，二位要出门，怎么连我都不认得了？我是咱们这地方何二，近来听说咱们这边地方不大安静，我也是做其事不敢辞其劳，趁着晚半天没事到这边瞧瞧。走到你的门口，忽然一阵口渴，打算叫门求闵大爷赏我一碗水喝，要叫门还没叫，正赶上你二位出来。瞧这个意思，你二位一定是有事，那我可就不敢麻烦了，你二位忙你的，我也不进去了。"

这两个人一听，彼此一看，齐声说道："哟，我们还以为是什么人呢，原来是何二爷。我们两个今天也没有事，闲着心烦，打算到村子外头去弄点儿酒喝，没想到会碰见了你，酒也不喝，屋里有才沏得的好热茶，你暖和暖和喝两碗，聊会子天，倒是不错。走，走，请吧！"

何二一听，别的话不能再说，只有进去吧，便一点头道："这一来又给你添麻烦。"嘴里说着，人就走进去了。到了门房，何二笑着道："你可恕我眼拙，我真忘了二位怎么称呼了。"

这两个人道："得了，何二爷你可是贵人多忘事，我叫闵强，他叫闵胜，没别的，何二爷你多照应一点儿。"

说着闵强站起来道："何二爷你坐一坐，我去拿壶开水去。"

闵强去了，何二向闵胜道："闵二爷你也够忙的？"

闵胜叹了一口气道："那有什么法子？吃人家的挣人家的，忙也没法子，这两天正赶上忙当儿，我们大爷要办喜事。"

何二一听，这可太巧，没等问他先说了。便假装不知道："哟！大爷办喜事，是什么日子？娶的是谁家姑娘？怎么我竟连一点儿信儿都没听见哪？"

闵胜道："不但你不知道，连我们也是今天才听说。日子大概就在这几天，可还没有定，娶的就是本村子邵玉堂的姑娘。"

何二仍然假作不知道："姓邵的在咱这村子没什么名儿，怎么大爷倒会看上了他？"

闵胜道："唉！你别提了，人家姓闵的还不爱给哪，这合着就是一半儿提媒，一半儿硬娶，还不定准怎么样哪！"

何二道："爱好做亲，哪里还有……"

一句话说了半句，闵强从外头提着一壶水进来了，向闵胜道："得，日子也定了，就是后天了。何二爷喝水。"说着给何二倒上一碗茶。

何二喝着茶，心里想，这个事简直是真的了，自己得赶紧走回去报信，大家好预备。正要想说什么，屋内一响，从外头又走进一个人来，一看何二，便把眼向闵强、闵胜一瞪道："你们两个难道没有长耳朵是怎么着？跟你们都说什么来着？叫你们别往里让人，你们怎么还是往里让人？大爷说过，这两天不拘谁要进来，不到事情办完，不许出去，难道你们就没听见？"

闵强、闵胜急忙赔笑道："秦爷别生气，这位不是外人，是咱们地面儿上的何二爷，走到这里嘴渴了，进来喝碗水就走，你不用言语，这就让他走还不行吗？"

那人把眼一瞪嘿嘿一阵冷笑道："废话，大爷怎么交派我，我就怎么办，别的主意我做不了。对不过，朋友你跟我来！"

何二一听，这可不得，赶紧说道："别价，别价，我还有官事在身哪，你别把我留下呀！"

那人往前一抢步，一扬手叭的一声，就是一个嘴巴打在何二

141

脸上，啐了一口道："你的做派也太大了！你有官事，谁把你请来的？没别说的！"

何二一听，也不敢再说什么了，瞧了瞧闵强、闵胜，低着头一声儿也不言语，知道他也惹不起这位，也就不便再等挨第二下子了，一顺脚跟着那个人就出去了。曲曲弯弯，走了两个院子，又到了一个小院，里头有两间小屋，那人把手一指道："屈尊屈尊，你快进去。"何二没法子，往屋里一走，就觉着有一股子冷气森森逼人毛发，一股子霉潮的味儿，使人呕吐。才待转身，就听叮当的一声，门已关上，哗啷一声，锁也下了，用手往四外一摸，别瞧屋子虽小，完全是铁铸的。心里一想，这回可完了，要把自己一忘，不出三天连饿带冻是非死不可。正在寻思后悔，猛听屋角发出一种声音，不由毛骨悚然，心说完了，不用说这个姓闵的一定是个无恶不作的坏人，不定什么时候，害死了多少人，给埋在这间屋里了，今天恰好让自己赶上，这可真是糟事。好在自己本没有害人，即使有孤魂冤鬼，也不见得准跟自己过不去。想着用力咳嗽了两声，以为那个声儿总可以没了，谁知道不咳嗽还好，这一咳嗽，更给招出事来了。

就听墙角下发出一种沙哑的声音道："什么人？你是禄儿吗？好孩子，要死咱们两个死在一块儿吗？"

何二一听，一点儿错儿也没有了，死的是个老头子，死了还想儿子呢，这一定拿自己当了他的儿子，这可不能不辨正一下儿。遂爹着胆子放大声音道："什么福儿禄儿，你别满嘴胡说。我是当地的官人何二，现在是被姓闵的恶贼把我给送到这里来了。你活着时候，要是个明白人，死后你可也应当是个明白鬼，你要能够想法子把我给保护出去，我必想法子给你报仇雪恨。你要一犯糊涂，也把我给拉到你一块儿去，不但你苦了，连我也苦了，那咱们两个可就得冤屈一辈子了，这话你听明白了没有？"何二说着，声音都差了。

再听那边又是一阵哼哼道："噢！你就是何二呀？我跟你上

辈子就有不解之冤，没想到今生今世会在这里碰见你，总算是我该当报仇，姓何的你就还给我的命吧！"说着噢噢两声惨叫。

何二差点儿没背过气去，心说没事跟鬼道什么字号，这不是没病找病吗？正遇在对头上，这么一看起来，我这条小命，今天算是完了，可是自己身困小屋之中，无论如何，也逃不出去了，这总是自己贪功之过，只有点头认命吧！何二一认命，话也不说了，一弯腰往地下一蹲，净等处置，心里可没忘木贞子，大概也是凶多吉少。

其实这时候木贞子早就走了。在瓦垄上一看家伙到了，本想支布两下，或是露一手给他们瞧瞧，忽然一想，那可不好，今天到这里来，原是暗探的意思，如果现在跟他们一翻脸，凭自己一个人的能耐，也未必是他们的对手，倘若有个失闪，那可就麻烦了，莫若趁早儿躲开他们，回去之后，见了大家，有什么话再说。不过有一节儿，人家这边已然动上手了，打算就这么走，可走不了，回更回不去，一个走得不干净，他们就许追了去，到了那个时候，可就把姓邵的一家子全给害了。心里想着，人家双锏就到了，迎面一劈，木贞子往旁边一闪，双锏横着一扫，木贞子提身一纵借着劲儿，可就到了配房，连头都不回，一纵两纵，就跳出了墙外。原想回邵家，怕是后头紧追，应当往西，出门就一直往东跑下去了，出了村口，又跑出去了足有二里来地，一听后头没人追了，这才又往回走。陡然想起，哎呀一声，何二还在那里，也不知道他上什么地方去了。倘若要是回去了还好，如果一个后回去，准让姓闵的拿住，那一来一定全说出来，可就不好办了，无论如何，还得回去看看，这才二次又往回跑。到了闵家墙外，这次从后墙纵了上去，不敢再到后边，来到东配房行下一看，只见灯烛辉煌，大庭上大家依然坐着，却是地下多了一个人，仔细一看，就知道坏了，原来是地方何二。木贞子一看，还是真糟了，深悔方才自己已经进来，为什么不打发他回去，这一来人家只要一动手，他有什么话还能不说？他把实话一说，可恐怕要生出许多事来，自己一个人也不能下去，先在上头听听他说些什么再说吧。

心里盘算着，那里就问上了，问话的这个主儿，长得十分奸险，仿佛从前在什么地方也见过他似的。只见他手里拿着一根皮鞭子，向何二一指道："姓何的，你可也不是傻子，到了这个地方，你趁早儿不用买贵的，有什么说什么，本家大爷念其你被人差遣不能自主，也许把你放了，你要是一定执迷不悟，对不过，你除去皮肉多受一点儿痛苦之外，大概你也找不出便宜去。你从什么地方来，到这里来干什么？你快快实话实说，算是你明白，说！"

再听何二哈哈一笑道："你们还怪不错的哪，何二爷身在公门，就有地方之责，夜里巡哨察访，正是保境安民的本分，你们把我逮住，硬要胡乱猜想，可见得是你们做贼的心虚，你们说不定，背地里干出什么对不起人的事，你叫我可说什么？你们放我走，我就走回去之后，少不得把这些情形往上边念叨念叨，你们没有为非作歹，算是你们的便宜，倘或有个不实不尽，自有人来和你们算账，你们不放我，我也绝不央告你们把我放走，关我一天我吃你们一天，关我半个月我吃你们半个月，反正我绝不能从我嘴里说出一个求你们的字来。你们要胆子再大一点儿，你们这里搁着也有刀也有剑，你们尽可以把我一杀，往别人地方一扔，神不知鬼不觉，也绝犯不了案，我要是哼一声哈一声，我就对不起我这个何字儿，好朋友，全听你的了！"

木贞子一听，心说想不到看不起他这么个人，会这么有骨格，真是人不可以貌相。拿鞭子的一听，嘿嘿一阵冷笑道："你这小子真可以呀！别瞧你人长得不济，口条还不软呢，你愿意死，死了痛快，我不让你死，我要让你受点儿活罪，你既不肯说出实话，你可就别怪意狠心毒！"说着一抡手里鞭子，啪地就是一下子，正抽在何二肩膀上。何二伸舌头道："好小子，你要打你倒是使劲哪！你这好几天没吃饭似的这么轻描淡写，小伙子我可要骂你前三辈、上三辈、你姥姥家里母三辈！你长人皮没长人骨头的活畜类！"

何二破口一骂，打人的鞭子连准地方都没有了，连气带哆嗦，左边、右边、前边、后边、上边、下边，这一阵没头没脸乱这么一抽，胡这么一打，何二身上一件棉袍，都打得飞了花儿了。打得越欢，何二骂得也越厉害，就是这么一阵，把个木贞子急得恨不得跳下去拿家伙杀他们几个，又怕误了大事，心里这份儿难受就不用提了。这一阵，不用说挨打的，就连打人的都觉累了，这才住手出了一口气。

何二微微一笑道："好小子，有一气，你家何二爷，这两天身上正在觉乎发紧不得劲，有你这个孝子贤孙这么一来，松通多了，好儿不在多，一个顶十个，我总算没白疼你，我早跟你妈说过，别瞧我儿子不少，将来就是能够得你的祭，果然没说错不是。小子，不用瞪眼，你再来二回。"一句话没完，鞭子又下来了，真是使出十二成劲。

这么一打，旁边瞧的主儿，可就有搭话的了："秦大哥，你也可以歇歇了！何必跟他这样一个人生这么大的气，来来来，先把他带下去，咱们还得商量正经的呢。"

鞭子才住，何二又骂上了："小子，你是什么东西，挑拨我们父子不和，你敢拦他的孝心，算是什么东西，你家何二爷跟你完不了。"越骂嗓门越高越大。

旁边又有人说话了："把他嘴里先堵上往铁库里一扔，有命的就活着，没命的就死！"

何二一听，才喊了一声："好你个谋害亲爸爸的主意，你可损……"一个了字没说出来，人家布卷子就进去了。何二翻白眼，话说不出来了，旁边过来四个一搭，又往前边去了。木贞子暗暗点头，这个主儿真不含糊，真没说出一个字来，赶紧回去，告诉大家，快想法子，好救这位嘴把式。想到这里，一撒身就跳了下来，回头四下一看，并没有一个人，这才往回走。

145

到了邵家，一看大家还全都没有歇着，便把方才一切经过，全都细说了一遍。头一个黎金就站起来了："木大姑，你告诉我这个姓闵的住在什么地方，我找他去。"

木贞子一笑道："你先别忙，等有用你的时候，你自要敢去就行了。"

尹明子赶紧道："别说废话，说正经的。现在合着何二是陷在里头了，咱们可得赶紧想法子去救他，不然的话，日子一多，可难免他还是说出来，那可是与咱们大有不便。"

齐南子道："这件事可不是这么个说法，要据我看，何二爷只好让他多受一时之屈，还是千万别去救他才好。不是别的，人家地保何二，没招谁，没惹谁，就是自己几句话把人家给拉了出来，如今把人家给送到里边去受罪，这未免太说不下去，无论如何，可也得想法子把他救出来。但是现在何二可一句实话没说，自己往外一救，反倒闹出马脚，那可不是事。好在事情只有两天，何二纵使吃亏，也吃不了多大的亏，莫若听他一听再说。"

木贞子坐在这里，向大家把那里听来的话，全都说了一遍。尹明子道："这么一说，他们明后天就要到这里来了，咱们可一点儿没有预备，最好咱们可是得想好了主意，省得临时透乱。"

齐南子道："有什么主意，就出什么主意，说出来咱们大家商量，好就算着，不好再另打主意。"

木贞子道："要依我说，咱们可得想出正经主意来，第一得不伤姓邵的，第二得别让人家那边知道有咱们这么一拨儿人，第三咱们还是得到他那头儿闹去，别给旁人找事。"

齐南子听了微然一笑道："木大姑，你这话倒是三全其美，又不给姓邵的惹事，又不得罪人，又把好事办了，真是再好没有，这种事，我倒有个法子。"

木贞子道："什么法子？"

齐南子道："就是给那边送个信，叫他预备轿子搭人，两边结上一门子好亲戚，除此之外，我是一点儿好法子没有。"

木贞子瞪了齐南子一眼道："无论什么事，你总忘不了闹着玩儿。"

齐南子道："本来嘛，要照你的话办，除去那个样儿，可没有法子。"

尹明子道："别乱别乱，木大姑说得也有理，本来咱们这次给人家管事，要的是神不知鬼不觉，不然的话，咱们不会跟他们瞪眼打仗吗？刚才我听你们二位一说，我倒想起一个主意来，我现在说一说，能用不能用，咱们再想法子，我想咱们现在就给他来一个以毒攻毒之计，你众位瞧怎么样？"

大家道："你说出来咱们再商量吧。"

尹明子道："姓闵的那边瞧上这边姑娘了，才派人到这边来提亲，咱们就瞧他所说的，叫他准时搭人，可是咱们轿子里头，给他来个手法，把人换了。他要是瞧出来，半道儿就是一阵开打，到了他家里他才瞧出来，咱们更得劲，给他一个见一个杀一个，见两个杀一对，杀完之后，再给他个一火而焚，那就叫以毒攻毒。"

齐南子道："好！还是上了年纪的人出的主意高，就这么办了。可是这个新媳妇应当谁辛苦一趟，咱们可趁早儿找出人来。"

尹明子道："那是自然，不过这件事，一则是逢场作戏，二则是侠义救人，可不能指到谁的名下谁摇头。"

齐南子道："没错儿，从我这里说起，谁要一摇头，从现在起就把他这一号取消，算是没他这么一号，你看好不好？"

尹明子道："就是那样，连我也在其内，咱们单找出一个来选大家。"说着向邵玉堂把手一拱道："得！归你辛苦吧，你说谁就是谁，随你一指吧！"

邵玉堂道："那可不敢，诸位给我家里办事，哪里有那个办法？我可不敢。"

木贞子道："你这倒无须客气，你只管分派。"

邵玉堂道："那我可斗胆了！"说着把眼一扫，跟着用手一指道，"就烦这位辛苦一趟吧。"

大家一看，不由全都哈哈一笑，原来邵玉堂指的不是别人，正是插翅熊黎金。大家一看，要笑又不好意思笑，心说这可是玩笑，怎么单说出这么一位来？傻大黑粗，又宽又扁，人又糊涂又怔，这要是扮上个新媳妇，往轿子里一坐，那可成了笑话了。再一看黎金连头筋都蹦起来了说："老头儿，别开玩笑啊！你凭什么派我这个差事呀？那可不成，再要跟我说，我可真急。"

齐南子一看，本来这个玩笑也开得大了一点儿，不怪傻小子着急，正要替他分说时，木贞子早已站了起来道："姓黎的，你先别着急，叫我问你几句话，你要说出理来，我就另选别人，你要说不出理来，你可别说我笑话你不是英雄。"

黎金道："大姑你说吧，说出理来我就去，说不出理来，杀了我我也不能去。"

木大姑道："你听着，咱们吃江湖饭的人，虽不能个个全是什么侠义之流，可是自己也得往侠义里头走才成。什么叫侠义？遇见一样事，不能顾及什么叫难易，只要求心里踏实就得办，不怕自己吃多大的亏，但能把事办了，就得自告奋勇。现在遇见了这种张梁浑横的主儿，硬要瞪眼抢人，要按照江湖上的意思，就应当一攻而入，把他们全都铲平，不过这个姓闵的不是个好惹的，怕是一下子弄滋了，倒生出别的事来，因此才想出这么一个主意。这些人里，论能耐都比你强，可是事情太多，人还不够分配，看你的外表，福大造化大，此去绝无凶险，所以才请你辛苦一趟，想不到你倒推三卸四不肯去这一趟。再者说刚才一听那位何二爷在那里的情形，你恨不得当时就走，仿佛是汉子似的，现在看起来，你也不过就是热闹热闹嘴的朋友，那算得了什么英雄？要依我说，你趁早儿去一趟，可就完了，如今事情特别多，方才跟你一个人说，你就是这样，底下事就不用说了，你想这事情还办得完吗？"

黎金一听，把舌头一伸道："你这话说得一点儿都不错，我要是不去，真是不够一个朋友了。"

木贞子微然一笑道："对呀，你去一趟，就够面子了。"

黎金哈哈一笑一摇头道："对不住，不够汉子就不汉子，不够英雄就不英雄，我要是点头答应一去，就更不够朋友了。你说的全对，就是一样，我不受抬举，就是不去。"

大伙儿一听这个话儿，底下可就太不好说了，木贞子好生难过，想不到会让这小子给冤了一个够。正在没法儿下台，猛听旁边扑哧的一声笑，大家一看，原来正是三多儿。齐南子一脸正色道："你笑什么？"

三多儿道："我笑的是你众位这么些大英雄，会托出这么一位人来？你也不想想，这个闵天龙是怎么一个角儿？你怔要让黎大爷去，黎大爷也不过是趁着月夜天，藏在没人地方，来个冷不防，充个人物字号，不然就是帮着开个黑店分点零钱的英雄，你众位怔要让他去，他准知道这一去凶多吉少，谁能跟命有仇，当然是不去。这种事情，这位都瞧不起小孩儿我，我也不敢巴结差事，其实我虽没见过多大天日，我可知道什么叫英雄，什么叫汉子，人活一辈子，谁能不死，准要是名在人不在，比委屈活一辈子强不强？众位要不怕我误事，我愿意去啦，这算得了什么……"

三多儿还要往下说，黎金一声大喊道："三多儿，臭小子！你趁早儿闭了你那臭嘴！你怎么看出来我就怕死贪生，我害怕我才说不去？既是这么着，我就去一趟，让你瞧瞧，就怕你没这个胆子！"

大家一听，三多儿这手儿原来高得多，全都想着可乐，可是谁也不好意思乐出来。木贞子一看，他已然答应了，便赶紧走了过去道："你可当着大家充汉子，你可别后悔不算！"

黎金哈哈一笑道："木大姑，我也明白了，我上了这孩子一当，可是我已经跟那孩子说了大话，刀山油锅，我也敢去，绝无后悔，木大姑你就不用往下盯了！"

木贞子一听，点点头道："好汉子，好朋友，你这一答应，可就好办了！我们就往下分配人了！"说着便向尹明子道："这头一步行了，咱们还得商量二步。"

　　尹明子道："头一步虽然好了，人家黎爷虽说答应了可也得给人家改扮改扮，绝不能就让人家这么上轿子，一下轿子就开打，那可不成。咱们先得给黎爷衣裳预备好了，咱们先瞧瞧。"

　　木贞子向邵玉堂道："那么你赶紧给找东西吧。"

　　邵玉堂一摇头道："没地方儿找，这身儿衣裳可不好办。"

　　木贞子道："没衣裳怎么办？"

　　才说到这里，忽听屋里有人搭话道："爸爸你到屋里来。"

　　邵玉堂一听，是自己姑娘的声儿，急忙走进屋里道："什么事？"

　　邵大姑娘道："我刚才听见为衣裳着急，我倒有个法子，我有现成的衣裳，虽然小一点儿，还有材料，有这一夜工夫，一拼一搭，可也就够了。反正是凑合这一回事，又不为正经穿，无论如何，可也能赶出来了。"

　　邵玉堂一听大喜，赶紧跑出来向大家一说，大家也全都笑了。三多儿站了起来，过去一圈黎金的腰道："腰肥三尺八寸五分二。"大家一听，不由哄的一声，全都哈哈大笑起来。

　　木贞子道："这也不是取笑的事，还是真得量一量才有办法。"说着拿出尺来一量，肥瘦里不够，长短里有富余，木贞子道："有长的也不用去了，现在不是没有鞋吗，爽得把脚也藏在里头，省得人家瞧出来也是麻烦。"

　　大家全都点头，邵玉堂进去告诉姑娘怎么去做，这里大家又商量，明天大家全都干些什么。齐南子道："据我说咱们这些人一个都别露面才好，不是别的，桃花村离这里可不是远，姓闵的既是敢这么胡作非为，交的朋友大概也是什么人都有，如果到桃花村去的那个主儿，要是投奔到这里，咱们只要一露面儿，底下的事可全都不好办。依我的意思，明天姓闵的未必来人，如果来

150

了人，就跟他商量日子，咱们总是往后展，所为让他不起疑心。他既是想好了日子，咱们往后展他也必不答应，那时咱们再依着他。他要说白天娶，咱们可别答应，白天一切，可都不好预备，就跟他说，在这个地方，住了一天半天，谁都得顾个头脸，什么东西，都没得预备，姑娘出门子，也是一件大事，让老街坊看着，什么东西都没有，太不好看，因此才跟他说的晚上，什么有的没的，只要有个轿子就可以搭人，他这么一听，可也就不疑心了。咱们这些人，明天一清早，就全都散出去，省得来了不大便当，到了晚上，就在左近一等，绝不能一点儿响动没有，听见响动，大家便四外一围，远远地跟了下去，到了那里再聚齐，看事行事。至于家里这里，也应当有个准备，在轿子没来之先，姑娘可不能走，让姑娘跟老太太也在屋里，轿子到了，不用害怕，在屋里故意大声儿说话，为让他们听见，好去他们的疑心。轿子前脚儿一走，姑娘可是随后就走，找个地方儿一躲，什么时候听见事情完了，什么时候再回来，可千万弄严密了，省得闹出麻烦来，这可得记住了。"

木贞子道："这么一说，我也想起来了，明天保护姑娘是我的事，我在暗地里，别叫他们知道，轿子一走，我就把姑娘先送到桃花村师哥店里去，然后我再回来。"

齐南子道："好，就那么办吧。我明天保护我的徒弟，带着三多儿，我们专管轿子上的毛病。"

尹明子道："我救何二爷，救完了何二爷，咱们再聚齐打东村。"

齐南子道："我可预先声明，我可没有家伙。"

尹明子道："你没家伙，也有不了失闪，倒是黎大爷手底下，可得预备好了家伙，倘或有个动静，他好动手，不至于吃亏。"

黎金道："那不要紧，我的两把刀子，我老带在身上，谁要摸我一把，我当时就给他一刀。"

大家听他说的话，再看他那个神儿，不由全都要笑。尹明子道："你们众位先别取笑，咱们还有事。姓闵的固然可恶，不过有一节儿，咱们可也不是奉官差办，一个弄不好，就许出点儿麻烦，咱们是报官的好，还是不报官的好？"

齐南子道："趁早儿不用报官，把那些人切完了之后，干脆给他来一个一火而焚，我瞧也就完了，官面儿最好别多事了，临完了人家事情完了，咱们事情完不了了，那不也是麻烦吗？"

齐南子道："既是这样大家可都记明白，咱们还得歇一会儿，明天好有精神。"

说完大家安歇，天才一亮，大家全都起来，洗脸漱口完了，大家又嘱咐了邵玉堂几句，才待往外去。齐南子道："那么这位新人，穿上让大家看一下儿，我们好放心。"

木贞子一笑道："交给我了。"说着点手一叫黎金，黎金直眉瞪眼就走过去了。木贞子道："你跟我进来。"黎金走了进去，木贞子往床上一指道："你先坐下。"黎金往炕上一坐，木贞子就把包袱提了过来，先把衣裳拿给他换好，又拿过粉来，也全给黎金扑好，又上了胭脂。别瞧黎金长得蠢，扮上之后，还真不难看，一掀帘子走了出去。

尹明子道："这位姓闵的，也真是烧了高香的，娶这么一个媳妇，多大德行，准能生一对双生儿。"说得大家全都哈哈大笑起来。

齐南子道："现在天可已然不早了，咱们走吧。"

大家又嘱咐了黎金几句，这才走了出去，依然还在村里，可是大家全都散开了。大伙儿走了不到半个时辰，邵玉堂听见外头有人打门，出去一看，全不认得，一共是四个人。进来四个人，头一个身高在六尺，细腰窄背，浓眉阔目，雪白一张脸，上头有块红记，手里捧着一个金漆匣子；第二个身高也在六尺，腰宽体胖，粗眉大眼，紫脸，上头有两三块白癣，手里拿着一个包袱；第三个身高八尺壮，大头，大脸，脑门子上有三个大疙瘩；第四个特别矮，至多不到四尺，小头，小脸，小鼻子，小眼，薄片子嘴，有两撇小胡子，满脸带笑，从外头走了进来。一见邵玉堂，全都一拱手道："邵大爷，给您道喜！"

邵玉堂一看，这四个里头，就认识后头那两个，余者全都不认识，前头那两个，虽是认识，可也不知道都姓什么叫什么，第一次来提亲的时候，人家倒是提过，自己可没听清，也不好意思再问了，反是那个小个儿说道："邵大爷，你也许不怎么认识吧，来来来，我给你引见引见，回头好说话。"说着一指头一个道，"这位是焦立焦二爷，咱们练把式的都有个外号，这位外号叫红脸丧门。"又一指第二个道，"这位是薛坚薛大爷，也有个外号叫花面判官。"又一指第三个道，"这位是诸光诸大爷，外号是多头太岁。"说着又一指自己笑道，"我上回已然说过一回了，怕是邵大爷记不清，我再说一回。兄弟我叫高策，江湖上也有个匪号叫我癞诸葛。邵大爷你别瞧我们从前都不熟习，以后日子长着哪，你一考较，就知道兄弟我的为人了，没别的，咱们得多亲近亲近。"

邵玉堂一听这四个人的名字就知道全是匪类，便也笑了一笑道："高大爷你肯舍身份跟我交朋友，我是求之不得，不过今天你诸位到这里来是什么意思，你可说一说吗？"

高策一听把小眼一翻道："什么？我的来意，怎么你还不知道吗？上次我来，不是已经跟你说明白了吗？你当时也答应了，怎么今天你跟我装起糊涂来了，这件事你可是有点儿不对。"

邵玉堂道："不错，你是来过一次，可是为的什么，你也没说清，我也没听明白，你到底为的是什么呀？"

高策道："邵大爷你怎么那么糊涂呀，我上次来不是给你的姑娘提了一门子亲事吗？现在人家有心要娶，所以我们哥儿几个今天才来的，怎么你会忘得连一点儿影儿都没有了哪！"

邵玉堂故意哎呀一声道："什么？这件事你可办得太慌张点儿，我们姑娘已然有了人家儿了，再者说你也没跟我细说呀。"

高策一听，可就急了："什么？怎么没跟你细说，我提的就

是咱们村子里第一家闵天龙闵大爷，人是人才，钱是钱财，不拘说哪一样儿，也没有什么对不起你们，怎么今天你变了话了，那可是不成。"

邵玉堂道："那更不对了，人家闵大爷是什么人物？怎么肯要我们家的姑娘！高大爷，你别跟我闹着玩儿，我家就是这么一个女孩子，将来还指着她招个女婿送我的终呢。"

邵玉堂话还没有说完，高策冷笑一声道："姓邵的！这叫给你脸你不懂，干脆告诉你，你答应也得答应，你不答应也得答应。这里是一匣子首饰、一包袱衣裳，给你留在这里，明天晚半天，我们就要抬人，你要是明白的，趁早儿不用费话，打扮好了姑娘，让我们抬走，我们看在闵大爷面儿上，无论到了什么地方，也得给你个照应，你要是不知自爱，说不得你可难免吃亏。"

邵玉堂道："高大爷，那可真不成，我们姑娘确实是有了人家了，你这边一抬人，要叫那边知道，我怎么办哪？好高大爷，你多积德，你回去给美言一句，叫闵大爷别这么办，不拘我再给闵大爷另外找一个哪。"

邵玉堂假装地这么一磨一吵，旁边那个焦立早就不高兴了，把手里匣子往炕上一扔向高策道："高大哥，你就爱说废话，东西给他搁在这里，愿意也是他，不愿意也是他，是官是私，或文或武，咱们接着他的，哪里有废话跟他说？"

高策向邵玉堂一笑道："邵大爷你听见了没有？真要弄得一点儿面子没有，临完也得那么办，你想那又何必？依我说你还是爽爽快快答应了的好。"

邵玉堂把脚一跺道："就那么办了，高大爷你可跟闵大爷说一声，你这一点儿日子都不给留，什么东西我们可也置办不齐，求闵大爷得可大点儿。还有一节儿，在闵大爷固然不在乎体面不体面，别人也不敢说点儿什么，可是我在这村子里也住了那么多年了，就是这么一个姑娘，一辈子大事，就是这么潦潦草草的，也觉得怪对不过她，叫这村子里瞧见也真不像个样儿。没法子，你总得给办一办，明天发轿子最好晚一点儿，没有响器更好，省得让村子里瞧着听着不是意思。"

高策道："你说的这个，一点儿事儿也没有，你没预备东西，闵大爷绝不能挑眼，这个我敢保。晚上娶就晚上娶，什么早啊晚啊的，只要把人抬到了家，就算完事，这也没有什么，这两件事全都教给我们了。东西你也收了，我们回去，把你的话，必定带到，无论如何，准能办到。"

说着把包袱、匣子往桌上一放，叫薛坚把它打开，邵玉堂一看，只见匣子里是一对珠花、一对翠花、一对金镯子、一对翠镯子、一只翠簪子、一个金如意、一个金项圈、一对珍珠耳坠子、一对赤金耳坠子，余外还有十张金叶子、两个小金元宝，包袱里是红缎子绸花裤子袄一身，百褶绣花裙子一副，红绣花鞋一双，余外还有一个红绸子系的大同心结，用红纸垫着。邵玉堂一看，就吸了一口凉气，心说姓闵的他有多大家私，就是这一份儿得多少钱？这倒是飞来风的喜事，等事情过去，拿这份东西一折卖，连姑娘出门子到自己养老都够了，看着不由一笑。

高策心说，你到底是没开过眼，一见东西，也没有不高兴，你可哪里知道，东西来得多，不是照样儿人家全都得拿回去吗？狗咬尿泡，瞎欢喜一场。其实他哪里知道这东西送到了就拿不回去了，一点儿也不是空欢喜，当下便也笑了一笑道："邵大爷，你东西都点好了，我们可是要走了，明天再过来给你道喜。"说着一躬到地，带了那三个便辞去了。

这些人也走了，邵玉堂才长长出了一口气，回到屋里，一看姑娘，正在屋里坐着笑呢。邵玉堂道："你笑什么？"

姑娘也不言语，用嘴往床底下一努，邵玉堂顺着往床底下一看，只见黎金连爬带拱地钻在床底下，这才明白姑娘笑的是他，赶紧过去，往外就拉。嘴里忘了说了，邵玉堂越使劲往外拉，黎金是越往里跑，邵玉堂一着急才说出来："黎大爷你快出来吧，他们都走了。"黎金才唉了一声，退了出来，满头满脸，全都是

155

土，身上一身新衣裳，也全成了土的了。邵玉堂看着也觉可乐，便笑着道："你为什么躲在床底下去？"

黎金道："我听说人家那头儿来人了，我怕当时就抢，要是瞧见了我，那够多么麻烦。"

邵玉堂道："你没听明白，等晚上人家才娶呢。"

黎金道："这么一说，合着我倒性急了，邵大爷，咱们商量点儿事行不行？"

邵玉堂道："什么事，你说吧。"

黎金道："他们既是晚上来娶，那今天晚上的乐子绝小不了，我可得多吃一点儿什么，好有劲头儿打发这些小子，你多给我预备一点儿饼面，让我吃得足足的，我好去收拾他们。"

邵玉堂道："这个你不用说，我全给你预备了，烙饼炖肉，小叶儿茶，吃完了喝完了，你把衣裳穿好了，在屋里一等，他们来了，我再叫我们家里的跟我们姑娘进来携你上轿。"

黎金道："好吧，咱们可早点儿吃了，吃完了消化消化，好有精神跟他们滚蛋。"

邵玉堂道："就是吧。"当时告诉邵大奶奶，炖上十五斤五花肉，打上十斤面，熬了一锅小米粥。肉也烂了，饼也好了，粥也得了，往屋里一搬，黎金一看就乐了，拿起筷子夹肉，大饼一卷，连咬带嚼，这一阵大吃，把个邵玉堂都看怔了。肉到肉没，饼到饼没，邵玉堂端的工夫，没有他吃的工夫快，风卷残云，狼餐虎咽，饼吃下去有八成儿，肉吃下去有六成儿，拿手一抚胸口道："对付了，邵大爷你拿粥来吧。"又喝了三大碗粥，打出一个饱嗝儿来，这才推开筷子碗，站了起来向邵玉堂一笑道："这就是六成儿饱，留点地儿回头好到他们那边施展，如果吃得太饱了让食坠住，倒不好办了。"

邵玉堂一听，心说我的爷，这还是没有饱呢，要是你吃饱了，还不得一样吃个十五六斤呀！黎金吃完了，连动都不动了，往床上一歪。邵玉堂捡出家伙去，等到回来再看，哧呼哧呼，黎金已然睡着了。不由好笑道："这倒不错，吃得饱，睡得着，这幸亏是个假的，要真是家里娶这么一个媳妇，那个乐子可太大了。"不敢惊动，让他睡吧，赶紧退了出来。跟大奶奶一商量，把所有细软的东西全都收拾好了，往大包里一包，那余下不值钱的，往屋里一扔，也就不要了。

收拾完了，一看太阳已经平西，便走到屋里，恰好黎金才醒，一翻身把眼一睁道："邵大爷，我渴，你给我弄点儿水喝。"邵玉堂眼看他吃了那么些饼，准知道必定得叫渴，早就给他预备好了，赶紧答应，到了外头，端进一个大盆，里头完全是凉好了的茶。黎金过去，连碗都顾不得拿，端起盆来，一阵大喝，咕噜咕噜，一口气喝下去足有大半盆，这才放下。

邵玉堂道："你还要什么？"

黎金道："别的我全不要，总就把我那两把刀给我预备在半边得了。"

邵玉堂答应，把双刀给他预备好了。黎金又把身上衣裳拾掇拾掇，往床上一坐，他可就不动了。这时候天已然黑上来了，邵玉堂叫大奶奶跟姑娘全都进到屋里，又教给邵大奶奶一片话，邵大奶奶全都答应。刚要完事，忽听外头远远已有鼓乐声音，邵玉堂道："可来了，你们可各自小心。"说着一张嘴，噗的一声，先把屋里的灯亮儿吹灭，走到门口，已然看见轿子了。轿子前头四匹马，马上坐的还是那四位，红脸丧门焦立，花面判官薛坚，多头太岁诸光，癫诸葛高策，全都是高头大马，衣彩鲜明，马上全是大红绸子，扎的彩球。马后头是四十个彪形大汉，全都是长枪短戟，七节鞭，三节棍，一个个全都腆胸叠肚，摇头晃脑。这后头才是一顶绣着麒麟送子的大红官轿，轿子后头才是鼓手。邵玉堂明白，他们也知道自己做的事不对，贼人胆量，才把鼓手搁在后头，赶紧向那四位一抱拳道："四位辛苦了。"

四个人也赶紧还礼道："邵大爷你大喜了！闵大爷本当自己前来迎亲，只因来的亲友过多，闵大爷分身不开，叫我们四个人给你先道喜，明天回门时候，再一块儿来给你请安道喜。"

邵玉堂道："那可不敢当，闵大爷虽是我们这里贵客，可是也是我们一村之主，肯其赏脸，跟我们结亲，我们沾光的地方大了，只求闵大爷能够另眼看待我们，我们就念阿弥陀佛了！四位往里请吧，可不瞒四位说，我这里可是一位亲友都没有，因为事情办得太急，没有法子通知，也没有人招待四位，你可别介意，事过之后，我再专程请你们四位，今天你可得多包涵一点儿。"

四个人道："邵大爷你太周到了，都是自己人，没有什么说的，你就往里引路吧，可别误了吉时。"

邵玉堂在前头引着，这四个在后头跟着，一直到了姑娘住屋的外间，大家站住，把轿子往屋门口一顺，邵玉堂就过去了，用手一框门磕道："姑娘她妈，人家那边轿子可到了，你快把姑娘收拾收拾，请姑娘上轿吧。"

这一句话还没说完，就听屋里姑娘已然大声哭起，又听邵大奶奶劝道："姑娘，好孩子，你就别哭了，我的心全碎了，这都怨你爸爸，我早就说催着人家快娶，就完事了，你爸爸今天也舍不得，明天也舍不得，直到今天，出了这种事，他也没了主意了。好孩子，你也不用哭了，事到如今，哭也无益，你就去吧，这总是你不好，谁让你遇见这么一个没能耐、没胆子的爸爸呢，你别哭了，你就去吧，别让我着急了，好孩子，我的肉啊！"邵大奶奶说着，也大声儿哭了起来，一边哭着，可是越来离着门口越近，只道是把姑娘携过来了，跟着就见轿子往前一颤，想必是新人已然上了轿了，跟着又听邵大奶奶道："好孩子，你可坐稳了，到了那里，可就别哭了，哭死也是多饶一面儿，一点儿用也没有，好孩子，明天我瞧你去。"

跟着又听姑娘抽抽噎噎地道："妈，你不用难受了，我不哭了，你放心吧，明天我回来瞧你。"

又听邵大奶奶道："新人已然入了宝轿了，请抬吧。"

四位头儿各抱一角儿，往起一提，全没提动，各自心说，这位新人敢情是个大胖妞儿，可真沉，二次一加劲，晃晃悠悠，轿子离开了门口。邵大奶奶跟了出来，把轿帘儿随手放下，轿子穿轿杆，八位一上肩，鼓乐一响，轿子就走了。四位娶亲的向邵玉堂一抱拳道："请，明天再来给你道喜！"说着攀鞍上马，啪的一鞭子，马开到轿子前头，就下去了。高策这四个人跟着轿子一走，心里这份儿高兴大了，准知道这一回去，准能得个好脸，一路之上，说说笑笑，不知不觉，就到了闵家门口，鼓手一吹打，里头就听见，先把门一关，跟着放起鞭炮。黎金在轿子里吓了一跳，心说这些个家伙，不知死活，还得真干，回头我要不给你们一点儿乐子，连我自己都对不住，手里摸双刀，暗中盘算。

大门一开，轿子抬了进去，高策四位，往大厅上就跑，双手连连抱拳道："恭喜老兄弟，咱们一点儿事都没费，就把人抬回来了，现在已然平安到家，咱们是先拜天地，还是先入洞房，就听你一句了。"

厅上站着一个高大汉子点点头道："辛苦众位，我还有几句话说。我今天所以干出这手儿，可绝不是为的女色，实在我是因为要和他干下子，这件事自要一出来，咱们当时就得走。别的不说，昨天来的那个小子，绝不是好人，倘若咱们一个走慢了，可难免闹出事来，毁不成人家，反把咱们自己毁了，那可不值。现在时候已然不早，什么拜天地这些事，全都免了，把轿子抬到喜房，咱们大吃大喝一阵，跟着咱们就预备走，众位瞧着怎么样？"

高策道："你说的也是，不过我们今天到那里看了一看，可是一点儿缝子也没有，既是他们倾心愿意，这件事就许闹不起来了，今天好日子，无论如何，也得热闹热闹，不拜天地，你也得入洞房，外头有什么事，都有我们哥儿几个，你就不用操心了，你瞧好不好？"

那汉子道："就是吧，咱们先喝酒。"

高策道："喝酒不忙，等我把轿子先安置好了，我告诉你，这位姑娘，你先不用打听什么长相，反正一定错不了，就凭说话跟哭的声儿，就得是个美人儿。兄弟，我把事给你办完了，你怎么谢谢我吧?"

汉子一笑，高策得意，到了下边，告诉抬轿的把轿子抬到喜房，屋门对轿门，屋子里有婆子，你就不用管了。轿夫答应，抬起轿子，到了门口，四面一提，屋门对住了轿门，掀开轿帘。这时候屋里两个婆子，可就忙了。这两个婆子，一个姓张，一个姓李，这两个人原不是本家的人，平常只以说媒拉皮条为生，今天临时现抓，叫她们两个人入了洞房。两个人一看轿子到了，赶紧一长精神，从凳儿上站起，过去一掀软帘儿。这屋里可有灯，当然看得明白，素常大家都见过邵家的姑娘，都知道长得特别好看，以为今天这一打扮上，当然更得好看了，谁知把软帘子这么一掀，两个人就吓坏了一对儿，一看轿子里头不是邵家姑娘，却坐着一个又宽又短四方墩儿相似这么一个大老天，当时一颗心，简直吓得都快蹦出来了，不由往后一退。才要喊声哎呀，黎金可就看出来了，心说一点儿事还没办呢，你要一嚷，当时全完，那可不能由你，双刀在手底下，吱的一声，双刀一分，一把奔了张妈，一把奔了李妈，只在前面一晃，人就蹦出来了。张妈、李妈哪里还敢言语，身子往后一退。

黎金用刀一轧道:"你们不许言语，事完之后，我绝不能难为你们，你们要是一嚷，当时先把你们两个宰了!"

张妈、李妈连话也不敢说了，身子不住哆嗦，脑袋不住乱点。黎金提手里刀冲着轿子一指，两个人还真明白，便喊了一声:"新人已然下了宝轿，头儿们请撤轿吧。"

轿子往外一撤，就听院里有人说话:"老兄弟，你这就放心了吧，要是轿子里抬的不是邵家姑娘，两个婆子还不能言语吗?咱们办的事，什么时候出过岔儿?再喝两盅，你也就该入洞房了。"

两个婆子一听，心里这个骂呀，这都是你办的好事啊!往家里抬煞神，你这小子是非倒霉不可，我们倒打算言语呢，两把刀

160

比在脖子上，我没那么大的胆子，弄不成脑瓜子掉了，这就盼着把煞神爷伺候好了，能够把这一条小命保住就算不错。心里想着往黎金那边一看，只见他一张头号大盆相似的脸，抹了大概有二个锭儿粉，直像刷了一片白浆，粉上又抹了有半斤胭脂，一片白，一片红，又扶了两道眉毛，加上都出了点儿汗一冲，黑汤子也下来了，脸上快开了染房了，咧着嘴冲两个老婆子一乐，一嘴黄牙，简直要把人给吓死。张妈、李妈爽得脸冲墙躲着不看，怕是看出个毛病来。

工夫不见甚大，屋子外头又有人说话："老兄弟，你可温存着点儿，人家可是大姑娘……"

两婆子一听，可了不得了，这要是一进来，当时我们两个就得先死，一着急，张妈噗的一口，就把灯给吹了。屋里一黑，院子就炸了："张妈、李妈，你们怎么把灯弄灭了？"

张妈还是真机灵，笑了一声道："不是我们吹的，新人听说你来了，一害臊，自己把灯吹了。"

院子里哈哈一笑道："害什么臊，快把灯点上！"

他一说到这里，黎金可就绷不住了，两只胳膊一靠，张妈、李妈每人心口挨了一下儿，哎呀一声，往后便倒，黎金伸手抄起一张凳子，一撒手往门外砸去，叭嚓一声，跟着人就纵出去了，两把刀一错道："就把你们这一拨儿瞎了眼的群贼，青天白日，朗朗乾坤，竟敢倚势抢劫良家妇女，大概你们是活得不耐烦了！来来来，咱们比试比试，管保叫你们一个一个都回到姥姥家去。"

黎金这么一来不要紧，当时这院里就乱了，送新娘的是高策，一看事情有变，急喊一声："众位上呀！"呼噜一声，那些打手全是预备好了的，各抄手里家伙，纵身就到了。头一个是红脸丧门焦立，手使一对狼牙棒，双棒一砸，当啷一声响，一棒盖顶就到了。黎金往旁边一闪，左手刀一晃面门，右手刀扎肚子。焦立往后一撒身，甩棒一翻，棒打黎金华盖穴。黎金一侧身，让过狼牙棒，双刀往里一递，进步一腿，正踹在焦立小肚子上，焦立一步两步，倒退出去。旁边薛坚就蹦过来了，手里是一杆钩镰枪，唰的一枪，扎黎金咽喉，黎金一闪，翻刀一磕，薛坚的枪就撤回去了，掉枪杆一抽黎金的肩膀。黎金一坐腰，枪从头上过去。就是这么几招，高策就喊上来了："众位，这个不讲体面，干吗跟他争斗，众位群他！"这一嗓子，当时哗的一下子，就把黎金给围在当中了。要论黎金的本事，原不能久战，一则憋了一天的气，在轿子里又闷了半天，一肚子心火，吃又吃多了一点儿，浑身简直不得劲，如今能够跟他们一场混战，身上倒觉得轻省了许多，越杀越勇，越杀越使劲。工夫一大，可就喘上了，两把刀也快找不着准地方儿了，耳旁又听有人喊嚷："别叫他走了，他本来是咱们一块儿的，如今他跟了姓齐的了，吃里爬外，可别让他走了！"黎金一听，耳音挺熟，可就不知道是谁，这时候已然力虚筋疲，再打下去也就没好见了，不如找个空儿跑了，倒不算不体面。想到这里，双刀往焦立迎面一点。焦立吃过他的亏，当然往后一闪，黎金双脚一点，嗖的一声，凭空纵起，脚已然踩着了瓦垄，不想用力过猛，叭嚓一声，瓦就碎了，脚上一个吃不住劲，当然人往后一仰，可就掉下来了。焦立这回看出便宜，不等黎金往起再站，横着一腿一抽，扑咚一声，黎金就算倒了。

高策道："不用等他起来，也不用问他姓什么叫什么，把他碎了就完了！"大家一声喊："小子你可认命吧！"刀斧锤棍全都往上一举，还没等下去，哗啦叭嚓一阵瓦片，这些人受伤的就多了。高策顾不得再喝令杀人，急喊一声："风紧，退！"呼噜一阵，全都退回大厅，黎金躺在地下，两手一抱脑袋，怕是瓦垄在脑袋上，瓦片一住，睁眼一看，群贼全都退回去了，心里这份儿高兴，一挺腰就站起来了。捡起双刀，正在一怔，就听房上有人喊："黎大爷别害怕，杀他们，我来教你！"由房上嗖的一声，跳下一个，黎金一看，是个小孩子，可是不认得，不由一阵纳闷。这个时候，高策心里可就乱了，准知道今天已然闹到这个地步，事情全算完了，追本穷源，原是为害一个人，如今人家没有害成，反倒惹火烧身，说不定今天就许又伤几个，这么一来，更不好办了，一不做，二不休，趁着这里这个乱劲儿，干脆先把仇人除治了，比什么都强，总算把仇恨报了，死了也落个甘心。想到这里，他可就不管院子里这些人了，一晃手里单刀，一声儿没言语，就退下来了，穿过角门，直奔后院，到了后院，又穿进一个小院，一看那两间屋子，忽然一想不成，自己忘了拿钥匙了，虽然到了这里，也是一点儿办法没有。心里一着急，浑劲就上来了，拿手里刀照着门锁上就是一下子，哗啦一声，锁头当时掉在地下，他也没有想到，这个锁怎么会这么糟？自己使的又不是什么宝家伙，怎么会一点儿没费事就给削下来了？全不细想，锁头一落地，一拉门就进了屋子，屋子里四面全是铁的，不用说是黑天，就是白天进来，也是什么都看不见，进来之后，当然就得用手摸。左摸一下儿，右摸一下儿，就是摸不着人，癫诸葛平常比什么人都聪明，今天可是糊涂得厉害，一间小屋子，又不是有什么旁的地方，自己的仇人，又在捆着，无论如何，也应当把他摸着，既是摸他不着，不用说里头一定是出了岔子。他应当往这上头想，可是他偏不往那个上头想，摸不着还摸，连摸了两三遍，始终也没有摸着，他还没有明白是里头出了岔儿。他想着一定是有人给挪了地方，不由一阵焦急，明明一个人，搁在这里，不是很好吗？为什么无缘无故又给挪开？这要是没挪开的话，手起刀落，多么合适，至不济总算把仇报了，这一来还得出去打听，够多麻烦。心里想着，人就退出来了，到了门口，一看方才自己并没有关门，如今他也不知道为什么会关上了，心里不由一动，赶紧过去用手一推，丝毫没动，这一下子可吓坏了，准知道是有人跟下来了，不用说先就有人下来了，不但把屋里人全都救了出去，而且还把自己给关在屋里了，这可怎么好？不用说前头动着手想不到自己，就是不动手，也想不起自己会跑到这间屋里来，自己把自己关了起来，这可真是糟事！急得来回在屋里转磨，一点儿法子也没有。

又待了一会儿，就听外头有人说话："那个姓高的小子，是在这屋里吗？别管怎么说，咱们也得把他弄出来，这回的事，全是他一个人干的，无论如何，也不能把他饶了。哥们儿，你们哪位带着好家伙，给锁上来，他一下子把这小子弄出来，咱们也该斗斗他了。"接着又听有人说："听说这里事全是这小子一个人所干，无论如何，今天咱们也得把他毁了，不然我心里不痛快。"

高策一听，可了不得了，这不用说，我们这边是全完了，这要把我一弄出去，这个罪过儿可大了，莫若我趁着他们还没有弄开，趁早儿拿刀往脖子上一抹，也就完了，省得难看。可是又一想，平常大家都爱跟自己闹着玩儿，不定就许是他们故意来和我开个玩笑，故意吓唬我，我要是一抹脖子，回头不是那么回事，那才冤呢。就在他这么一犹疑，咔嚓一声，哗啦一声，吱扭一声，门就开了，高策拿着刀，瞪眼往外看着，门儿开了，可是始终没见一个人进来。

高策一笑道："是不是？我就猜着是他们闹着玩儿嘛，这幸亏我自己没下手，这要是抹了脖子，那才冤呢。这么一看，不用说，自己这边大概是打了胜仗了，这就好办了。"心里一高兴，迈腿往外就走。

才出了屋门，不到三五步，忽听身后一片喊嚷道："这小子可出来了，众位可别让他跑了，这个事可全是他一个人出的主意，无论如何，可也别把他放了。"哗的一声，四面就围上来了。

高策一听，从脊梁沟儿一发麻，就知道自己今天完了，想不到会上了人家这么一个恶当！一晃手里刀，心就横了，往前一纵身道："好小子，你们敢插圈弄套儿算计你家大太爷，那如何能够饶得了你们，别走，吃我一刀！"一抢手里刀，就向对面那个人头上砍去。那个人一闪身，微微一笑道："不知死活的畜类，还不快快把刀放下，大胆讨死！"赤手空拳，单掌一晃，斜身一闪，刀就空了，跟着一进步，往里一探手，就在高策的胸脯子轻轻一点。高策当时往里一吸气，一松手，当啷一声，刀就掉了，那人过去一腿，高策扑通一声，便倒在地下。旁边那些人全都齐声喝彩道："好！真不愧人称宝马神枪！实在是名不虚传。"高策一躺下，跟着过来有十几个，全都是铺子里伙计打扮的，各掏绳子，就把高策给捆了。高策一躺，就知道今天完了，来的既是宝马神枪齐南子，就是他一个人，这里就不是他的对手，不用说他们来的还不是一个人，就更不用想了，当下把头一低，一句话也没有了。

齐南子微然一笑道："尹大哥咱们现在可没工夫说闲话儿，前边还不定是什么样儿了呢。走，咱们前边瞧瞧去。"尹明子答应，过去把高策往怀下一夹，便奔了前院。

这时候前边院子里可热闹了，三多儿敌住焦立，黎金敌住诸光，薛坚跟一个大个儿双战木贞子，另外有一个小孩子，和一个老头儿也打在一起。

齐南子向尹明子道："今天这件事，说的可是闵天龙，现在可是没看见闵天龙在什么地方，咱们可不能不找他，没有他，这件事可是完不了。"

尹明子道："这话一点儿也不错，不过现在咱们到什么地方去找他去？依我说咱们先帮忙动手，把这些人全都围住，问他们闵天龙到什么地方去了，咱们再想法子拿他，你瞧好不好？"

齐南子道："那也可以。这么办，你把三多儿替下来，那个孩子手儿太软，工夫大了，准得吃亏。我去帮着木大姑，给她撤下来一个，你瞧好不好？"

尹明子道："就那么办了。"把高策往地下一扔，向那些伙计道："你们看住了他，这个小子真是可恶，千万别放他跑了。"伙计们齐声答应，过去就把高策围在中间了。尹明子手里一根怀杖，向前一晃，一抢步就到了三多儿面前道："三多儿你躲开，待我来拿他。"三多儿正在不得力，一听大喜，赶紧答应一声，一晃手里鞭，斜身一纵，就退下来了。

尹明子一提手里怀杖，把焦立去路拦住道："你别走了，你要是明白事的，趁早儿说出闵天龙到什么地方去了，我们现在要的是他，只要有他，我们可以把你放了，你要不说出他来，你白当了替死鬼，你可别说我手下无情，要你这条狗命。"

焦立一看，来人不少，准知道今天找不出来便宜，原打算把三多儿打退了，自己好跑，眼看三多儿就要不行，心里正在高兴，却不防凭空又来一个，看神气样儿，全都比三多儿透着强得多，知道走是不行了，一咬牙一发狠，狼牙棒当啷一声，分个左右就奔尹明子两太阳穴，呼的一声，双棒就到了。尹明子大闪腰，往后一撤，双棒就空了，跟着一立怀杖，便取焦立肩头，焦立撤棒从下往上一翻，尹明子头杖往起一挑，一翻腕子，底杖便奔了焦立的裆里。焦立赶紧提身一纵，双棒一压顶，奔了尹明子当头打下。尹明子斜身一跨，横杖一迎，双棒正砸在杖上，只听当啷啷一声响，焦立就觉乎双肩发麻。尹明子哈哈一笑道："好小子，你跟我打上铁了。今天说句大话，你只要能够打动了我这破拐棍，我愿意拜你为师，让你一百棒，我要一还手，就算怕了你了，你来吧小子!"焦立心说你不怕我怕，这要是干长了，绝没便宜，趁早儿走，不然可要丢人。心里想得挺好，就是一样，走不了，身子往东转，东边怀杖拦住，往西边转，西边怀杖拦住，三五个照面，焦立汗就下来了。尹明子准知道他是跑不了，更是一味游斗，直把个焦立累得气喘吁吁，爽得连棒都快使不起来了。尹明子一看够了劲儿了，把怀杖招数一紧，焦立更是手忙脚乱，一咬牙就要拼命了。双棒一分，左手棒取尹明子胸脯子，右手棒砸尹明子左腿，尹明子连躲都不躲，杖头一磕，当啷一声，焦立右手棒就掉在地下，跟着杖尾往上一翻一磕，又是当啷一声，焦立左手棒袅的一声飞出墙外。焦立这才想跑，尹明子哈哈又一笑道："小子，这时候才想走，晚了，别走了，你走了谁看孩子?"嘴里说着，往前一抢步，手里怀杖就到了，正在焦立腿弯子上，只轻轻一点，焦立便是哎呀一声，扑咚绊倒。尹明子拿棒一点他的腰眼，那些伙计过来就给捆了。

尹明子一顺怀杖，再看别人。这里头就是黎金有意思，穿着一身大花袄，底下裤子也破了，手里的刀拼着命跟诸光以死相拼。尹明子看着真爱，不是别的，论能耐他真不是人家诸光对手，就是这一不要命，可就厉害了，诸光斧子到了，他不躲，他手里刀也到了诸光胸部，诸光一躲他，斧子又撤回去了，就冲这份儿勇气，要再有点儿特别功夫，在江湖上非成名不可。看了一会儿，这两个人一个手儿好惜命，一个手儿差豁命，两个人就算平手，一时半会儿，谁也弄不倒谁。再看木贞子斗的是薛坚，薛坚一条大枪，使得还真是不坏，不过要是跟木贞子比，可差得远，木贞子也是一半打着玩儿，枪来了给他挡回去，始终也没有还招，瞧瞧也没意思。再看齐南子斗的是一个大个儿，手里使的是双铜，忽然心里一动，昨天木大姑带着地方何二来探竹叶山，就说看见一个大个儿，虽没有问人家姓什么叫什么，似乎这个人在这里够个角儿，大概就许是他，也许这件事全在他的身上，不如给他喊出来，赶紧把他逮住，也就完了。

想到这里便一声喊道："齐师弟，你可别放对点子走了，他可是这里的头儿。"

齐南子心说，我早就知道了，不过这个主儿不好斗，自己又没有家伙，赤手空拳，敌这么一个主儿，又不是易事，准要不输给人家就算不错，要是伸手拿人，可真没那么容易。当着许多人，也说不出旁的话来，只好点点头应声道："你不用管了，反正我不能让他走了，你放心吧！"

尹明子一听这句话，正要打量对面那两个小孩子是什么人，跟那个老头儿打了个难解难分，并且手底下两只护手钩还真受过高人传授。心里正在寻思，却听小院角门有人喊道："齐大哥，尹大哥，木大姑，你们诸位都歇一歇，等我来和他们一战，我要报假名作恶，报我全家的仇恨！"

尹明子一看不由大大吓了一跳，原来从角门里出来了三个人，头一个正是这次惹事寻找不见的闵天龙。第二个不认识，是个乡下人打扮，手里提着一根带子，不知是干什么用的。第三个更是熟人，正是那探庄被陷遍寻不见的地方何二。尹明子一看闵天龙脸上都成了白纸了，脑袋上头发也成了乱耗子了，手里没有拿什么兵器，只是一根门闩，浑身乱抖地就到了齐南子面前，把手里门闩一横道："齐大哥，你先歇一歇，这是我姓闵的不共天日的仇人，我非要把他逮住，挫骨扬灰，不足解我心头之气。"

齐南子一听，心说正好，我白费了半天劲，这倒有了台阶了。尹明子道："你知道是怎么回事吗？我怎么觉乎乱得厉害。"

齐南子一面打一面道："你先别忙，听他们一说，我就明白了！"

三多儿这时候正腾出工夫来，一看来人他可就高兴了，往前一横道："闵大爷，你可想死我了。"没等闵天龙说话，过去抱住闵天龙的大腿就哭起来了。大家一看，全不清楚是怎么回事，三多儿他们认得闵天龙？如何以前始终一字没提，如今见着闵天龙这个神气，明明是有深交。

大家正在纳闷，再看闵天龙往三多儿脸上一看，一伸手把三多儿手揪住道："你不是方儿吗？好孩儿，你可害苦了我了！要不是因为你，何至于把我弄到这个样儿。你等一等，等我把这里事完了，有什么话咱们慢慢再说。"说着把三多儿往旁边一推，一抢步就蹦过来了，向齐南子一点头道："齐老弟，你先躲开，我要亲报切身之仇！"

齐南子一听，知道里头有事，赶紧一撤身一抱拳道："任凭你便。"

闵天龙就把大个儿拦住，大个儿一看闵天龙，把牙一咬道："姓闵的，我与你一天二地三江四海之仇，我现在悔恨不听好朋友的话，早早把你制死，也就完了，事到如今，发兵成灾，总是我不该心下仁慈，今天我们废话也不用说了，凭各人能耐，拼个你死我活，但有一口气在，绝不能容你留在世上。别走，接家伙！"唰的一声，双铜带着风就下去了，一左一右，双取闵天龙太阳穴。这时候闵天龙可是赤手空拳，什么也没拿，一见家伙到了，坐腰一躲，铜从头上过去，大个儿立铜往下一砸，闵天龙斜身一纵，铜走空了，大个铜横着往里一推，砸闵天龙左肋。闵天龙提腰一拧，让过铜去，底下横着就是一腿。大个儿提身一纵，让过腿去，左手铜斜着一戳闵天龙左肩头，右手铜就奔了闵天龙大腿根儿上。闵天龙也是提身一纵，刚刚把双铜让过，要还招还没有得还招，大个儿手一翻，趁着闵天龙是个起势，铜往上一挂，直取闵天龙裆里。大家一看，这手儿可太狠了，没有工夫再缓手，实在难解，不由全都哎呀一声。再看闵天龙丝毫不见胆怯，身子本来离地还有三尺多，大个儿往里一递，离着裆也不过还有一尺，铜往上去得快，闵天龙身形往下落得快，眼见就是撩上了，大家正在一吸气，闵天龙猛地双腿一并，正把那只往上走的铜夹个正着。大个儿正在一喜，准知道这铜若要撩上，闵天龙准得当时就死，自己的仇可就报了。万没想到闵天龙真有特别的功夫，居然能够身子临空，把自己铜给夹住，这真是出其不意的事，不由心里一惊，准知道再往上是去不了了，并且闵天龙人往下一落，那铜便也跟着落了下来，使劲往回一拔。闵天龙这时候离地也不过就剩三五寸高下了，一看大个儿往外一撤，不由哈哈大笑道："怎么着，你还打算把它撤回去吗？对不起，那可不能由你了！"嘴里说着，腿上一使劲，夹住了那条铜连身子转，只一拧，大个儿那条铜，就拿不住了，当啷啷一声响，甩出去足有七八步远近。就连齐南子带尹明子全都喊一声好，大个儿就胆怯了，把牙一咬道："姓闵的，今天是你命不该绝，大太爷我失陪了。"说话一晃身，跺脚上房。齐南子喊声："追！"一个追字还没说完，就听有人嚷："小子，下去吧！"叭嚓一声，一叠瓦正打在大个儿脑袋上，大个儿哎呀一声，哗啦啦一阵响，大个儿就掉下来了，脑袋也破了，血也下来了，铜也撒手了。尹明子带来的伙计，这时候瞧出便宜来了，过去连揪带扯，连压带按，绳子索子，七手八脚，当时捆好。大家这时候已然看明白了，打大个儿这一叠瓦不是别人，正是三多儿，不由全都点头夸赞，想不到这个孩子会这么灵，会想起这么事儿来，这总算把头脑人拿住了。

再看木大姑手下一紧，薛坚手里的枪，简直找不着家了，手忙脚乱，两个照面儿，被木贞子一脚踹倒，伙计过来又给捆了。黎金一看就剩下他了，心里着急，两把刀就加上劲了，一刀比一刀快，一刀比一刀猛。诸光本来是看事情，一看来的人太多，准知道手底下都不弱，他本打算跑，可是约他的朋友，本人并没见输赢，自己一走，倘若朋友赢了，将来还怎么见面，因此就僵住了。他又不愿意把黎金打败，准知道这些人里，哪个都比黎金强，如果把黎金一打下去，换上人来，更不好办，莫若跟他一味游斗，自己朋友胜了，自己也弄倒一个，自己朋友不看好，跑着也容易。心里有了这种打算，黎金可就赚了便宜了，要不然的话，有八个黎金也打不过人家。及至那边一喊好，偷眼一看，自己朋友已然让人家捆了，再不走，自己也没有便宜。虚晃一斧，打算走了，可就走不开了，一看黎金跟疯了一样，越杀越勇，心里一后悔，一挂气，手底下也乱了，黎金刀劈他脑门子，他应当用斧子在上挂，因为一生气一着急，斧子来了他没挂，打算从上头往下轧，这一来可就露出空子来了。黎金又是得理不让人，一看他不往外挂刀，反倒把胸口全都露出来了，心里高兴得厉害，往前一长胳膊，刀往下一落，往前一递，诸光再打算躲可就来不及了，噗的一声，正扎在哽嗓咽喉，连哎呀都没喊出来，死尸就躺在地下了。大家一看，不由全都一叹。

院子里这时候就剩下那个小孩跟那个老头子了，齐南子道："众位给我看着一点儿，我过去帮着把那个也给弄倒了就完了。"大家说声："你请吧。"齐南子往前一纵身，嘴里喊道："小朋友，待我来帮你拿这个老家伙。"

才往前一纵身，小孩儿把头一摇，提家伙就蹦出去了，一纵身上了房，回头向齐南子哈哈一笑道："姓齐的，这地方你露得了多大脸？要依我说，还是把家伙找回来，把牲口弄回来，比这个强得多。人家打了半天，你享现成的，你算哪门子英雄？别瞧我小孩儿，我瞧不起你赤手空拳的宝马神枪，对不起，失陪了！"点头一笑，嗖嗖两声，再瞧没有了。

齐南子当时怔住，心里先还觉得不是意思，忽然想起，喊声："小孩子别走。"不管院里这个贼老头子，拧腰一纵，也追了出去。

究竟那个小孩是谁？且看下回分解。

第八回

觅良驹英雄惊锻羽
送宝刃侠士闹顽皮

　　小孩儿说了两句现成话，拧身往墙上一纵，这时候齐南子最急的就是一匹马一杆枪，一听小孩儿说话，仿佛知道底细，当时心里一动，跟着一纵身子，喊了一声："别走！"院里什么也不顾了，一纵身就上去了。到了墙上，跟着往四下里一看，哪里有一个人影儿，心说这孩子可真快，怎么会一眨眼之间，连个人影儿都没有了，这么看起来，我的牲口跟家伙，八成儿还许是他给弄的哪，这可不能不追，可是连个影儿都瞧不见，往什么地方追去？

　　正在寻思，猛听前边有人说话："二哥，你猜怎么着？要据我瞧，连这一屋里的人，都不见得怎么高，弄那么一个孩子，没事跟人家去斗，人家是成了名的英雄，准要跟他施展个一手儿半手儿的，孩子不用打算整着回来，一个人丢脸，大家脸上无光。无缘无故，没事找麻烦，把人家的牲口跟家伙全都弄来了，人家以牲口出的名，能够不找吗？这又不是藏得住的事，一个让人家给找出来，拿什么脸跟人家去说。再者还有一节儿，大伙儿又都有过节儿……"

　　忽听又一个道："得了得了，你这个人，就是嘴不值钱，人家斗的就是他那股子劲儿，横枪一磕马，凡人不理，派头儿也太大了一点儿，好在这是人家的事，碍不着咱们什么，挺冷的天，找地方喝杯酒去是正经，走！"

　　两个人边说边走，齐南子双腿一飘跳下墙来，紧紧跟随就走下来了。月黑天，影影绰绰仿佛也能看出一点儿什么来，可又看不甚真。齐南子在后头跟着，只见前边这两个人一高一矮，一胖一瘦，走道儿晃晃悠悠，瞧不出是怎么一个人物来，走了几步，忽然心里一动道：不对，这八成儿是他们编排好了，故意来找寻我的，明知道我对于牲口家伙上动心，他们就故意说出牲口家伙，所为的是让我听，不然的话，哪里能够有那么巧？小孩儿刚来了一个影儿不见，跟着就有这么两个人走道儿，说的话还就是这一档子，这不是明摆着是假事吗？说不定前头就预安下点儿什么，故意去引自己上当。自己虽然不怕这些事，究属上了人家一当，也未免让人家看着可笑，想着脚底下可就缓下来了。

　　走了没几步，前边两个又说上了："你瞧你老不叫我说话，我起心里真闷得慌。咱们这么摸着黑儿走，四外里不用说是人，准保连个狗都不能有，你可怕的是什么？干脆，我有话不说，我连睡觉都不踏实。这么办，咱们说点儿不要紧的，解着闷儿，找着喝酒的地方，咱们再不说，你瞧怎么样？"

　　一个道："乡下老儿不认识喷壶，真是碎嘴子，有什么话，你说吧，放在心里也是病。"

　　头里那个道："二哥你猜怎么着，我就说那匹马，怎么会那么通灵性，一连几天连食都不吃，你说不是怪……"

　　一句话没完，齐南子早已一声怪叫，双脚一跺，凭空而起，竟把两人去路横住。两个走道儿的，全都哎呀一声道："我的天爷，怎么满天飞人哪！"齐南子准知道他这是胡说，便微微一阵冷笑道："朋友，咱们是水贼，不过狗刨儿。在下齐南子，正因为失去神枪宝马，十分焦急。方才听两位谈话，仿佛对于我丢的东西，有所耳闻，朋友，你二位既肯向我泄底，必是知道，我说句不知自量的话，我求求二位，把我丢的东西，究竟落在什么地方，请二位指示给我，我自去寻找，东西找了回来，感谢不尽。

173

二位，你说我丢的东西，落在什么地方？"

矮胖的一听，才要说话，高瘦的轻轻用膀子靠了一下儿，然后向齐南子一笑道："这位大爷，你说了半天，我们全是懂都不懂。我这个朋友，前两天在集上买了一头驴，本为推磨碾个杂粮什么的，没有想到这头驴气性挺大，连一口水一口食，它都不吃，因此我们在赞叹，没想到让你听见了，过来问我们，你说可让我们说什么？你丢了什么东西，快快去找，我们实在不知。"说完一拉矮胖子道："是不是？我告诉你，叫你别胡说，你一定不信，你瞧说出毛病来了没有？趁早儿咱们酒也别喝了，回家睡觉去是正经。走，走！"拉了矮胖子，也不再理齐南子径自去了。

齐南子眼看人走，一点儿法子没有，停了半天，正要转身回去，却听又有人喊："不用让姓齐的吹宝马神枪，现在连根棍都没有了，让他美！"

齐南子一听，正是方才小孩儿声音，不由心里一撞。当时也不管这两个人是怎么回事，一纵身，回头一看，依然连个人影儿全都没有，再转过身来找那两个，也一个没了，齐南子走南斗北的英雄，到了这个时候，心里也有点儿迷糊了，究竟怎么一档子事，简直有点儿摸不清头。有心回去，又想自己一个成了名的英雄，事到临头，得找人家帮忙，未免太已不像事，可是不找人家帮忙，自己绝对不能得着便宜，左思右想，不得主意。猛地一想，今天这个碴儿不对，头一个见面的小孩子，本是帮着自己这边跟闵天龙他们一块儿动手的，明明是自己这一边的人，怎么突然之间，会和自己为起难来，这件事第一个不对。第二，他一见面就说出枪马之事，他一定是知道自己底细，不然不能说得那么凑巧，这么一看，更是自己人。不过既是自己人，为什么不和自己见面，却要弄这种开玩笑似的手段，是怎么一个意思？如果是自己人的话，更不便回去约人帮忙了，好在天已然快亮了，不如稍等一等，这几个人必在附近地方，豁出今天一天工夫，也要访问个水落石出。想到这里，便缓了脚步，慢慢溜达，来回走着，

174

一边寻思。一会儿工夫，天已大亮，齐南子长长出了一口气，信步往前走吧。才出了庄口，只见在村口外头土墙，有一片白字，非常清楚，只见上面写的是："本宅出卖宝马神枪，货真价廉，请到红蜂寨谈价看货，童叟无欺。"齐南子一瞧，心里又是轰地一跳，这时候可就明白对方是故意这样说法，所为是让自己听见。心里不由往上撞气，自己闯荡江湖，已然几十年，真可以说是连个磕碰都没见过，现在居然有人要和自己拼斗，固然不敢说自己准比人家高，不过自己可绝不愿自馁锐气，说是准不如人家，既是遇上了，说不得就是输给他，也不能不去这一趟。方才自己正愁这红蜂寨不知在什么地方，现在他们既是有意和自己为难，故意给自己送信，说不定他们在这一路之上，就会有不少的人，暗中带道儿，这倒省了自己不少的事。

当时便把气往下一沉，又往前走了有个三五里地，肚子里忽然咕噜噜一声乱叫，这才想起从昨天晚上一直到现在还没有吃一点儿什么东西，四下一看，正好有一个小镇甸，离着自己不远，便一径走向前去。进了镇甸一看，里头还挺热闹，虽是隆冬天气，已然有了不少来往做买做卖的人。进镇甸不远，迎面就是一个小饭铺，走了进去，找了一个小桌儿坐下。伙计过来问吃些什么，齐南子要了一点儿饼面，大吃大喝，将将吃完。叫伙计算账，伙计一笑道："大爷，你的账有人会过了！"

齐南子一怔道："什么人？我这里并没有熟人……"

伙计不等说完，又一笑道："大爷你别着急，这里还有一个纸条儿。"说着拿了过来。

齐南子接过一看，一张白纸条，上头写着几行字，便不由倒吸一口冷气。只见上面写的是："字奉宝马神枪，英雄盖世名扬。后生欣慕无似，极愿拜列门墙。苦于无由拜杜，大胆盗去神枪。现在红蜂小寨，宝马喂饲无伤。恭候台从枉驾，足使草莽增光。来者英雄好汉，不来妄自称强。"底下画了一个小铜钱，铜钱眼里插着一根箭，不知是什么意思。赶紧向那伙计道："这个纸条儿是什么人给你的?"

伙计道:"有一个小孩儿,还有一个矮胖子,一个细高挑儿。他们三位没有进来,把我们叫出去,说你是他们三位的老师,可是不敢见你,叫我们把账收了,把纸条儿交给你,你就明白了。大爷,你这三位徒弟,可真不坏,一位赛着一位有个样儿,尤其是那个顶小的,特别透着精神。我可不该说,八成儿你这脾气不太好办,不然爷儿几个一块儿一走,够多么好啊?"

齐南子不再和伙计费话,站起身来,走出店门。才要往前走,忽然又转回身来,向那伙计道:"借问一声,你可知道方近什么地方有座红蜂寨?"

伙计道:"你还是真问着了,这个地方除去是我,别人谁也不能知道,你出了我们这个镇甸,认上大道,一直往西往北,迎着北面有座山,叫百草山,顺着山道往西不远,就是红蜂寨。不过有一节儿,这个地方,可不是什么好地方,大爷你要没有什么要紧事,你还是趁早儿不用去,我可知道那座山上里头藏龙卧虎什么样英雄都有,倘若你一个时气不正,就许性命难保!"

齐南子一听,肺都快气炸了,心说你可太小看人了,你也不打听打听我是谁。有心再和他说两句,又一想他一个没有见识的伙计,能够知道什么?何必跟他怄什么气,自己干自己正经的要紧。想到这里,便道了一声劳驾,才往外走,仿佛听见伙计冷笑一声,也没有理会,出了镇甸,认上大道,一塌腰就走下来了。要按齐南子的能耐说,一天走个六七百里地原不算什么,只是这些年,因为有了宝马,便没有在地下走过,脚下便差了许多,又加上连夜没有睡觉,一腔子心火,才吃了一肚子东西,可就不敢快走了,又加上心里发烦,走上道儿也是无精打采,越走越烦,越走越往上撞气。加紧走几步,缓着走几步,走了半天儿光景,一看前边露出山来了,不由心里一喜,心里猜着不用说这个大概就是那百草山了。来到临近一看,心里又是陡地一惊,只见在山石上平平写着几个大字,是:"有欲入红蜂寨者,请沿山往北,可直达大寨。"字是白灰写的，仿佛水汽儿还没有干呢。心里一动，不用说，这又是他们干的，看起来，他们确是有了准备，现在既已到了这里，是白天进去，还是晚上进去？这个可也不能不想想，以自己宝马神枪的名气说，当然以白天进去的为是，干脆进去。

才想到这里，猛听半山腰里有人一声喊嚷："什么人进了红蜂寨，可曾递过说帖，有人报了进去？别随便乱走，可留神性命要紧。"

齐南子一听，抬头一看，只见离着自己不远，半山中间，一平排站着两个人，全是一个样儿打扮，青绸子裤袄，青布缎光鱼鳞大掖把洒鞋，腰里一根红白绸带子，手里全拿着一根齐眉木棍，横手里棍往山下指着。齐南子一看，不用说这一定是人家红蜂寨的喽啰兵了，赶紧一抱拳道："二位头儿请了，在下姓齐，特意前来拜望红蜂寨主，烦劳通报一声，就说齐南子求见寨主。"

这两个人一听，微然一笑道："朋友，这就不对了，你不拘是什么人，只要求见我家寨主，我家寨主最好交朋友，什么人都有一份款待，咱们又用不着提人家大名大姓儿的，还告诉你，这个山寨敬的是朋友，不在乎有名儿没名儿，你姓什么叫什么，你说出实在的来，我必给你往寨里送信，你要假借他人名义，在你是不要紧，在我们可是担不了，别的不说，妄报不实，先来四十板子。朋友，咱们远日无怨，近日无仇，你那是怎么了？"

齐南子一听，就是一怔，便二次一拱手道："二位的话，我是全都不懂，在下齐南子，绝无半字虚言，烦劳给通报一声吧。"

那两个一听，当时脸上颜色一变道："朋友，你太不知好歹了，是叫人家名儿吃香是怎么着？人家齐南子，乃是顶天立地的英雄，坐下马，掌中枪，天下闻名，谁不知道。人家叫宝马神枪，现在你连一头驴、一根草棍都没有，硬要冒充字号，朋友，我们不敬这路汉子，朋友你到底是谁？"

齐南子一听，又是高兴，又是生气，高兴的是自己总算没有

177

白混，江湖上居然有个名儿姓儿，生气的是这两个喽啰兵，怔会不认识自己，还要瞪着眼挖苦，未免让人生气。才要瞪眼，一想不对，他们原没有见过自己，不认得也是常情，岂可跟人家动横的？这个得告诉人家始末缘由，好让人家知道自己是谁，他既明白了自己是谁，自然就不会再瞧不起了。想到这里，才要跟人家说，又一想，一吸凉气道："哎呀！好悬啊！这话怎么能够说得出来？以自己的偌大威名，竟会受了人家如此算计，闹得枪马全没，这要跟人家实话一说，那岂不是半世英名付于就地。差点儿没上了当，这个可说不得。"这时候齐南子可就后悔了，无论如何，要是同着一个朋友，怎么样也不能弄得这么僵，这就是自己一时气盛之过，事到临头，告诉人家不好，不告诉人家是不成，回去再约朋友，更不像话。左难右难，猛然心里一动道："哎呀！我错了！"赶紧向上一举手道："二位头领，在下实是齐南子，只因经师不到学艺不高，以致有朋友暗中警戒于我，把我的枪马，全都藏了起来，以致现在我是枪马全无。二位头领，烦劳通禀一声，就说是齐南子赤手空拳，前来领取劣马破枪来了。"

齐南子这么一说，话还没有完，两个人一对儿，双手一拍道："果是齐爷够个侠客资格，我等接应来迟了。"双脚一蹦，燕儿一样翩然而下。

齐南子一看，这二位从上头往下蹦，几丈高的山，简直跟跳个小土坡儿相似，就知道这二位绝不是什么等闲之辈，说不定，就是这红蜂寨有名的人物，便益发明白自己所料不差。原来齐南子一听那两个人问的话，猛然想起这两个人一定是深知底细，并且是有意前来找自己的，如果不肯认账，等人家把话再说深了，那就更不是意思了，所以不等人家再说下去，便自己认了自己这笔账。果然不出自己所料，这两个当时一变态度，从上面蹦了下来。

来到临近全都一拱手道："在下丁宣，那个是我们伙计邓布，奉了我们寨主吩咐，算计着齐爷快到了，特派我们前来迎接齐爷。方才言语不周,你可千万不要见怪。"

齐南子上下一打量这二位,虽然穿章打扮透着粗野一点儿,言谈举止可全都不像下等人,便也拱了一拱手道:"不敢,不敢,齐南子来得特为鲁莽,缺礼的地方太多,还求二位多多包涵。"

丁宣一笑道:"齐爷太客气了,我们是久仰大名,今天一见,果然话不虚传,就请齐爷进山吧。"

齐南子说了一声:"谢谢!"丁邓二人在头里引着路,便往山口里走去。沿路一看,山清花秀,并没有一点儿凶险的样儿,还有一样可怪,就是连个人影儿都没有,又走了几步,丁宣一回手,从兜里掏出一张小弓,仿佛神弩一样,一抬手枭的一声,一根箭便从半天里飞去,跟着就听锣声四起,人声一片。齐南子不由点头暗赞,就冲这一手儿,就知道这山上的头儿,不是个酒囊饭袋,就凭一支哨子箭,居然能够全山响亮,可见平常教练有方。锣声一住,跟着人就全都露面儿了,一律全是二十多岁的小伙子,每人一身蓝布裤褂,当中一个勇字,每人一根蓝布带子,往腰里一系,底下全是螳螂肚儿绿皮子实纳的靴子,每人全是紫花布罩头,露着青辫穗,每人手里一杆长枪,背后一张弓,腰插三支箭,挺胸脯,腆肚子,踢土踹步,整齐好看,约莫有八十人不到一百人。头里两位头儿,身高体大,足够个样儿,穿章打扮跟丁邓两个一样,每人手里捧着一口鬼头刀,威风凛凛,杀气腾腾,到了山口,全都站住。

丁宣向齐南子道:"齐爷!你先暂候一候。"说着往前紧走几步道:"原来是大哥、三哥。现在山下有宝马神枪齐侠客前来拜山,已被我们两个给迎接上来,烦劳给回一声儿。"

那两个一听,一皱眉道:"哎呀二位,你们这件事办得可是急了一点儿,你们不知道大寨主下山有事去了吗?山上现在管事的主儿,可是三寨主,这要是大寨主在山上,当然任什么话也不用说,请人家进去款待,唯独咱们三寨主那点儿意思,别人不知道,你们二位还有什么不知道吗?他是浑拙猛怔这么一个人,要

179

是一回上去，他要痛快还好，他要一个不高兴，就许把朋友得罪了，大寨主回来要是一问，咱们可说什么？要不然……"

一句话没说完，有人从后头飞跑而至喊道："三寨主有话，听说宝马神枪齐南子齐侠客到，有请里山一叙。"

他们说话的声儿挺高，齐南子听得清清楚楚，心说这又是一个麻烦，怎么偏偏明白的下了山，单剩下一个糊涂的，上去要是真跟他弄个不合适，回头再把正事伤了，真要是馁了自己锐气，又岂是姓齐的所能干的事。前后一想，为什么来的？为的是枪马来的，干脆就说枪马，不管他上头是天罗地网、刀山油锅，也得试他一下子，不然姓齐的就不用混了。心气一撞，不等丁邓两个搭话，自己也抢走几步，到了那两个头子面前道："两位头领，在下齐南子，特来拜望本山寨主，有要事相求，无论如何，也得麻烦二位，替我通报一声，就说我齐南子已经进山来了。"说着又是一拱手。

那两个头领，也是暗中点头，撒身向那送信的道："你回去禀报三寨主，就说齐侠客已经进山，请三寨主亲来迎接。"

那人一听，一点头，撒身就跑。齐南子大踏着步儿，可就进了山口了。往里头一瞧，敢情好大一块平地，往少里说，方圆也有个三四十里，里头也绝不像什么普通山寨，全是瓦木细房，意思之间，也分着有街道儿似的，除去住房之外，四外全是庄稼。黄狗白鸡，老叟顽童，男女少壮，人还很是不少。这里人声这样嘈杂，种地干活的人，依然埋头苦干，绝不停工看个热闹，心里益发诧异，这哪里是什么山寨？恐怕其中还许有家。

正在寻思之际，就听丁宣在旁边道："齐侠客，我们三当家的出来迎你了。"

齐南子顺着丁宣指的道儿上一看，只见从一所大宅院里走出一伙人来。前头全是小孩儿，至大的不过十六七岁，穿章打扮，全是一样，一身雪青的裤子袄、蓝绸子汗巾，头挽双髻髻，脚下每人一双抓地虎青缎子靴子，手里每人一根木棍，腰挎镖囊，为头的一个，也是个小孩儿，看着十分面熟，就是一时想不起来。忽然一下子想起，正是在竹叶山闵家坨说完了便宜话，走了的那个小孩儿。不由心里一动，原来果然是他，看起来事情倒不至于难办了，便满脸带笑地走向前去道："小朋友，咱们这是第三次见面了，小朋友的能耐本领，实在远在我姓齐的以上，我佩服极了。小朋友……"

齐南子还要往下说，那个小孩儿猛然把脸一绷道："你这话说得我不明白了！我自从生下来以后，敢起誓还没有下过一次山，不知齐侠客从什么地方会看见过我，这个可太奇怪了！"说着一阵冷笑。

齐南子一听，小孩儿瞪眼不认账，还要起誓，心说这要是别人，无论如何，我也得跟你辨正一下子，唯独你是个小孩儿，我岂能跟你一般见识。便笑了一笑道："如此一说，是我眼拙了，请问小朋友贵姓，怎样称呼？"

小孩儿一摇头道："我又不是什么侠客义士，提起我的名儿来，旁人也不知道，我也不必乱吹乱傍，现在也不必说，等一会儿见个高低以后，我要是能够把侠客爷给弄个跟头，我再提名儿道姓不晚。侠客爷请吧。"

齐南子一听，这个小孩儿，说话可实在讨厌，有心要跟他瞪眼，一想无论如何他也是个孩子，我真要是跟他一般见识，就许叫人瞧不起我。往下一压气道："不敢当，小朋友请带路吧。"

小孩儿一听，又是微然一笑道："你是侠客爷，到了我们这里，我要都不懂礼貌，那就叫人家笑话我们僻境边乡，没有懂得事的人了，侠客爷请吧。"

齐南子一听，不便再说废话，一挺腰板儿，便往里边走去，才一进门，就见小孩儿一回头道："你们快把门关上，别把侠客爷的侠气儿露了出去。"大家一声答应，门就关了，

齐南子连往心里去都没往心里去，仍然往前走着。方一转进屏门，只见迎着门一溜高大北房，是七正四耳，两旁各有五间厢

房，在北房的廊檐下，高摆三张高桌，上头摆好了酒菜，杯箸全齐，就是看不见有人。齐南子止住脚步，向小孩儿道："小朋友，这里已经是内宅了，咱们应当在什么地方坐着谈话？这里既是有人在吃饭，最好咱们是另找个地方。"

小孩儿一笑道："侠客爷，是你不知道，这里既不是内宅，酒席也不是给别人摆的，因为我们这里军师，算就侠客爷是今天到，所以给你预备了这么一点儿粗菜，款待接风，这话咱们不敢说，就是这么一点儿小意思，侠客爷别推辞，你往上请，我把我们军师也请出来，大家坐坐，一同谈谈。"说着一声喊道："军师酒已摆齐，请同一饭。"

跟着就听屋里有人搭话道："噢！小齐到了？咱们的八卦准不准？"又劈，又哑，又沙，又破，那么一条嗓子，还是山西口音，字酸音颤，鼻子里往外挤出来的那么股子味儿，要多不好听，有多不好听。

齐南子心里直乐，这还是军师哪，酸梅张良，醋泡韩信，山楂面一个味儿的诸葛亮，高也高不到什么地方去。帘子啪嚓一声，从屋里走出一个人来。身高不到四尺，弯腰驼背，脑袋大，脖子不长，脑袋紧贴在脖腔子上，胸脯子多出一块来，在前头垫着，岁数还是不小了，一脑袋白头发，一下颏白胡子，头发挽成了髻儿，胡子裹成了捆，眯缝着两只小眼，似笑非笑，咧着一张大嘴，要说没说。齐南子差点儿没笑出来，心说这就是军师呀，你可骂苦人家出主意的主儿了。

军师一出来，仿佛没看见齐南子一样，依然问那小孩儿道："怎么着，不是小齐到了？这可有点儿怪，我的先天八卦，向例没有错过一天，如今这是怎么了？"

小孩儿一笑道："军师的八卦太准了，这位就是宝马神枪，齐南子齐侠客，已经到了半天了。"

军师一听又噢了一声向小孩儿哈哈一笑道："你这就不对了，姓齐的来与不来，我又没有赌头争印，就是算得不准，我也不能

182

抹脖子上吊，你没事冤我干什么？齐南子是什么样儿英雄？就是这位，不让老妈子男人，气死掏大粪的，怎么也敢说是齐南子宝马神枪，这不是糟践朋友吗？"

齐南子一听，这叫成心斗气儿，爽得一声儿不言语，连理也不理。小孩儿笑着向军师道："军师，你这句话，可是说错了，高人不可以貌取，海水不可以斗量，侠客也不一定非得长出一个什么侠客样儿来，这位确是齐侠客，因为是我接到这里来的。"

那位军师又一笑道："既是那么说着，侠客就侠客吧。侠客爷请坐。侠客我可不该说，你不在江湖道上，去行你的侠，仗你的义，你没事跑到我们这块穷乡僻境干什么来了？"

齐南子一听，这叫明知故问。这时候齐南子，虽然没有完全明白，可是也料出个八九，看这个意思，他们后头一定还有高人，给他们出主意，特意跟自己斗。别瞧自己成了名的侠客，一个大意，就许失手。心里既明白了这个，当时心气儿就觉乎和平，一听军师的话，便笑了一笑道："军师大哥，你是不知道，在下齐南子，素无真实能耐，多蒙朋友抬爱，给了我一个宝马神枪的外号，不想却得罪了朋友，前两天有人趁我不备，偷去我的枪马，正在寻思是哪位朋友开的玩笑，有人特意送信，是贵寨所作，因此特意拜谒，打听打听是不是真有这回事。"

齐南子话没有说完，那位军师便抢过去道："你既是侠客，怎么会枪马被人偷去？明人不说暗话，枪马不错全在我们寨里，你打算怎么样吧？"说着往起一站，双手一搓。

齐南子一看，不由一点头，原来军师果是高人。这时候军师也不是先前那个样儿，腰也不弯了，背也不驼了，前边多的那块也没有了，脖子也出来了，身个儿也长了，两只眼睛也睁开了，精神百倍，气概不俗，果然够个英雄胎骨。齐南子一看，暗中点头，这个红蜂寨上果有高人，这可不能大意。正要搭讪着说话，军师先张了嘴了道："齐侠客，今天既是来到我们红蜂寨，别的话暂时都还可以不说，我们尽地主之谊，应当先敬你几杯酒，来来来，让他们上菜摆酒，咱们一边吃着喝着一边再谈，齐侠客以为如何？"

齐南子连道："不敢当，不敢当，到了这里，还没有拜见各位寨主，就先打搅，未免有点儿说不下去，不过既是军师赏脸，我也就不便推辞了，就请赏饭吧，讨扰完了，还有别的事呢。"

军师微微一笑道："好，就是痛快的好。来，摆上来！"这一嗓子，底下雁声齐叫，当时就有人把桌面撤去，另换了桌面，先上了四个冷碟，每人面前，摆了一个大酒碗，余者便什么也没有了。齐南子心说这倒省事，正在看着，猛听军师一声喊道："酒来，菜来！"底下又是一声答应，噌噌噌，跑上来足有十来个，全是彪形大汉，两个人抬着一个大条盘，一共是三份，每个条盘里是一块四四方方雪白粉嫩的生猪肉，每块肉正当中都插着一把背厚刃薄冷森森明晃晃的钢刀子，插在上头不住乱颤。齐南子一看，心说这是干什么。

这时候条盘就摆好了，每人面前是一盘子肉。军师一见微然一笑道："齐侠客，你头一次来到我们红蜂寨，按说我们应当特别预备一点儿盛馔款待侠客，无如一件，我们这山，远处穷乡僻境，山上又苦，实在预备不出什么东西来，恰好山上养的几只小牲口，正在肥嫩可口。要是做熟了，当然是最好，一则现做来不及，二则山上也没有好厨子，弄得了也许更不是味儿，因此我们想着，咱们不如学回古人，吃回生肉，倒也干脆爽利，酒也是刚弄下来的，来，看酒。"

底下答应一声，二个人往里抬一个木桶，木桶里头有瓢儿，木桶往桌上一放，一股子血腥气扑鼻子，齐南子又是一怔。

军师又一笑道："这可不是酒，这是这些小牲口的红汤子，扔了怪可惜的，不如来个原汤化原食，你喝一点儿试试，也许好喝。不过你可别喝醉了，这种酒要是喝醉了，十天半个月都醒不过来。齐侠客，我们这个可太不成敬意，你可千万不要见怪，谁让我们这个地方山高皇帝远，多见树木少见人呢，这就是个野意儿，来来来，你先喝一碗！"说着拿起木瓢，就在桶里一舀，往碗里一倒。

齐南子一看，确是鲜血，一点儿也不错，心里可未免就犯起犹疑来了，自己闯荡江湖这么些年，可真没干过这个，要是不喝，一定被他们耻笑自己无能，喝是真不惯。正在为难，猛然一想，我何不如此如此。站起身来向军师跟三寨主把手一拱道："齐某初到宝山，就要讨扰，本来心里便觉不安，如此盛馔，益发使人受之有愧。不过有一节儿却对二位不过，齐某虽然走江湖道儿，吃江湖饭，却有一个心愿，只是长斋吃素，从不茹荤，如今二位所设，实不敢领，今天之会，未免有扫二位清兴，还求多多海涵。"

齐南子话才说完，军师哈哈一笑道："齐侠客，我们以诚心交你这个朋友，你怎么倒不实在起来了？来呀，请娄杜二位。"外头一声答应，从外边进来了二位，一高一矮，一胖一瘦，满脸带笑走了进来。齐南子一看，就知道坏了，原来进来这二位，正是自在路上碰见的那两个。军师也不引见，只是笑了一笑道："娄爷，杜爷，我烦你们二位去请齐侠客，你们一路之上，合着没有在面前伺候。"

娄杜两个急道："不敢不敢，我们伺候了齐侠客一道儿，绝没有一点儿虚话。"

军师一笑道："既是你们跟了一道儿，怎么齐侠客不吃荤你们都不知道？"

娄、杜也一笑道："军师你大概是没有听明白，齐侠客绝对吃荤，你不信可以问，我们在道儿上还会过一回账呢。"

军师又向齐南子一笑道："齐侠客，他们这话可是真的？"

齐南子一听，瞪着眼说瞎话，岂是侠客所为，便笑了一笑道："什么话也不用说了，我情愿陪着二位喝血酒吃生肉。"

军师一听哈哈一笑道："这不结了，来来来，我先敬你这一杯！"说着话端起这个大酒碗，往齐南子面前一送，跟着自己舀

185

了一碗，又给三寨主舀了一碗，说了一声："请！"端起大碗，咕噜咕噜就是两口。

齐南子到了这个时候，可也就没了法子了，伸手端起大碗，往里一看，鲜红透亮，不由一皱眉，往嘴唇边上一送，一闭气，咕噜咕噜也是两口。

三寨主把他那碗往旁边一放，一伸拇指道："痛快，痛快，实在是位侠客的派头儿。来来来，该我敬你一块肉了。"说着就从条盘里肉上，使劲一拔，噌的一声，那把明晃晃的刀子就拿在手里了，哧的一声，往肉上一扎，跟着一轧刀子，往长里一划，跟着又一拐弯儿，哧哧哧，三声响，那块肉便四四方方下来了一块，拔出刀来，猛地用刀尖子往下一扎，喊声："起！"那块肉便随着刀子扎起来了，肉挂在刀盘儿上，前头露出有二寸来长，一截刀尖儿。三寨主手里挑着肉一笑道："这块肉还真不肥不瘦，齐侠客，你来这块！"说着手往前一送，那块肉就到了齐南子面前。

齐南子一看，心里恍然大悟，这合着是拿喝酒吃肉较量我的能耐呢，我要早知道，刚才那杯酒我连让也不让了，这要不叫你瞧出一点儿真格的来，你们还以为我这个宝马神枪是蒙来的，这回让你们看个痛快。就在这一眨眼的工夫，刀子就到了，三寨主手一抖，刀子便奔了齐南子的嘴，齐南子一张嘴，刀就进去了。齐南子嘴一闭，就听咔嚓一声，跟着哈哈一笑道："二位寨主，这个你就不对了，既然拿我当个朋友待，怎么这么大一块肉里，会有那么大一块沙子，幸亏是我，要是别人，岂不把牙垫了！"说着噗地一喷，吱的一声，就在迎面柱子上，叭的一声，半截刀头正插在上头，再看那把扎肉的刀子，已然成了平头，折去了二寸多长一个尖儿。就这一手功夫，没有内外两家绝顶功夫，简直就叫办不到。第一，刀尖儿不短，咬折了不难，往嘴里一顺，没有地方可藏，不要说还要说话，说完了话，跟着往外一喷得把刀子尖儿顺过去，不然还是扎不上。

齐南子把刀尖子喷出去，回头一看三寨主和军师，两个人四只手，全都一拍道："果然不愧人称宝马神枪！齐侠客，你方才话说了半截，你就说出你把枪马丢了，你可没说出是怎么丢的，又何以知道是我们山上得来。"

齐南子微微一笑道："这件事我既是说过了，总算是眼输认错，其实这回事，我并没有错，不过我想盗我枪马的人，也许是熟朋友，故意和我开玩笑，我不便得罪朋友，所以才肯这样说法。如果你二位够个朋友，请把枪马赏还，以后可以交个朋友，齐南子日后必有一番报答。倘若盗马偷枪的主儿成心要和姓齐的拼个高下，见个输赢那也没有什么，姓齐的虽然手无寸铁，可是也绝不含糊，愿意陪他走几招。真个大败，什么话没有，我愿拜他为师。二位，就请给转告一声，姓齐的今天在此恭候！"

二位一听，就知道把齐南子火儿斗上来了，依然不露声色，笑了一笑道："齐侠客，你的话一点儿也不错，这个跟你开玩笑的人，确是有点儿成心，我们跟他虽是朋友，可是谁也拦不了他的高兴，即如今天这一场，我们就说，这不是待侠客之道，他说的话非常难听，我们也不必全都向侠客学说，反正他的意思口气之间，根本不承认你是一位侠客，所以才要斗一斗侠客。"

齐南子能为已到绝顶，练气当然也到了绝顶，自从把枪马一丢，就知道有人故意和自己开玩笑，所以沿途之上，无论遇见什么事什么人，始终自己没有上气，及至到了红蜂寨一看，就更知道这个斗自己的主儿，不是一个平常人，便更加了一番小心。吃刀扎肉，略显能耐，把刀尖子咬折，一口喷了出去，不过是叫他们知道自己这个侠客，不是假的，没想到这二位直爽得说了亮话，枪马不错是本山盗的，所为的就是要斗这个侠客。可就管不住自己，气更上来了，哈哈一阵冷笑道："噢！原来是为要斗我姓齐的，不过我看他离斗我还远得远呢，他不过是偷鸡盗狗的能耐，不用说是跟我比能耐，就是比字号他也差得远。二位，这么办，烦劳二位给他带个信儿，就说齐南子已到红蜂寨，请他来当面一谈。"

这二位也微然一笑道："侠客，你有胆子没有？没有胆子作为罢论，趁早儿下山，有胆子请你随我们两个，到后边辛苦一趟，枪马准保全在。"

齐南子一听说："好吧，我虽不敢说有什么胆子，谅贵寨这些麻人的玩意儿我全都见过，大概还许吓不回我去，就烦二位给引个道儿吧。"说着当时站起。

这二位也不客气，跟着全都站起，军师在头里，小孩儿在后头。军师一回头向娄、杜众人道："你们诸位在前边别动，碰巧就许又有高人。"娄、杜等全都答应。

三个人出了大厅，进了旁边那个角门儿，穿出去一看，原来是因山就水造的这么一座花园子，不用提够多优雅了。军师单手往山上一指道："侠客爷你抬头看！"齐南子抬头往山上一看，哎呀一声，差点儿急得没有闭过气去。原来山的半山腰竖起一个大架子，架子上绑着一匹牲口，正是自己的那匹宝马，四脚悬空，在那里吊着。英雄爱好马，真比爱钱爱命还要厉害，不用说齐南子几十年走南闯北，全仗着匹马单枪成名的，如今一看自己宝马，被人家悬吊空中，这一腔子心火，当时往上一撞，他可就不顾旁边这二位了："好，这是什么人，竟和哑巴畜类一般见识？！姓齐的人得罪了你们，马没有得罪你们，惹不起姓齐的，糟践姓齐的牲口，你们算什么英雄？"说着不管二位，撒腿就跑。这两个也不追也不言语，瞪眼在后头瞧着。眼看齐南子，噌噌噌行如闪电，不由暗自点头。眨眼之间，就快到了山脚儿底下，猛见齐南子身子陡地往后一仰，当时把步儿停住。彼此一点头道："行了他不会，望山跑死马。""一点儿也不错。"齐南子乍看着山头离着自己没有多远，敢情撒腿一跑，还真叫不近，一口气跑出去足有三里多地，才看见山根儿。心里一痛快，脚下一加劲，可就到了，往前一看，当时怔住。原来那山四围，全都是水，说宽不宽，那么一道儿小河，齐南子那么大的英雄，他可不会水，不过

188

心里可也有点儿犯思索，现在天儿是什么时候，数九的天气，竹叶山、桃花店、九龙沟全都遍地是雪，怎么这个地方会有这么些水，岂不是怪事，难道是弄的什么障眼法儿？眼看牲口拴在对面，一水之隔，自己要就不敢过去，未免惹人瞧不起。这道河也有意思，你说蹦不过去，仿佛是迈腿就能过去，你说能过去，瞧着又像有点儿蹦不开。最坏的是河的两边两道冈子，虽则一尺多高，可是非常之挡脚，没有这个冈子，从远地往这里跑，可以一冲而过，如今有了这么一道山冈子，可就不成了，跑到这里一垫脚，身上一泄劲，无论如何也是过不去，这可真是麻烦。忽然一跺脚道："唉，这分明是人家要看我的本事，我要是一胆怯，岂不把名头丢尽，宁叫名在人不在，不叫人存名不香。走！只要使我枪马到手，我要不把出这个主意的主儿逮住，收拾他一个够，我算对不起他。"想着平气一提身，硬往前一拧，嗖的一声，竟自腾空纵起，两脚平着一蹜，居然过去了。脚一着地，急喊一声："不好！"觉乎腿一软，身子一沉，知道不好，打算再往起纵，可就不成了，扑通一声，脚底下一陷，当时坠了下去。赶紧双肩一抱，腿一团，扑咚一声，掉在坑底。

　　齐南子长这么大，还真没吃过这种亏，实在是人家这个陷坑做得太好了，两边全都借着那道河坡，绝看不出一点儿痕迹，并且就是这一块地方，河沟显着特别窄，所为让你必要从这个地方纵过去。陷坑上头有板，中间是一个木轴，穿着这块木板，除去知道尺寸，蹦在木轴上，可以不翻，不拘脚蹦在哪一边，一沉一轻，当时翻过。工也做得细，不用说隔着河沟，就是站在那边，不细看也看不出来。坑虽不深，也有一丈来深，要凭齐南子的功夫，提身一纵，原可以蹦得上来，无奈一节儿，木板子是活的，人一踩上，中轴一转，板子翻下去，人掉下去，板子还能翻过来，盖得严丝合缝，就让你有多高的本事，也没法子连纵带支板子。齐南子往下一坠，抱肩团腿，人是没摔着，身子一挨地，腿上一使劲，梗脖子一点脚，当时站起，那块板子跟着也吱扭一声，当时又盖上。齐南子就知道人家这个法子太好，打算往上蹦，可不容易。当时往下一压气，也不瞎费力气，爽得往地下一坐，闭目合睛，养神蓄力，准知道这红蜂寨实有高人，自己这个跟头，算是栽定了。

不到一碗茶的工夫，听底下有人说话："宝马神枪齐南子，我打算把你救上来，不知道你的意下如何？"齐南子一听，这叫成心废话，装听不见，也不理他。外头又说了："怎么着？你不愿意上来？别价，你远来的是客，无论如何，我们也不能把客给搁在坑里养活着不是？齐侠客，你不敢上来，怕是再掉下去？不能够，这回我给你领个道儿，绝不让你再掉下去。你往旁边闪一闪，我把你接上来，不过话咱们得说在头里，你有什么能耐，有什么本事，我可以把你领到出主意跟你闹玩儿的主儿面前去比试，我要往上一救你，你出来之后，要是跟我一瞪眼，那你可就不够侠客的身份了。"

齐南子虽在坑里，可听得清楚，这个说话的，正是那个小孩儿。心里寻思，这个孩子，实在可恶，我只要上去，必得先把他逮住，转转面子，然后再找他们为头的人，拼一个强存弱死，不然这个跟头，简直栽不起。心里正在想着，忽然板子吱扭一声响，当时一边低一边高，就又翻开了。板子一开，齐南子心里就高兴了，才要拧身一纵，忽然一想不好，这个孩子诡计多端，坑外不定还放着什么，把自己出去，他一施展，当时自己还得被获遭擒，不如等一等，别叫他丢一回人，再丢二回人。等了一等，没有动静，板子不落，人也不见，齐南子一咬牙，自己这个侠客，怎么闯的？胆子越练越小了，那可不成，干脆，上！双脚一点，拧身一纵，足有两丈高双腿一踹，横着纵出一丈七八，脚落实地，凝神再看，小孩儿连影儿都没了。齐南子不由长长出了一口气，自己走南闯北，不敢说所向无敌，真没有让人家这么耍戏过。是非只因强出头，自己不管闲事，无论如何，也不能落到这一步，今天只要能够把枪马到手，远走高飞，找个地方一忍，从此再也不多管闲事了。

正在寻思，忽然听小孩儿在远远喊道："齐侠客，我在这边儿等你呢，你快来，我领你去见盗抢偷马的主儿去。"

齐南子抬头一看，正是那个小孩儿，在前边半山腰里，点手儿叫哪。齐南子这时候已然明白了一半儿，一定有高人出主意，故意让这个小孩儿来要自己，自己这一沉不住气，所以才闹出这些笑话，不然就凭这么一个孩子，无论如何，他也没有这么大的智转。事情既到了这步，自己要再不把气沉下去，恐怕还要丢人现眼。心气一平，便笑了一笑道："三寨主，烦劳带路，齐南子来了。"说着一纵身，就奔了那个小孩子。再看那个小孩儿，一边往山上跑，一边回头点着手儿叫，虽然横着在山上跑，脚底下那份儿利落，简直就不用提，真跟粘在山上一样，又快又稳。跑会儿站会儿，工夫不大，齐南子就转过山坡了，往那边一看，又是一片宅子，比前边那片还大。小孩儿跑到了大门，把脚步一缓，冲着齐南子一摆手，意思让自己也慢一点儿，齐南子点头缓步。

就见小孩儿站在门口，先是一笑，跟着就喊道："老爷子，你快迎一迎吧，现在宝马神枪齐侠客业已请到。"

小孩儿才一喊完，门里头就有人答话："小宝儿，你这孩子，总是喜欢这么乱蹦狂喊，什么事值得这么嚷？"随着人声，从里头走出一个老头儿来，年纪约在六十开外，白眉毛，白头发，白胡子，脸上颜色又红又润，真跟七八岁小孩儿一样，穿着枣红摹本缎的狐皮袍子，二蓝宁绸的棉裤，青缎子大云头棉鞋，手里揉着两个核桃，从里边晃晃摇摇走了出来。

小孩儿才要说什么，齐南子可就看清了，哎呀一声，紧跑几步，就到了老头儿面前，不顾地下肮脏，弯腿磕头，嘴里跟着还喊："哎呀，大哥，你怎么会在这里？你可想死我了！"

老头儿一伸手往起一揪齐南子，哈哈一笑道："怎么着，你还记得有你这么一个废物哥哥吗？这一来我倒怪不合适了。走，里边说话吧。"

老头儿拉着齐南子往里头一走，小孩儿在后头跟着，到了院里一看，更是诧异，绝想不到，这么一个地方，会有这么好的房子，虽不能比京城里皇宫内院，要是跟那些为官作宦的宅门子一比，绝不在他们以下，黄松大瓦，朱漆赤屋，白灰灌浆，磨砖对缝，真够个派头儿。进到屋里，所有的摆饰，又阔又雅，除去有几张花梨紫檀之外，一律全是黄杨的，墙上是名字名画，桌上是古鼎古炉，炽着一个大炭盆，摆着几盆木香碧桃，借着火气一熏，又清又香，实在爽神。

老头儿一撒手道："小齐，你坐下，咱们得谈一谈，我要领教领教宝马神枪。"

齐南子一听，不像话，就想自己这个老哥哥，真不是这样人，跟自己不但有交情，而且还特别另外有一份，自己这个宝马神枪成名，多一半是人家给成全的，如今怎么会说出这个话来了？大概其这几年没见，老哥哥面前，始终未得请安，老哥哥八成儿挑了眼了。不过有一节儿，老哥哥自然从看破江湖道，洗手不干，那是自己说的，从那时起，隐姓埋名，藏在深山老岳，不用说自己，就是这一拨儿师兄弟，谁也不知道他老人家住在什么地方，叫人哪里去找他老人家，给他老人家请安去？不过无论如何，老哥哥这么大的年纪，不拘责备什么，也是该当受的，总不能话语之间招他老人家生气。想到这里，便向老头儿一笑道："老哥哥你这话说错了，兄弟闯荡江湖，不错是有了一个小姓小名，那也是老哥哥带路赏的，就凭兄弟一个人，再跑这么些年，也没有人知道。得了，老哥哥，你别生气，兄弟这些年，没来探望哥哥，实在是罪该万死，不过确实是不知道老哥哥住在这里，早知道早就来了。得了老哥哥，还有什么包涵不过去的吗？"

齐南子还要往下说，老头儿伸手一拦道："得了，得了，几年没见，嘴皮子倒练出来了。姓齐的，废话少说，我要领教领教宝马神枪，你要能扎我一枪，踢我一腿，我愿帮你成名，你要有

192

名无实，姓齐的，对不过，今天我要摘你的牌匾。有能耐，别藏着，咱们到外头比画比画。"

齐南子一听，简直是摸不着头绪，自己跟随老哥哥多年，平常脾气不用提够多么好了，不拘跟谁，从来也没有说过一句横话，怎么今天跟自己没结没完了，不用说里头一定是有事，自己无论如何也不能让老哥哥下不去，别管他说什么，自己也别勾他的火儿，等他把实话跟自己说了，再想法子解说。想着便又笑了一笑道："老哥哥，你这是怎么了？有什么你只管明说。我虽说是你的师弟，其实就是你的徒弟，你愿打愿骂，全都听你责备，你何必跟我生这么大的气？你愿意我在外头混，我就在外头混，你不愿意我在外头混，我就不在外头混，我可以洗手不干，侍候你这下半辈。无论如何，在你面前，我也不敢放肆，老哥哥或者是你听了旁人什么话，说我不好，你也可以告诉我，我也可以改过，绝不能再让你听见旁人说我什么闲话。老哥哥，你有什么话，你就说吧！"

老头儿不等齐南子再往下说，呸地就一口，跟着哈哈一笑道："姓齐的，真不枉你在江湖上闯出来这么一个宝马神枪，居然在我面前，还能这么花说柳说呢。我告诉你，我一生一世，从不听旁人的话，你的所作所为，全是我亲眼得见。我教给你的能耐，我没得着你的好处，临完了你打算把我这条老命都饶上，我告诉你，那就叫办不到。今天我先领教完了，我再拿出真凭实据来给你看，姓齐的，我绝不冤枉你，你就来吧。"说着话老头儿一纵身就到了院里头，用手一点道："姓齐的，既来之，则安之，我要领教领教，什么叫宝马神枪！"

齐南子一看，老头儿说着话，脸上颜色都变了，就知道老头儿是真急了。究竟为什么，自己虽不知道，反正这件事轻不了，看这神气，今天不过去比画比画也完不了，莫若自己过去，故意来个露手，叫老哥哥把自己弄个跟头，先出一口气，底下话就好说了。便也一纵身跳到院里，假装冷笑一声道："姓齐的今天到这里来，并没有一点儿失礼的地方，不知道什么事得罪了老哥哥，要非逼我动手不可，我今天要是不敢动手还招，我这些年江湖就算白混了。老哥哥，你发招吧，兄弟我愿给你接招。"

老头儿一听，喊声："好，别走了。"嗖的一声当胸便是一拳，齐南子一闪，并不还招。老头儿见一拳未着，左手一晃面门，右手便奔了齐南子胸口。齐南子把胸躲开，老头儿伸掌跟着往里一戳。齐南子平腰一踹腿，一个反提，人就倒了个儿。老头子不等齐南子往起再纵，横着一脚，就踹齐南子左胯，齐南子双手往起一扬，一挺腰板儿，嗖的一声，凭空起来足有七八尺。老头儿不由暗暗点头，齐南子往下一落，老头儿不等他脚蹬实地，横着就是一扫堂腿。齐南子喊声："不好!"再打算往起纵，可就不易了。

眼看这一脚就踢上了，猛听有人喊："老头儿别踢，接家伙吧!"黑乎乎一片就过来了。真要是这个东西扔过去了，老头儿倒不能躲了，也不是说句大话，别管什么样儿的暗器，到了人家老头子手里，那简直太算不了一回事了。听见人家喊，瞪眼看着暗器到，那只踢起来的脚，可就不往外踢了，抽脚一站，老头儿架子拿好了，净等来人暗器到，好施展一二手儿，叫来人瞧瞧。黑乎乎一片，仿佛像块云彩一样，晃晃摇摇，直扑自己，来的势子就慢，越走越没劲，爽得连一动都不动，一点儿声儿都没有就落在地下了。老头儿怕是妖术邪法，真要一过去，当时就许受人暗算，莫若多看一看。瞪眼搓拳，又瞧了半天，那片东西还是一动不动，心里有点儿怀疑。回头一看，齐南子正在那里冲着自己乐呢，心里不由有气，不管那边掉在地下的东西，纵身劈面就是一掌。齐南子还真没防备，差点儿正搓在脸上，赶紧斜身一闪，让过这一掌。心想这可真不能不还手了，精神一振，喊声："老哥哥，我可还招了。"斜穿一掌，打老头儿前胸。老头儿一含胸，伸手一叼齐南子的腕子，齐南子一撤手，底下横着就是一腿。老头儿纵身躲过，齐南子双掌一搓，二龙出水势，就往老头儿当胸上打来。老头儿双手往怀里一切，齐南子赶紧撤了回去。

正在这么个工夫，有人喊："老当家的先别动手，又来人了。"

老头儿往外一跳，齐南子也跟着往那边一瞧，老头儿没理会，齐南子是哎呀一声，大吃一惊。原来在半山坡上，站着一个年轻壮士，才一看上去，方在一喜，以为是来了什么朋友，及至细细一看，不由得吓了一跳，来的不是别人，正是独留桃花店里，要拜自己还没有拜的少爷楚东苏。衣裳也换了，打扮也改了，身穿一身蓝绸子裤褂，十字襻，丝鹰带，脚底下薄底快靴，手里还拿着一把小宝剑，挑眉立目，腆胸叠肚，从山坡上走了下来。齐南子一见，心里怦地一蹦，心说你怎么来了，这个地方，又不是什么玩儿的地方，你要不来，还许好办一点儿，你这一来，反而弄得不好办了，真要是冲着我的面儿，叫你受了委屈，那我如何对得起你？可是事已到了这个时候，再说什么也没用了，只好是看一看再说吧，最好那位可别动起手来，就有商量余地。

正在想着，忽听楚东苏一声喊道："姓齐的，你的胆子真不小啊，竟敢找到我们弟兄头上来了，来来来，你不用欺负人家老头儿，咱们来比画比画，我今天叫你出得去红蜂寨，我就不叫天下第一南北大侠。"

齐南子一听说话，更是楚东苏，一点儿错儿也没有了，可是一听他说话，真不知是怎么回事。再一看他，已然提着小宝剑就下来了，来到临近向老头儿一笑道："老哥哥，你先躲过一边，瞧我不出三合，要把齐南子拿倒捆上。姓齐的，我要是凭家伙赢你，就算我的能耐不到家，瞧我赤手空拳，把你活捉住。"说着话，真又把小宝剑插入鞘内。

齐南子真猜不透他是怎么一档子事，听他说着，又直向自己不住挤眼睛，就明白了他一定是有事，虽然不完全知道，大致也猜出来了一点儿。不过最使自己纳闷儿的，就是楚东苏这个人，平常真可以说是连一点儿胆子都没有的，怎么忽然今天，会有了这么冲的胆子？还有这一身衣裳，又是从什么地方来的？再者就是自己到红蜂寨，真是没有第二个人知道，他怎么会跟踪到此？以一个平常连走路都胆小的人，怎么现在居然敢爬山越岭，岂不又是怪事？现在他到这里，究竟是怎么一个心术，一时也看不出来。他现在既是点手儿叫自己，自己要是不敢过去，就许让老头儿把事看破了，那一来岂不把这一片心完全亏负？可是过去之后，又应当如何？凭自己的能耐，不用说一个楚东荪，就是三十个五十个一齐上来，也不能怎么样。不过今天是应当赢，还是应当输，自己也有点儿揣测不透。

就这么一前思后想，楚东荪又喊上了："姓齐的，枉自号宝马神枪，原来畏刀避剑，怕死贪生，你要再不过来，我可就要过去了。"

齐南子一想，不管他是怎么回事，也得过去试他一试再说。便也假装素不相识，一声喊道："哪里来的无名小辈？怎敢用话讨厌，真来无礼！今天要不叫你知道我的厉害，以后你还不知要怎样枉法呢。别走了，看完先弄倒了你再弄他！"

老头儿心里可就犯上犹疑了，自己不错已然是有几年不走江湖了，可是跟江湖上的人，并没有完全断绝来往，怎么就没有听说有这么一个天下第一侠姓楚的？难道是才出世不久自己还没有听人说过？瞧他见了齐南子，这股不慌不忙的劲儿，就很有点儿意思，不用说必有绝艺在身，外表他是帮着自己，其实他是来找齐南子的，真要是两个人一过上手，不拘谁占了上风，也是麻烦，自己既不是真心跟自己师弟过不去，到了这个时候，可就不能瞪眼看着出事，到了这个时候，老头儿心事反倒没了主意了。

正在为难之际，后头有人搭话："老寨主，你先靠后，待我来。"

老头儿一听，回头一看，正是自己心爱的小徒弟，心里高兴，不是别的，这个孩子，虽说年纪不大，智转可是不小，等闲之人，真不是他的对手，不用说这是他瞧出自己为难，所以才出头露面，要给师父了这一节儿麻烦。在旁边一闪，小孩儿就过去了。

这时候，这二位正在那里瞪眼比画呢，始终还没搭上手。小孩儿抖丹田一声喝喊："呔！你们二位先等一等，我有话说。"两个人全都一撤步，小孩儿就奔了楚东荪，用手一指道："对面这位大哥请啦，你说了半天，我倒是听明白了，你侠客也罢，不侠客也罢，今天既是来到红蜂寨，打算在这里动手比输赢，未免有点儿扰乱我们的山规，来来来，我要陪着你先走个三招五招的！"

齐南子这时候为难可就大了，准知道楚东荪任什么也不会，真要跟人家小孩儿一动手，绝对有输无赢，别管他这回是怎么来的，反正是为找自己而来，如果叫他受点儿委屈，那怎么对得起朋友。可是自己过去一拦，当时就会让人家瞧出破绽，不但无益，而且有害，这件事真是麻烦。

正在为难，万也没有想到楚东荪喊出一嗓子，更是把自己吓了一大跳："呔！小孩儿少在前走，我这次到你们红蜂寨，原与你们无冤无仇，特为找那姓齐的而来，如今我只和姓齐的说话，你可不要多事找死。就凭你这么一个奶黄儿没干的小孩儿，我不用说动手痛痛快快，你连我一口气，你也受不住。不过我既号称侠客，绝不愿意跟你一个小孩子一般见识，趁早儿躲开我，等我把姓齐的打倒之后，我还有话和你们瓢把子谈谈呢。"

小孩儿一听气往上撞，怪叫一声道："我就不信一匹马有两个脑袋，你先把我吹倒一回试试！"说着左手一晃，右手就要往里进招了。

齐南子一看，这可真糟，这要让小孩儿一手划上，当时就得躺下，心里一急，身子往前一扑，就要过去拦挡。老头儿也是一声喊着："姓齐的，你先等一等，今天这件事乱得厉害，别忙，咱们一档子完了说一档子。"

齐南子正在一怔，就听楚东荪哈哈一笑道："给脸不要脸，

197

你这叫找死，别怨我手损，你就擎死吧。"齐南子可吓坏了，就见楚东荪大舍身，不管小孩儿手到，进步一抬手，嘴里还嚷嚷："小子躺下吧！"齐南子这时候是又急又怕又气，心说小孩子手一到，你这条命就算完了，怎么你不但不躲，反倒舍身往里走，这不是怕自己死得慢吗？心里真着急，可就要说实话了。正要喊住楚东荪先别动手，喊晚了一步儿，楚东荪喊出来了："小子躺下吧。"齐南子正在有气，出乎意料地就听老头儿一声喊："姓楚的，你既自称侠客，怎么暗器伤人？别动手，待我来。"齐南子一听，再往那边看，可更怪了，倒的不是楚东荪，还真是那个小孩儿，一动不动，直挺挺躺在地下了。这一吓，可真是非同小可，这是怎么一个意思？简直就叫不明白。楚东荪离开自己，不是有了三年五载，投了明师，得了真传，长了功夫，这才一眨眼之间的事，怎么他会有了这么高的能耐？这可真成了怪事了。可是目睹眼见，他把人家弄躺下了，这还有什么假的？这可真是邪怪。

就在这一诧异之间，再往那边一看，可了不得了，老头儿腮帮子也鼓了，眼睛也圆了，一挣胳膊，一抬手指道："好小子，你哪里是什么侠客义士，这是成心摘我的牌匾来了。好，我今天爽得成全成全你，叫你当上这个天下第一侠，好小子，别走，接这手儿！"唰的一声，一掌穿胸而到。齐南子闭眼一吸凉气，别的不说，自己老哥哥这点儿能耐，可以说是无一不知。十三岁成名，就是"镇魂三掌"，不用说，是楚东荪初出茅庐，任什么不会，就再给二十年工夫，埋头苦干，他在人家手底下，也走不出三招去，这小子就算废了。老哥哥的脾气，自己完全知道，除去不打算跟人家动手，准要安心跟人家过手，有多大能耐，使多大能耐，手底下太黑，这么大的岁数，连个儿子都没有，就因为办事不留后手。楚东荪言辞无礼，神态傲慢，又把老哥哥手下人打伤，老哥哥已然挂上了气，动起手来，还能有个善手？楚东荪算是完了，一着急一跺脚，把眼一闭，就不忍再看了。闭着眼，耳朵可听得见，就听扑咚一声，如同倒了半堵山墙相仿，知道楚东苏已然命废，不由长叹一声，不得不把眼睛睁开。及至睁眼一看，可就怔了，原来倒的不是别人，正是自己的老哥哥，楚东苏却依然笑容满面地站在那里。齐南子当时犯上心思，自己跟楚东苏虽没深交，这些日子始终没有离开过他，他是任什么能耐也不会，几次遇险，全是自己救的，难道说他真是身怀绝技，故意这么装样儿？真要是那样，自己两只眼睛就该挖去。

就在这一犹疑之间，那位军师就嚷上了："好你个胆大小辈，竟敢无礼，娄杜二位兄弟，给我看着点，我要拿他报仇。"齐南子一听，又吓了一跳，准知道这位军师，别看他这个神儿，一定怀有绝技，真要过来动手，楚东苏也找不出便宜。再者看小孩儿和老哥哥，虽是躺在地下，并不像受了什么重伤，只是仿佛中了什么妖术邪法一样，他既能使，必定能救。不如把军师拦住，叫他把老哥哥救了过来，能完更好，不能完自己磕头赔不是都不要紧，也别把事情越闹越大。心里想着，拧腰一纵，到了当场。

恰好军师也到，一见齐南子，不由微然一笑道："姓齐的，你先等一等，有什么话，我们先说完了，咱们再谈不晚。"

齐南子也一笑道："这话你说错了，红蜂寨一山的人，全被外人拿住打倒，我全可以不管，唯独我的老哥哥，被人家弄躺下，我可不能不管。再者说来人指名道姓要的是我，我没有得过去，我的老哥哥就过去了，现在我的老哥哥已经被人打倒，我要再不过去，我对不起我的老哥哥，什么话不用说，你得等一等，让我先过去，我要能够把来人拿住，自是最好，我要也赢不了他，那没别的说的，再瞧你的。你闪一闪，待我来！"

军师一听，暗中点头，齐南子实在够个朋友，这倒是老当家的不对了，人家既是要动手，自己再看一看也好，来人连着伤了自己这边两个人，还真没看清是怎么回事，想着往后一退。

齐南子用手一指楚东苏说道："废话少说，你就进招见输赢吧！"

楚东荪一看齐南子，微微一笑道："姓齐的，你不用这么耀武扬威，劲儿味儿的，我要不叫你知道我的厉害，你也不知道天外有天，人外有人，别走，接招！"说着一伸手，就往齐南子迎面戳去。齐南子一看，楚东荪的出手，实在连一点儿门路没有，可怪老哥哥，这么大的能耐，怎么会叫他给制住，实在看不出来是怎么回事，就凭楚东荪这个样儿，不用说是拿出全身本事，随便给他一下子，他就得受不了。不过自己明白，他是自己这边的人，无论如何，也不能把他伤了，大小把他制住，好问他是怎么一档子事。一看掌到，身子微微一闪，右手往下一扣，一叼他的腕子，往怀里一带，楚东荪身不由己，就跟着往这边摔了过来。齐南子心里一喜，就凭你这个功夫，也能叫你找出便宜去？往里一拽，意思是楚东荪只要在前一抢，底下一腿，他就躺下了。没想到楚东荪人往里一抢，左手就抬起来了，吱的一下，齐南子就知道不好，楚东荪手里一定有什么特别东西，老哥哥是受了这种暗算，自己准要碰上，照样儿也得躺下，赶紧往旁边一侧脸，一甩右手，拧腰往外一纵，嗖的一声，出去一丈多远，这才脚落实地。

　　扭项回头看，只见楚东荪依然双手一抱，哈哈一笑道："姓齐的，你枉自人称宝马神枪，一个照面儿，你就跑了。是好的，你过来，咱们输赢比个到底，瞧瞧谁够汉子！"

　　齐南子心里可犯上难了，你说他是真的，他又像假的，你说他假的，无论如何，也不可以把自己也弄躺下呀。看这神气，他手里一定有了什么特别东西，过去自要一个不防备，就许让他使上，受了还就得躺下。自己虽不是什么大了不得的人物，可也不能就这样儿弄躺在这个地方。不过有一节儿，自己再一迟钝，人家红蜂寨有的是人，再出去两位，给他一个首尾不能兼顾，那样一来，他照样儿也得躺下，事情可就更不好办了，总得想法子把他调开，问明白他的来意，底下就好办了。

　　心里正在想着，军师就沉不住气了，回头向娄杜两个道：

"二位咱们别袖手旁观，看这神气，来人手里必有什么不体面的家伙，咱们老当家的没得留神，受了他的暗算。这回咱们给他个一拥齐上，就把他给弄住了，好给老当家的爷儿两个报仇！"

齐南子一听坏了，果不其然，没有出乎自己逆料。才要向楚东荪告诉他快想法子，楚东荪敢情比齐南子还机灵，一听军师这句话，哈哈一笑道："你们既是全不过来，想是已经认罪服输，姓齐的，你怕了我了，咱们就算完，告辞了！"说完一转身，大摇大摆，又在来路走去。

齐南子心里又是纳闷，既是打算走，怎么还不快走，却这么慢条斯理的，这要叫人家追上，不就完了。

心刚一动，军师就传令了："娄杜二位，可千万别让他走了，他要走了，唯你们二位是问，追！"娄杜二位齐喊一声道："他跑不了！"说着一塌腰板，人就跑下去了。

齐南子一看楚东荪这几步跑，可真坏了，不用是说跟人家腿底下有功夫，练过夜行术的人比，就是跟平常一个脚底下走得快的都比不了，身子往前探着，两脚不住乱倒，虽然没听见喘气，可是看他那嘴一张一张地不住乱动，也就知道他是在喘着哪，心里想着，这准得追着。

果不其然，追了不到几十步，已然首尾相连。姓娄的一声喊道："姓楚的，你还打算跑吗？"楚东荪一边跑也一边喊道："干吗不跑？好小子，你有能耐，你可以追呀！"说着话猛地一回头，把手一扬道："小子接暗器！"两个人一听，吓了一跳，赶紧一挺身，把脚步站住，护住面门。再往对面看，只见楚东荪手仅是一空张，什么也没有打出来，就知道上了他的当了。再看他又跑出两丈开外去了，这两个人心里气大了，就凭两个人这么一身功夫，会连这么一个人都追不着，这未免太成笑话了，使劲追！几步工夫，又追上了。楚东荪猛然又一回头喊声："一回空，二回实，接暗器！"这两个人又吓了一跳，一挺身，一搓脚，拔脯子站住，瞪眼再看，依然是什么都没有。娄杜两个就火了，噌，噌，两纵，就到了楚东荪背后，两个人双掌一错，楚东荪哎呀一声，扑咚摔倒。

齐南子一看坏了，正待上前去救，只听山坡上有人喊嚷："自己人，别动手。"齐南子往山坡上一看，这份儿痛快就不用提了。

原来山坡上来的是木贞子、尹明子、黎金、三多儿，还有闵天龙，全都赶到，就知道他们那里事已完了，这里事众位要是不能赶到，还是真糟，这众位一来，可太好了。心里想着痛快，才要过去招呼，这时候娄杜两个人就到了，双掌一搓，全奔了楚东荪后背。齐南子大喜忘形，还怔在那里，等到看清，再打算过去，可就来不及了，才喊得哎呀一声，木贞子人就到了，提身一纵，燕儿一般，到了面前，双手只轻轻一分，三位就给划开了，楚东荪可就躲开了。军师一看，这可糟了，自己在山上久受待遇之惠，一点儿没有报答，今天眼看老朋友被人家给制倒在地，一山全完，自己要是再不出头露面，未免让人家交朋友的寒心。想到这里，双脚一跺，就奔了齐南子，嘴里还嚷着："姓齐的你别走了！"双掌一分，就往齐南子当胸砸去，齐南子哎呀一声，连忙往后一抽身，竟自躲过。军师喊声："别走，今天不是你就是我！"双脚一圈，一个"大扫堂"竟向齐南子腿上扫去，齐南子因为事用无心，不由手忙脚乱。

正待要闪，忽听尹明子一声长笑道："小齐呀，你也糊涂了，怎么把你哥哥的老朋友大挂儿先生忘记，还要左躲右闪？你只站在那里，一动别动，我看他把你怎么样，他敢动你一根汗毛，我就拿去他一条大腿！"

齐南子一听，哎呀一声，猛然想起，正是这位军师，正是自己老哥哥唯一好友，因为无冬无夏，总是穿着一件大褂，从前久走江湖，也曾享过大名，提起大褂先生，真是无人不知，无人不晓，从前也曾见过面，只是日子太多，可就忘了，如今一提，这才想起，赶紧往后一退。

这时候尹明子就赶到了，一边拦住齐南子，一边拦住军师道："胡二哥，都是自己人，有什么话，可以好说，如果动手，谁要碰了谁，可就不好办了。"

军师往后一退道："嗬！尹明子你也来了，这就好办了，你的好师弟齐南子，勾引外人打倒了他的师哥，你也是当师哥的，可有什么好法子没有？"

尹明子一听，就是一怔道："什么小齐勾引谁来伤了大哥？"尹明子还不是故意这么说，他还实在是真没看见，及至听得军师一说，便大吃一惊。

军师用手向地下一指道："你瞧啊！我绝不是说的瞎话。"

尹明子一看，可不是大爷直挺挺躺在地下哪吗？这一惊非同小可，便急向齐南子道："这是怎么回事？"

齐南子摇头道："我不知道，这全是第一侠干的。"

旁人还没有明白，黎金扑哧一笑。尹明子恶狠狠瞪了他一眼道："你乐什么？"

黎金道："我乐的就是那位天下第一侠，果然是名不虚传。"

尹明子道："谁是天下第一侠，我怎么没有听说过？"

黎金用手一指楚东苏道："你要找天下第一侠，就是这位英雄。"

尹明子呸地就是一口唾道："你这浑小子，总是忘不了浑闹，现在事情这么紧急，你还是忘不了闹。"

黎金道："你这话可就没理了，你要找天下第一侠，除去他没有第二位。"

这时候军师搭话了："不错，就是他，他就是天下第一侠。"

这一句话不要紧，当时全都怔住了，准知道楚东苏是一个书凯子，什么他也不会，怎么这么一会儿工夫，会变成了天下第一侠了？这可实是怪事！齐南子当时就醒过味儿来了，赶紧过去向楚东苏道："侠客爷，什么话也不用说了，你怎么把老英雄给制住的，你还得想法子给救过来才好。"

楚东苏脸上颜色一变道："这……我……可不……会……"一边说着，一边用眼瞧着黎金。

木贞子就看出来毛病是在黎金身上，便抢过一把把黎金揪住道："你这个坏小子，趁早儿把老太爷给救过来，算是你的便宜，你要摇头说个不字，我当时就把你杀了。"

黎金一听，把舌头一伸，装个鬼脸道："明明是人家天下第一侠干的事情，我连知道都不知道，干吗这么以强压弱耍大胳膊呀！"

尹明子也明白过来了，过去用手一捏黎金二棒子（臂弯也），一声叱道："小子，你要不说出实话，我先要了你这根胳膊。"

黎金一边笑一边道："哎哟，哎哟！老爷子，你先撒手，我来替人家当一回外科先生。"尹明子、木贞子把手一撒，黎金一把便把楚东苏胸脯揪住，楚东苏这时候，早就藏在齐南子身后头去了。

老头儿蹦起来，瞪着两只眼睛找楚东苏，一眼看见他藏在齐南子身后，他更一咬牙，跟着哈哈一笑说："好小子，你跑到那里去，就算没了你的事了？你快快出来，我今天非把你宰死不可。"

齐南子一笑道："大哥，你别和他一般见识，咱们都是自己人。"

老头儿呸地啐了一口道："什么自己人？要不是自己人，我还不生这个气呢。你问问这小子他使的是什么招儿，我这么大的年纪，受了他这么一手儿，我简直不能往下再混了，你躲开我，我非把他碎了，我非得出我心里这口气。"

齐南子忽向楚东苏道："你倒是用的什么玩意儿，怎么把他老人家气得这样？"

楚东苏道："我也没使什么特别的招儿，不知道怎么会得罪了他老人家。"

齐南子摇头道："不对，我的老哥哥为人，我是深知，他向

204

例不记小仇儿，他要不是吃了你的特别苦子，他绝不能这么说。你倒使的什么？快快说出来，我好想法子给你求求，不然的时候，要是把你得着，你的这条命，可要不保，你就快快说出来吧。"

楚东荪急得脸上直变颜色道："我实在不知道怎么会把他老人家得罪了。"

齐南子一边摇着头，一边向老头儿道："老哥哥，看这情形，他实是不知道，你跟我说了吧。"

老头儿一听，眼都瞪圆了："什么？他不知道？他跟我使的太让我说不出来了，他跟我们使的是采花药哟！"

齐南子一听，这可太不像话了，恶狠狠向楚东荪呸的一口啐去。楚东荪赶紧转身一躲，脸红得跟大红布一样，顺着脑袋直往下流汗。尹明子赶紧过来道："你先不必啐他，我瞧这里头有事。"说着用手向楚东荪一指道："你年轻轻的，怎么不往高里去？我问你，你那药是从什么地方来的？"楚东荪不言语，两只眼可不住看黎金。尹明子就明白了一半，过去一把就把黎金揪住道："你说，他那药是从哪里来的？"

黎金一边闪，一边道："什么，他的药你问他去，我怎么知道？"

尹明子哈哈一笑道："好小子，跟你说好的，你是不说实话呀！"

说着一手就把黎金胳膊捏住，两个手指一紧，黎金就杀猪一样叫起来了："老爷子别捏，别捏，我说我说。"

尹明子一松道："你快说，不说我还捏你。"

黎金道："提起来这个事可也不赖我，皆因我们这一程子在一起的时候多，这位楚大爷他总说他身上一点儿能耐也没有，现学也来不及，天天磨烦我，叫我教他一手两手儿防身的本事，我又有什么能耐。可是老跟我说，我可就想起来了，从前跟笑脸判官秦寿在一块儿做买卖的时候，他给了我几包药，叫什么'挨挨苏'，我一点儿也没用过，听说这种药跟蒙汗药差不多，比蒙汗药还好，人只要闻上，当时就能躺下，昏迷不醒，我就把这药给了楚大爷了。谁知道那药是什么药，今天他会使上了！"

一句话没说完，楚东苏哇的一声哭了起来。楚东苏这一哭，这些人当时就全怔了。齐南子从心里是真爱楚东苏，看他咧嘴一哭，反倒觉乎受了许多委屈，并且知道他这次到这里冒那么大的险，也不过全是为了自己，便益发起了怜爱之心，便向他一笑道："你有什么事，干什么不说，倒哭起来了？你既是错之在前，上前说了两句好话，也就完了，谁也不能跟你们一般见识，你有什么，你就快说吧。"

楚东苏抽抽噎噎地道："师父你老人家可别生气。我今天到这里来，一点儿也不错，是怕你受了委屈，我才赶到这里。可是我又一点儿能耐没有，这是你老人家知道的，实在没有法子，我才找这位黎大哥和他一商量，他便教给我这么一个主意，叫我假充什么天下第一侠，连这一身衣裳，以及所说的话，全是他给我打扮的，全是他教给我的。来到这里，正赶上你在危急，我一着急，可就什么都顾不得了，本想把事情岔了过去，也就完了，万没想到，这位老爷子一定非要跟我见输赢，是我一害怕，我可就把那手儿使出去了，谁知道那里头是什么采花的。方才听老爷子一说，我才明白，我用那种不体面的东西，伤了他老人家，不怪他老人家恼，实在是我没有出息。不过他老人家只要一伸手，我就准死，我死了倒不要紧，不过我这一家子全都完了，只求你老人家跟他老人家求一求，把我暂时饶了，等我把事情完了，不怕把我碎了，我都心甘瞑目！"

老头儿一听，噢了一声道："原来是这么一档子事，念你一句瞎话没说，咱的算是完了，不过你得赶紧想法子，把我那个小徒弟也给救过来。"

楚东苏知道老头儿不记恨了，这才又把解药掏出，过去把那个小孩子也给解救过来。小孩子阿嚏一声，睁眼一翻身，就蹦起来了："你还侠客呢，使出那种不体面的东西，别走，我跟你拼了！"

楚东荪抹完了解药，已然退到齐南子身后，一看小孩要扑自己，才喊了一声："别动手，咱们都是自己人。"老头儿已然把小孩儿拦住了，小孩儿也就站住，却依然怒目横眉，露出不服的样儿。

这时候尹明子、木贞子全都上前叫了一声："老哥哥，多日没见，你在这儿纳福，我们一点儿都不知道，还是路上遇见多臂螳螂，才知道你在这里居住，并听说你把齐师弟的枪马全给拿来了。别的不说，无论如何，你看在我们面儿上，把枪马赏还给他，省得由咱们自己手里把他的牌匾摘了，他几十年工夫，混到现在这种神儿，不是容易。"

话没说完，老头儿哈哈一笑道："你们以为我把他的枪马拿来，是要摘他的牌匾，你们可就不知道暗中还有人要摘他的人头呢，不是我给拦住，他这条命早就没了呢。"大家一听，不住一怔，老头儿接着道："得了，现在什么话也不用说了，枪马现在我叫人取来，你们一块儿快快去吧。"说着向娄杜两个道："你们去把宝马神枪取来。"

齐南子一听，这里头还有事，就凭这些人，全在这里，跟老哥哥又不是一天半天的交情，无论如何，也应当把大家让进去，谈谈说说，热闹两天，怎么今天全不是这个意思，只让把枪马取来，并不让大家进去，难道这里头还有什么特别的情形？这可真是怪事。不但齐南子一个人这么想，连尹明子、木贞子，全是这么想，老哥哥这手儿办得不对，可是谁也不好意思问。娄杜两个答应一声，转身飞跑而去。齐南子一看，又是前面那座山坡下头，方才明明看见底下一片是水，看娄杜两个怎么过去，留神一看，杜娄两个，到了临近，不纵不跳，一步一晃，如同走平地一般，就走过去了，心里纳闷，也不好说，这二位能耐实出己上，这种"登萍浪水"的功夫，走得那么慢，没有特别功夫，就叫办不到。眼看娄杜两个上了山，一会儿工夫，就又跑下来了，跑得挺快，及至到了河沟那块，反而又慢了。齐南子心说，不用说你们这叫故意显身手，为的是叫我看你这一手儿，别瞧你有功夫，你的气派可不大。心里正在想着，猛见老头儿把手往眼皮上一搭，朝杜娄两个人一望道："不好！事情有变！"大家不明白这句话是什么意思，方在一怔，娄杜两个已然跑得气喘吁吁来到跟前。齐南子特别注意留神，只见这二位是怎么去的，怎么回来的，马也没有，枪也没见，就知事情不好。

就听娄杜两个道："当家的事情太怪，枪马不见，留有字条一张。"齐南子一听，轰的一声，差点儿没有晕了过去。

尹明子就抢过来道："字条儿在什么地方？"

杜娄两个把手里一张字条，往前一递，只见上面歪歪拧拧写着几行字是："可怜袁圆子，顾念香火情。食言负良友，我乃虚此行。神枪与宝马，业伴我去屏。若有奇男子，可敢到宝灵？十日为期限，逾此化灰尘。"说诗不诗，说词不词，这么几句，在末了画一个小狮子。

齐南子看完这张字条，仿佛略有所得，便向老头儿说："大哥我看这个字条儿，像是史二哥的手笔，莫不成是让二哥拿去了吗？"

老头儿还没说话，尹明子道："不错不错，是二哥的手笔，头一句这不是说的大哥的名字吗？只不知你怎么得罪了他，他会跟你闹到这步田地？宝马神枪，一定是他拿去了。到屏？屏是个地名，可不知道是什么地方。奇男子就是齐南子，说的就是你。宝灵，又是个地名，是不是宝灵寺，我也不知道。十天不去，他就要一火而焚了。底下画的这个狮子，就是他的外号，他不是叫史师子吗？这一定是他了，不过他为什么跟你这么过不去，我就不知道了。"

齐南子道："就是我自己也不知道。"

闵天龙站了半天，一声儿没有言语，听到这里，实在忍不住方才笑了一笑道："你们诸位既是不知道，我倒知道一点儿，不但知道他为什么跟齐侠客结仇，而且我还知道他现在准在什么地方。"

一句话没说完，老头儿呸了一口道："你叫瞎说！"

老头儿这种举动，实在出人意料之外，头一个齐南子心里就不高兴，不错，大家都是师兄弟，原可以什么都不拘，不过人在人情理上，第一无缘无故，把自己枪马弄到红蜂寨，已是不对，自己找到红蜂寨，说了许多好话，他是一句没停，结果非弄到动手，不能算完，到了现在，他又把枪马挪了地方，故意弄成圈套，告诉自己枪马已不在山上，并且说出是二师哥所干，这一拨师兄弟里头，最是二哥性情古怪，最不好惹，偏是说出他来，这不是明着吓唬我。闵天龙大概是知道一点儿底，才要说出底里深情，他却拦住不叫说，这不用说，简直就是他跟自己过不去，这件事可不能不说明白了，不怕今天就是翻了脸，也怨不上自己来。心里这么一想，便笑着向闵天龙道："这件事情，不与我大哥相干，你有什么知道，你可以跟我说一说，我们这位二师哥为什么跟我过不去，现在他在什么地方，请你告诉我一声儿，我好去找他去。"

闵天龙微然一笑道："齐侠客，你这种意思我明白，我把话告诉你也没有什么，不过你可不要为这个伤了弟兄和气。"

齐南子道："我已然说在头里，这件事不与我的大哥相干，你只管说吧。"

闵天龙又一笑道："姓闵的在江湖上闯荡那么些年，敢说是光明正大，从不做一种亏欠之事，今天来到红蜂寨，碰见这件事，说出来准有莫大厉害，说不定就许闹出几条人命，不过我要藏在心里不说，那不是姓闵的干出来的事，我是非说不可，说出什么毛病，我愿意跟着领罪。头一个先说姓史的，现在本山并未他去。"

闵天龙一说姓史的现在本山，老头儿眼就瞪圆了，再听说出并末他去，老头儿一声长笑，脸上很露出不是样儿来道："姓闵的你是初来乍到，怎么就知道姓史的现在我的山上？难道说，这里还有什么不实不尽的地方吗？像你这样，只顾当时口头痛快，就不想想关着有多少事情。我这红蜂寨，地势狭小，不够往里头让高客，对不过，你请吧。"

闵天龙一听，知道这里头更是有事了，便也笑了一笑道："袁大哥，我不过是那么猜想，如果是史二哥也在这里，最好把他请了出来，大家都是要好的弟兄，何必为那么一点儿不值当的事怄些闲气，反倒伤了弟兄和气。既是大哥不认在这里，当然就是我想错了，自己弟兄，难道还有什么说不过去，何必立下逐客令，便不准小弟在你这里歇一歇腿？这个你未免太不容人有点儿小错了。"

尹明子一看字条，也瞧出来史师子确是跟大师哥一块儿干出来的事，不过自己不准知道，又知道自己老哥哥向来护短，既是当时不认，硬到底也是不能认，及至一看要跟闵天龙翻脸，无论如何，闵天龙也是自己约出来的，怎么能够使人家受了过分的委屈，他赶紧接过来道："闵大哥，你也忘了我们大哥的脾气了，就是爱说个笑话儿，闹个皮科儿，准还能往真里听。走吧，有什么话里头再说，这里也不是说话的地方。"说着不等老头儿再说什么，便领着众人道："走吧，既是到了这里，就跟到家一样，随便请吧。"大家一听，也知道尹明子意思，便全都抢步往里头走。

老头儿一看，拦不住了，这才向杜娄两个道："既是众位都愿意进去，你快到里边去拾掇拾掇，我们这就进去。"杜娄两个点头会意，一转身飞也似的去了。

大家一看，这里头更是有事了，谁也不好再说什么，便都跟着尹明子往里边走去。进去前边那座山口，到了大道，尹明子一回头道："咱们这里可有和我大哥见过的，也有没见过的，最好咱们先引见一下子，省得回头说话显着不方便。"说着向老头儿道："大哥，我跟你引见几个小朋友。"又用手一指楚东荪道，"这位姓楚名东荪，能耐没有，可是个大孝子。"遂把齐南子如何路遇楚东荪，如何探出他是千里救父，如何才想帮忙，怎么路过竹叶山，这些话全都说了一遍。又向楚东荪道："这是我们大哥袁圆子，他在我们里头，是出名的热心人，无论有什么事，你只要求到他的面前，他是没有一样儿，不可以给你以帮忙的。你的事倘得我大哥伸手，无论再有烦难，也可迎刃而解，这话你听明白了没有？"

楚东荪心说，我早就听明白了，自从一见面，就知道这个老头儿不是一个寻常人，如今一听，果不出自己所料。便赶紧往前一抢步，咕咚跪倒道："老爷子，我这里给你跪下了，你得伸手救我。"

袁圆子这时候心里难过极了，自己要跟这些人一和好，可就对不住自己二弟，可是跟人家瞪眼，也想不出主意，不由当时左右为难。木贞子一看，知道袁圆子为了难，便盈盈一笑道："大哥，你瞧人家跪在你的前面，怎么一声儿也不言语呀？难道你还记着方才把你制倒心里有点儿不痛快吗？"

木贞子这句话，又把老头儿心火全勾上来了，呸地啐了一口道："废话，我凭什么记恨人家。不过，我想着我的事情难办，所以，在这里寻思寻思。"说着一拉楚东荪道："我的小大爷，你快起来吧，你的这拨儿帮手算是约着了。"

楚东荪道："那么你是答应给我帮忙了吗？"

袁圆子一咬牙道："我答应了，你快起来吧。"楚东荪站起来，又作揖一谢。袁圆子道："木大姑，你还是那么厉害，一点儿都没改。"

木贞子一笑道："大哥教出来的徒弟，绝计没有错儿。"大家不由全都一笑。

齐南子道："咱们这里还有没见过的，也过来见一见。"于是黎金、三多儿全都过来给袁圆子行礼。

211

全都完了，袁圆子一笑道："你们引见了半天，我们大褂儿先生，你们还全都没有见过呢，我也给你们众位引见一下儿。"说着一指那军师道，"这位姓丁叫一柱，江湖上有位大褂儿先生丁一爷便是这位，众位多亲近亲近吧。"

大家一听正要上前施礼，就见那大褂儿先生哈哈一笑道："袁大哥，你们弟兄团聚吧，我可要告辞了！"说着双腿一点儿，便和小燕儿一样，腾空而起。

袁圆子才说了一句："你怎么就这么走了？"

隐隐听得丁一柱在半空道："我不走等什么？我难道要眼看着你们弟兄拼命，我才走吗？当心留神，动不如静，改日再来救你吧！"再听就没声儿了，原来借地两纵脚够着山坡，一蹬一点，霎时连个影儿都没有了。

袁圆子一看，不由长叹一声道："你倒走了，你走得好，我倒不如你了。"

大家也不知道这里是怎么回事，谁也不好意思问，大家便一直来到里面。一看娄杜二位也正好出来，向袁圆子道："当家的，给你拾掇好了，你往里边请吧。"

袁圆子也向大家一伸手道："众位请吧。"

大家走进去里头一看，简直连个人影也没有，大家心里全都疑心，可是谁也不好说出什么来。大家落座，尹明子头一个道："大哥，我们实在不知大哥住在这里，要知道你老人家住在这里，我们早就来看你老人家了。"

袁圆子一笑道："不敢当，不敢当，众位都是当代侠客，我是山野之人，不敢和众位一样儿比，只求众位在外边不糟践我也就够了。"

大家一听，不由一怔，头一个木贞子就站起来道："什么？大哥你说的话，我怎么不懂？你有什么话，可以明说，何必这样吞吞吐吐，一点儿都不爽快。"

袁圆子一听，哈哈一笑道："什么，你们全不知道？你们在外边毁了我不算，还要找到门上来。干脆说，我告诉你们，你们今天来到我这红蜂寨，我可要对不过，二哥你出来吧，他们可都到齐了。"大家一听就是一怔。

袁圆子这一嗓子才喊完，就听里头屋里有人喊："大哥你多累了，无论如何，咱们也都是自己弟兄，绝不可以自己打自己，让外人笑话，宁叫他不仁，我们不可以不义。你有工夫，可以把他所作所为，不对的地方告诉他，叫他明白明白。马枪全在，一样儿也不缺，我可要走了！再见吧，大哥！"跟着就听屋里窗户咔嚓一声。

袁圆子就怔了，急忙向屋里喊道："二弟，你别走，你走……"一边说自己往屋里就跑。

大家也听出来了，屋里正是二爷史师子的声音，全都异口同音叫："二哥别走！"到了门口，全都往里一拥，就听扑咚扑咚一片响，这些位英雄全都腿儿一软，身子一沉，落在陷板之中。袁圆子他可没进去，一见众人全都坠入陷坑，不由哈哈一笑道："让你们在外头糟践我，我今天要不把你们全都制服了，我就不叫袁圆子。"心里高兴，一退步才喊出一个："二弟，你快……"一句话没说出来，唰的一声，金刃披风，家伙从后头就奔了脑袋。袁圆子急喊一声："不好！"坐腰一缩脖，斜身往外一纵，纵出去足有一丈多远，回头再看，堵着屋门口站着一个人，正是那个又矮又宽、又黑又肥的怔小子，手拿两把大风刀，咬牙切齿地向袁圆子一声喊道："姓袁的，你人有多大，坏有多大，你不够朋友，你不够人格儿，今天大太爷要把你碎了，我要给我的好朋友出气！也别走，吃我一刀！"蹦过去迎头双刀劈下。袁圆子一看刀到，不由哈哈一笑道："好小子，单把你一个人留下了，这也是咱们爷儿两个有缘，我今天成全成全你！"说着话，刀就到了。袁圆子不往旁边躲，一伸手就要抓刀。黎金这时候眼都红了，两把刀都奔的是致命伤，一把奔胸口，一把奔小肚子。袁圆子一抓胸口上这把刀，黎金刀就撤回去了，底下那把刀一使劲，

213

往前一扎。袁圆子不躲，往上一迎，锵的一声，就跟扎在石头上一样。不由吓了一跳，这才知道老头儿有硬功夫在身，赶紧往后边一转，意思是打算找袁圆子致命的地方，给他一下子。袁圆子又是一笑，假装儿不知道一样，黎金就转到后头去了，照准谷道，哧的就是一刀，真是又准又狠，刀子尖儿就进去了。黎金心里大喜，准知道练硬功夫的，就是怕双眼、咽喉、肚子眼儿、谷道这几处地方，除去这几处之外，简直就叫没有法子可想了。黎金知道老头儿手底下太好，又有硬功夫在身，除去伤他这几处之外，绝没有第二个法子，往后一转，还怕老头儿也跟着在后转，只要让他一摸上，准保当时就算完事，这可不是闹着玩儿的。提心吊胆，过去就是一刀，万也没有想到会那么容易，一点儿事没有，刀子就进去了，心里这份儿高兴，合该自己露脸。使劲拿住了刀子把儿，往上一挑，这一下子可把黎金给吓坏了，原来那把刀子，便如同长在里头一样，打算动转挪移，那是万也不能。黎金明知道不好，可是没法子往外撤这把刀，心里一急，又想出一个主意，手里还有一把刀哪，后头那把刀不要了，一抡手里第二把刀，照着袁圆子软肋上就是一下子。他的心思是，虽不能把你扎动了，无论如何，总也得扎你一下子，只要你一撒气，那把刀就可以拿出来了。刀往前一戳，正在软肋上，哧地一滑，纹丝儿没动，这才死心，知道家伙是拿不出来了，自己也算败定了。心里才一活动，赶紧走，想法找人送信，不然全都死在这里，那可太惨了。才一转身，就听袁圆子嘿嘿一阵冷笑道："哈哈！好小子，你把我老头子糟践一个够，你打算走了，那可是不行，你要是打算多玩儿一会儿，我倒是还可以奉陪，唯独你要一溜了事，那可办不到，我要叫你走了，我的跟斗那算栽定了。对不起，你是跟他们一块儿来的，还是一块儿受会子罪才是朋友。好小子，你别走，咱们再玩儿一会儿。"黎金一听，从脊梁沟儿一发麻，就知道走也不成了，牙一咬，心一横，身子往前一掰，纵起来一托手里刀就奔了袁圆子的眼睛扎去。袁圆子脸一偏，横手一掌，叭的一声，黎金就是扑咚一声，翻身栽倒。袁圆子用手一指，微微一笑道："你们这一拨儿里头，就是你一个人的坏大，今天先把你除了，省得你活着犯嚷！"说着一伸手掌，就要往黎金脑袋上拍去。黎金准知道老头子有重手法，这一下子下去，准是肝脑涂地定死不活，事到临头，躲既没法躲，救也没人救，只有闭眼等死吧。

就在这么个工夫，有人喊嚷："别动手，我还有话问他呢。"

袁圆子一听，手往回一撤，黎金躺在地下，可就看清楚了。只见来人身高五尺，又黑又胖，脑袋上的头发，乱得成一个毛球，身上穿的衣裳，也是又破又脏，说话声音有点儿像山西人。只见他向袁圆子一笑道："全都辛苦大哥了。"

袁圆子也一笑道："这也没有什么，咱们既是为清理门户，什么话也都不用说了，趁早儿把他们一毁，有什么话，咱们也是一走了事。"

那人道："你也别忙，等我再细问一问，倘若要是冤屈了他们，也不是事。"说着向黎金道："你姓什么叫什么？怎么跟他们这一伙子结识？你要说了实话，我看在你年轻，也许把你放了，你要不说实话，你可别说我要从你这里下手。"

黎金一听，心说你们还是师兄弟，都这样手黑心狠，对于我这么一个人，更是什么都讲不到了，干脆，我是破口一骂，至多一个死，万不可贪生怕死，叫人家笑话。想着便笑了一笑道："你要问我，叫黎金，我是齐南子的徒弟，你既把我师父他们都拿住了，你也不必跟我再说废话，像你这样人面兽心的人，少跟我说话最好，你再跟我说，我可要骂你。"

那人一听，微微一笑道："你骂我也不要紧，我再问你一句，你师父为什么夜入尼庵，采花作案，杀死行路官员，劫财害命？你要给我一个字一个字地说！"

黎金一听，简直连一点儿头脑儿都分不清楚了，怔怔呵呵结结巴巴地道："你说这话，我全不懂。"

袁圆子微微一笑道："老二，你听见了没有，他说他全都不懂，你跟他细说一说，他就不装着玩儿了。"

史师子道："噢，你说你全都不懂，我要问问你，你们可曾路过七宝寺？"

黎金摇头道："我不知道。"

史师子道："这个你也不知道，杀死一个姓伍的，你可知道？"黎金又一摇头。史师子道："我知道你们是全都串通一气，至死给个不认，我再给你一个质对，大概你也就没有什么说的了。"说着从身上掏出一张纸条，拿在手里，问黎金道："你瞧瞧上头写的都是什么？"

黎金又一摇头道："我一个字也不认识。"

史师子道："你不认识不要紧，我念给你听着。"说着便高声儿念道，"天下英雄齐南子，宝马神枪有大名。七宝寺内留艳迹，恃强要做采花蜂。节烈可夸七贞女，玷污清白伤芳衷。杀官不是贪污吏，伍姓遭冤目不瞑。天下游侠多如此，世上岂犹有古风。白露路见不平，题此略舒积愤。"史师子把这几句似通不通的词儿念完，还怕黎金不明白，又一句一句向黎金讲了一遍，然后又向黎金道："这个大概你总明白了吧？"

黎金又一笑道："你说了半天，我还是一点儿不明白。"

史师子道："好啊！你合乎跟我充定了大麻木了。对不起，我也不跟你废话了，我先废了你，再把他们杀了，好清理门户！"说着伸手一掌，便向黎金脑袋上砸去，黎金仍然是把眼一闭静等一死。

没想到袁圆子又把史师子拦住了，过去一伸胳膊，把史师子胳膊架住道："你方才劝我别动手，如今我又要劝你了，你也等一等。"

史师子把手往回一撤，向袁圆子道："师哥，你就不用问他们了，他们都是伙同一气，什么实话他也不能说，莫若把他先废了，然后再把他们全都去了，总算是把咱们门户给保全住了。"

袁圆子不等他说完，便拦住道："我看这里头还有毛病。要说小齐他在外头闹事，也许有之，尹明子他可不是那样人，木大姑更不能办那路事，你想这里头可不是有毛病吗，咱们可别上了人家的当才好！"

　　史师子一听，不由恍然道："对呀！我也想起有毛病来了，为什么不早不晚，不前不后，正让我赶上这路事呢？这里头恐怕有毛病。"说到这里，不由哎呀一声，撒腿往外就跑。

　　袁圆子也怔住了，不知道他跑出去，有什么事，便先过去把黎金一把拽起道："你先起来，我还有话问你。"

　　黎金这时候都成傻子了，怔头刻脑地道："还有什么事？"

　　袁圆子道："你们这是从什么地方来？"

　　黎金道："竹叶山桃花店。"

　　袁圆子一听，不由哎呀一声，才要往下说什么，只见史师子飞跑而入道："可了不得了，小齐的枪马，完全丢去！"

　　袁圆子听了，脸上也是一变颜色道："怎么着，枪马不见？你可是刚从那里来？"

　　史师子道："不是从那里来，我还不会知道呢。"

　　黎金这时候可就横起来了，哈哈一笑道："老二位，你是侠客，你办的事没有一样儿不对的，你这件办得可未免差池一点儿，只顾了你一时高兴，随便拿人开心，你可就忘了这个事情多么厉害了。如今枪也没了，马也没了，人家姓齐的，虽则把枪马失去，一则是在半路上，二则丢在自己兄弟手里，并不算特别丢人，现在枪马全在你老二位的山上，人也没离山一步，居然把枪马丢了，这个可是笑话。枪马一丢，齐大爷这个宝马神枪牌匾算是完了，此后江湖上这碗饭也就不用吃了，你老二位山沟里翻船，把自己师弟也毁了，自己哥们儿也栽了，往下混着，我瞧也就没有多大意思了。这倒好，兄弟不愿同日生，但愿同日死，好朋友，这总算交着了。"

　　黎金这一阵满嘴胡说，这老二位还是真动了心了，别瞧黑小子是个浑人，说出话来，并没有一点儿不对，这可真是糟糕。二位一着急汗也下来了，话也没有了，来回在屋里一阵乱走乱蹀，你瞧着我，我瞧着你，不住唉声叹气。黎金这时候一声儿不言语，心里觉乎痛快。正在这个时候，就听窗户外头有人扑哧一笑，三个人全都吓了一跳。才一抬头，只听窗户外头哧的一声响，一缕白光，比闪电还快，直奔袁圆子头顶上扎来。袁圆子喊声："不好，这可是怪事！"一边喊，一边往下缩身儿，让过那道白光，只听当啷一声，这个东西正砸在屋里一个大潭瓶上，叭嚓哗啦一阵响，潭瓶粉碎，在架几案上，却凭空地添了一杆铮光夺亮的大枪杆。黎金一看认得，正是齐南子使的那杆宝枪，当下一纵身便蹦了起来，过去伸手就要拿枪。这时候袁圆子史师子不顾屋里黎金，提身一纵，横着一脚，把后窗户端开，飘腿出去，到了外头一看，连个人影儿都没有，两个人怔了一对儿。

史师子道："大哥，咱们这个跟斗，可算是栽到了头儿了。"

袁圆子道："废话少说，咱们分出左右，往前边去找一趟。"

史师子一点头，这二位就分头跑下去了。屋里黎金一看史师子、袁圆子不顾屋里，追了出去，他可就高兴了，一手把枪拿起，来到里头屋门，他准知道这屋里是翻板地，方才齐南子这些人全都掉在里头，自己把门打开，拿枪把翻板一支，这些人都是来无踪去无影的功夫，大概全都不难一蹦而上，这些人自要能够出来，袁圆子、史师子就是再回来也就不要紧。想得挺好，过去把帘子一掀，才要进门，脑后风生，一刀已到，急忙向下一蹲身，斜着一蹦，躲过一刀。回头一看，不是一个，一共是三个，以为就是那个被楚东荪吹倒了的那个小孩儿，那二位便是一个姓娄的，一个姓杜的。娄杜两个没过来，就是小孩儿一口单刀，蹦过来照着黎金前胸又是一刀，黎金一闪，把手里家伙一磕，要试试这杆神枪。小孩儿一看，来的正是方才那个天下第一侠，心里不由一怔，往后再看，更是诧异得说不出话来。这时候黎金也看出来了，来的这拨儿人，不只是楚东荪一个，还有尹明子、齐南

218

子、木贞子、三多儿、闵天龙，全都赶到不算之外，还有袁圆子、史师子，以及娄杜二位，也混在一起，最可怪的是，在大家后面还跟着一个，也是笑容满面。仔细一看，不由脱口而出："师父！"原来来的这人，正是黎金的师父，神砂手闻人喜。

闻人喜把手一摆道："跟在后头，回头我还有话问你。"

黎金不敢多言，只好站在后面。那个小孩儿也不敢再说什么了，往袁圆子身旁一站，袁圆子这时候脸上颜色也不是先前那样有气的样儿了，有说有笑的，又往屋里让大家。

尹明子一笑道："这回我先打听打听，屋里不至于还有滚板、陷坑这些玩意儿呀？"

袁圆子道："方才已经说过了，过去的事，不用再提，为什么又说这些个呢？"

齐南子道："别的都可以不提，唯独方才山头里那股子水是怎么档子事？我直到如今，还没有明白，你能不能告诉我，也让我学一招儿？"

袁圆子道："这个原算不了什么，我可以告诉你，那片水源通里头一个泉眼，在夏秋之际，那水每天长流，到了冬天，水源一冻，就停水结冰，我想了一个法子，把泉源地方烘热，使它老能流水，今天放的，便是这个，原不足为奇，一听你就明白了。"

齐南子一点头道："还有一件。"

袁圆子道："是不是问那屋里的陷坑？"

齐南子摇头道："不是，我问的是我那匹马，平常人到不了面前，如何你能把它弄上山来？"

袁圆子道："这个可不是我办的，这是你二师哥他一手承办的，总之这次事，我连山都没有下，一切的事儿，全是你二师哥一个人干的。"

齐南子道："那就是了。"遂又问史师子怎么把枪马弄上来的。

史师子也一笑道："你要问我怎么把它弄上来的，干脆告诉

219

你，一句假话没有，我是把它背上来的。"大家一听，不由全都一怔。史师子又一笑道："你们还不要以为说的是假，我不但是把枪马盗了上来，而且我还得了一点儿小小财气，现在可以不说，将来我再告诉你。现在最要紧的，就是要问你们究竟为了什么仆仆风尘，这么兴高采烈。"

齐南子遂把如何路遇楚东荪主仆，赶路进京，自己看着形迹可疑，便跟随他们，到了九龙沟，如何路遇黎金，怎样把他吓走，又到了七鹆寺，如何赶淫尼，巧逢万虚子，住黑店，杀老贼，又遇尹明子，以及桃花店，竹叶山全都细说了一遍。

史师子道："这就是了，那么这位楚少爷身上带的钱财，现在可还都安在吗？"

楚东荪没搭话，三多儿一拍皮囊道："你倒不用多虑，全在这里。"手才往上一拍，颜色不由陡地一变，汗就下来了，一使劲把腰包解开，仔细一看，里头除去几块石头之外，哪里还有一点儿影儿。三多儿双手一抖，哎呀一声，不由背过气去，齐南子站在旁边，不但没急而且微微一笑。楚东荪可就看出一点儿意思来了，不用说，这一定是他老人家闹着玩儿，把东西给藏起来了，想三多儿跟随自己一路，可不是容易，舍死忘生，不过是为了那一点儿钱，好去搭救自己父亲，免得身受牢狱之苦，万没想到，带得那么严密，会让人家给掏了去，连个影儿都没有查出来，看这个神气，一定是齐大爷给拿了去了，可别听说是位侠客，可也难免见钱眼开，真要是叫他给弄了去，那比扔在海里，还难往回弄，这件事可不能太大意了。

心里想着，先过去伸手把三多儿一把扶住道："兄弟，你怎么了？你这一道儿上太累了吧？你醒醒儿，我还有话跟你说呢。你不用着急，什么事也不要紧，咱们现在认识这么一拨侠客义士，还能让咱们为难吗？你醒醒儿！"

三多儿大咳一声，吐出一口浓痰，才算悠悠醒转，向楚东荪一看，不由双眼一酸，眼泪就下来了，一边抽噎一边道："少爷，你不用再顾念我了，想我受老爷太太天高地厚之恩，粉身难以图报。这次老爷遭人陷害，困在京城，幸得有人送信，说是找了门路，可以营救老爷出险，当时老太太一喜一急，喜的是老爷有了盼望，急的是没钱没人，不能前去营救，也是枉然。后来实在没了法子，才想起叫少爷你进京救父，又有几位热心亲友，把钱凑齐，太太又怕你一个人年轻力小，道儿上出了什么舛错，焦思无计，是我自告奋勇，愿意保护少爷进京救护我家老爷。太太先还不肯，怕我也是毛手毛脚路上失事，钱财事小，老爷性命难保，是我再三声说，又加上实在没人护送，太太才肯答应。及至头一站经过九龙沟，遇见了齐大爷，承他老人家，一路之上，给了咱们不少照应，后来越聚人越多，又都是侠义英雄，我想这也是老爷太太为人忠厚和气，不该身遭惨报，才有这些位爷们帮着护送。现在出来已然不远，再有几天，也就可以到了，只要见着老爷，能够把老爷救了出来，这就是死在九泉，也是乐的。万没想到凭空会出了这么一点儿岔子，竟把我片刻未曾去身的东西被人偷去，你要知道，不怕把我的头弄去，都不要紧，唯独这个钱，他可不该偷去。现在钱是已然丢了，凭我的本事，他能够偷得了走，我就要不回来，太太把那么大的担儿，搁在我的肩膀上，是多么看得起我，如今我全把这笔钱给弄丢了，我活着又有什么意思。少爷你可以明白了，咱们眼前一站一立的这些位，可全是当时的英雄侠客，你只要能够求上一位，肯其给你帮忙，事情准能成功，老爷定能脱险，到了那个时候，少爷能够一家团圆，我虽不能亲眼得见，死了我也甘心。至于老爷太太待我的恩德，只有来生来世再报了，少爷你前途小心，我可不陪你了！"说到这里，挺身一纵，脑袋就奔了墙壁子上撞去。

齐南子在旁边，好像早有准备，一伸手就把三多儿抓住道："好孩子，别着急，东西在我身上呢！"

三多儿一听，当时把腿儿一蜷，身子就站住了，回头向齐南子道："齐大爷，我现在可已然到了油干灯尽的时候了，你可别跟我说着玩儿。"

齐南子微微一笑道："好小子，你什么时候叫我给冤了？没错儿，你身上那点儿东西，全在我身上哪。"

三多儿一抹眼泪道："既是这样，那我可就不死了，有什么话全向你说了。"

齐南子道："没错儿，有什么话全冲我说，你还有什么不放心吗？"

三多儿一乐道："那还有什么不放心的，齐大爷，你拿出来咱们再瞧瞧怎么样？"

齐南子有点儿不高兴道："你瞧你这孩子，我既是说这个东西在我手里，当然就是在我手里，我还能够骗你是怎么样？你干什么这么不信服我？"

三多儿道："不是我不信服你，我总怕是这个东西没在你身上，你是故意骗我，等到大家一散，你再一告诉我没有，我再死了，也没用了，所以我想请你拿出来咱们看看。"

尹明子在旁边听着，向齐南子道："他既是这样说，你就拿出来给他看看，岂不去了他的疑心病？何必这么瞎吵，还有好些正经事没有办呢！"

齐南子道："看看就看看，谁还把你这点儿东西搁在肚子里？"

一伸手从腰里扯下一个口袋，三多儿过去一把抱住道："不错正是这个口袋！"跟着哎呀一声道，"齐大爷，可了不得，这个口袋是个空的！"

齐南子一听，抢过口袋来伸手一掏，不由哎呀一声，脸上变颜色，顺着脑袋瓜子往下流汗，那只手可就拿不出来了。

三多儿在旁边微微一笑道："齐大爷，我说你拿我闹着玩儿是不是？你把东西挪开了地方，可拿一个空袋跟我闹着玩儿，齐大爷，你大概也知道我那口袋里的东西，关着我们大爷一家老小的命呢，你搁在什么地方，请你赶紧拿出来，不怕还是由你带

222

着，都没什么，我怕的就是东西既已离开口袋，难免有个散开，那要再丢了，可就不好找了。齐大爷，请你赶紧给拿出来吧。"

齐南子这个时候，真比让人家给按在地下打一顿还难看，心里这份儿不是意思，就不用提了。尹明子在旁边道："小齐呀，你这是怎么啦？有什么话，你倒是说呀！东西是人家的，搁在什么地方，赶紧给人家拿出来，你听人家小孩儿那片意思，可实在真急，你别逗他了，快给他拿出来叫他瞧一瞧，不也就完了吗？"

齐南子四下一看，随地把空口袋一扔，双脚一跺，蹦起来足有七八尺高，长胳膊一踹腿，就奔了史师子去了。史师子还是真没有防备，被他当胸一把揪住，哈哈一笑道："好师哥，你打算让我急死才说呢？你把我的东西弄到哪儿去了？请你赶紧给我拿出来，咱们算是师兄弟一场，我是什么话也不说，你今天要是不把我的东西给我，对不过，我要跟你拼命，我活着也不成了！"

史师子一掰齐南子的手道："小齐，你先沉住了气。东西当然你是丢了，不过我可没有拿，这个拿的人我也知道，就怕你不敢找他去。"

齐南子道："你说是谁？红了毛的我都敢找！"

史师子笑道："这个人依然是黑头发，黑胡子，毛是一点儿都没红。不过，我可准知道这个主儿你惹不起，别没事找事，打不成狐狸闻屁股臊，好在弄丢的又不是你自己的东西，丢了就丢了，皮不痒，肉不疼，你又干吗那么走心？好师弟的话，你这二年宝马神枪的名儿，也闹得太凶，难免有那着三不着两、没见过世面的朋友，跟你闹个玩笑。要据我说，你趁着现在一收，比什么都强，咱们哥儿几个，老也没得见面，难得现在聚在了一起，这个地方，山高皇帝远，不知道这个地方儿的人多，咱们就在这里一忍，谁也不能再找上咱们这个门儿来，山上种的粮食，也足够咱们吃的，山上打下来的棉花，也足够咱们穿的，人活一辈子，不就是图个吃穿两个字吗？穿暖了，吃饱了，比什么不强，要依我看，可是再好没有了，不知道齐侠客以为如何？"

齐南子这时候心里快冒出火来了，这种话他如何能够听得进去？冷笑一声道："二哥，你的话一点儿也不错，我是久有此心，求之不得，但是今天这个时候，这话我可不能听。你既是知道这个人是什么人，就请你赶紧把他说出来，我也不管他是三头六臂，还是缺胳膊短腿，不怕我的能耐不如人家，叫人把我扎烂了劈碎了，我也得找他一趟。要是叫我就是这样儿一声不言语，除去我当时这口气没了，那算不用说了，只要有一口气在，我就不能善罢甘休。二哥，你说这个红了毛的他是谁？"

　　史师子微微一笑道："好！有心胸，有志气，不愧人家称为侠客，实在比我强胜万倍。我告诉你这个人倒不要紧，不过当着大家不说出来，你不找没有什么，等到我既说出来之后，你要敢找他，还算不错，倘若你要是不敢去，不但你丢人，连我们都跟栽跟斗，好师弟，我说出来，你可准去，别丢双份儿人！"

　　齐南子冷笑一声道："师哥，可也不是我敢说大话，自从我投师练艺，直到今天，别的能耐没有，说是怕了谁，简直就没有过那么一天，师哥，你就说吧，不怕他是天上王大，地下王二，师哥只要准知道，我要是不敢去，就算不姓齐，你瞧这个怎么样？"

　　史师子一挑大指道："好！这才是我的师弟，我告诉你，你去吧。这个人住家在北京城里，什刹海旁边，地名儿大墙缝儿，他姓花，单名一个锦字，有人送过他一个外号叫醉蝴蝶儿花四，因为他排行在四。你那个东西，我听人说是他拿了去了，不过准是他不是他，我可不敢说，反正你到了北京，只要把这个人找着，就能追问出你的东西来。咱们可是师兄弟，你丢人即是我丢人，你蹭脸就是我蹭脸，话可不能不跟你说。据我知道这个花四，不但十八般兵器样样精通，而且软硬功夫，也无一不好，那真称得起是个天字第一号的好朋友，你要细细想一想，能够是人家对手，咱们就去，不是人家对手，可就别去……"

　　齐南子不等说完，扑哧一笑道："原来是他呀！"

史师子道："你怎么认得他呀？"

齐南子道："我倒不认得，不过就冲他这个名儿号儿，干脆，就叫不知道有这么一号儿，什么鸡毛蒜皮，也浑充朋友，难得师哥你这么大的人物字号，怎么会怕起这样角儿来了？好师哥，你不是告诉我了吗？我今天当时就走，请你把我的牲口赏给我，我倒要闹闹这个姓花的！"

史师子一点头道："好，我真佩服你，但愿你旗开得胜，马到成功。你要到了那里，不能把东西得到手里，你可别寻短见，赶紧回来，说不得我们大家为了同门义气，跟你去一趟，到了北京，不怕头拱地，给人家磕响头呢，咱们也得把东西要回来。师弟，你一路之上，可要多加小心，因为我看你颜色不对，印堂发暗，此去未必能够挣脸，你可千万不要大意，你那宝马神枪的名儿，不是容易挣来的。话是跟你说完了，既是心急要办正事，我也不多留你了，你就请吧。来！把齐爷的马给牵过来！"

旁边小孩儿一声答应，转身出去，工夫不大，外头马叫，齐南子赶紧出来一看，正是自己那匹宝马，过去用手一摩挲马毛，那马不住哞儿哞儿长鸣，蹄子不住乱蹬，大家看着全都点头暗叹。齐南子攀鞍认镫，拧身上了牲口，回头一抱拳道："众位等我一等，多则七天，少则五天，我必赶回，请！"说到这个请字，手里缰绳一领，宝马四蹄一挠，就要开腿了。

猛听后头有人连哭带喊道："齐侠客，你走不得，你一走，我们命就没了！"

齐南子一听一怔，回头一看，正是三多儿，一手揪着马尾，一手擦着眼泪，齐南子心里这份儿难受，就不用提了，原来本与自己丝毫无干，无缘无故，只为一时义气所激，惹出这么一场事来。这还真不能怪人家孩子不放心，本来东西在人家身上，一点儿事儿没有，自己怔从人家身上给取了出来，心粗胆大，又把人家东西丢掉，固然说自己问心无愧，究属人家对于自己不知根底，救命的东西，瞪眼没了。自己说去找，找得回来找不回来还

225

在两可，人家没了东西，就不能救命，当然他不能放自己走，这个事可真是麻烦。

正在为难，只见楚东荪走了过来，把三多儿往后一拉道："三多儿，你不要和师父无礼，师父把咱们东西代为存起，原是怕咱们丢掉，在你身上，岂不也是一样儿丢掉。现在师父既是答应咱们给咱们去找，咱们就在这里等着好了，你一耽误时候，东西倒许丢了。再说师父连救咱们几次命，岂能现在撒手不管，你快撒手，让师父快去快回，咱们静等好音吧！"

三多儿一听，把手就撒开了。齐南子心里真比针扎还难受，拿眼一扫楚东荪，双腿一磕马肚，那马长嘶一声，四个蹄腕放开，沙沙沙一片声音，眨眼之间，连个马影儿都看不见了。

史师子一看齐南子去远，向袁圆子把嘴一努道："这回就管过来了，太爱管闲事……"

一句话没说完，只见三多儿向前一扑，口称："两位侠客爷，你就救我主仆两条命吧！"

史师子赶紧用手一搀道："起来，起来，这话是从什么地方说起？"

三多儿道："侠客爷，你这一点儿意思，小子我也许猜着了一点儿，我说出来你听听。齐侠客身上的东西，被谁偷去，你是一定知道，不但知道，而且你还使的是活局子，所为骗的是齐侠客一个人。我还知道齐侠客就是到了北京，也未必能够找着那位花老英雄，即使找着花老英雄，这个东西，也不能还在花老英雄手里，你的意思，不过让齐侠客多跑一趟，受点儿折磨，为的是让他老人家退回家里，从此不吃绿林这碗饭，你说你是不是这么一个意思？"

史师子一听，微微一笑点点头道："这头怪难为你，从什么地方想起来的，这个可以不说了，那么，你叫我救你又是怎么一回事？"

三多儿道："我们主仆怎么来到此地，大概你也都明白了，

226

我家老主人一条命，也全在那一点儿东西上。现在齐侠客是已经走了，我们主仆这点儿能耐，你大概也看出来了，东西一弄掉，回是回不去，找是找不来，你要瞪眼叫我们出去，我们当时还是就得走，你可说叫我们主仆走投何处，只要离开这个地方当时除去一死，一点儿法子也没有。我求你看在齐侠客面儿上，容留我们多在这里等一等齐侠客回来，有了东西，自是万幸，倘或东西没了，或是齐侠客简直不回来了，那没有别的法子，只有恳求二位侠客大发慈悲，救我老爷一家大小性命，小孩子纵死九泉，也感念二位阴功德行！"说着声儿一咽，呜呜地哭了。

史师子一笑道："这倒不错，管人家闲事，没有闲利落，反倒引出野火烧身，真是多一事不如少一事，要按实在说，我们不久就有正事，现在把大家聚在一起，所为彼此长在一起，大家预备预备，哪里有工夫去管这些闲事。依我说咱们干脆不用管，随他们去好了。"

袁圆子扑哧一笑道："得了得了，他们主仆远道千里，也不是容易，咱们不要紧逗他们，叫他们起急，干脆告诉他们吧。"说着向楚东荪道："这位楚大爷，你总算运气好，能够遇见我们这班兄弟就算完了，要不然的话，大小也得给你一点儿苦子尝尝。现在你放心吧，什么事也没有了，你今天在这里歇一夜，明天我派人把你们送到京城，到了那里，自然就全明白了，绝不会使你失望的，楚大爷，你就放心吧。"

楚东荪一听，袁圆子所说，仍然是半吞半吐，不肯完全说出真相，自己也就不便多往下问，便笑了一笑站起一揖道："侠客爷说是没错儿就没错儿，我哪里有什么不信，我这里先谢谢你的帮忙吧。"

袁圆子哈哈一笑道："书凯子里居然也有这样开通的人，实在不含糊，真不枉小齐帮了你们会子。"说着又向木贞子道："木大姑，他们众位都凑在一起，我已明白，大姑怎么也会跟他们走在一起，我们不知道，你何妨谈谈。"

木贞子道："我这次出来，说是有事也可以，说是无事也可以，有一节儿小事，就是我打算约集同门众位师兄，齐往落钟湾一行，要一雪前耻。"

袁圆子一怔道："怎么木大姑还没有忘记从前落钟湾那点儿小事吗？我想从前也不过是一点儿误会，如今事隔多年，或者他早已忘去，何必再提他。依我劝大姑，趁早儿丢手，免得多添烦恼。"

木贞子一摇头道："这话是咱们这么想，他们可没有这么想，他们打算要一网打尽，他们好畅所欲为。去年开放圣会时候，他们又去闹了一次，不是咱们四哥、三哥赶到，那个笑话就出大了。我想是病就得治，是个疖子就得出脓，纸里包不住火，将来也是一个不好办。我想见着谁算谁，大家帮我一步，到落钟湾去辛苦一趟，想个什么法子，跟他们痛痛快快闹他一场，是姑娘是小子，也就可以分出来了。几位师哥，可千万帮个忙儿。"

史师子一笑道："这倒不错，我们本来连山都不下，往山上抓人的，想不到一个没抓来，反被人家把我们山上的人抓下去了，这才成了笑话呢。"

袁圆子道："木大姑，你说的事，我们当然应得帮忙，事完之后，我们也有一件小事，要求木大姑帮忙，大姑到时，可也不要推辞才好。"

木大姑道："万死不辞。"

袁圆子道："好！咱们就是一言为定吧！"

刚刚说到这里，外头有人飞跑而入，袁史两个一看，正是娄杜二位气急败坏，从外头跑了进来，眼神慌慌张张道："不好……回当家……齐南子……齐大爷被人害了，人头摘下……让人家给咱们送到对山，在一棵大树上悬挂，并写了一张白纸。确是齐南子被人杀害，特来报知。"

呼噜一声，人就乱了一片。

后事请看下集。

第 三 集

第九回

谈笑风生英雄脱裤
撚酸火起无赖偷靴

话说史师子、袁圆子、尹明子、木贞子、闵天龙、闻人喜、三多儿、楚东苏，这几位正在红蜂寨里杯酒言欢，高谈阔论，忽然外头有人报进来，齐南子不知被什么人所害，人头挂在对山，还留下有字帖儿一张。

头一个三多儿就蹦起来了，一拉楚东苏道："大爷，走，咱们去瞧瞧去。"楚东苏两眼发直，一动也不动，三多儿一着急，使劲一拽，楚东苏往前一栽，差点儿没有摔倒在地上。

史师子道："你不要揪他，他是抽冷子一听这个信儿，心气儿一惊，挽住了气，别着急，不要紧，瞧我的。"说完这句，走过去照着楚东苏脊背上就是一掌，叭的一声，楚东苏哇的一声，就哭出来了。一边擦着眼泪，掉转身躯，扑咚一声，当时就给大家跪下了。口含悲音叫了一声："众位侠客老大爷，我师父被人杀害身死，众位总得给我师父报仇……"

一句话没完，史师子哈哈一笑，当时大家不由一怔。三多儿头一个就撞上火来了，腰板儿一挺，走上前去，向史师子把眼一瞪道："你先等一等再乐，我小子抖回胆子，要在你面前请教请教。"说话时瞪眼拧眉噘嘴，十分不是样儿。

史师子微然一笑道："你有什么话，只管好说，何必气得这个样儿？"

231

三多儿道："你别嗔着我满嘴乱说，我实在有点儿不明白，你跟姓齐的是怎么个交情？我是既然不知，我也不便深问，就说现在这件事。我跟随我家少爷这次出门儿，原不是为出来游玩儿，也不是为拜访名师，结交天下好汉，只因我家老主人被人陷害，远在北京，性命不知生死，我家主母派了小子，护送我家少爷进京，所为走走门子，花几个钱，把我家老主人救了出来。偏是事情多变，半路之上，遇见齐大爷救了我主仆性命，并且答应我们，保护我们主仆进京。就在这几天里头，连着出事，总算上天有眼，逢凶化吉，都未出险，眼看我们就可以安然进京了，凭空出岔子，你把齐大爷枪马弄走，好容易找到这里，不是有人解说，几乎全遭毒手，临完了，你又把我们主仆提心吊胆，看得比命还重的一点儿东西完全取走。齐大爷可以说是万分热心，听说我们东西没了，为了我们一家人性命，不惜单人独马去往回找，谁知事出大祸，齐大爷被人惨杀身死，人头挂在对山，我们伤心难受，还没有完，你在旁边哈哈一笑，这是什么意思？我小子虽然身无一技之长，看着很是不痛快，好在我们事情已然全糟，无可留恋，我要跟你拼条小命！"

说着话，一抬腿就要踢桌子。腿才往上一起，旁边木贞子离得最近，一伸手往旁边一推，三多儿一个踉跄，横着出了好几步。三多儿使劲一挺腰板，才算站住，回头一瞪眼，才要向木贞子说几句话，木贞子满面带笑地道："三多儿，不用着急，这件事不用你问他，我也要问问他，等我问完了，他要说不上一点儿理来，我也帮着你给齐大爷报仇。"三多儿一听，这才不言语。木贞子向史师子道："二哥，咱们弟兄处在一起已经不是一天半天了，怎么今天大家都变了样儿。第一，你不该听信旁人谣言，就和自己同门为难；第二，你不该因为自己弟兄闹着玩儿，耽误人家正事，你看现在把人家急得这个样儿，倘若大小急出一点儿事来，二哥你算什么侠义什么好汉？更可怪的是，方才头目来报，说是小齐被人家给卸在了山头，不管事情真假，你也应当去看一看，大小真假也得着一点儿急才是意思，怎么一句话没有，反而哈哈一阵大笑，这是什么意思？难道自己弟兄，真有什么不能解释仇恨，你听了这个信儿，给你出了气，你才这样高兴吗？我想咱们至不济也是上等牌匾的人物，无论如何，也不该有这种样儿。二哥你有什么意思，你无妨谈谈，咱们大家也听听，明白明白。"

史师子依然满脸笑容道："大姑说的话，真是一点儿也不错，我确是跟姓齐的有仇有恨，现在他死了我痛快……"

一句话没说完，咔叽一声响，枭的一声，一支袖箭，直奔史师子哽嗓咽喉。史师子往旁边一闪，叭的一声，这支袖箭，正打在椅子背儿上。袁圆子在旁边就急了，把眼一瞪道："什么人？怎敢到我这里来当面撒野？"其实袁圆子早就看见了，打袖箭的，正是插翅虎浑小子黎金。

袁圆子一喊，黎金一点儿也不害怕，往前一挺身道："我！我瞧着你们不够朋友，我心里有点儿不大痛快。像姓史的这样不分远近、不通情理的人，不用说是侠义道儿里头没有这样人物，就是吃江湖饭的，都不能这么心黑手辣，我看着是有点儿不高兴。袖箭是我打的，我打算把他一箭射死，给大家除害，没有想到他不该死，我会没有打着他，我要跟你们动手，当然不是对手，要杀要砍，任凭你们，不过你们要给我一个痛快，要是成心磨搓我，你们就不能算是江湖上的朋友！"说着拧眉瞪眼，一点儿也不害怕。

袁圆子才要再往下说，史师子就站起来了，向袁圆子道："你先不用拦他，听我的。你们大家全都因为我这一笑，说我不够朋友，所以才和我这样吵闹，不过你们把事情都看错了，齐南子要是真死了，不用说你们众位不肯放过我，就是我自己也不能放我过去。要据我看，这里头是假多真少，大家可别上这个当！"

黎金道："什么，假的？又不是我们报上的，是你们山上自己报上来的，你不用强词夺理。"

史师子道："好在前山不远，大家无妨到那里看一看，如果是姓齐的，我自愿割下人头，给他抵偿，倘若不是姓齐的，那时又当如何？"

黎金道："不是姓齐的，取我的脑袋！"

史师子道："好！大家一同到对山上一看。"黎金头一个，第二个就是三多儿，余者这些人，也全跟在后头，直奔前山。说话的地方，离着前山并没有多远，一会儿工夫，到了山口，史师子道："你们别往前走了，大家看看，对山可有什么东西没有？"

大家一听，止步往对面一看，只见对面山头，一棵大树，大树上头，离地有个一丈多高，上头挂着一颗血淋淋的人头。黎金头一个就看见了，一伸手就把史师子揪住道："史大爷，你瞧见了没有？那个挂的不是人头是什么？"

史师子一笑道："不错，是个人头，你可看清楚了那个是谁的人头？"

黎金一摇头道："离得太远，瞧不了那么清。"

史师子道："既是没有看清楚，你怎么知道那就是姓齐的人头？"

黎金道："方才报齐大爷人头的，是你山上的人，你现在问我，我是怎么能够知道？"

史师子道："那个不要紧，你可以过到那边，把人头取了下来，仔细认一认，不就知道了吗？"

黎金一看，两座山虽说离得不远，可是也有两丈多宽，当间是一条沟，凭自己的能耐，无论如何，也纵不过去。要从这边山道绕下去，再从那边山道折回来，工夫就耽搁大了。便又一摇头道："我过不去，你另找别人吧。"

史师子一笑道："闹了半天，敢情你是全凭耳朵听嘴里嚼，一点儿真能耐没有，舌头倒是不小，可惜你师父这样人，怎么会收你这么一个徒弟？"

一句话没有说完，旁边有人微微一笑道："史二爷，你把我们冤得够瞧的了，我的徒弟既是不行，说不得只好卖回老力气，献一回丑，逗众位哈哈一笑吧。"

大家一看，正是黎金的师父闻人喜，方在一怔，要说不可，只见闻人喜双脚一跺，长胳膊往前一探身，脚一离地，身子凭空纵起，嗖的一声，便像一个小燕儿相仿，笔杆条直，往对面山头上纵去。只一眨眼工夫，人便到了对山。大家一看，闻人喜果然名不虚传，这么大的年纪，功夫居然一点儿没扔，还是这么好，不由全都脱口而出，喊了一声好。就在这一个好字，还没有喊完，猛听闻人喜哎呀一声，身子往后一倒，扑咚一声，竟自摔倒。大家一看，全都急了，头一个就是黎金，也顾不得什么叫山涧有多么宽，双手向前一扑，双脚一跺，就势腾空而起。尹明子离着黎金最近，一看黎金脑筋一蹦，眼睛一瞪，腰板儿一挺，就知道不好，他是豁出死去了，不过死也白死，多饶上一个，也没有什么意思，再者说年纪轻轻，这么死了，也未免可惜。说时迟，那时快，就在黎金双脚一跺，要起没起的当儿，尹明子兜着黎金腿洼子就是一腿，噗的一声，扑咚一声，黎金就是一个翻白儿大高掉儿，哎哟一声，瞪眼看着尹明子。

尹明子一笑道："你这孩子干什么？活腻了是怎么着？你师父都不成，你就成了？趁早儿一边看着，你师父他绝不能死，就是死了，也不能让他白死，你等着吧。"

两个人一捣乱，那边木贞子就忍不住了，跺脚一摔着，嗖的一声，径自往对面山上飞去，不亚一条飞龙相仿。到了对山，收住双脚，才要往下落，猛听叭的一声，枭的一声，就知道有人暗算，没敢往下落，临空一拧身，双腿一蹬，嗖的一声，人横着就出去了有个七八步，这才一绷脚面，一软腰，落在地下。这也就是木贞子，身手伶俐，来得特别快当，不然的时候，那一下子就躲不开，跟闻人喜一样，也得受了人家暗算。木贞子脚落实地，当时心气往上一撞，用手向那边一指道："什么人？为什么藏在暗地，暗器伤人？"

235

一句话没完，有人哈哈笑道："姓木的，不用着急，我们找的就是你们这成了气候的十八子。"笑的声儿，要怎么难听就有怎么难听。大家全都一怔，凝神一看，只见从那边晃出一个人来，身高不到四尺，大脑袋，短头发，又黄又卷，通红的一张脸，大鼻子，塌鼻梁，翻鼻孔，两只圆眼，一大一小，大嘴岔儿，一部连鬓络腮胡子，短脖子，高胸脯儿，大肚子，小短腿儿，上身穿一件土黄色丝绸小袄，土黄色中衣，脚下穿着两只皮靴，身上背着一个黄布包袱，不知里头装的什么。

木贞子一看，就吓了一跳，认得来人，本是云南五凤山朝天岭甘家村，此人姓甘，单名一个元字，别号人称黄毛太岁。此人在绿林多年，软硬功夫、水旱两路的武艺，无不精通，并且性情非常古怪，闯荡江湖几十年，从不与人搭伴，好朋友他交，坏朋友他也交，遇事不管是非曲直，他要管就得管，他要不管，求他也不点头。已是多年不见，听说他已洗手不干，不知今天为什么来到这里。看这神气，必有所为，倘若真要和自己为难，只怕大家全不是他的对手，难免要吃眼前亏。不过有一节儿，知道甘元虽然武艺高强，可是向例没有打过暗器，方才打出暗器，当然另有别人。话要说明，免得多生枝节，想到这里，便满脸带笑道："我当是谁，原来是甘元老英雄，你不在家纳福，来到这里，找的是谁？请你当面说明，免生误会。"

甘元又哈哈一笑道："姓木的难得你还记得我。我本不想出来，无奈有人和我徒弟为难，兔死狐悲，物伤其类，今天出来，找的就是你们十八子，要给我徒弟报仇解恨，你们哪位过来，咱们比画比画。"

木贞子一听，心中诧异，不知道他的徒弟是谁，便依然赔笑道："甘老英雄，你大概是记错了，你的徒弟，谁敢欺负？再者说，一向也没听你收过徒弟，你徒弟是谁，我们连影儿都不知道，怎么会无形得罪。你无妨说出来，我们也明白明白，倘若真是我们得罪了他，冲着你，我们可以给他赔个不是，都没有什么。"

话未说完，甘元一阵冷笑道："我也知道你们不认账。"说着向树后一点手叫道，"来呀，你出来让他们看看，省得他们背地作践人还说便宜话。"

树后一声答应，从里面走出一个和尚，木贞子这才明白，原来是大闹桃花店的九头僧，原来他是甘元的徒弟，便噢了一声道："原来是你！"

甘元道："是他便怎么样？难道你们就该把他追得走投无路？他是我的徒弟，我没有能耐，教出这样窝囊徒弟，实在可惨！不是我遇见他，他已早死多时，今天同他前来，正是要和你们诸位当面讨教。废话少说，过来比试比试，谁行谁不行，别尽冒大气，吓唬老实人。"

木贞子一听，回头一看，自己这些人，也都过来了，是福不是祸，说不得也得跟他较量较量，便冷笑一声道："我当着是谁，原来是九头僧化一。不怕你恼的话，你这个徒弟收得真不怎么样，你是英雄，他可不是英雄，这次结怨，就在前面桃花店，白昼持刀行凶，夜晚用熏香杀人，不是人多势众，早已命丧他手。即如今天，所作所为，全非光明正大、好汉子、好朋友，为什么假借他人人头，冒充齐南子，又用暗箭伤人，伤了我师兄？好！比画就比画，你先请，我全随着！"

这拨儿里头，除去三多儿、楚东苏，不知道有这么一个甘元，余外者全有耳闻，准知真要动手，还未必是他人的对手，不过大家也知道甘元脾气，吃硬不吃软，说好的不行，只好是先斗一斗再说，一看木贞子叫阵，大家是全不拦挡，过去先把闻人喜解救过来，站在一旁，齐看动静。

只见甘元身上黄布包袱往下一摘，向木贞子一笑道："好！大姑娘，我先陪你走两趟。"说着往那里一站，等候木贞子发招。

木贞子从身上摘下宝剑，亮开剑匣，往手里一捧，向甘元一笑道："甘老英雄，木贞子今天斗胆了。"手里剑往上一递，平着刺甘元的咽喉。甘元一看剑到斜身一闪让过剑头，伸二指，往木贞子肋下点去，木贞子知道他会点穴，被他点上，凶多吉少，急忙往后一撤步，躲开二指，一翻手里剑，直劈甘元顶门。甘元斜身一闪，抬左腿，亮右腿，斜步一跨身儿，用手抓剑，做出一个"恨福来迟"的招式。木贞子赶紧撤剑，双手一捧，往下就扎。甘元大跨步，五个手指头，并在一起，往木贞子肩头就削。木贞子往下一坐腰，甘元手往下一挫，木贞子要躲没躲开，叭的一声，正挫在肩膀上，腾腾腾推出三五步，一晃身才算站住，双手捧剑一笑道："甘老英雄实在高明，承让，承让！佩服，佩服！"木贞子就算败下来了。

木贞子这一退下来，大家全都一怔，皆因木贞子在这一群人里头，武艺最高，讲究细、小、绵、软、巧、窜、蹦、跃、跳，谁也不及她，她要败下来，别人过去，也是没用。正在一怔，有人搭话："我去瞧瞧！"大家回头一看，不由好笑，原来正是浑小子插翅熊黎金。

尹明子道："别废话啦！木大姑都不行，你就行啦？还不回去，老老实实地给我待一会儿。"

黎金把嘴一噘道："你瞧，人不可以貌相，海水不可斗量，戏法儿人皆会，各有巧妙不同，剃头的使锥子，一个师父一个传授，别看你们不行，我过去就许行。"嘴里嘟嘟嚷嚷，没结没完。

袁圆子就不高兴了，便向尹明子道："你就爱多说话，让他出去，碰了硬钉子，也好长点儿见识，好小子，出去吧！我看看你倒有多大的能为。"

拿话一挤，黎金就出去了，手里使两把小片刀，刀碰刀锵啷啷一声响，向甘元道："大脑袋老头儿，你怕不怕，我自己都怕，我怕刺我手指头。"

甘元一听，好劲，浑小子！可恨尹明子他们这一班人，眼看我在此地，竟敢派出这样人来，分明是看我不起！我要叫你在我手下走出一个照面，我就不叫甘元。这个时候，黎金拿着两把刀，不住地乱磨乱蹭，就是不上手。甘元一声喝喊道："呔！浑小子，你姓什么，叫什么，你师父是谁？你要全说出来，我也许看在你师父面儿上，不能伤害了你。"

黎金把嘴一噘道："哟哟哟，这是山上，山风可大，舌头伸出来，不容易回去，山风把你舌头闪了。你要问你家小太爷，姓黎名金，人送绰号插翅熊，小名叫熊儿，我师父姓闻人，单名一个喜字，也有个外号，叫神砂手，都跟你说明白了。老头儿，我要打伤了你，你可别哭！我要剁下你脑袋来，你可别流血！好老头儿，别走，接家伙！"呼的一声，带着风，两把刀就到了。甘元气得连鼻子都快歪了，你说他是浑小子，他会说话骂人，实在的可恶！本来不想伤他，冲他的话，也得给他一点儿苦子吃吃，一看刀到，往旁边一斜身，没想到黎金两把刀一左一右，一上一下，全是假的。甘元看见刀从左边来，自然往右闪，黎金的右手刀往前一扎，甘元就知道不好，上了浑小子的当，赶紧又一撤身，可就慢了一点儿，嗤的一声，仅把衣裳划了一个小口子，肉皮没有受伤，吓得甘元嘴里不住喊好险。

黎金哈哈一笑道："大脑袋老头儿，这个不叫险，底下还有险的哪，让你尝尝我这七十二套连环腿，双手的紫砂掌，七步之内，我要追魂夺命，老头儿你别走，今儿个你就算到了坟地啦。"黎金说的是瞎话，七十二套连环腿，听他师父说过，他可不会练，左右的紫砂掌，看他师父练过，他也不会练。甘元可不敢不信，人不能全凭样儿，就冲这小子虎头虎脑，师父又是出名的高人，难免他就许有绝技在身，一个大意，被他打伤，那才叫阴沟翻船，丢人不小。心里一留神，尽顾了防备他，出手可就慢了。这一来，浑小子是大得便宜，左边一刀，右边一刀，上头一刀，下头一刀，两刀夹一腿，胡移混砍，甘元除去躲，就是闪，简直摸不清他的门路，工夫一大，黎金就气喘吁吁。甘元一看，这才明白，又上了这浑小子的当，心一狠，牙一咬，不管黎金说真说假，是会是不会，干脆给他个先下手的为强，施展出自己本身的绝艺，不出三招，要把黎金打倒，轻重带伤，也好出胸头恶气。甘元心里是真有气，连上了这么一个小孩儿几次恶当，实在叫人难受，心里一挂气，无论如何，也得痛痛快快给他一下子，叫他知道知道厉害，不然当着这些人，面子上未免太难看了。想到这里，故意使出一个漏缝儿，应当往里进手，不但没往里进，反倒往后一退，露出来大肚子。黎金不知甘元故意卖招，还以为甘元叫自己给气糊涂了，一时真的失神，心里不由大喜，把双刀一扔，往前一抢步，使足了力气，双拳加劲，带着风一样，呼的一声，向甘元大肚子上砸去。甘元连躲都没躲，扑哧一声，打个正着。黎金双拳，既已打上了甘元，这才知道不好，本想无论如何，也得把甘元操出去三步五步，万也没有想到，自己双拳打在甘元肚子上，甘元连动都没动，就觉乎他肚子一软，往里一收，自己双拳，便跟着也杵了进去，并且浑身上下，就仿佛压麻了一样，连一点儿劲儿也使不上了，知道不好，赶紧往外一扯，益发知道不得，原来自己两只手，竟像粘在甘元肚子上一样，一动不动。这一急非同小可，当时汗就下来了，越使不上劲，越着急，越着急越使不上劲。

正在着急之际，猛听甘元哈哈一声怪笑道："娃娃，你的坏都到什么地方去了？我今天要不叫你碎成烂粉，我姓甘的改姓姓湿。"嘴里说着往里一吸气，眼看黎金双腿一软，整个一个人已然跪倒地上，脸上颜色连一点儿血色都没有了。大家看着干着急，一点儿法子也没有。

神砂手闻人喜就只这么一个徒弟，一看身当急难，心里一急，豁出命去也要一拼，一拧身蹦出来抖丹田一声喊道："姓甘的，不要人前逞能，咱们两个比画比画试试！"神砂手闻人喜嘴里喊着，人就蹦出来了。

甘元一看，认得闻人喜，心说这是你教的徒弟，早一点儿你也不出来，现在眼看我要得手，你的徒弟轻者带伤，重则丧命，要按这个孩子这份儿的可恶，不管谁出来，我也不能轻易饶他，不过当着这么些吃江湖饭的，真要是那么一办，大家不说这个孩子可恶有取死之道，一定说我这么大年岁，没有容人之量，反而被他们取笑，不如落得做个大方，饶饶这个孩子，跟神砂手闻人喜分胜负决输赢。不是自己说大话，准要凭能耐本事，闻人喜还未必是自己对手。想到这里，便把双手往后一撤，哈哈一笑道："娃娃，虽然你经师不到，学艺不高，并且敢在尊长面前无礼，按说我应当警诫警诫你，叫你知道有个怕惧，免得后来再犯毛病，不过现在你的师父，就在当场，看在他的面儿上，饶恕于你，不用害怕，快快起来，逃命去吧！"甘元这几句话，嗓音很高，大家听得挺真，不由全都摇头可惜，这么大的甘元，气量太小，跟一个小孩子还不免一般见识，真正可笑。

这时候，闻人喜抢步上前，用手一指黎金道："你这孩子，我也曾经跟你说过，走南闯北，要多学多练，不要尽凭嘴皮子找人家便宜，遇见君子，不过一笑，遇见小人，难免口里不干不净，我收徒弟一场，还要为徒弟听闲话，未免不值。从此以后，必须要谨记住，为人要宽宏大量，不可鼠肚鸡肠，快快回去，不要在这里讨厌！"黎金站起来，往回就跑。

甘元脸上一红，明知闻人喜指桑骂槐，说的是黎金骂的是自己，不由气往上一撞，冷笑一声道："神砂手，我知道你的功夫好，不想到你的嘴上也好，别说废话，请你亮家伙，见输赢。"

闻人喜微然一笑，把双拳一抱，说道："甘大哥一向身体可好？刚才为徒无知，跟你无礼，我已经责骂过他，也怨我师教不严，才有这样的子弟。老哥哥，咱们都是自己弟兄，请你别往心里去。"

闻人喜还要往下说，甘元把手一摆道："神砂手想不到你还记得有我甘某，真正难得！按说老友重逢，应当畅谈几句才是，不过今天，甘某来到此地，是找朋友算账来了，没有工夫细谈，你要不愿为敌，趁早儿躲过一旁，好容我和别人说话，你要有意为难，无妨凑个热闹也好。老朋友，时间不多，恕我无礼了！"

闻人喜依然微微一笑道："老哥哥，多年不见，你的火性还似当年，两边都是朋友，当然不愿两边动手，能输能赢，都不免受伤多事。依我之见，原无深仇大恨，不如就此罢手，岂不甚好，老哥哥？"

甘元一看，闻人喜是絮絮叨叨，便把眉毛一挑道："神砂手你不要再往下说了，你要知道我姓甘，事情不办则已，要办就要水落石出，绝不能让它拖泥带水，你要认朋友，趁早儿退下，不认朋友，赶紧亮家伙动手。我姓甘的，棋输子儿在，绝不能按兵不斗，底下的话你就不要再说了。"

闻人喜满脸赔笑道："老哥哥说得是，我既然出来，要依然回去，也未免难看，情知不是老哥哥对手，大胆妄为，要陪你走个三招两式，还求老哥你多多指教，多多容让。请！"说到请字，双掌一分，左手掌，奔甘元胸前，右手掌，奔甘元小肚子打去。甘元往旁边一闪，一阵冷笑道："这不结啦，好朋友原该如此！你要多多地留神！"让过闻人喜双掌，左手一晃闻人喜面门，右掌从下面穿出，平着闻人喜胸口砸去，这手儿叫作"玉女穿梭"。闻人喜一看拳到，抬手一跨步，让过一掌，抬腿一抽。甘元提身一纵，左脚向后一勾，闻人喜未曾防备，扑通一声，竟自摔倒。

闻人喜才一躺下，尹明子就沉不住气了，晃身一抬腿，正要出去，旁边有人拦阻道："你先慢着，瞧我的，我要不行，你再过去不晚。"尹明子回头一看，正是二师哥史师子，知道史师子比自己能为出众，艺业超群，准要过去动手，甘元未必能占上风，便也不再拦阻，只说了一声："二哥多多留神。"

史师子提身一纵，来到面前，恰好闻人喜败回，甘元说大话，把嘴一撇，向大家哈哈一阵畅笑道："神砂手原来有名无实，手下不过如此。姓甘的今天誓要分胜负，定输赢，报仇雪恨。自问真有能耐，过来能够比个三手五手，再请过来动手，要是身无一技之长，打算蒙事取胜，就不必过来多事。"

刚刚说到这句，史师子就到了面前，把手一摇道："姓甘的，你不要欺人太甚，我今天要当面领教领教！闲话少说，请！"说到请字，双手平着往前一送，再取甘元两肋。甘元一看掌到，双手从下面一分，史师子急忙撤回，横着一肘，便砸甘元左肩。甘元斜身一闪，双手一反一正，要拿史师子胳膊，史师子撤回手来，劈面一掌。甘元右腿往后一退，脸往上一翻，横手一托，要叼史师子手腕。史师子右手掌从左胳膊下穿过一挡，左掌趁势往甘元胸脯上拍去。甘元双手一合，按住史师子手背，含胸一撅。史师子急忙撤回掌来，甘元手快，不等史师子撤回，往前一抢步，伸手把史师子肩头抓住，垫脚一勾，史师子半身凌空。正在这么个时候，猛听一声："招打！"黑乎乎一片挂着风就到了，直扑甘元面门。甘元喊道："不好！"手里一松劲，史师子腰板一挺，双掌一推，甘元一个趔趄，史师子脚落平地，不由暗道一声："好险！"

黑乎乎一片，直扑甘元面门，甘元往后一闪，这一片来得太大，就凭甘元躲得那么快，居然全没有躲开，这片东西正罩在甘元头上，吓了一跳，急忙用手往下一揪，凝神一看，原来是一件黑绸子大褂儿。一时大意，倒吓了一跳，便不由大怒道："什么人这样无礼，有能耐只管过来，背地里闹着玩儿，要是叫我找着，对不起我可是要把他碎了。"

一言未尽，有人搭话道："姓甘的，你不要吹气冒泡儿，别瞧你这么大的英雄，你禁不住我大大一口气，准能把你吹倒了，你信不信？"

甘元抬头一看，说话的这个，正是一个年轻的小伙儿，穿章打扮，简直是一个没出闺门的大姑娘一样，走道儿一摇三摆，露出满脸的书气，笑嘻嘻直奔自己而来。甘元一看，心里不由有点儿犹疑，江湖之上，就怕遇见这样的人，准知道必有绝艺在身，不然绝不敢这个样儿。再说方才自己连赢好几阵他也明明看见，居然他还敢过来，一定更是有特别能耐，这个倒不可大意，真是要闹出一点儿什么笑话，自己来的人又少，那个跟斗可是栽不得，无论如何，先得问一问，省得闹得丢人现眼。想到这里，便把面容一改道："这位朋友，休得大话欺人，请问尊姓大名，怎么称呼？在下愿意奉陪讨教！"

楚东荪微微一笑道："姓甘的，你还是个吃江湖饭的哪！你怎么连我都不认得，可见你是出世不久，阅世不深，难道你就没有听说天下第一侠楚东荪？"

甘元一听，也是一怔，要说自己在江湖上，闯荡这么多年，虽不敢说是有名英雄，没有一个不认识的，大致也差不了许多，可是耳朵里绝没有听说过这么个天下第一侠，就冲这个外号儿，这个人的能耐一定不小了。况且看他这个穿章打扮儿，言谈举止，也像一个特别有能耐的，自己这次出来，虽说为了自己徒弟，受了人家欺负，自己才不远千里，出来这一趟，不过也是为给自己徒弟往回找一找面，并没有一定打算出人头地，特别露脸，真要是栽个硬跟斗，摔在一个小孩子手里，未免太已不值，这倒不可大意，能够有个台阶儿，就赶紧回去，省得栽硬跟斗。想到这里，便向楚东荪道："噢！原来是楚爷，打架不恼助拳的，你出来帮着十八子哥们儿，我也不恼，不过可有一节儿，我今来到这里，确实因为十八子欺负我不在外头，对我徒弟无礼，因此我才到来这里，方才虽然见了输赢，可是我还没有见着正头冤家齐南子，这个事情可完不了。你现在忽然出头，打算和我动手，我跟你素未识面，真可以说是远日无怨，近日无仇，我姓甘的，可不是怕谁，已然多年不出来的人，如今为了自己徒弟，出来找找面子，凭空多添几个仇人，这个事情可是不对。要依我说，现在胜负已见，只要十八子弟兄，从此答应，不再和徒弟为难，什么话也就不说了，冲着你，我这头儿算是完了，两下里都没有多大损伤，不知你瞧好不好？"

甘元这套话，大家一听，心说那可太好了，心里还纳闷，为什么甘元忽然服软，瞪眼看着楚东荪，意思之间，只要他点头一答应，当时就可以一天云雾散，再好没有。谁知楚东荪听了微然一笑道："姓甘的，你这话说晚了，既然和大家无冤无仇，为什么把齐侠客人头砍下，挂在这里，还要瞪眼打架，别人都饶得了你，我也饶不了你，别走，接招吧！"楚东荪嘴里说着话，往前一抢步，左手一晃，右手掌伸出来往上一托，一戳甘元面门。甘元一看，不知道这是什么门路，不由一怔，正要用手磕楚东荪的腕子，楚东荪猛地一声喊道："老甘！你别看你这么大的英雄，准禁不住我一口气儿！"说着话一张嘴，噗的一声，往外一吹，甘元就觉一股香气，一钻进鼻孔，霎时浑身一软，四肢无力，扑通一声，当时摔倒。大家一看，全都诧异，没想到楚东荪真会有这么一手儿能耐。尹明子心里明白，楚东荪使的这手儿，就是那种下五门的毒药，甘元没防备会上了这么一当。

甘元这一躺下，九头僧化一一声喊叫："胆大的楚东荪，敢伤害我师父，我今天跟你拼了！"说着话，一晃手里九耳八环方便铲，当啷啷一声响，便扑楚东荪，搂头盖顶，往下就砸。楚东荪手无寸铁，一见家伙到，哎呀一声，抹头要跑，腿底下一软，两只脚一绊，自己把自己摔倒。九头僧的家伙砸在地底下，劲头儿使得不小，把平地砸了一个大坑，撤回铲来，二次抢铲，又要往下砸。闵天龙一声喝喊："凶僧休得无礼，咱们两个来。"闵天龙赤手空拳，左手一晃，右手便奔九头僧当胸砸去。九头僧斜身一闪，横手里铲往外一推，闵天龙单手抓住铲杆，一晃两晃，横着一腿，正踢在九头僧胯骨上，通通通，九头僧倒退三五步，闵天龙跟着也进三五步，单手一提，九头僧就一吸气，闵天龙使劲一拧，九头僧的铲就拿不住了，铲一出手，闵天龙哈哈一笑道："凶僧，你的家伙已经出手，还有几合勇战，还不快快束手被擒！"九头僧一听，双腿一弯，扑通一声，跪在闵天龙的面前。

九头僧这一跪下，大家看着都觉可怪，九头僧是有名的凶僧，能折不能弯，哪有跪倒认输之理？还怕其中有诈。再听九头僧说道："这位朋友，我可不是怕你，给你磕头让你放我活命，皆因我师父他老人家已然洗手多年，这次为了我的事，他老人家

245

才肯出头露面，没想到被你们暗算制倒，我要打得过你们，自然给我师父报仇雪恨，无奈你们人多势众，我难以取胜。我要一走，对不起我师父老人家救我一场。现在不求别的，就求你们诸位先把我九头僧当场制死，然后我师父他老人家任凭你们处置。你们若打算成全我，即刻给我个痛痛快快，如若不然，你们就够不上江湖的义气。"

九头僧这几句话一说，大家不由暗赞，想不到九头僧化一会有这么大的血性。袁圆子头一个就过来了，向闵天龙一笑道："兄弟！这个和尚有点儿意思，冲着他，咱们把姓甘的也放了。可不能就这样放，得问问他人头是谁挂的，姓齐的是谁杀的，不是他们，自然把他们一放，要是他们，对不住，要摘他们两个人头，给姓齐的出口怨气。来！把姓甘的搭到里面。"

黎金、三多儿过来就要抬人，木贞子一声喊道："且慢！大哥你先别忙，人头离此不远，上头有字条儿一张，咱们先摘下来看看，究竟是谁所作所为，也可明白一二。"

袁圆子道："好，就烦木大姑吧！"

木贞子答应一声，向前撒腿就跑，离着大家不远，一棵大叶儿杨树，离地两丈多高，斜插着一支镖，镖上一个人头，血迹模糊，人头下面是一把很亮的刀子，扎着一张白纸，上头歪歪斜斜写着有字。木贞子略一端详，双脚一跺，提腰一纵，嗖的一声，起来两丈多高，两只手一上一下，把刀镖摘了下来，落在平地。这时候，楚东荪、黎金、三多儿、尹明子全都赶到。头一个楚东荪抢过去抱起人头，才一上眼，一撒手，骨碌碌人头滚出一两丈。

尹明子就急了，向楚东荪一瞪眼道："你这孩子，既然没胆子，就不该上手，你这一摔，怎么对得起姓齐的？"

楚东荪微微一笑道："尹大爷！你先别生气，你要捡起来一看，比我扔得还得远，那个人头是假的，他要是我的师父，我愿意陪着一死。"

尹明子一怔道："你怎么看出来是假的？"

楚东荪道："不但我看得出来，谁也看得出来。我师父年纪不大，这个人胡子都白了，也不知什么人，成心开玩笑，硬说是我师父的人头，差点儿没把我急死，我焉有不把它扔出之理？"

一句话没有说完，木贞子道："你们先别乱了，挂人头的不是外人，是咱们同门师兄弟，你们来看，这张纸条，写得明白。"

几人抢过去看时，只见上面写的是："可笑齐南子，胆大乱胡为。得罪绿林道，暗地紧追随。杀官又盗印，万恶秦寿贼。在我刀下死，寄首在山巅。并告十七子，速速把山回。"

木贞子道："你们明白了没有？"

尹明子道："看是看明白了，不是齐南子，一点儿错没有，可是你又从什么地方看出是咱们师兄弟来？"

木贞子道："咱们是十八子，他写的是十七子，不是咱们师兄弟，焉能有这样写法？这个人我都猜着了，八成儿是瞎子所为。现在既然不是小齐，咱们可以放心，趁早儿回山，把姓甘的放了回去，这件事确实他是不知，不过是适逢其会。"

尹明子道："好！咱们回山。"

过去把话向袁圆子、史师子一说，史师子一笑道："我早就说不是他，可见我眼光儿不错，走，回山。"

三多儿、黎金抬起甘元，九头僧化一在后头紧紧跟随。进了山寨，袁圆子向楚东荪道："天下第一侠，又该看你的了！"

楚东荪不由脸上一红，黎金看着不过意了，笑着向楚东荪道："大侠客，你歇一歇，这点儿小事，有我就足以办到。"说着话拿过一碗凉水，含在嘴里，照着甘元面门，噗地就是一口。

甘元阿嚏一声，当时醒转，把眼一睁，一挺身蹦了起来，一看楚东荪，眼睛都红了，狂喊一声："小子，今天不是你就是我！"往前一抢身儿，便奔楚东荪，楚东荪往后一闪，袁圆子便抢了过来道："甘大哥，你这就不对了，以你闯荡江湖，真可以说是无人不知、无人不晓，讲到水旱两路各种功夫，不敢捧你是

247

当今第一，也得说是数一数二。不是当面奉承你，你在绿林道上，英雄群中，总算蔓儿正，字儿香，提起你来，谁也得伸大拇指。万没想到，你收的徒弟，人头儿不齐，未免成为盗名之累。即如今天这件事，你跟姓齐的原本无冤无仇，跟我们更是素无过节儿，你不过是一时意气冲动，要和我们弟兄过不去，你未免持见太偏，以至才有今日这一局。要论能耐，我们这档人，没有一个是你的对手，也是你一时大意，才会上了小孩子一当，事情已过，应当一笑完事，朋友还是朋友，那就对了，你真要跟小孩子一般见识，未免太非大量之才。要依我劝，今天这件事，就算揭过去，这里有菜有酒，你吃点儿，喝点儿，咱们交个朋友，彼此省却许多麻烦，你瞧好不好？”

甘元一听，怪眼一翻，向大家一看，长长叹了一口气道："想不到我姓甘的，今天栽在你们手里，青山不改，绿水长流，再见了。"说完，一跺脚，拉起九头僧化一，如飞而去。

甘元走后，袁圆子长长叹了一口气道："今天真险，差一点儿没又闹出事来。我知道他的为人，素来刚愎自用，今天他真要瞪眼不完，大家真不是他的对手，幸亏有我们这位天下第一侠，才算把他降住，实在可怕得很。真是天有不测风云，人有旦夕祸福，谁也没有想到他会临时赶到，从今以后，真要处处留心，免得再多生枝节。"

木贞子道："他这件事算是完了，齐师哥一时气愤，去到北京，吉凶祸福，全难意料，最好能去打一接应，省得他人单势孤。"

史师子道："你这叫过虑，他这次进京，原无所事，他到了京城，自然明白，出不去三天两天就能回来，何必搁在心上？"

楚东荪接过来道："诸位师伯、师叔，想我师父此番进京，全是为了我一个人的事，众位走与不走，我先全不管，我和三多儿却要先走一步，一则接应我师父，二则探望我父亲。时候不多，我还是说走就走，讨扰诸位师叔、师伯之处，容到将来再报。现在我们先到桃花店，拉上牲口，就要进京。"楚东荪把话说完，向大家一揖到底。

袁圆子头一个把双掌一拍道："好小子，你该去！要走就走，我也不留你。"

一句话没说完，旁边又有人搭话道："楚大爷，你等一等，我愿意陪你一同进京。"大家一看，原来正是浑小子插翅熊黎金。

神砂手闻人喜一伸手把他揪住道："黎金，别人的事都完了，你可是走不了。你要知道，我追下你来，已非一日，你惹下塌天大祸，你的父母全都被人押入监牢，难道你一走，就算完事不成？"

大家一听，不由又是一怔。史师子道："他惹下什么祸事，你能说给我们听听不能？"

闻人喜道："说起这话，却怪我不该多事。黎金这个孩子，他的父母，原是穷苦出身，一日三餐不能吃饱，这个孩子长到七岁上，流落街头，与乞丐为伍。那时我从街上路过，看见这个孩子身体十分强壮，我一辈子没有收过徒弟，忽然起了收徒之心，找到他的父母，把意思一说，他父母自是千肯万肯，我便收他当了徒弟，用十二分力气教，希望他能成名露脸。不想此子外表虽然雄壮，天机十分拙笨，学艺三年，毫无成就，我一赌气，就不教他了。谁知此子糊涂胆大，在外头结交匪类，任意胡为，几次闹事，都由我出头了结，才算化险为夷，后来事情越闹越大，家里存不住身，从此漂流在外。我听人说，他被坏人引诱，交了一帮儿下五门的朋友，我正想找他问话，忽然有人在村头做下无头案件，留下人名，是他所干，官府捉他不着，把他父母押在监牢。可怜他父母，已然多年不曾和他在一处，怎么能知道他的去向，实在无法，托人给我送信，叫我把他找着，送官治罪，好让他父母完案。按说他的踪迹，我也无从知晓，本不能答应他的父母，不过大家都知道他是我的徒弟，说不定就许找上我的家门，派我把他找回圆案，那时我也依然得出来一趟。所以我这才不辞

249

劳苦，星夜奔走，沿途打探，知道他到了此地，恰好在此相遇，焉能容他再走，只要把他带回原地，到案打官司，也好救他父母出险。黎金，你跟我走一趟吧！"黎金一听，颜色改变，哇的一声，咧嘴大哭起来。闻人喜道："你哭什么？事到如今，还不快快回去，免得你父母受苦。"

黎金一边哭，一边说道："师父，你老人家就是不让我回去，我也得回去，不过有一节儿，杀人作案，绝不是我。要说我跟群贼混在一起，本来是我的不对，要说我胡作非为，我敢起誓，一样儿我都没干过。"

尹明子道："闻人大哥，要说别的我不知道，你这位徒弟绝不至于胡作非为，这件事你倒不必错怪他。现在我倒有个主意，我们几个人闹着也是没事，愿意分出两三个人，陪同你师徒二位，投案打官司，当堂讨限，戴罪拿贼，只要把真的贼人拿住，谁真谁假，自能水落石出。"

闻人喜一听，赶紧站起来一揖到地道："想不到这个孩子，全得诸位的人缘儿，既是你这么说，咱们就这么办，倘若能够破案，也是众位阴功德行。"

尹明子当时问道："哪位愿意去一趟，一块儿凑个热闹？"袁圆子摇头不去，史师子摆手也不去。尹明子冷笑一声道："大哥、二哥，我说这话可不对，咱们吃江湖饭，就得说江湖话，怎么二位哥哥胆子越练越小，难道连几个小蟊贼也都怕起来了？"

袁圆子没说话，史师子道："不错，我越练越胆儿小，我胆子比耗子还小，不用说是贼，连睡着的小孩儿我都怕。兄弟，我不去，你有什么法子，能够把我抬了走？我出一个主意，咱们打回哈哈，你要能够办到，我是当时就走，绝无半点儿含糊。兄弟，你可敢打赌？"

尹明子道："你说，你有什么主意，咱们无妨试试，也许我能够办得到。不过大家都得当个证人，倘若你说的道儿，我已然办到，到那时候，你瞪眼不认账，该当如何？"

史师子道："你这话说得未免有点儿太瞧不起人，咱们都是师兄弟，谁是什么脾气，大概你也不能不知道，别的不敢说，要讲究说话算话，我向例是一言一句，绝无反悔，并且今天出的这个主意，在你也决非难事，咱们无异打回哈哈，你只要能够办到，我必能说到什么地方，办到什么地方，不单我走，就是大哥，他不去，我都能想法子让他去，就看你能办得到办不到。"

尹明子道："什么话，你就说吧！你画个道儿，我就走，倘若我要真办不到，我也绝不再麻烦你，我当时带人一走，决无二话可说。你说出你的主意来吧！"

史师子道："想从前，你没跟我弟兄结在一起的时候，你有个外号儿，你可记得？"

尹明子脸上一红道："这是从前的话，你还提它干什么？"

史师子道："按说从前的话，现在已然不该再提，不过有一节儿，今天打的这个赌，跟你从前的外号儿，大小有点儿说的。"

尹明子道："既是这么说，我从前外号儿，可是久已不说，今天当着众人，把我的丑话儿无妨再说一说。想当初一日，我没入侠义道儿以前，身在绿林，闯荡江湖，那时候，我没有特别的能耐，不怕大家笑话，我就会一个字儿，'偷'！"大家一听，不由抿嘴一乐。尹明子向大家--笑道："众位不用乐，我说的是我从前没出息的事儿，好在现在我已多年不干，说出来也不算寒蠢，众位别笑话，我还得接茬儿说。想当初，我师父他老人家小耗神路敬，就是以偷盗著名，我跟他老人家，整整学了六年，从八岁学到十四岁，我的功夫学成，在江湖道上，又跟我师父闯练三年，江湖人送外号'灯影儿'。大江南北，山东山西，提起我的名字，没人知道，提起我的外号儿，小孩儿都脑袋疼。后来在云南方竹山宝庆寺，得遇我们师父独臂禅师，把我收服，我才改邪归正，重新拜师学艺。后来我师父独臂禅师收到十八个徒弟，人称十八子，也有区区在内。挨金似金，挨玉似玉，自从跟随我师父以来，这才明白从前行为不正，立志绝不再做偷盗之事。没

251

想到今天我老哥哥忽然提起，不知里头有什么缘故。我的外号儿，已经说明白了，二哥有什么差遣，请你当面说出，咱们底下事情还多，可没有工夫耽误。"

史师子道："不错，不错，你从前是叫灯影儿，都知道你能偷，我可没看见，今天你约我出去帮忙，咱们就拿这个打回哈哈，你施展施展你从前能耐，让我开开眼，你要能够把我偷了，不单我出去帮忙，就是大哥，也得出去辛苦一趟，你要是办不到，二话没有，我们哥儿俩是恕不奉陪，你看怎么样？"

尹明子道："二哥打人不打脸，骂人不揭短，从前我丢人现眼的事儿，你今天可不该再提，既是你点到这里，请你出题目，我今天要当众献丑。"

史师子道："你既然答应了，咱们可是说到什么地方办到什么地方，我出题目你就偷，你偷到手，我必帮忙儿，你要偷不到，可是不许撒赖，这个题目也不难。"说着话，一抬腿，拿手一指道："你看见了没有？就是我身上穿的这条裤子，你要有能耐给我偷走，我弟兄当时下山，你要办不到，说不得，哥哥我要驳你的面子，我可是不能去。"

尹明子一皱眉，大家听着也是一怔，心想这个东西可是不好偷，不比旁的东西，不拘搁在什么地方，也能想法子偷到手里，唯独这条裤子，穿在他的身上，他要不脱，无论如何，也偷不到手。

史师子一看，微微一笑道："怎么样？要是不成，你可别耽误工夫，趁早儿去你们的！"

尹明子道："二哥，除去你的心肝五脏，长在你肚子里，我偷不出来，不用说你外头穿的这条裤子，就是你里头穿的衬衣儿，我要偷，也得到手，你就说个时候吧！"

史师子一笑道："工夫不少，时候太短，你也偷不到，时候太大，工夫太长，又耽误正事，这么办，当着众位，给你三天限，不拘屋里外头，白天半夜，全许你偷，只要你能把这条裤子偷到手里，我便当时下山！"

尹明子一阵冷笑道："二哥，你给我三天限，你有工夫，我没工夫，这么办，当着众位，我也说一句，不出今天晚上，我要把你身上穿的裤子，偷到我的手里，可有一节儿，到了那个时候，你可别不认账。"

史师子道："我若言不应点，你算哥哥，我算兄弟。灯影儿，你就施展妙术，我要看你怎么偷我这条裤子。"

尹明子道："好朋友，一言既出，决无反悔，从现在到天亮，只要小鸡儿一叫唤，裤子没到我手里，我领着大家一走，决不麻烦你。二哥，你就留神吧，我可要偷啦！"说着话，笑嘻嘻，走了过去，用手一摸史师子身上穿的这条单裤。这条裤子，青洋绉，大甩裆，上头系着裤腰带，底下扎着裤腿儿。尹明子用手挨了一摸道："二哥，你这条裤子，就算丢了。"

史师子哈哈一笑道："灯影儿，你可别看我不会偷，我可明白你们偷的路子，使诈语，拍迷魂掌，领人家的心神一散，你们好得手办事。我告诉你，我一不害怕，二不生气，我就往这儿一坐，从今天到明天，只要小鸡儿一叫唤，你不能把我这条裤子偷到手里，你就算输了。废话不用说，有能耐你就动手偷，我等着！"说完这话，把双腿往椅子上一盘，瞪眼看着尹明子。

尹明子向旁边大家一笑道："众位，这可是咱们大伙儿的事，天一亮，鸡一叫，裤子不能到手，大爷、二爷不肯下山。别看我从前能偷，现在已然洗手多年不干，未免生疏一点儿，再者从前我有帮手，现在我是人单势孤，二哥往那里一坐，他不往下脱，干脆我就叫偷不下来。没别的，众位给帮个忙儿，咱们想想法子把裤子偷到手里，好去赶紧办事。"

大家一听，全都双手齐摇道："尹大爷，老侠客，我们可不会偷，帮不了你的忙，瞧你一个人儿的吧！"

尹明子又转过身儿来，向史师子道："二哥，得了，咱们哥儿俩，谁跟谁，大家都是侠义英雄道儿，这回请你下山，不是为我的私事，你就辛苦一趟，也没有什么，你干吗还得叫我丢人现眼？干脆我偷不了。"

史师子道："灯影儿，你不用废话，我知道你能偷，方才话已说到头里，你能偷，我帮忙儿，你偷不到手，废话不用说，我是决不下山！"

尹明子把脚一跺，把牙一咬道："好二哥！敬酒不吃，吃罚酒，姓尹的今儿个要偷不了你，不单我不请你下山，从此起，江湖绿林道算没有我这么一号儿人。二哥，你留神吧！"说完话，气昂昂一抹头，走出大厅外头，头儿不回径自去了。

闻人喜道："史二爷，这话我可不该说，今天这件事，你可办得不对，大家的面子，请你下山帮忙，你是执意不肯，必得多此一举，尹大爷已然多年不干，未必能够得手，倘若他脸上一个抹不开，抖手一走，我们这儿的事，人是越来越少，这件事你可办得不对。"

史师子一笑道："闻人大哥，你别生气，听我慢慢儿跟你说。我们弟兄十八子，就属他足智多谋，主意多，今天这件事，不过借此为题，杀杀他的火性，他要能够办到，我们弟兄自然当时就走，即使他办不到，等到明天，我们弟兄也必下山帮忙。闻人大哥，你就不必多虑了。"

闻人喜一听，这才明白。说话的工夫，天已然就有点儿黑上来，袁圆子吩咐摆饭摆酒，大家吃喝，依然不见尹明子回转。木贞子道："二哥，八成儿他羞刀懒入鞘，他走了！"

史师子道："不能，他这一走，必有主意，咱们不用忙，吃着，喝着，谈着，坐上一夜，只要天一亮，我的裤子他偷不到手，杀杀他的大气儿，我跟你们众位下山。"木贞子也就不往下再说了。

大家吃着喝着，听了听山寨的梆锣，打过二更，依然不见一点儿动静，大家各人心里有事，话也说尽了，精神也透着乏了，有人提议睡觉。史师子道："那可不行，只要咱们一睡，他的主意可就成了。众位要睡，自管请便，我在这里敬候他一夜。"大家一听，也就不客气了，各人全都告辞，找地方儿睡觉。大厅上，只剩下袁圆子、史师子二个。史师子向袁圆子道："大哥，现在已然有三更多天，再待一会儿，小鸡儿就叫了，他就是把裤子偷到手里，也不能算他的本事。"

袁圆子道："你可留神，他既敢说大话，就能有法子下手，你就坐在这里，我出去绕个弯儿，给你寻风瞭哨。"说完话，袁圆子站起身形，才出大厅，就听梆锣四响，已然四更天。

史师子独坐大厅，一边喝着酒，一边想事，工夫不大，隐隐已有醉意，远远听得鸡声叫响，跟着梆锣打五更。史师子自言自语道："得，天亮了，鸡叫了，裤子还在我的身上，我看你是怎么得手!"用手往自己裤上一拍，不由哎呀一声，两边裤子上，黏黏糊糊，不知在什么时候，粘上许多东西。心里一想，不用说尹明子所干，打算让自己把裤子脱下来，他好偷。现在天也亮了，他也没有偷到手，现在把裤子脱下来，换条裤子，就是他再来了，已然天亮，也不算他的能耐。想到这里，把这条单裤子脱了下来，往椅子上一拦，又找了条裤子换上。

就在这么个工夫，猛见闻人喜、黎金、闵天龙、木贞子、三多儿、楚东苏，全都走进屋来，异口同声问道："怎么样了?"史师子回头一指，意思要说裤子在这儿，没偷了走。及至手指头伸出去，不由大吃一惊，原来那条裤子，竟自踪迹不见，心里不由轰的一声，准知道尹明子已将裤子盗去，心神一定，向大家哈哈一笑道："裤子不错是被他盗去，不过有一节儿，他说的是天不亮，鸡不叫，要把我身上裤子盗去，现在天已然亮了，鸡也叫过了，他就是把裤子偷到手里，也算输了。"

木贞子道："你先慢着，你说现在天亮了，鸡叫了，不过据我所知，现在离天亮还远，再说鸡也没叫，裤子已经被他偷去，你就得认败服输，下山帮忙儿的才是，强词夺理，瞪眼不认账，决非英雄所为。不单姓尹的不佩服你，就是我们大家也都不能佩服你！"

史师子道："你们不用打算讹赖，我一直在这屋里坐着，梆锣响，小鸡儿叫，我都听得明明白白，难道还能有错吗？要打算瞪眼请我下山，那是万万不能！"

木贞子道："你说你听梆锣响，小鸡儿叫，就算天光明亮，这个你可错了，现在大家都在屋里，请你再听听梆锣响，小鸡儿叫，打个六更你听听。"说着话，向窗外喊道，"二哥不信，你再给打回六更。"

一言未尽，窗户外梆锣齐响，打了六下，跟着就听小鸡儿叫，小鸡儿叫完，窗户外头有人喊："二哥，你辛苦一趟吧！我这一宿罪受得够瞧的了，这打梆锣，带学鸡叫唤，才把你的裤子偷到我的手里。下山不是给我一人帮忙，重的是江湖义气，你要瞪眼赖账，未免不够朋友。"

史师子这才恍然大悟，原来梆锣响、小鸡叫，全是尹明子一个人所干，把脚一跺，双掌一拍道："好！我算服了你了，跟你们走一趟！"

闻人喜站起来一揖到地道："二哥，你答应我去，自是感激不尽，不过大哥怎么样，你能不能给问一问？要再有大哥帮忙，十拿九稳，到那里可以把事情办了。"

史师子道："我既答应你去，大哥当然也去，我看这件事，商量不商量，没有什么要紧，倒是咱们这班人儿，谁去谁不去，可以商量一下。"

楚东苏道："众位前辈，按说这件事，我们应当跟着走一趟，不过有一节儿，我现在身上，还有大事没办，现在我跟众位告假，要进北京，把事情办完，一定赶到，帮忙说不上，也必要去凑个热闹，现在可是不能答应。"

史师子道："你有正事，当然你走你的，说一句你不爱听的话，有你没你，也没有什么了不得。还有谁去？"

木贞子道："我这次往这边来，原本是为探望亲戚，不想会惹出许多闲事，现在事情，大致可以算完，我还要回去到南边走一趟，你们两边儿的事，我全都不管，你们可别挑眼，不愿意。"

史师子道："姓尹的闹了半天，找这个烦那个，临完了，他要不去可不行，咱们得问问，姓尹的到哪头儿去。"

尹明子在窗户外头搭言道："二哥，他们的事，有你跟大哥去，足可以行了，我可是得上趟北京，人家的事倒不要紧，小齐的事，直到如今没完，咱们可是不能不问。你跟大哥去帮忙破案，我到北京，一则给他们帮个小忙儿，二来我还要找找小齐，因为最近，咱们还有一件正事，必须他出头不可，大概你也明白。别人不管，我是往北京的一路。"

尹明子说完，史师子一笑道："我早就知道你不跟我走，这个也没什么，跟人家闲人办事情，我一个，大哥一个，姓黎的一个，闵大哥一个，大概足以能成，别人我们烦不动，我们也就不烦了。"

楚东苏看了黎金一眼，心里很有些个舍不得，可是又说不出来，怔眼呵呵，看着黎金发怔。别瞧黎金是个浑小子，他可明白这个，向楚东苏微微一笑道："楚大爷，我这次原是奉了齐侠客之命，打算送你进京，没想到有人冒我的名字，作下无头命案，我师父他老人家追到这里，我要不跟着走一趟，显出来无私有弊，现在我跟我师父回一趟家，有这么些位侠客，肯其帮忙，是非不难自明。只要我把事情一完，你在北京，我依然可以赶到见面。"

尹明子道："话已然说完了，离着天亮不远，刚才你们吃了喝了，我可是水米未曾入口，这么办，我得讨下子厌，请二哥再赏我点儿酒喝，给我点儿饭吃。"

史师子道："你真是有点儿讨厌，按着你所作所为，就应当饿你三天三夜！"说着一笑，吩咐来人，预备酒饭，大家又吃又喝，又谈又笑。

一会儿天光大亮，尹明子说："饭也够了，酒也足了，对不过，我要告辞起身！"当下尹明子带了楚东荪、三多儿两个，告辞下山，众人送到门外，尹明子三个进京暂且不提。

大家回到里面，木贞子向史师子一笑道："二哥，我还有一件事已经跟你提过，你要没忘，可得求你多多帮忙！"

史师子一听，当时一怔，笑着向木贞子道："大姑，你有什么话，说吧！"

木贞子道："方才我正在说着，让甘老头子一吵，揭过去没说。我求你不是别的事，就是从前落钟湾那一档子事，我是始终没忘，得求二哥帮忙。"

史师子道："没错儿！这么办，你先跟着我们辛苦一趟，事情完了，我准跟你到落钟湾找面儿，你瞧怎么样？"

木贞子道："你还是二哥哪，这么一点儿事，都得有个算计，话你既说出来，我就跟着走一趟，你将来要不给我帮忙儿，咱们再一块儿算账。"当下史师子、袁圆子把山寨之事，全都交给娄杜二位，跟随闵天龙、闻人喜，带着黎金，一同下山，暂时不说。

且说楚东荪、三多儿跟着尹明子，到了桃花店，备好牲口，认上官道，一撒辔头，三匹马，一片沙沙声响，楚东荪心里这才踏实。一路之上，有了尹明子这样能手，任什么事也不怕了，任什么事也没出，饥餐渴饮，晓行夜宿。

这一天，来到北京，进了齐化门，一看城里头，果然是建都之地，与众不同，什么做买的、做卖的，你来我往，十分热闹。爷儿三个找了一座大店住下，洗脸吃饭。吃喝完毕，楚东荪跟三多儿两个告诉尹明子，暂时在店里等候。

两个人出了店房，沿途打听，一直来到北衙门。到了门口，跟人家一道辛苦，问问有个楚正押在什么地方，能够接见不能。这位头儿上下一打量他们两个，微微一笑道："你问的这位楚正，八成儿回了老家了。"楚东荪一听，哎哟一声，扑咚栽倒，三多儿移步向前，赶紧往起就搀楚东荪，不管什么叫衙门口，放声痛哭。这位头儿赶紧拦住道："嘿嘿嘿，你这是怎么了？这要叫里头听见，你担得起，我们可担不起！再说无缘无故，你哭什么？"

楚东苏一边哭，一边说："头儿，你可不知道，我跟你打听的这位，是我的父亲，你方才那么一说，他老人家不是……"说着又哭。

这位头儿倒乐了，一边摆手，一边道："嘻！你把话都听错了，那位姓楚的，在前三天就出去啦！你想他是个外乡人儿，遭了这么一场官司，官司完了，他不回老家，他回到什么地方？八成儿你听说他回老家，你错会了意啦！得了得了，别哭了，他早就走了！你也赶紧还家，父子见面，一家团圆，是个大喜事儿，你还有什么难受的？"

楚东苏一听，这才明白，是自己把话听急了，不由转愁为喜，可是心里又有几分不相信。自己父亲被人陷害，身入监牢之中，有人给家里送信儿，拿两万银子可以赎人，自己的父亲，一生的硬骨头，做官没赚钱，祖宗遗产，连房子带地，赔去不少，一说两万银子，简直就叫没法儿变卖。还是自己的母亲，东挪西借，又把钗环首饰，以及压箱底儿小锞子，都搜罗净尽，按时价折合，至多不过万数来两，还差一半，实在没有法子，打算先送进一半儿钱去，换出人来。现在一半儿钱都没到，人怎么能够出来？大概凶多吉少，一咧大嘴，二次要哭。三多儿在旁边听得明白，人家这位头儿跟楚东苏无仇无怨，干吗说谎骗人？再者一想，齐南子已经说过，京里的事，可以放心无虑，大概是齐南子走在自己头里，把事办完，老爷得以脱险。少爷不问青红皂白，就知道咧着嘴哭，那可当得了什么？不如再往下问问，也许能打听出老爷的真实下落。想着遂把楚东苏胳膊一拉道："少爷，你先别着急，有什么话，咱们慢慢儿说。"楚东苏这才止住哭声。三多儿向那位头儿一笑道："这位大老爷，我再麻烦麻烦你，你说的那姓楚的，从这里出去，究竟到了什么地方？你要有个耳闻，请你无妨谈一谈，我们好按地去找。"

那位头儿一笑道："不瞒二位说，我实是不知道，不单我不知道，大概这一衙门里的人，也没有人知道，要依我说，你们二位从什么地方来，还到什么地方去，八成儿他是回家了。"刚刚说到这句，里头有人喊："张头儿！张头儿！"这位头儿一转身，答应着，往里边跑去。

楚东苏瞪眼发怔，不知如何是好。三多儿道："少爷，听这个意思，老爷的官司，八成儿是完了，这里既问不出来，咱们不如暂且回店，见了尹老英雄，跟他商量商量，人家经得多，见得广，就许能够有个主意，咱们就是在这里站上三天，不是也见不着老爷吗？走吧！"

楚东苏一听，只好回店再说。刚刚走进了店门，就见尹明子神色慌张，一把拉住楚东苏，往里就跑，楚东苏不由心口怦怦乱跳。来到屋里，尹明子悄声儿道："怎么样了？据我所知，这里头可又出了逆事了！"

楚东苏本来就害怕，一听尹明子话茬儿不对，以为是应了那位头儿的话，不由颜色惨变，结结巴巴地道："什么逆、逆事？是不是……我父亲……他、他、他老人家……有、有什么……不好？"

尹明子道："不对！刚才我可没听明白，令尊大概已然出险，八成儿连夜回家去了。"

楚东苏心里一块石头，这才落平，跟着又问道："既然是我父亲已然脱险，那么你说的逆事，又是什么？"

尹明子道："这件事，究竟是真是假，虽然不敢说一定，可是据我听着八成儿是他！"

楚东苏道："你说了半天，到底是谁，是怎么档子事？你慢慢儿说，我慢慢儿地听，究竟是什么逆事？"

尹明子道："方才我听店里人说闲话儿，北衙门里，前天闹贼，寄柬留刀，差点儿没出人命。事从一个外官儿身上所起，受屈含冤，身入监牢，惊动侠义英雄，夜入衙门，留刀示警。衙门里把这位官儿倒是给放了，跟手儿拿人，据说今天早晨，已然把寄柬留刀之人拿到。最可怪的是，这个人有一匹好马，有一杆七节儿枪。你们听听，有好马，又使七节儿枪，这个人是谁？"

楚东荪一听，不由哎呀一声道："那个没有别人，一定是我师父——宝马神枪齐南子！"

尹明子双手一拍道："着哇！不是他是谁？他既失陷在内，说不得，我今天要夜入北衙门，杀官救友。"

楚东荪道："尹大爷，你先别着急，你这话是听谁说的，咱们无妨打听打听，小心不出错，比什么都好。"

尹明子道："我恐怕睡多了梦长，等到里头把案子一定，咱们再打算活动，可就没有法子了，不如趁早儿动手，省得后悔不及。"

楚东荪道："话虽如此，究竟还是多问一问的为是。"

尹明子沉思半天道："要说打听，固然是不错，不过你要知道，咱们在这京城里，人生面不熟，应当跟谁打听？从什么地方入手？咱们完全不知，岂不也是白费功夫，既是你这样说着，今天咱们就出去打听打听，如果真有此事，你们赶紧回家，父子团圆，在这个地方，不单帮不了我的忙，还给我添许多麻烦，顾你们办不了事，办事顾不了你们，别回头一波方平，一波又起，那可就没结没完了。"

楚东荪道："不管怎么样，总是以先打听为主，事不宜迟，咱们这就出去。"

尹明子道："既然如此，说走就走，北京城我虽然不熟，可是据我想着，茶馆、酒楼、澡堂子，固然见是非之地，可是要打算打听没头的案子，那个地方倒许能够听些个风言风语。澡堂不必去，咱们先奔酒馆，一边喝着酒吃着饭，倘若能探听出一些消息，也好就此入手。"

楚东荪点头答应，带了三多儿，爷儿三个出了客店，直奔正衙门。恰好在廊房出条口上，开着有一家酒馆，字号叫群贤居。

三个人走进酒馆，找了一张干净桌儿才坐下，跑堂儿过来，笑容满面道："三位你这八成儿要去听戏去，今儿个戏还真不错，大老板的全部鱼肠剑。"

跑堂儿的还要往下说，尹明子一摆手道："伙计别往下说了，我们今天不为听戏，我们是外乡人才到北京，住在店里，打算出来逛逛，又不知什么地方热闹，戏我们不听，皆因我们不懂得戏。我好喝酒，听说你们这儿酒好，我们爷儿三个先喝会子，你把那好酒给我们来上半斤，现成的菜可口儿的，来上四五样，我们先喝着。你们这里也卖饭哪？"

跑堂的赶紧答应："我们这里卖饭，大饼大面、花卷儿、米饭，包个饺子、烙个馅儿饼全都现成。老爷子，你先喝着，什么时候你酒喝够了，你再说话，我再给你要吃儿，好在什么都方便都快。"

尹明子一点头，伙计就喊下去了："白干儿四两！"一会儿工夫酒来了，菜也到了，拌肚丝儿，卤牲口，豆豉鱼，酱腿子，往桌上一摆，向尹明子一笑道："老爷子，你先喝着，要什么，你只管言语，我可不陪你。"说完这句话，另去张罗别的座儿。

楚东苏拿起酒壶，给尹明子满满斟上一杯道："尹大老，你先喝着。"

尹明子接过酒杯，一饮而尽，吃菜，喝酒，心里可不住地着急，因为三个人出来，原不为喝酒吃饭，所为是打听齐南子。一边喝着一边听着，虽然有不少酒座儿，可就没人提这回事。心里发烦，向楚东苏道："要不然咱们走吧。"

楚东苏道："酒也没喝完，饭也没吃哪，走又该到什么地方去？"

尹明子道："你看见了没有，咱们进来半天，连一个提这档子事的都没有，我满心是事，焉能吃得下去喝得下去？不如趁早儿换地方再去打听。"

楚东苏道："尹大爷你先别着急，咱们进来还没多大工夫，

262

焉能有那样凑巧就有人谈这件事？要照着你这个意见，一进门就遇上，你心里才痛快。不过事情不能由咱们，你沉住了气，碰巧就许遇上。"

正在说着，外头有人说话，一边说，一边往里走，说话的声儿，舌头都短了，就听他嘟嘟囔囔地说道："酒不醉人人自醉，色不迷人人自迷。酒是高粱水儿，醉人先醉腿儿。满嘴说胡话，眼前活闹鬼儿。谁要说我喝醉了，他喝醉了，我、我还没喝够。伙计，再给我来八壶。"醉眼乜斜，步履踉跄，挨着楚东荪身旁一张桌子上，身子一歪，扑通坐下。楚东荪跟他正迎面，看得清清楚楚，只见来人身高在四尺多，矮胖子，酒糟鼻子，赤红脸儿，两只小圆眼睛，小眉毛，似有如无，扇风耳朵，薄片子嘴，斜扛着小辫儿，穿一件灰色褡裢的大褂儿，腰系蓝布褡包，脚底下两只打包头儿的青绒靴子，红头涨脸，酒气喷人，分明是个醉鬼，不由就是一皱眉。

旁边伙计就过来了，离着老远地笑道："孙二爷，你这是从什么地方喝了来的？我可不是拦你的高兴，你这酒可够了八成儿了，再喝可没多大意思。要依我说，给你弄点儿什么凉的吧，你先醒醒酒，等酒下去，再给你预备吃的，你瞧好不好？"

醉鬼把嘴一撇，从嗓子眼儿里打出一个嗝儿来，晃晃摇摇用手一指跑堂儿的道："我说小李呀，你跟我变了心了，我在你身上可没少花钱，你现在有了阔主儿了，就忘了你孙二爷拉拔你了。好小子，你想想，你把你良心掏出来问问，你的裙子是谁给你买的？你那包金镯子是谁给你打的？好你个乏娘儿们，有了干的，你忘了稀的，喝水你忘了掏井的，吃米你忘了种庄稼的，搁着你的，放着我的，走对了步瞧，乌龙院有话，明枪容易躲，我叫你暗箭最难防，我，我……"先说话嗓门儿高，越说嗓音越低，越说舌头越短，身子往前一扑，就趴在桌上，沉沉大睡，打起呼来。

伙计一皱眉，跟着呸的一口啐道："真是德行催的，也不是什么地方灌的黄汤子，跑这里找骂挨来了，我们做的是买卖，将本图利，来一个这样，来两个这样，我们这买卖就不用开了，什么……"伙计一句话没说完，后头有人啪的一巴掌正打在伙计肩膀上。伙计吓了一跳，急忙回头一看，赶紧退后打横儿，满脸赔笑道："嗬！塔二爷，你一位，你里边儿请吧！"

塔二哈哈一声冷笑道："小李，这就是你的不对了，照顾你们一壶酒也是财神爷，孙二爷他喝醉了，既是老主顾，就得多有一份儿人心才是。你听你，满嘴说闲话，七个不饶，八个不愿意，这也是买卖规矩吗？"

塔二说话嗓门儿大，楚东苏这爷儿三个凝神一看，只见这个姓塔的，身高七尺外，膀子宽，脯子厚，胳膊上长棱儿起线儿，粗眉毛，大眼睛，大鼻子大嘴，大耳朵，辫子在脑袋上盘着，鼻子头两旁边抹得是又香又黄，不知是什么东西，上身紫花布小夹袄，紫花布夹裤螳螂肚绿皮脸儿布靴头儿，腰里系着是腰裹硬，一摇三晃，很透着神气。楚东苏一看伙计要吃亏，就凭伙计那个样儿，真要让这大个儿干脆儿打一个嘴巴，就能要他半条命。一拉尹明子，打算让尹明子给帮个忙儿，省得伙计得不着便宜。尹明子偷偷儿一摆手，悄悄地说道："你不用着急，没事！"楚东苏不信，就冲说话那个神儿，焉能平安无事。

正在替伙计提心吊胆，就见那伙计屈背弓身说道："嗬，塔二爷，你可别挑眼，你跟这柜上都有交情，你到这柜上喝酒，也不是一天半天，这柜上谁怎么回事，大概你比我们掌柜的还清楚哪。别人我不敢说，就拿我小子个人说，不拘你哪位来，我也不敢怠慢过一次，唯独今天，孙二爷不知在什么地方喝的酒，来到我们柜上，醉眼乜斜，信口胡说，他说他给我做过裙子，给我打过镯子，你可听明白了？我可是个男跑堂儿的，醉人不醉心，他满嘴这么一胡说八道不要紧，知道的，他喝醉了，得容让他是个醉鬼，不知道的，就冲刚才那一套话，你说我还能往下混不能往下混？因此我才说了两句闲话，没想让二爷你听见，心里不高

264

兴，我小子给你磕头，不是孙二爷把我挤得急了，我小子天胆也不敢。没别的，二爷你千万不要见怪才好。"

楚东荪一听，伙计这话说得太好听了，就知挨不上打了。果然，塔二爷哈哈一笑道："噢，原来为这么档子事，头里我没听真，这么说，实在孙二爷的不对。得了伙计，你看在我的面儿上，不用再往下说了，等他酒气醒过来，我必让他给你赔罪认不是。"

伙计又一笑道："二爷，你这话越说越远了，我们一个当伙计的，侍候客人有不周到处，挨骂原不算什么，你这么一说，我们伙计成阎王了，他可担当不起。没事没事，二爷你是吃什么，是喝什么，我给你要去。"风火一样的让伙计几句话给说回去了。姓塔的挨着姓孙的坐下，也要了一点儿酒菜，吃着喝着。

楚东荪看了半天，没有什么热闹，也就完了，尹明子等得无奈心烦，一点儿消息听不见，向楚东荪道："你要在这儿你在这儿，我可要走啦。"

楚东荪道："你先别着急，你顺着我的手儿看。"

尹明子抬头一看，从外头又进来了二位，全是吃官面儿打扮，灰色大棉袄，外罩青坎肩儿，每人手里一根小鞭子，摇头晃脑，二位说着谈着，就走进来了，一眼看见塔二爷，紧走两步喊道："好，你叫我好找，嘀，这位不是孙二哥吗？怎么趴在这里了，八成儿又喝多了吧？塔二哥你坐着，我们两个特来找你，有事拜烦相商。"

塔二把手一搬说："得了二位，好张老爷李老爷的话。你别瞧我不是诸葛亮，也不会神掐妙算，不过你二位这点儿意思，我一看便知，你找我没别的，八成儿就为那姓齐的……"

这二位穿官衣打扮的人，急忙一把拉住道："二哥，免春（免春就是少说）。"

塔二往尹明子这边桌上一看，当时话就没了。尹明子一听这两个人，听塔二说出姓齐的三个字，忽然拦住，不让他往下再

265

说，不由心里就是一动，哎呀不好，难道是齐南子已落他人之手不成？这件事，可惜，才听出一个头儿来，底下不说了，又不能过去问人家，心里着急，干没注子，酒也不喝了，菜也不吃了，心里就盘算这件事，应当想什么主意，过去把实话套出来。想了半天，一点儿法子没有，跟楚东苏一啾咕："回头他们走，我也跟着走，到了外头，只要路静人稀，我就把他们截住，要问出实情，搭救朋友。"

楚东苏低声儿道："你不用着急，再等一会儿，就许能听出水落石出。"又喝了有两杯酒的工夫，一边喝，一边偷看那边桌上。只见塔二爷跟那个姓张的姓李的，也在暗中啾啾咕咕，虽然听不见，猜着大概是这么回事。

正在凝神之际，猛听外头有人唱："月儿弯弯照九州，几家欢乐几家愁，几家平地起大厦，几家大厦变荒丘。得风流时且风流，莫为儿孙做马牛，做马牛，做马牛，不是冤家不扎头，冤冤相报无穷尽，等闲白了少年头。"一边唱一边往里走，又进来一位。这可是冬天，一个酒馆里，穿出六样衣裳来，有穿皮的——楚东苏，有穿棉的——尹明子，有穿夹的——塔二爷，有穿单的——孙二爷，这又进来一位穿纱的。身穿香色芝麻纱，八团花长袍，腰系凉带儿，脖子上团一条皮领子，脑袋上蓝绉子包头，没下雨没下雪，夹着把雨伞，穿着两只油靴呱嗒呱嗒来到后边。尹明子一看，熟人，可没敢问，也没敢招呼。楚东苏看着新鲜，来人约在五十多岁，四尺不到的身材，精瘦的一张脸，两撇小黑胡子，七上八下没有几根，高鼻梁，大眼睛，两只小短眉毛，戴着一副老花镜，配上他那身衣裳，摸不清他是干什么的，说哪行不像哪行，向尹明子微看一眼，找座儿坐下。

塔二、李老爷、张老爷话也不说了，瞪眼看着这位，都觉乎新鲜，跑堂儿的过来了，一看他这种穿章打扮，也不知道怎么称呼他好了，满脸赔笑道："啊，这位，啊老先生，大大爷，啊，老爷子，你这是从什么地方来，你八成儿赶上雨了吧？不是，下雪，没雪，你预备着，你八成儿懂得天文，你防备着下雨下雪，你说是下雨是下雪？"

这位把眼镜摘下来，大眼一瞪，用手一摸小胡子，噢了一声："伙计，你问的是我，我会捉妖，我是张天师的徒弟，我叫张地师，我看你们这座酒馆，阴风惨惨，定主铺子不安，犯小人，闹无鬼，哎呀不好，不出三天你们这里要着火。"

伙计一听，这气就大了，心说就拿你这个样儿，不说是诈尸，也得说是从坟地里跑出来的恶鬼，竟敢跑到我们这块地方满嘴胡说八道，妖言惑众，你也不想这里是大邦之地，主上眼皮子底下，竟敢在这儿狂言乱语，你不忙，我回头让你知道厉害。伙计心里的话，口里可没说，做买卖人有三分纳气，依然赔着笑道："先生，你别打哈哈，做买卖人都图顺序，你这么一说，我们心里闹得慌。你喝什么酒要什么菜，你告诉我，我好叫他们赶紧给你预备。"

这位先生又把眼一翻道："我喝什么酒？我喝毒药酒。我吃什么菜？我要吃炒骆驼，你们有吗？"

伙计一听，这叫斜碴儿，再跟他说好的，八成儿他也不懂，不如干脆，跟他横横儿的，说翻了，叫地面儿官人，办他一个妖言惑众，省得在这里扰闹。伙计想到这里，说话声儿也大了，脸上颜色也变了，冷笑一声道："先生，我们这里是买卖，问你人话你不懂，你这叫成心扰我。还告诉你说，你这号买卖，我们做不做都没什么，愿意吃，说吃的话，不愿意吃，趁早儿走！你要还是满口胡说八道，对不过，今天我可要叫你知道厉害！"

伙计这么一说，这位当时满脸赔笑："哎呀，伙计，我这个人最好诙谐，我是跟你说着玩儿，你别动真气。我一个走江湖卖艺的人，到这北京城里头来，人生面不熟，你要真一告我妖言惑众，把我往监里一收，伙计，你可就损了。我与你远日无冤，近日无仇，你何必跟我一般见识？我昨天给人家算了两个命，赚了四分银子，你随便给我配上两个菜，随便给我一点儿酒，我吃一点儿，喝一点儿，我再去做买卖。伙计大哥，你不要跟我动真气，我外乡人不敢惹你呀！"

尹明子听着都快乐出声儿来了，心说大哥你可真能闹着玩儿，这个伙计是倒着霉哪，真要得罪了你，他还活得了？人家伙计也好，做买卖有做买卖规矩，不能管你什么穿章打扮，吃完了给钱，你就是财神爷、好主顾，别的话当然就叫办不到。一看这位先生，话头儿一和气，心说完了，只要你不搅我，咱们是任话没有，几分银子，也得让你吃饱了，喝足了。要菜要酒，酒到菜到，这位也喝上了，张老爷、李老爷、塔二爷，话也不谈了，尽看着这个怪物发怔，简直摸不清他是怎么回事。尹明子一见这位先生走后，心里可就踏实了一大半，准知道他这一出头露面，不用说没有多少事，即便有事，有他这一出来，也算完了，自己正在发愁没有帮手之际，忽然他能赶到，实在想不到之事，心里特别高兴，酒也喝痛快了，菜也吃得多了。

正在兴高采烈吃喝之际，外头又有人声，哭着骂着进来了："好小子，我跟你完不了，我也别管你哪儿当差，我也不管你什么地方做事，今天就算把我过了北衙门，这件事咱们也完不了。"脚步踉跄，从外头走进一个人来。只见这人，穿一件半截棉袄，青布棉裤，脑袋上小辫打紧，留着个蝎子尾儿，往上头翘着，横冲直撞，来到里面，四下一找，一眼看见孙二爷趴在桌上，眼就红了，扑过去，就要勾奔孙二爷。

塔二爷看得明白，看他两眼发直，神色不对，就知这里有事，怕他够上步儿，给孙二一个措手不及，孙二醉得昏昏沉沉难免身受重伤，大家既是好朋友，就不能瞪眼看着他身受他人暗算。便往前急抢一步道："马六，你要干什么？"

马六把眼一横道："塔二爷，平常时候，不拘你说什么，我也得听你的，唯有今天，我跟姓孙的势不两立，有死有活，不用说是你，不拘哪位出来，今天也完不了。好鞋不踩臭狗屎，你是人物字号，趁早儿躲我们远远儿的，省得连你的名姓都脏了，我们这可是臭事。"

　　塔二一听，就知道这件事情不小，怎么说呢，就冲马六这个人，也不用说他是干什么的，做什么的，就冲他素日行为，踩病鸭子腿，踹寡妇门，拆没和尚的庙，平没主儿的坟，吃仓讹库，可以说是无所不为，无所不干，遇见软的他瞪眼，遇见横的他现眼，要讲跟孙二较，不用道是他不配，连自己跟孙二交，都还差着一点儿劲哪，就冲这么一个人，今天居然敢瞪眼说事，这件事当然就叫不小了。劝是劝不了，压派也压派不住，又一想孙二平常为人，对于自己，简直眼睛长在脑门上，没正经扫过一眼，今天遇见这件事，也算是个机会，不如让马六跟他拼一下子，马六不是对手，好在他咎由自取，怨不上谁来，马六把他杀了害了，也给自己出气，这件事倒透着一举两得，不管就不管。塔二这一不拦阻，李老爷、张老爷也没理这个碴儿，马六就过去了，来到临近，把大伙儿吓了一跳。孙二趴在桌子上沉呼大睡，两只脚放在地下，马六过去，身上若是带着刀子或是剑子，一声儿不用言语，手起家伙落，孙二这条命就算没了。谁也没想到，马六过去，也没掏刀子，也没掏剑子，弯腰一低头，赤手空拳，便奔了孙二那两只靴子抓去。孙二本是个土混混儿，仗着眼皮杂，人是认识的多，在衙门里当着一份儿小差事，别看人没有多大学问，脸皮儿熟，好交朋友，真要有朋友找到他的面前，事情无论大小，不管难易，他总能跑前跑后，因此朋友认识不少，差事当得挺红。他虽然当着官差，外表可不是当差的打扮，依然离不开他混混儿的样儿，今天来到群贤居喝酒，他可不是为喝酒来的，因为他在外头做了一件对不起朋友的事，自己心里明白，这件事情闹大了，唯恐人家和他过不去，自己是讲理儿讲面儿的好朋友，这件事情做得说不出来道不出来，人家指着脸子一问，自己这个人物字号，就算前头勾了后头抹了，因此假装酒醉，躲避群贤居，今天能够平安无事，过了今天再想别的法子，真要一定躲让不过，说不得借酒装疯，把脸往下一拉，也能盖住面子。心里头是这种打算，进门之后，这才故意拿跑堂儿的开心，跑堂的一瞪眼，塔二赶到，放心一半，知道塔二平常有不少事情求过自己，无论如何，今天大小他也得给自己拿个主意，抵挡一阵。塔二说的话，他也听见了，伙计说的话，他也听见了，后来进来那位怪物说的话，他也听见了，张头儿、李头儿说的话，他也听见了，假装给他一个全没听见，往桌子上一趴，没睡着打呼噜，装模作样，心想今天这个难关也许过去了。正在心里一松，没想到对头冤家赶到，马六进门，一阵大骂。要搁在往常，有八个马六，也不在孙二的心上，早已一阵嘴巴脚，把他打得无影无踪，无奈今天这件事，实在自己是情屈理亏，不用说是马六，就是马六过来动手，给自己两下子，也不能说出一个不字来。塔二一拦，心里一放，想着马六为人，绝不敢惹塔二，有塔二出头一了，这件事也就完了。人急了造反，狗急了跳墙，没想到马六，今天真急了，塔二拦他，他简直不听，就知道事情不好，爽得装作沉醉大醉，让马六过来，或是打自己两下，骂自己两句，凭他出出心头这口气，也许能够完事。没想到马六走过来，也没打也没骂，弯腰一伸手，把自己两只脚揪住。按说孙二人物字号，应当穿章打扮不错，只因他好交朋友，拿钱不当事，穿章打扮不但不讲究，而且是特别的破烂，腿底下两只青绒靴子，打着皮头儿，好钱卖不了四分银子。马六一揪他两只脚，孙二以为他要把自己揪躺下，再动手打人，心说今天不管怎么样你打我，我绝不还手，你骂我我绝不还口，无论如何，也得让你消消气儿。想到这里，爽得一松劲，往上一递脚。可万没想到，马六双脚往后一撤，竟把两只靴子扒下，里头敢情连袜子都没有，光脚穿靴子，两只靴子一掉，真把孙二给吓了一跳。

就听马六哈哈一笑道："姓孙的！对不过，你怎么糟践的我，我要怎么糟践你，现在有两只靴子为证，我姓马的，要凭这两只靴子，到你家里高乐，你是好朋友，咱们家里见。"说完这句话，不等孙二还口，提着两只靴子，抹头就跑。

孙二哎呀一声，汗就下来了，也不敢再装着玩儿了，光着两只脚，站起身形，迈步要追。塔二一看，马六是风大雨小，闹了半天，扒下姓孙的两只靴子，不明白是怎么回事，一看孙二要追，赶紧上前伸手拦住道："孙二哥，你干吗跟他一般见识，就凭鸡骨头马六，他也敢跟咱们哥们儿闹着玩儿，真叫旗杆上绑鸡毛，胆子不小。你也不用着急，也不用生气，现在咱们可有要紧的事。现有衙门里张头儿、李头儿，找咱们哥们儿办点儿别的，这里人多，不便细谈，你先消消气儿，有什么话，咱们家去说去。姓马的跑得了和尚跑不了庙，他有家。"连说带劝，连扯带拉。

孙二不好意思跟塔二瞪眼，吧唧吧唧两只脚不住乱踩："兄弟，咱们是朋友不是朋友？是朋友你可得让我走，我要先走一步，马六一到我的家，不单我个人，连兄弟你跟着我也脸上无光，闪开了！"横胳膊一推，塔二就倒退几步，就听一阵吧唧吧唧，孙二就追下马六去了。

这些人全都不明白，不由一阵大乱，大家猜疑，就凭鸡骨头马六这个主儿，也不是瞧他不起，真要跟姓孙的拼，鸡蛋碰石头，差得远得远，可就不知道为什么，今天他有这么大的胆子，竟敢如此。再说孙二，看他这个神气，也不像是带酒喝醉，其中定然有事，究竟为什么，大家还是不知道。大家正在胡乱猜疑，李头儿扑哧一乐道："众位不必胡乱猜想，我一说你们就明白了。姓孙的从根儿上说，他就没醉，凭人物字号，六个马六，他也不敢惹人家姓孙的，唯独今天，姓孙的他可亏着理哪，他也没喝醉，他还真是怕了马六了，这件事我也是亲近才有耳闻。马六有一个靠家儿，人家都管她叫小白菜，爷们是个木匠，挣的钱不足养家，这个娘儿们又好浮华，就跟马六搭在了一起，木匠知道敢怒不敢言，惹不起马六，已然有二年多了。忽然咱们这位孙二爷，也不知道在什么地方看见这位小堂客儿来了，长得漂亮，另有一个派头儿，也是活该出事，孙二爷会动了凡心，看上她了，下了半个月工夫，在她门口一阵乱转，这个众位都是知道的。俗语有云，'好女怕磨难'，何况小白菜本来不是正经的东西，讲钱讲人，孙二爷比马六儿高得多得多，自然是一拍即上，这可咱们是背着孙二爷的话，孙二爷这手办得可不对。话是这么说，外头有买的有卖的，要到什么地方去不行啊？他可就忘了还有马六在后，日子一长，孙二爷的钱冲，人又和气，自己把马六就给比下去了。这种女人，图的是钱，当然谁钱多，她跟谁好，马六儿不知道，及至听见是这么回事，马六差点儿没气坏了，可是要凭自己的能耐，跟人家姓孙的比，十成儿连一成儿也比不上，拼是拼不过，不拼气又难忍。他也有一拨儿朋友，言谈背语之间，都不免拿他打个哈哈凑个趣儿，人敢情都怕急。马六这小子急了，心里一想，为这么个玩意儿把自己给毁了，未免透烦，一口气不出，就想着要把孙二毁掉，不过论官论私，要跟姓孙的拼，他都有不了便宜。日子已然不少了，才有今天这一局，真是笑话。孙二这一追下去，八成儿他还要逮苦的。"

塔二听着一点头："你说这话，我听着新鲜。英雄讲，朋友讲，孙二所作所为，全都不对，那是谁也不敢捧谁的，不过马六这小子，他也不是正头香主，当不往的没出来，他这就叫作吃飞醋，要据我说，他这叫找倒霉。"

大家你一语我一语，话是越说越多，尹明子不爱听，一心全在齐南子身上，哪里能听进这些闲话？正要拉着楚东苏往外走，只见楚东苏冲着自己一使眼神，仿佛是说再往下听听，当时真好忍的。忽听张头儿道："得了得了，咱们也别管是姓马的，也别管是姓孙的，说咱们自己的要紧。说了归齐，咱们的事情该当怎么办？找的是孙二爷，孙二爷走了，跟塔二爷商量商量，那个姓齐……"

楚东苏就沉不住气了，往前一抢身儿，正往过去抓那姓李的，姓李的往后一闪，哈哈一声笑道："我早就看出你来，是贼人一党，你们胆子是真叫不小，竟敢在天子眼皮底下，胡作非为，对不过，'天网恢恢，疏而不漏'，好朋友，这场官司你打了吧！"挽袖口儿，撩衣襟儿，家伙就出来了，单刀铁尺，往上一圈，塔二大指二指往嘴唇边上一放，吱的一声，四外喊拿之声一片。

要知后事如何，且看下回分解。

第十回

救良友夜探迎春馆
惩土豪大闹懒秋轩

　　尹明子一听，就知道事情不好，反倒神色不露，一动不动了，两只手一左一右，把楚东荪、三多儿两个按住。楚东荪本不明白是怎么回事，正要抽身站起，往外头探望，尹明子用手按住，只好坐下。瞪眼往那边看时，只见从铺子外面走进有一二十个穿官衣的官人，手里全都是单刀铁尺，各有拿着家伙，领头的不是别人，正是方才装醉的孙二，再看醉鬼也不醉了，往前一长身，一挺胸脯，便奔了尹明子而来，尹明子故作不知，依然一动不动。

　　孙二来到面前，用手一点道："朋友，在下孙得路，在这北衙门当着一份小差事，只因本地面儿最近出了一点儿小事，我们堂官派我们兄弟出来探捕办案。不瞒你说，你们几位昨天一落店，我就得着信儿了，跟着你们三位，足足半天，你们三位是干什么的，我们也猜着八成儿。你的话，我的话，好朋友的话，好汉做事好汉当，你为的是朋友出名，我们是当官瞧役，今天既然遇到一块儿，就算有缘，没别的说的，请你们三位捧我们兄弟一场，跟着我们辛苦一趟，'金针儿掉在井里，有自是有'，没别的，交个朋友。姓孙的别的不敢说，大小自有个面子，倘若要叫你们三位受了一点儿委屈，算我姓孙的不懂人事。三位，辛苦一趟吧！"

尹明子一听，不由就是一个冷战，听人家说北京城里藏龙卧虎，今天一看实在话不虚传，我们到北京城里，拢共不足一天，也没有满街乱走乱晃，居然会让他们看出痕迹，这可实是怪事，眼睛可真厉害。他们已然说将出来，必然已看透一半，倘若自己不跟他们走，难免当场动手，要就是自己一个人，无论如何，也到不了他们手里，无奈一节儿，楚东苏跟三多儿，一个不会功夫，一个会功夫不强，难免落在人家手内，真要是跟他们一走，齐南子本来音信全无，自己也被陷在内，事情可就更不好办了！走不对，不跟他们走也不对，不由左右为难。

心里正在寻思，没容说出话来，三多儿猛然站起，用手一指孙二哈哈一笑道："我当是什么人呢，敢情就是你这位姓孙的！我们跟你素不相识，向无来往，你吃你们的饭，我们喝我们的酒，彼此谁也不认得谁，谁也碍不着谁，为什么你放着饭不吃酒不喝，来到我们跟前絮絮叨叨，真乃无礼讨厌！我告诉你我们也不是乡下人进北京头一趟，你可别把眼皮错翻了，打算吃秧子抓大头，欺负我们老实，那我可就要对不过。"

三多儿将将说到这里，楚东苏也站起来了，用手一指三多儿道："我在家里怎么嘱咐于你，北京城乃是大邦之地，皇上眼皮底下，不比咱们乡下那里小地方，可以随便说说道道，都是一村子人，非亲则友，谁也不好意思把你怎么样，北京城藏龙卧虎，随时随地都有高人，看你出言无状，丝毫礼儿不懂，真正是讨打！可恶！"说着话，又向孙二一抱拳道："这位老爷，你可千万不要跟他一般见识，你总要恕过他的无知，他是个小孩子。不过方才老爷说了半天，我们是一句都没明白，我们都是乡下人，因为没有到北京城里来过，听说北京城热闹，因此才同着我们这位老长亲，来到北京城，所为走走逛逛，听两天戏，吃两天馆子，瞧一瞧热闹开开眼，不知道什么地方有不到之处，招老爷你生气。你有话只管明说，许可我们在北京逛，我们在北京逛，不许可我们在北京逛，我们可以连夜出城，绝不敢招老爷生气。老爷，你千万要恕过他无知，不要跟他一般见识才好！"说着，又是一揖到底。

孙二当时心里就含糊了，听他说的这番意思，看他这个神气，绝不像为非作歹之人，未必能够干出什么事情，八成儿张老爷、李老爷这两位头儿贪功的心盛，这可事关德行，不可随便才好。当下笑了一笑，回头一点手，叫塔二。塔二明白，别看孙得路久吃六扇门儿，今天会让这两个孩子给蒙住了！据自己看，这三个人可以说是形迹可疑，不能说他们一点儿毛病没有，真要就凭三言五语，把这件事情化没了，只要前脚放他们一走，跟着后头就得出毛病，再打算找他们，那可就不易了，大墙也是动土，动土也是动土，无论如何，也得问个水落石出，才是道理。往前一抢步，向孙二一笑道："二哥，什么事？"

孙二道："这件事我不摸底，有什么话，你过去问一问，我听着。"

塔二就过去了，不理楚东苏，不问三多儿，冲着尹明子一乐道："老朋友，这件事你就不对了，你既是好朋友，就得说敢做敢当，事到如今，你怎么一声儿不言语，让他们二位搭话？他们可是跟你出来的，我们看得出来。干脆这么说，也别管你是谁，也别管是怎么一回事，我们有地面儿的责任，我们看你形迹可疑，你就得辛苦一趟，不管是非真假，见着我们座上的官儿，问出事来自不必说，少不得你就得受点儿委屈，果然你是安善良民，二话没有，当然得让你舒舒服服平安回家，现在无论怎么说，你也得跟我们辛苦一趟。"

尹明子微微一笑道："听你这个话音儿，你是地面儿上的老爷，你的话一点儿不错，你有地面儿之责，看我们形迹可疑，就得把我们带走问一问。不过你想，屈死不告状，饿死不做贼，你当的是官差，办案讲的是要凭要证，我们有什么赃？有什么证？你无妨指出来，我们可以跟你走一趟，要是凭你这么一说，瞧谁形迹可疑，就要把谁带走，你的衙门虽然不小，恐怕也留不下这么些人吧？我这可是直言，你可别生气。你无妨在我身上，查一查，搜一搜，果然由我们身上找出一赃二证，废话不说，当然是跟你走，要是就凭你这么一说，斗胆说一句，我们不能去，皆因我们没有犯法，我们要是打这场官司，就算无妄之灾，谁都有个忌讳，可不是驳你的面子，对不过，不能听你的！"

塔二一听，更没错了，心火往上一撞，嘿嘿一阵冷笑道："说好的你不懂，对不过，我们可要失礼了！"说完这句话，回头一摆手，呼噜一声，这拨人就围上来了。

尹明子把牙一咬，脚一跺，这才叫是福不是祸，是祸躲不过，看今天这个神气，绝不能善罢甘休，爽得痛痛快快跟他干一下子，能走更好，不能走再说。想到这里，正要站起身来，动手相拼，猛听后边哗啦叭嚓一阵乱响，回头一看，正是方才喝酒的那位怪物，两只手在桌面儿上一扫，布碟儿、菜碗、酒壶、酒盅儿，连家伙带菜全扫在地下。尹明子心里一痛快，还真忘了有他在此，今天这件事，可以逢凶化吉，遇难成祥。塔二孙二与张老爷、李老爷不由全都一怔，回头一看，这位怪物就站起来了，一只手夹着雨伞，一只手揪着小胡子，哈哈一阵畅笑道："众位，有什么话，可以好说，人家掌柜的，拿着很多的本钱，开的是买卖，你们这个，端为搅闹人家，那个可是不对。我这个人，吃自己的饭，管旁人事，今天不管什么事情，看在我的面儿上，不完也要完，不散也要散，谁要是不服气，咱们无妨先对手试一试，看看是谁行谁不行。"

塔二一听，把嘴一撇，心说，就冲你这个样儿，亚赛汗包一样，我们要是让人物字号把我们吓了回去，这个跟头我们栽了。说得讲得，唯独就冲尊驾你这个样儿，上嘴唇皮一碰下嘴唇皮，瞪眼了这回事，我们真要撒手不管，从此起，我们就不用混了。单手一拍胸脯，向那人一笑道："朋友，躺着有兵书，不是我看不起你，我们当的是官差，我们办的是案子，上头有朱签火票，就凭尊驾你这么两句话一说，放着公事不办，实在交代不下去。

277

要依我说，你也是位吃嘴饭的，井水不犯河水，你治你的公，你办你的事，我们拿我们的贼，当我们的差，可是彼此有益。你要是执意地不应，我们是奉上所差，概不由己，别说我们可不懂交朋友，要拿你当差事，一块办下去，就算你上堂有申有辩，可也难免眼前吃苦。好朋友，光棍不吃眼前亏，趁早儿走你的，有什么话，咱们改天这儿见，还外带着今天你喝了多少酒，吃了多少菜，都算扰了我了，朋友你就请吧！"

在塔二想着，就凭自己这几句话，总算有理儿有面儿，无论如何，这个人也得走。可没想到，那人听了，哈哈一笑道："人家都说北京城的水好，喝井水长大的人要说出话来，特别的好听，就冲我这个样儿，气死恶鬼，不让汗包，一不沾亲，二不带故，连三天街坊都没搭过，居然肯其赏脸，要管我这顿饭，实在是难得呀难得！按说我就应当知进识退，赶紧抹头就走，才算对得住朋友，不过我这个人，也有个贱脾气，说好话我不懂，真要瞪眼，跟我要胳膊，倒能完事。干脆说，废话没用，是姑娘是小子，抱出来瞧瞧，是骡子是马，拉出来遛遛，就凭上嘴皮碰下嘴皮，打算把我说走，那叫办不到。"

塔二一听，好话算是白说了，也别管他是个干什么的，也别管他有多大的能耐，就冲他一个人，即使他是铁，能有多少钉？莫若倚多为胜。想到这里，便向那些伙计道："给他面儿，他不懂，废话不用跟他说了，上！"

一个上字没说完，这些伙计呼噜一声，各自亮出家伙，单刀铁尺，三节鞭，短把锤，一拥齐上。怪物一见，连声喊嚷："可了不得喽，要打起来？我可就怕瞧打架的，我得躲！"说完了这三个字，提身一纵，双脚凌空，两只胳膊往上一伸，大家看他，如同一个鸟儿相仿，纵起来是足有一丈多高，两只手揪住椽子头儿，人便挂在上头，穿的是两只油靴，底下沾了不少的湿泥，来回一阵乱磕，闹了大家一脸。

别瞧塔二当差多年，他还真没见过这样人物，他还以为这是妖术邪法，便向大家喊道："赶紧去找猪血狗血喷他，他这是白莲教。"

这内中孙二可比他见得多，明知道今天遇见高人，这件事情不大好办，倘若一个闹大发，不但是丢去面子，而且难免大小受伤，便急忙拦住塔二道："别着急，别忙别忙。这位朋友，你先下来，有什么话，咱们慢慢地说。"

那人在上头喊道："可了不得啦！我就觉得我腿一发飘，怎么会跑上去了？这可是麻烦，我下不来了，哪位帮忙，扶我一把，不然我一掉下去，可难免要摔死。哎呀！我手上没劲儿了，要掉下去，哎呀！哎呀！掉下去了！"两只手一松，人就整个儿掉了下来，不偏不倚，一屁股正坐在塔二脑袋上，砸得塔二吭哧一声。

孙二就过去了，双手一抱拳道："朋友，你这点儿意思，我全明白了，不用说，这几位是你的朋友。按说有你到了，大小我们的谅点儿面儿，无奈有一节儿，我们是奉上所差，身不由己，你无论如何，也得成全成全我们，跟我们到里头去一趟，我们把差事交代完了，你说怎么办就怎么办，以后还得求你多多地照瞧哪！"

这位一瞧，小胡子一动弹，向孙二一笑道："朋友，你话说到这里，我要是再不付你这笔账，就归为我不懂得交朋友。不过有一节儿，你当的是官差，我办的是私事，这几位，不错，是我的朋友，我眼瞧他们落在难处，我要瞪眼不管，那我算哪道英雄，充的是什么汉子？今天我不碰见，任话不说，既是让我赶上，对不过，我可就不能不管。不拘你几位当的是什么差，应的是什么役，当着我的面，打算把他办下去，干脆办不到。要依我说，众位把面儿赏给我，不管谁是谁非，今天众位带着人一走，好在他们一时半会儿也跑不了，只要我躲开这里，随时随地，诸位自管动手，我是绝不过问，就算给了我的面子。如果众位倚仗人多，今天一定非当差事不可，那我也没有法子拦众位的高兴，众位只管瞧着办。不过据我想，可恐怕未必办得到，到了那时，朋友面子也伤了，差事也没当好，可是两败俱伤。我的话说得是仁至义尽，听不听，可全在你们诸位。"

孙二还在犹疑，塔二跟张头儿、李头儿可就沉不住气了，异口同音，齐声喊道："孙二哥，别跟他费话了，他既然帮着那边说话，这一案里就是有他，别让他走了，连他一块儿拿，围！"这些位当差办案的，在这几天里头，因为出了事情，上头要案要得很紧，一点儿头绪没有，正在着急，今天在这里不期而遇，碰上尹明子几个，形迹可疑，在脑子里想着，一定跟上派的差事有关，早就想动手拿人，看着孙二出头拦住，心里原不高兴，不过孙二是约出来帮忙的，不好驳他的面子，一个个气撞心口，眼都红了，恨不得伸手亮家伙，拿人交差。如今一听，塔二领头，全都特别高兴，一声狂喊："拿！"呼噜一声，人就围上了。尹明子一看，心里虽则着急，要就是自己一个人，不用说这一群酒囊饭袋，不能把自己怎么样，就是再多出一倍人来，也能叫他们劳而无功，不过旁边有楚东苏，既是手无缚鸡之力，又不会高来高去，在旁边一站，说不得还得给他留着一半神，刀枪无眼，碰着就麻烦，不过事到临头，着急也是没有用。一看众人的家伙全下来了，两只手把楚东苏、三多儿往怀里一带，双手往外一搓，这张八仙桌仰面朝天就扔出去了。桌上的家伙，稀里哗啦，碎了一片，自不必说，站离点子近的人，也被磕碰倒了三个。大家哗的一声喊："这个老小子，胆敢拘捕殴差，一定是他了，别让他走喽！"塔二领头，张头儿、李头儿跟随左右，塔二从怀里抽出来一把铁尺，张头儿单刀，李头儿双锏，塔二奔尹明子，张头儿奔三多儿，李头儿奔楚东苏。尹明子可就顾不过来了，把脚一踩，牙一咬，心说，事到如今，可就说不上不算来了，有一个说一个，杀吧，反正这场官司热闹了。塔二的铁尺，当头打下，尹明子赤手空拳，斜身一闪，跨左腿，抬右腿，上手一晃，塔二眼神一岔，尹明子这条腿就踹在塔二的胯骨上，通通通，退出三五步，当啷一声响，跟着又是扑咚一声，铁尺撒手，人倒在地下。尹明子不看塔二，回头看楚东荪。李头儿双铜，掌头一砸，楚东荪居然懂得斜身跨步，双铜就空了。李头儿横铜往里一推，尹明子就赶到了，抢身一伸手，把李头儿背脊揪住，使足了劲，往后一揪，李头儿身不由己，双腿凌空，一溜歪斜，往后倒退，尹明子使了五六成力气，往外一甩，李头儿噗的一声，摔出去一条儿，双铜落地。再看张头儿，单刀扎三多儿心胸，三多儿比楚东荪可就强多了，舍身让过刀尖，撤步一抖手，哗棱棱一声响，大蟒鞭就出来了，反手腕子往上一抽，张头儿急忙撤刀，三多儿横鞭一扫，张头儿提身纵过。可惜屋子太小，三多儿家伙太长，简直有点儿施展不开。旁边这些人，别瞧当差多年，真拿性命当儿戏这种事，还真没干过，不由得全都往后一闪，酒座儿是没了，跑堂儿的也出去了，掌柜的蹲在柜台里头不敢抬头。

孙二心里为难，知道今天这件事是闹大了，要说袖手旁观不管，自己是被人约出来的，不能说是坐山看虎斗，真要是过去帮着动手，连自己难免当场出丑，就凭这一个老头子，这一堆人就不是他人的对手，不用说旁边还站着一位，比那几位自高不矮，真要也帮助动手，今天这个人就算丢到了家。事出两难，正在没有台阶儿可下，回头再看那位，满脸带着笑容，不由点头咂嘴儿，心说今天这个台阶儿还得出在你的身上。赶紧过去，双拳一抱道："朋友！你方才不是管闲事来着吗？怎么事情管到半截儿，忽然撒手不管了？这件事可未免差一点儿，咱们可都是在外头跑道儿的，好朋友管好朋友的事，没别的，请你给出头管一管。"

这位一听，扑哧一乐道："头儿，你这话就不对了。刚才在没打起来之先，我也曾再三地连拦带劝，众位执意不应，世界上可没有按住一头儿了事的，你怎么不管管你那一头儿的？"

孙二一想，对呀！这才赶紧喊嚷："众位先别动手，听我把话说完了，再动手不晚。"

这时张头儿一口刀，正被三多儿逼得没处藏没处躲，浑身不得劲，满头满脸是汗，听见孙二一响，心里高兴，不怪人家孙二是个大跑腿儿的，果然另有一番意思，这就叫给我台阶儿，我要再不知好歹，那我叫自找无趣。赶紧往外一撒刀，单手点招喊道："你先等一等，有话再说。"

三多儿也怕闹出事来，一听张头儿不打了，正合心思，赶紧一收手里大蟒鞭，向张头儿道："好，有什么话，听你的!"

张头儿喘气喘得连话都说不上来了，拿手冲孙二一指。孙二看明白了，二次又向那位一拱手道："朋友! 不管谁对谁不对，请你看在我的面儿上，出头给了一了这些事才好。"

这位怪物，双眼一挤，微然一笑道："按说你们两边，一边是做贼的，一边是办案的，我可都管不着，不过天下人管天下事，不管你们谁对谁不对，应当另找地方，不该在人家酒馆里无端嘈扰，人家酒馆开的可是买卖，拿着捐上着税，你们诸位在这里一打一闹，人家买卖算是全完，弄不好人家掌柜的还得跟你们打一场官司，人家做买卖的可没招着谁惹着谁呀。要据我说，你们诸位打了半天，可全都不够一句，今天这些事，不遇到我，我要没赶上，当然我也不便多管闲事，今天既是让我赶上了，说不得，要凭我这个面子，给你们诸位大事化小，小事化无，即使众位有个气不出，可以离开这个地方，另说另讲。别瞧我了事，可不能全凭我上嘴皮碰下嘴皮，我自幼练过两样玩意儿，今天无妨在众位前头，撒个娇儿献个丑儿，众位要是练得上来，我这套话算是白说，抖手一走，你们爱怎么样怎么样，倘若要练不上来，对不过，可得赏我这个面子。"

尹明子心里就高兴了，准知道老哥哥身怀绝艺，不用说这帮酒囊饭桶，他们练不了，就是自己都未必练得下来，便赶紧应声道："老朋友，今天我们在这里喝酒吃饭，并没敢得罪人，万没想到，竟会有人跟我们过不去。我们在外头走南闯北，可不敢说什么人都不怕，可是也不能说什么事都怕，今天这就叫作祸从天上来，我们要躲可躲不开，你就是我们的贵人，要给我们了结这回事，我们自是万分感激。你说你要当众献绝技，我愿诚心领教，不管我们能练不能练，你开个道儿，我们就走，你瞧这件事好不好？"

怪物一听，微然一笑道："别的话不用说，请你们诸位上眼，瞧我练这手笨玩意儿。"说着来到街外，四下一找，在酒馆门前不远，立着有一根石柱，原是一个拴牲口的桩子，高有三尺四五，有六七寸见方，在头儿上横穿着一个圆眼儿。怪物往外一走，众人全都跟着走了出来。来到石桩子面前，怪物站着脚步，用手一指这根石桩子说道："众位，我这个可是个戏法儿，就趁着诸位眼神不准的时候，我要闹个鬼儿，诸位长着眼神，你瞧我这鬼儿是怎么个闹法儿。这根桩子，可是个石头的，我这个手可是肉的，十指肉缝里头绝没有夹着藏掖，我要用我这个手掌，立着一劈，横着一劈，一根石桩子，从头到尾，要把它整整齐齐切成四根，有一根不到底，有一根从半截折了，就算我的玩意儿变坏了，众位不用说不用笑，我是抹头就走。倘若我说得到，办得到，请众位赏我个脸，哈哈一笑，众位一散。诸位上眼看。"说着话，立起手掌，往下就劈。大家掌着眼神看，就听哧的一声响，说来不相信，当时那块青条石上，从上到下，比画的都齐，一根裂纹，二次手起，往下一劈，又是哧的一声响，又是一道裂纹，跟着一抬腿，横脚面，往那根石桩子上一磕，咔嚓一声响，四外分散，一根石桩子，竟自变成四根，大家不由齐声喝彩。

孙二头一个就过去了："老英雄，你这手儿功夫，我虽然不会练，我可听人说过，叫'劈砂掌'，你一定是成了名的侠客。没别的，这里离我家不远，凉水温成热水，你也得喝一碗，烙张饼，做碗面，你也得吃一点儿。说句高攀的话，得跟你讨教两手，无论如何，你也得赏脸赐光。"

怪物一听，哈哈一笑道："这位头儿真能捧人，我这是真正变的戏法儿，所为给众位逗个笑儿，哈哈一散。还有一节儿，人家这个买卖，可没有多大的本儿，也没有多大的利，就冲我这手玩意儿，不拘你们两边哪位的想法子把摔人的家伙，给人家赔上，才是正理。"

一句话没说完，尹明子喊道："老朋友，这笔钱我的事儿。"

孙头儿道："别价别价，我的事儿！"

尹明子道："咱们不用让，两下会账。"说着从怀里掏出一锭银子，足够十两，往柜台里头一扔，嘴里喊道："掌柜的，对不过，搅你半天，这点儿银子，够不够的，你就包涵一点儿吧！"

孙二也赶紧掏出一锭银子，也有个七八两，也往柜台里头一扔，回头这才向那老怪物说道："老侠客，你跟我辛苦一趟吧！受点儿屈，到我家里坐一会儿。"

这位微然一笑道："这位头儿，你既肯赏脸，我还有不兜着的吗。不过今天正赶上有事，实在不能到府上请安，改日有了工夫，一定登门拜访，今天对不过，可是要告辞了。"说着无心中，冲着尹明子一使眼色。尹明子心里明白，赶紧也一拱手道："承情承情，改日道谢，再会！"三多儿把家伙已然收拾好了，藏在身上，跟着尹明子，一转身形，不管众人，一口气就跑出了德胜门。

孙二一看，要办的人已然走了，别说自己能耐，胜不过这位怪物，即便胜过这位怪物，拿到公堂，一无赃，二无证，人家一点儿毛病没有，不但办不出他的罪名来，他要反口一咬，诬良为盗，自己这个差事就算交代不下去，莫若留个好儿，赶紧想法子逮捕正犯，别招老爷生气，把饭碗子扔掉。想到这里，便向塔二、张头儿、李头儿几位说道："哥们儿，正点子已然走了，咱们在这儿耗着，也是一点儿用处没有，莫若赶紧回到衙去，把经过情形，向官儿一说，听官儿是怎么个分派，咱们再想法子当差事不晚。"

张头儿、李头儿心里本来发怵，准知道今天这趟差事就算白跑了，真要跟这个怪物一动手，闹翻了脸，也不是长人家威风，灭自己的锐气，恐怕就叫找不出好儿来，这里头孙二是头目人，他都打了退堂鼓，不如闹个就坡儿下，省得当着人丢人现眼。便赶紧也一笑道："二爷，你既是这么说，干脆就这么办，咱们走。"

一句话没说完，塔二搭言道："我先拦你们三位清谈。咱们今天出来，可不是办的私事，有堂上的大签，叫咱们办的差事，现在瞪眼看着差事走了，咱们要就是这样回去，堂上的官儿倘若问咱们两句，咱们拿什么话交代？说是没见着人？人人尽知，四九城都快嚷嚷动了，纸里可包不住火，有人把现在的事，一五一十，从头至尾给咱们往上一端，差事当不当不要紧，咱们哥们儿人物字号，从此算是一笔勾销，北京城还混不混？要依我说，人家有腿，咱们可也没不长着，给他一个定接儿跟。据我看，他们这里必定有窝主，只要把他老窝掏着，不怕咱们办不下来，还许多约几位朋友，可也不能一个跟头栽到底。我这话你听着要对，咱们就追下去，你要听着没理，你们几位只管请你们的，别瞧姓塔的没能耐，也是宁折不弯的汉子，不能就这样忍下这口气去。"

孙二一听，心说你觉着你多精明，简直是大草包一个，差事当然完不了，不过你别当着人家说呀，现在人家还没走哪，你把宝底一漏，有窝处也变成了没窝处，有办法也变成了没办法，这件事可未免透着荒唐。事到如今，这可不算我阴，大小也让你得点儿苦子，你才能明白天多高地多厚。便也笑了一笑道："你这一片话，简直是从我心里说出来的一样，不过在我想着大家从一清早出来，受累不少，事缓则圆，好在有咱们一片事在，不如回到衙门，打好子主意，约好朋友，二次动手，一下子把事办完。现在你既是这么说，干脆就这么办，请你在头里走，我们随后给你打接应，咱们是不见不散，请！"说完这句话，回头向那老怪物一躬道："老侠客，改日领教。"说完这句，向张头儿、李头儿一努嘴儿，带着这些伙计就走下去了。剩下塔二一个人，瞪眼咬牙，知道自己把话说错。真要是跟他们再回去，丢人就算丢到了家。真要是自己一个人，追下这一股子差事，不是自己瞧不起自己，简直就叫办不到。按说塔二就应当圆脸一拉长脸，抹头一走，跟着大家回去，至多不过闹个畅笑儿，也就完了，偏是塔二这个人，生来一股拧性，只要说出来，不管办得到办不到，不碰南墙不死心，跺脚一弯腰，竟往尹明子几个走的那条道路追下去了。老怪物瞧着，点了点头，跟着一笑，夹起雨伞，呱啦呱啦，一阵脚步声，扬长而去。这里这些瞧热闹的人，一看没有热闹可看，便也登时四散。掌柜的、伙计收拾屋子，另外拿钱买家具，照样儿卖酒卖菜。

这些话不说，尹明子、三多儿一口气跑出了德胜门，来到了一片高粱地，站着脚步回头看，楚东荪连个影儿还都没有，尹明子不由一跺脚道："唉，只顾咱们走，可就忘了他了，身上一点儿能耐没有，要被官人赶上，难免吃亏。"

三多儿心里更难受，自己这次跟随楚东荪跑出好几千里地，所为救出自己的恩人，答报从前待自己的好处，一路之上，累受凶险，好容易盼到了北京城，恩人消息也打听出来了，确是没受惊险，就该劝着楚东荪赶紧往回走，送他父子一家团圆，才是正理，怎么自己一时糊涂，又帮助人家混充什么侠客义士，事到如今，老恩主的事情没办完，把小恩主也失陷在内，实在是对他人不过。心里一动，不如赶紧回去，二次寻访小恩主，但愿上天保佑太平无事，能够一同回家，那是再好没有，倘若寻不着小恩主，或是小恩主已然身受惊险，说不得豁出自己一条死命，也要把他救出险地，也对得起自己从前受人家这一番的好处。倘若事情不能办到，死也要死在一起，死后的灵魂，见着老恩主，总算自己一死相报，没有什么对不起人家。心里这么一想，掉回头来，二次要往城里头跑。

尹明子上前，一把拉住道："你又干什么？我告诉你，为朋友两肋插刀，原是英雄的作为，你回去找姓楚的，本是应该如此，好叫人家交朋友的不寒心，不过有一节儿，你自问你的能为，二次回到城里，能不能把姓楚的救出来？要是手到擒来，无妨你就走一趟，谁也不能拦你，那是你交朋友的义气。不过据我看，北京城里头，皇上眼皮底下，藏龙卧虎，有能之人，可说车载斗量，像你这套本事，说句你不爱听的话，你绝找不出便宜来，救人家救不出来，把自己也饶在里头。在你想着自己这么一办，不管能不能成，总算把心尽了，要依我说，办得全不对。姓楚的没杀人没作案，不用说官人不拿他，即使把他拿住，又能给他安个什么罪名？至多受两天苦，他能平安出来。你要跟着往里一伸腿，原本他没罪，冲你这一闹，他的罪名反倒有了，这就叫弄巧成拙，庸人自扰。依我说，你先沉住了气，找个地方咱们歇歇腿儿，想想正经主意，准保旗开得胜，马到成功，免得闹成丢人对不起鬼，我瞧着可比你那个主意好，不知你心下以为如何？你要认为是对的，你先沉住了气，不用着急，咱们想好了主意，再去动手，可不算晚，你要以为不对，你只管去你的，闹出毛病来，我能救你，自是救你，不能救你，可也无法，你自己要拿准了主意才好。"

三多儿一听，这话一点儿都不错，真要是凭自己那点能为，简直就叫不能怎么样，莫若听人家的，暂时等一等，有什么话再说。点点头，长叹一口气道："尹老侠客，是我一时心急，办事多有粗鲁。我们主仆，身在危急之中，平常对你可没有什么好处，现在一个跟头摔在你的身上，无论如何，也得求你救出我家公子。"说着双腿一弯，扑咚一声，跪在尹明子面前。

尹明子一笑道："你先起来，咱们也用不着这个，固然你们主仆，对我姓尹的没有什么没好处，不过我姓尹的吃的是江湖饭，行的是侠义道儿，不用说咱们彼此还有认识，应当帮助你们，即便你我素不相识，看在你们一个孝子、一个义仆的面儿上，也要帮助你们这一步。现在你先不用着急，坐定了咱们想一想，事缓则圆，总能有个办法。"

三多儿爬起来，点头答应。二个坐下，正要说话，还没容他说出，就听后头一阵脚步声，通，通，通，吱咚，哎呀，跟着有人哈哈一笑道："我当你有多大的本领，原来是个酒囊饭袋，不过如此，哪里走，乖乖儿跟我去打官司，算是你的便宜。"

三多儿一听，嗖的一声，拧身而起，抬头一看，他可就急了。离着自己坐的地方，不到三丈远近，地下坐着一个人正是楚东荪，后头跟着一个就是那个姓塔的。楚东荪坐在地下，四面是汗，嘴里呼呼直喘，塔二扬眉吐气，往前一抢步，提双拳，照着楚东荪背脊便砸。三多儿抖丹田一声喝喊："哒！别动手，不要欺辱老实人，有你家小太爷在此等候多时了。"左脚一垫，拧身一纵，话到人到家伙到，哗棱一声响，大蟒鞭搂头盖顶，便往塔二头上砸去。塔二真没防备，听见有人喊，就吓了一跳，打算把式子收回来，无奈自己出手太急，身子往前抢着，打算往回撤，可就撤不回来了，翻眼往上一看，鞭就到了，直仿佛一条乌龙相似，搂头盖顶，已然砸下，喊声"不好！"只可是闭眼认命。

欲知后事，请看续集。

（续集出版与否，情况不详。——编者注）

288

附　录

徐春羽家世生平初探[①]

王振良

在民国通俗小说作家中，徐春羽的名气不算大也不算小。他长期活跃于京津两地，其以《碧血鸳鸯》为代表的武侠小说创作，虽然无法与还珠楼主、白羽、郑证因、王度庐、朱贞木等"五大家"比肩，然亦据有一席之地。探讨民国武侠小说尤其是"北派"的创作，徐春羽总是个绕不过去的存在。台湾武侠小说研究专家叶洪生先生认为："徐氏作品'说书'味道甚浓，善于用京白行文；描写小人物声口，颇为传神。尝一度与还珠、白羽齐名；唯以笔墨平实，未建立独特小说风格，致不为世所重，渐趋没落。"其褒抑可谓中肯，堪称对徐氏之的评。

关于徐春羽的家世生平，目前学界所知甚微，各种记录大同小异，追根溯源均来自天津张赣生先生："徐春羽（约1905—?），北京人。据说是旗人。他通医术，曾开业以中医应诊；20世纪40年代至天津，自办《天津新小报》；50年代初，曾在北京西直门一家百货商店当售货员。"

今距张赣生氏所谈已有二十余年，可对徐氏家世生平之认知，大体仍停留在20世纪90年代初的水平上。而且现在看来，就是这仅有的认知，仍然存在着重要的失误。笔者以一次偶然，有了"接近"徐春羽的机会，因将前后过程琐述于下，或可对研

---

① 原载 2015 年《苏州教育学院学报》第 4 期，略有删节，此为全文。

究通俗小说作家的手段有所启发，同时兼就访谈考索所得徐氏家世生平情况做粗浅报告，以呈教于民国通俗文学研究的方家。

一、"发现"徐春羽

2010 年 7 月 16 日，笔者拜访天津地方文献研究专家高洪钧先生，见书桌上有巢章甫《海天楼艺话》，谈论京津文林艺坛掌故，颇有可资文史研究采掇者。7 月 27 日，笔者自孔夫子旧书网购归一册。7 月 31 日闲读时，发现有《徐春羽》一目，以徐氏生平资料罕见，因此甚是欣喜。今全文抄录如下：

> 吾甥徐春羽，少即聪颖好弄，未尝力学，而自然通顺。好交游，又喜济人之急。索稿者盈门，而春羽则好以暇待。每喜朋友相过共话，风趣横生，夜以继日，必待客去，始伏案疾书，漏夜成万言，习以为常。盖其精力饱满，不以为苦。人或不知也，其所擅为武侠小说。人亦豪爽，笔耕所入，得之不易，然到手即尽，居恒不给，燕如也。又传医学，悬壶问世，而不取人钱。能作细字如蝇头，刻竹刻玉，并能之。

旋即仔细翻阅全书，又见《周孝怀》目也涉及徐氏："诸暨周孝怀名善培……尝出资创《新小报》，约吾甥徐春羽主其事，氏亦时撰评论发布。旋以日寇入天津，不获继续。"

《海天楼艺话》由人民美术出版社出版，署曰"巢章甫著，巢星初、吕凤仪、方惠君、翟启惠整理"。又细阅该书序言，知整理者之一巢星初乃巢章甫先生三女。

2010 年 8 月 5 日，笔者通过"谷歌"搜索引擎，检索到人民美术出版社办公室电话，联系上《海天楼艺话》的责任编辑刘普生，又从刘先生处获知巢星初的电话号码。笔者立即拨电话给巢星初，简单说明意图之后，她热情地介绍说，徐春羽是巢章甫之表外甥（具体姻亲关系不详），但两家已多年不联系。因巢星初无法提供更多情况，笔者对此甚感失望。

8月12日，巢星初女士打来电话，说迩来询问其叔叔（在台湾）等，对徐春羽亦不甚了了，仅知其擅写武侠小说，在报纸连载时很是走红，常有亲友问他小说中人物结局，他多以"等着看报纸就知道了"来搪塞（其实他自己也不知道人物该如何结局）；又说徐工医术，会唱戏，善联语。巢星初还介绍道，她小时随父亲住天津市唐山道，河北大学数学系毕业后，在汉阳道中学教书，其间与徐春羽的两个妹妹——徐家二姐（嫁洪姓）、徐家四姐（嫁张姓）时常过往，但迁京后已失联多年。虽然所述视初次通话有所丰富，但徐家的面貌仍旧模糊不清。

8月16日，巢星初女士又来电话告知，徐家四姐曾住天津市哈密道利安里（具体门牌号码不详），并说线索得自新近翻出的信封，不知道循此追寻能否有所收获。

9月3日午后，笔者思忖到外面走走，就骑上自行车，直奔徐家四姐二十年前住过的哈密道，并期待着某种奇迹的发生。初秋的津城最是舒适，气温不冷不热，让人十分的惬意。因为事先核查过地图，故此顺利地找到利安里。这里的巷道并不长，只有二十几个门牌，从哈密道入口进去，前行三十来米右拐，再走三十来米就是河南路了。因徐家四姐的丈夫姓张，笔者就向住户问询利安里是否有张姓居民。问了几位年轻些的居民，全都不得要领；这时里巷转角处的院里，走出一位七十多岁的大娘，笔者马上迎了过去，问利安里有无张姓老居民，曰"有"。"爱人姓徐吗？"曰"是"。"年纪有九十多岁？"曰"对"……随着基本信息的不断重合，笔者已经按捺不住惊喜，接着发问："您与张家熟悉吗？住几号？"大娘麻利地跨了十几步，把我领到斜对面的利安里17号。"有人吗？"随着大娘的话音，出来位六十岁上下的先生。因为已有若干前期铺垫，笔者径直问道："您知道徐春

293

羽吗?"曰"是我舅舅"。"您老爷子老太太都好?"曰"都好"。
这位先生名叫张裕肇,其母徐帼英,就是徐春羽的妹妹,即巢星
初所说"徐家四姐"。

2012年1月12日,笔者与张元卿先生通电话,他特意提醒
我说,在《许宝蘅日记》(许之四女许恪儒整理)中发现徐春羽
的踪迹。当晚笔者就翻出许氏的日记,检索并析读有关徐春羽的
信息。

2012年1月13日,通过解读《许宝蘅日记》了解到,徐春
羽的父亲徐思允,与许宝蘅是儿女亲家。许的三女许富儒(小名
盈儿),嫁与徐思允之子徐良辅。在日记中,常出现徐良辅之子
"传藻"的名字,根据日记中的各种线索,可推知其生于1940年
左右。笔者对徐传藻这个名字,当时很是感兴趣,就打开"谷
歌"搜索引擎,同时输入"徐传藻"和"电话"两个关键词,
本来是未抱任何期望的随意之举,没想到收获的结果却令人振
奋,在一份20世纪60年代初中国农业大学毕业生名录中,赫然
列有徐传藻的名字,后面还附有联系电话。经过初步判断,1940
年左右出生,20世纪60年代初大学毕业,时间上可以吻合,于
是笔者给这位徐先生拨通电话,经过小心翼翼地核实,此徐传藻
正是徐春羽之侄,他称徐春羽为"大伯"。

利用既有的些微线索,通过城市田野调查和网络搜索引擎,
笔者每次都用不到十分钟时间,联系上徐春羽的两位近亲——妹
妹徐帼英和侄子徐传藻,为初步解开徐春羽身世生平之谜找到了
突破口。

二、父亲和祖父

徐春羽祖上世代业医。父名叫徐思允,字裕斋(又作豫斋、
愈斋),号苦雪,又号裕家。徐思允生平脉络大体清楚,但细节

则多难得其详。他生于 1876 年 2 月 13 日。① 1906 年入张之洞幕府，任两湖师范学堂文学教员。1907 年初，调充学部书记并与编译局事。② 徐思允有《忆广化寺》诗云："千金筑馆辟蒿莱，却锁重门未忍开。湖上清光余几许？春来风信又多回。事经变幻忘初意，土失雕镌定不才。此局废兴争属目，宁论吾辈寸心灰。"此广化寺即学部编译局所在地。1909 年张之洞病危之际，徐思允至少两次进诊。张曾畴《张文襄公辞世日记》记云："十九中医进诊，前广西柳州府李日谦，号葆初；学部书记徐思允，号裕家，即徐士安先生之子也。"又云："廿日晚……畴与徐医进视问安。"1911 年徐思允受聘京师大学堂法政科教员，主讲《大清会典》。

1912 年中华民国成立，10 月许宝蘅任北京政府铨叙局局长，徐以许的关系出任勋章科科长③。10 月 30 日，铨叙局又呈请国务总理批准，以调局之徐思允、吴国光二员作为记名佥事分任办公。④ 其后，又外任安徽省宿县县长等。⑤ 1919 年，徐思允拜在武术名家杨澄甫门下习太极拳，后又拜李景林为师学武当剑。1925 年，为同门陈微明所撰《太极拳术》作序。嗣后经周孝怀介绍，成为溥仪之侍医。1931 年溥仪出逃东北后，徐思允追随赴新京（今长春），充任伪满宫廷"御医"，并教授皇族子弟国文。溥仪的《我的前半生》、秦翰才的《满宫残照记》等书中，都留有徐思允的诸多痕迹。

---

① 民国乙酉正月十九日《许宝蘅日记》载云"愈斋七十生日"，据此可推知徐思允准确的出生日。又 2011 年 6 月 29 日徐帼英接受笔者采访时述，徐思允享年七十五岁，与日记所云正好相合。

② 1907 年 3 月 22 日，任职学部的许宝蘅首次在日记中提到"徐苕雪"名字，24 日亦称"徐苕雪"，再后则径作"苕雪""豫斋""愈斋"等，则 22 日或为两人初见，徐思允调京当在此前不久。

③ 2011 年 6 月 29 日徐帼英接受笔者采访时述。

④ 中华民国北京政府《政府公报》，1912 年第 195 期。

⑤ 2011 年 6 月 29 日徐帼英接受笔者采访时述。

徐思允不仅精通中医，还工于弈术，曾与围棋宗师吴清源交手。据许恪儒回忆，徐愈斋先生在东北"和吴清源下过棋，而且是当着溥仪的面"。这次对局发生在1935年，其时吴清源访问长春，曾与木谷实在溥仪"御前"对局。此棋下了三天，结果吴胜12目。结束的当天下午，溥仪又要求吴让五子，与徐思允再下一盘，任务是"吃他的子，越多越好"。结果徐思允死命求活，吴清源"大吃"的任务未能完成。关于这段逸事，吴清源的各种传记均有记述。

1945年苏军进入东北，徐思允随伪满皇后婉容等，流亡至临江县的大栗子沟（今吉林省临江市大栗子街道），旋被苏军俘虏至伯力（今俄罗斯哈巴罗夫斯克）。1949年获释至长春，5月份回到北京。1950年12月13日病逝。

徐思允国学功底亦自不浅，否则溥仪不会让他教授子弟国文。他与陈衍、陈曾寿、郑孝胥、许宝蘅等长期交游，陈曾寿《苍虬阁诗集》即收有与徐的唱和之作。又陈衍《石遗室诗话》卷十载：

> 忆庚戌在都，仁先与茗雪（徐思允）、治芗（傅岳棻）、季湘（许宝蘅）、仪真（杨熊祥）诸君，亦建诗社，各有和昌黎《感春》诗甚佳。函向仁先索其稿，唯寄茗雪《感春》四首，治芗则他作，季湘、仪真则无矣，当更求之。茗雪诗其一云："出门四顾何所之？不寻同乐寻同悲。人人看春不我顾，还归空斋诵文词。庄生沈冥少庄语，《离骚》反覆如乱丝。二子胸中感百怪，所以踪迹绝诡奇。忽然扶日隮昆仑，俄见垂翼翔天池。东风卷地野马怒，安得乘此常相追？"其二云："我悲固无端，我乐亦有涯。斗食佐史免耕劚，得借一室栖全家。官书不多日易了，旧业虽薄还堪加。文章豪横逞意气，草木幽秀舒精华。如今一事不可得，岂免对景空咨嗟？"

296

其三云："立春二十日，日日寒凛冽。九陌长起尘，众卉焉敢苗。尔来日渐暖，又恐骤发泄。少年狂不止，老病苦疲苶。百鸟已如簧，飞花乱回雪。劝君守迟暮，病发不可绝。"其四云："一年青春能几多？坐令千古悲蹉跎。夜烧红烛照桃李，日典春衣偿醉歌。百川东流去不返，泪眼长注成脩河。我从崎岖识天意，才见光景旋风波。去年看花载酒处，今年不忍重经过。一人修短尚难料，万物变化将如何？"四诗颇觉有古意无俗艳。

陈衍论诗眼界甚高，对徐思允"有古意无俗艳"的评价可谓不低。徐思允去世后，1952 年 8 月底 9 月初，许宝蘅曾整理其遗稿，写定《大栗子临江记事》（又作《从亡大栗子记事》）及《苕雪诗》两卷，其后许之日记仍断续地有补写《苕雪诗》的记载，未晓这些诗文稿是否尚存于霄壤之间。

徐思允有三子六女：长女徐仲英，长子徐春羽，次女徐珍英，三女徐淑英，次子徐××，四女徐帼英（属龙），三子徐××，五女徐惠英，六女徐兰英。徐淑英中国大学毕业，1938 年到延安参加抗日工作（化名李英），1949 年后曾任吉林省妇联副主任、长春市妇联主任，丈夫是东北流亡学生，曾任吉林省监委书记。据许宝蘅所记，徐良辅"原名百龄，其生父名有胜号明甫，系湖北军官，战殁，有叔名有德，安徽休宁人"，许恪儒则径云徐良辅"本姓汪"，可知其并非徐思允亲生，当是徐思允续弦夫人带来的。又徐思允在长春时，常给天津的家人寄钱（每月三百元），一般是汇至山西路修二爷（溥修）处，多由徐帼英去取。[①]

前引张曾畴《张文襄公辞世日记》，提到徐思允父名徐士安，应该也是张之洞幕府中人。恽毓鼎的日记中，留有"徐士安"之踪影，未知是否即徐思允之父：

---

① 2011 年 6 月 29 日徐帼英接受笔者采访时述。

（光绪八年五月）二十四日晴……申刻士安、蕴生招饮天禄富，为予送行。座中方先生、道甫兄弟皆北闱应试者，尽欢而散。今早李方去看轮船，招商局"江表"船于廿七日开，即定于是日起身。

（光绪十二年四月）二十七日……十二点钟抵上海码头，命于升雇船，过拨行李，移泊观音阁。稍憩，往华众会剃头、吃点心……归船，见大哥字，知途遇陆彦甫、徐士安、张楚生，约馀（余）在万华楼茶话，再续他局。

又徐振尧、王树连、张子云《测绘军人与辛亥革命》谈到，1911 年 10 月 11 日辛亥武昌起义，当晚即成立了军政府，下设参谋部、军务部、政务部、外交部，10 月 16 日又增设测量部，主要由湖北陆军测绘学堂学生组成，部长朱次璋，副部长徐士安。此徐士安或即其人。

三、关于徐春羽

回过头来我们再讨论关于徐春羽的几个问题。

一是籍贯，应是江苏省武进县（今常州市武进区）。此乃徐帼英接受笔者采访时所述，又徐思允《太极拳术序》末署"乙丑夏日武进徐思允谨序"，亦可佐证无疑。张赣生先生所说北京，或与徐春羽长期在京居住有关；又《许宝蘅日记》附录的《日记中部分人名字号对照表》记徐思允为"湖北人"，或因其曾在楚地工作致误。至于徐春羽生于北京的可能性，现在看来也几乎没有（徐思允调京时徐春羽已出生），更与旗人云云无涉。

298

二是生年，徐春羽诞于光绪三十一年乙巳十月二十一日（1905 年 11 月 17 日）。据徐帼英述，徐春羽属蛇无疑，据此再前推十二年（1893 年）或后推十二年（1917 年），均与徐春羽去世时"未及六十"不合，与徐家姐妹的年龄差距也对不上茬口。至于具体之出生月日，是因为在 20 世纪 40 年代，每年徐春羽过生日都很热闹，故此徐帼英记忆深刻。张赣生所云徐春羽生年大体不差，但以证据不足存有疑问，故此在"1905 年"之前加了"约"字。至于后来的有些叙述，径书徐春羽生于 1905 年，亦应是源自张说，但不科学地省略了"约"字，因为似无人为此提出确据。

三是卒年，笔者采访所获线索无法得出准确结论。徐传藻说，其大伯徐春羽 1949 年后在北京开诊所，"镇反"时被逮捕入狱，后因病保外就医，然为其续弦吴氏所不容，走投无路之下重回监狱，未久即病死狱中；又说徐春羽住大乘寺 19 号（此与《许宝蘅日记》所载相吻合），吴氏住武定侯胡同。[①] 徐春羽五妹徐惠英则说，徐春羽解放后被捕，死在北京某模范监狱。[②] 而据《许宝蘅日记》，解放后较长一段时间，许宝蘅与徐春羽交往频繁，许家的人遇有头疼脑热等，多请徐春羽到家诊治。然自 1957 年 8 月 16 日"春羽来为宴儿复诊"之后，许家虽然仍是病人不断，但徐春羽在日记中却突然失踪，因推测其被捕在此后不久。至于徐传藻所云"镇反"恐不确切，很可能是"反右"。徐春羽之病逝，或在 20 世纪 50 年代末期。

四是生平，除本文前引零散资料所述，仍可说是未得其详。略可补充者仍是徐帼英所谈：徐春羽抗战前在天津市教育局工作，其间曾安排三妹淑英在天津的学校教书；徐春羽的住所在今

---

① 2012 年 1 月 13 日徐传藻接受笔者电话采访时述。
② 2013 年 1 月 13 日徐惠英接受笔者电话采访时述。

天津市河北区的平安街上，紧邻平安街与进步道交口的王占元旧宅（今已拆除）；徐春羽兴趣广泛，多才多艺，通医术，精书法，会评书，善烹饪，尤其喜欢票戏，常找艺人（包括翁偶虹）到家中交流。① 又徐春羽嗜麻雀战，每有报馆催稿，辄嘱牌局暂停，提笔疾书以应，然后又继续打牌。②

　　五是后人，徐春羽有一子二女。长女徐小菊，1949年随四野南下，现居赣州；次女徐小羽，退休前在北京市海甸小学（原八一小学）教书；一子徐××，已去世。③ 又据《许宝蘅日记》，徐春羽之子女有名小龄、小迪者，徐小龄或即其子，徐小迪或即徐小菊。

---

①　2011年6月29日徐恒英接受笔者采访时述。
②　2010年9月3日张裕肇接受笔者采访时述。
③　2011年6月29日徐恒英接受笔者采访时述。

图书在版编目（CIP）数据

宝马神枪／徐春羽著. — 北京：中国文史出版社，
2018.6

（民国武侠小说典藏文库·徐春羽卷）
ISBN 978 - 7 - 5034 - 9969 - 2

Ⅰ．①宝… Ⅱ．①徐… Ⅲ．①侠义小说 - 中国 - 现代
Ⅳ．①I246.5

中国版本图书馆 CIP 数据核字（2018）第 010056 号

整　　理：卢　军　卢　斌　金文君
责任编辑：薛媛媛

出版发行：**中国文史出版社**

社　　址：北京市西城区太平桥大街 23 号　邮编：100811
电　　话：010 - 66173572　66168268　66192736（发行部）
传　　真：010 - 66192703
印　　装：廊坊市海涛印刷有限公司
经　　销：全国新华书店
开　　本：720×1020　1/16
印　　张：20　　　　　字数：247 千字
版　　次：2018 年 6 月第 1 版
印　　次：2018 年 7 月第 1 次印刷
定　　价：59.80 元